DOUGLAS LINDSAY

Die zwölf Geschorenen

Buch

Nach Jahren der Wanderschaft sieht sich Barney Thomson, Frisör und Killer wider Willen, endlich am Endpunkt all seines Sehnens angekommen: in dem kleinen Inselstädtchen Millport. Dort, direkt am Pier gelegen und mit einer herrlichen Aussicht aufs Meer, hat er den einzigen Frisörladen der winzigen Insel übernommen. Nichts, so denkt Barney, kann seine Ruhe nun noch stören. Doch auf der Insel gibt es offenbar Menschen, denen zu viel Ruhe nicht gut bekommt. Menschen wie Bartholomew Ephesian, mächtigster Mann der Insel und Kopf eines nicht ganz so geheimen Geheimbundes. Auch Bartholomew glaubt sich am Ziel seiner Träume, denn endlich ist die Zeit gekommen, ein Wunder zu vollbringen, das die Welt für immer verändern wird. Leider droht ein Mitglied, die Geheimnisse der zwölfköpfigen Bruderschaft auszuplaudern, und darauf steht der Tod. Nur unterstützt von seinem buckligen, stummen Gehilfen Igor, ist es an Barney, dem tödlichen Treiben der Zwölf ein Ende zu bereiten und der Inselgemeinschaft ihre wohlverdiente Ruhe zurückzugeben …

Autor

Douglas Lindsay wurde 1964 in Schottland geboren. Seine Romane über das Leben von Barney Thomson, dem Frisör und Killer wider Willen, haben mittlerweile eine feste Fangemeinde gefunden. Weitere Romane von Douglas Lindsay sind bei Manhattan in Vorbereitung. Zurzeit lebt der Autor mit seiner Familie in Belgrad. Weitere Informationen auch unter: www.barney-thomson.com.

Von Douglas Lindsay außerdem als Manhattan Taschenbuch lieferbar

Furcht und Schrecken im Frisörsalon. Roman (54138)
Waschen, schneiden, umlegen. Roman (54153)
Interview mit einem Barbier. Roman (54180)
Für eine Hand voll Lockenwickler. Roman (54181)
Der Herr der Klinge. Roman (54204)

Douglas Lindsay

Die zwölf Geschoren

Roman

Aus dem Englischen
von Kristian Lutze

GOLDMANN
MANHATTAN

Originaltitel: The Last Fish Supper

FSC
Mix
Produktgruppe aus vorbildlich bewirtschafteten Wäldern und anderen kontrollierten Herkünften
Zert.-Nr. SGS-COC-1940
www.fsc.org

Verlagsgruppe Random House FSC-DEU-0100
Das FSC-zertifizierte Papier *München Super* für Taschenbücher aus dem Goldmann Verlag liefert Mochenwangen Papier.

1. Auflage
Deutsche Erstveröffentlichung Oktober 2005

Dieses Werk wurde vermittelt durch die
Literarische Agentur Thomas Schlück GmbH, 30827 Garbsen
Die Nutzung des Labels Manhattan erfolgt mit freundlicher Genehmigung
des Hans-im-Glück-Verlags, München
Umschlaggestaltung: Design Team München
Redaktion: Ilse Wagner
Satz: Uhl + Massopust, Aalen
Druck und Bindung: GGP Media GmbH, Pößneck
Verlagsnummer: 54205
KvD · Herstellung: Sebastian Strohmaier
Made in Germany
ISBN-10: 3-442-54205-7
ISBN-13: 978-3-442-54205-5

www.goldmann-verlag.de

Prolog

Zwei Todesfälle in der Stadt Millport auf der Insel Cumbrae

Jonah Harrison gehörte zu den Männern, die jedes Mal den Sicherheitsgurt verdrehen, wenn sie sich in ein Auto setzen.

Es war einer jener typisch grauen, öden Aprilnachmittage, wie sie der Westen Schottlands so reichlich zu bieten hat. Um 14 Uhr 46 jenes durch und durch alltäglichen Montags saß Jonah seit nunmehr fast drei Stunden vor seinem Laptop, online, und trommelte nervös mit den Fingern auf den Schreibtisch. Er wartete auf den Ausgang des Rennens um 14 Uhr 40 im Kempton Park. Für diesen Tag war er bereits mit zweitausend Pfund in den Miesen, aufs Jahr gesehen mit fast dreißigtausend. Der Januar war gut gelaufen, aber er hatte seinen kompletten Gewinn an jenem katastrophalen Freitag Ende Februar in Taunton wieder verloren, und in den sechs darauf folgenden Wochen war es von Tag zu Tag schlimmer geworden. Das Ganze war ihm im großen Stil entglitten, und wenn er nicht gerade vor dem Computer saß, füllte er Antragsformulare für Kreditkarten aus. Er besaß mittlerweile vierzehn davon, mit der Möglichkeit, sich mit insgesamt achtzigtausend Pfund zu verschulden, was unausweichlich wurde. Noch vor wenigen Monaten hatte er sich überhaupt nicht für Pferde interessiert, doch dann hatte ihm irgendjemand zu Weihnachten das Buch *Seabiscuit – Mit dem Willen zum Erfolg* geschenkt, welches er in vier Stunden verschlungen hatte, um sich fortan in die Welt der Pferderennen zu vertiefen und dabei eine ausgewachsene Spielsucht zu entwickeln. Es ist besser, in späteren Jahren noch andere Interessen zu entdecken, als nur vor sich hinzusabbern und Teenager zu beschimpfen.

Jonah war überdies unglücklich verheiratet, seine Frau hatte eine Affäre mit dem ortsansässigen Pastor der Church of Scotland, das Finanzamt stand im Begriff, die massiven Steuerbetrügereien zu entdecken, mit denen er in den letzten vierunddreißig Jahren bis zu seinem kürzlich angetretenen Ruhestand seinen Fischereibetrieb finanziert hatte, und er hatte eine noch nicht diagnostizierte, fortschreitende Herzschwäche sowie einen kleinen bösartigen Darmtumor, der sich den Vertretern der medizinischen Zunft in wenigen Monaten bekannt machen würde.

Aber nichts von all dem war wirklich von Belang, weil er in Bälde auf dem Weg zum Pinkeln das Zeitliche segnen sollte.

Seine Beine zappelten unter dem Tisch; von der Hüfte abwärts sah er aus wie Elvis. Von der Hüfte aufwärts eigentlich auch: Wie Elvis, circa 1977, ernsthafter Kandidat für die Hauptrolle in dem geplanten Hollywood-Action-Schinken *Fat Bastardman*. Am Büfett kein Unbekannter und in Pommesbuden auch nicht fremd, das Doughnut-Poster-Gesicht fürs neue Jahrtausend. Jonah war der Typ, der immer alle Törtchen verputzt hatte. Und er musste seit mehr als einer Stunde auf die Toilette, hatte es jedoch immer wieder aufgeschoben, so zwanghaft war seine Sucht.

Mit einer Quote von 7-1 war ihm *Brother's Leap* wie ein

durchaus solider Tipp erschienen. Bei einigen früheren Rennen im Goodwork Park und in Thatcham war er ganz gut platziert, das Geläuf lag ihm, ganz im Gegensatz zu den drei favorisierten Gäulen, also hatte Jonah in der Hoffnung, drei Viertel seines Jahresverlusts mit einem Coup zurückzugewinnen, einen glatten Tausender gesetzt.

Er sprang hektisch auf, schob den Laptop beiseite und loggte sich endgültig aus, nachdem *Brother's Leap* als neuntes von zehn Pferden ins Ziel gegangen war. Noch vor einem Monat hätten sich bei dem Verlust eines Riesen auf einen absurden Schlag seine sämtlichen Eingeweide zusammengerollt wie eine Schlange, aber jetzt juckte es ihn bloß noch wie ein Mückenstich. Ein Schlag mit der flachen Hand in den Nacken, und das Mistvieh war erledigt und vergessen. Weiter im Geschäft und immer nur einen Mausklick entfernt vom nächsten großen Gewinn.

Forschen Schrittes ging er den Flur hinunter und drückte auf die Klinke der Badezimmertür. Abgeschlossen, was nicht weiter überraschend war, da Ruthie für gewöhnlich drei bis vier Stunden im Bad verbrachte, wo sie die diversen Verrichtungen vollführte, die ihr das *Monatsmagazin für Frauen in der Menopause mit Minderwertigkeitskomplexen* oder, was immer sie in dieser kritischen Lebensphase gerade zu lesen pflegte, zu tun auftrug. Er klopfte laut.

»Ruthie, mach schon!« Wie ein Kind vergaß er immer, bitte zu sagen. Nicht dass sie im Begriff stand, sich aus ihrer Versklavung durch den Badezimmerspiegel zu befreien, von dem sie ähnlich gebannt war wie er von *www.pferdenarren.com*, selbst wenn er es zum ersten Mal in seinem Leben geschafft hätte, höflich zu sein.

»Ich bin noch beschäftigt«, erwiderte sie. Obwohl sie am

besonderen Klang seiner Stimme erkannte, dass er verzweifelt sein musste.

»Ruthie!«, stieß er hervor.

»Platzt du schon?«, fragte sie ruhig und spachtelte dabei *Duraglut Face Cement* in die Schluchten ihrer Wangen.

»Ja!«, rief er, erbärmlich von einem Bein auf das andere hüpfend. »Ich platze. Bist du bald fertig?«

Während Jonah weiter seinen drangvollen schottischen Schuhplattler aufführte, schweiften ihre Gedanken kurz zu Reverend Dreyfus, einem wunderbaren Mann von aufrechtem Charakter und hervorstechenden Eigenschaften.

»Nein«, antwortete sie schließlich, »pinkel doch in die Spüle.«

Er begleitete ein von Herzen kommendes Grunzen mit einem Faustschlag gegen die Tür und lehnte kurz den Kopf an die Tür, bevor er sich resigniert beeilte, sein Schicksal zu akzeptieren. Sie würde das Bad nie für ihn verlassen. Ein paar Jahrzehnte früher hatten sie ein verliebtes Spiel daraus gemacht, den Partner am Gang zur Toilette zu hindern, wenn jener eigentlich ganz dringend musste; doch mittlerweile hatte Ruthie ein sadistisches Vergnügen daran entwickelt und tat es aus schierem Trotz.

Jonah wandte sich eilig um und setzte zu einem kurzen Sprint über den fünf Meter langen Flur an. Die Treppe war steil und nicht geeignet, sie im Sturmschritt zu nehmen, schon gar nicht von einem Mann, der das komplette Curry aufgegessen hatte, von Jonahs schwachen Knöcheln ganz zu schweigen.

Er trampelte die ersten beiden Stufen viel zu hastig hinunter, sodass sein Knöchel nachgab – er brach nicht, sondern verdrehte sich einfach, als ob er ausgewrungen würde – und Jonah nach vorn taumelte. Knapp drei Zentner unansehnlichen Specks segelten durch die Luft, bevor Jonah mit dem Kopf auf der fünften Stufe von unten landete. Er hätte sich wenigstens mit den Armen abstützen müssen, doch die ruderten in dem Bemühen, das Geländer zu packen, hilflos durch den leeren Raum. Und während sein Knöchel die Drehung ohne Bruch überstand, war seinem Hals gleiches Glück nicht vergönnt. Eine plötzliche Ruptur am oberen Rückenmark, der Hals gab unter dem leisen Knirschen von Knochen nach, und kaum eine Sekunde später polterte Jonahs ganze imposante Masse die restlichen Stufen hinunter.

Das Haus bebte.

Im Bad beobachtete Ruthie, wie sich der Gin in ihrem Glas kräuselte. Sie blickte zur Tür und wartete auf den Tyrannosaurus. Als der sich nicht materialisierte, wandte sie sich wieder dem Spiegel zu, um die eingehende Betrachtung des jüngsten Mitessers in ihrer Kollektion fortzusetzen.

Im Tod hielt Jonah Harrisons Blase dicht, und seine eingedrückten Pausbacken strahlten eine gewisse gelassene Schönheit aus.

Der andere Todesfall ereignete sich nicht am gleichen Tag, sondern an einem Montagnachmittag beinahe dreißig Jahre zuvor, im langen heißen Sommer von 1976. Wasserknappheit, Speiseeiskriege und blassbraun verdörrte Wiesen.

Azarael Corinthian gehörte zu den Männern, die für große Dinge bestimmt waren. Sein ganzes Leben hatte in eine Richtung, auf ein großes Ziel gezeigt; ein Leben mit vielen Geheimnissen und jeder Menge Warten. Natürlich hatte er gerade deshalb beinahe beständig dagegen rebelliert und das Alter von Mitte dreißig erreicht, ohne auch nur ansatzweise die Haltung und Reife zu entwickeln, die von ihm erwartet wurden.

Er war in Millport auf der kleinen Insel Cumbrae im Firth of Clyde aufgewachsen und hegte eine unerschütterliche Verachtung für diese Stadt. Aber obwohl seine beiden Eltern in jenem Sommer schon tot waren und er auch sonst keine Verwandten auf der Insel hatte, zog ihn irgendetwas jedes Jahr dorthin zurück. Ein Gefühl von Pflichterfüllung möglicherweise, das sich durchgesetzt hatte, egal, wie tief er es in seinem Unterbewusstsein vergraben hatte.

In jenem Sommer kehrte er nach einem gut siebenmonatigen Las-Vegas-Aufenthalt nach Millport zurück. Zu viel Glücksspiel, obwohl er am Ende überraschend mit ausgeglichener Bilanz wieder abgereist war, zu viele Frauen, zu viel Alkohol, zu viel ungesundes Essen, zu viele Nächte in luxuriösen Hotelzimmern mit teuren Drogen und Prostituierten.

Er war nach Millport gekommen, um clean zu werden und wieder an seine Herkunft anzuknüpfen. Leider waren die Anknüpfungspunkte seiner jüngeren Vergangenheit mit Kokain, Hamburgern, Zigaretten und Wodka ungleich verlockender. Nach drei Tagen auf der Insel hatte er beschlossen, dass er sich gut genug fühlte, um sich vorsichtig sportlich zu betätigen. Begonnen hatte er mit der altbewährten Millporter Tradition einer gemächlichen Fahrradtour über die Insel, was für sich genommen kein Problem war. Dann jedoch hatte er die unkluge Entscheidung getroffen, am Nachmittag einen kurzen Dauerlauf auf den Gipfel des Hügels in der Mitte der Insel anzutreten, von dem man nach Westen über den Golfplatz bis zu den Hügeln von Bute und Arran blicken kann, nach Norden über die Flussmündung bis zu den Bergen von Argyll und nach Westen und Süden bis zum Festland.

Den Gipfel dieses Hügels erreichte er indes nie, weil er unterwegs einen schweren Herzinfarkt erlitt. Es dauerte mindestens zwanzig Minuten, bevor ein Wagen vorbeikam, dessen Fahrer den am Boden liegenden Mann entdeckte, und bis man ihn zu dem kleinen Krankenhaus am Fuße des Hügels transportiert hatte, war es bereits zu spät. Azel Corinthian war im Alter von sechsunddreißig Jahren verstorben, was die unglückselige Welt zumindest einiger Menschen in ein großes Tohuwabohu stürzen sollte.

Kapitel 1

**So ermahne ich euch denn,
ich Gefangener im Herrn,
dass ihr wandelt würdig der Berufung,
die an euch ergangen ist.**

»Denken Sie sich eine neue Methode aus, einen Mord zu begehen.«

Alles in dem Zimmer war neu, obwohl es die Aura gediegenen Alters verströmte. Das dunkelbraune Leder war besprüht worden, um den markanten Geruch muffiger zu machen, die Bücher waren eingestaubt worden. Besucher von außerhalb hielten es für frühviktorianisch. James Randolph wusste es besser, weil er den Bau des Hauses Stein für Stein verfolgt hatte, war aber trotzdem von der Atmosphäre beeindruckt. Warum im modernen Stil bauen, der in einem Jahrzehnt veraltet sein würde – man musste sich doch bloß die ausnahmslos grässlichen Gebäude aus der Zeit zwischen den fünfziger und den achtziger Jahren ansehen, die allseits die Landschaft verschandelten, um die Flüchtigkeit architektonischer Moden zu erkennen –, wenn man auch ein Haus errichten konnte, das wirkte, als wäre es seit beinahe zwei Jahrhunderten ein Teil der Landschaft?

Aber eine neue Mordmethode? Das war weit interessanter.

»Was meinen Sie mit neu?«, fragte Randolph. »Ein neues Mordwerkzeug oder eine neue Art, ein Leben auszulöschen?«

Bartholomew Ephesian hatte Randolph den Rücken zugewandt und blickte auf den Clyde. Trübe und grau lag die Isle of Bute jenseits des Wassers, die Berge von Arran waren weit gehend von Wolken verhüllt. Die See war unruhig, und im Augenblick war kein einziges Boot zu sehen. Ephesian sah zu der kleinen Uhr auf dem Kaminsims. Viertel vor drei. Fünfzehn Minuten vor Mitternacht in Hongkong, und er fragte sich, was Ping Phat wohl um diese Stunde tat.

»Ein neues Werkzeug ist bedeutungslos«, sagte er, ohne sich umzudrehen, und vollführte mit dem Glas in der Hand eine knappe Geste. »Man könnte jemanden auch mit einem Schokoriegel ermorden. Ich spreche von etwas viel Fundamentalerem, etwas dem menschlichen Leben wesentlich Entsprechenderem. Von einem kardinalen Tod.«

»Dafür müsste man medizinische Kenntnisse haben«, sagte Randolph.

Ephesian drehte sich zum ersten Mal seit zehn Minuten um, bedachte Randolph mit seinem besten Stirnrunzeln und wandte sich wieder ab, ohne seinem Gegenüber dabei wirklich in die Augen gesehen zu haben. Er sah den Menschen nie in die Augen.

Wäre Bartholomew Ephesian in den 1990ern geboren, hätte man ihn zu einem Psychologen gebracht, der irgendein Syndrom diagnostiziert hätte, das kürzlich in den Vereinigten Staaten en vogue geworden war. Er war indes direkt nach dem Zweiten Weltkrieg als Spross einer wohlhabenden Familie im Westen Glasgows zur Welt gekommen und deshalb als ein weiteres talentiertes, aber verwöhntes Balg abgetan worden. Er kam nicht mit seinen Klassenkameraden zurecht, war in zu viele Prügeleien verwickelt und konnte in weniger als einer Sekunde 1341 mit 76 multiplizieren. Trotzdem hatten seine Persönlichkeit und seine Verhaltensmuster sein Leben mehr geprägt, als das bei den meisten Menschen der Fall ist. Von der Notwendigkeit, bereits in jungen Jahren selbstständig zu arbeiten, bis zu der kompletten Unfähigkeit, mit der einzigen Frau zu kommunizieren, die ihn je geliebt hatte, wurde seine Existenz von dem andauernden Bemühen dominiert, zwischen allen anderen seinen Platz in der Welt zu finden.

»Und woher wollen Sie wissen, dass es wirklich vollkommen originell war?«, fügte Randolph noch hinzu. »Haben Sie Zugang zu den Akten von Scotland Yard? FBI? Interpol? CIA? MI6?«

Diesmal drehte Ephesian sich nicht um und antwortete auch nicht sofort. Randolph hatte seine Frage für ganz amüsant gehalten, fand die Stille im Raum jedoch zunehmend beunruhigend. Er sah die Möwen über dem Wasser kreisen und konnte ihre wehmütigen Schreie hören, das Rauschen des Meeres, die Brandung an der viel tiefer liegenden Küste. Aus der Kunst der Einschüchterung durch Schweigen gegen die Schwachheit eines Geistes, der sich davon einschüchtern ließ, bestand die Polarität zwischen den beiden Männern. Ephesian hatte die Macht, selbst wenn die Bewohner der Stadt meinten, dass sie sich nicht weit jenseits der kleinen Buchten und der Läden entlang der Uferpromenade von Millport erstreckte. Randolph war ein Mann, der in einem Haus neben der Werft wohnte und sonst nicht viel Charakteristisches zu bieten hatte. Seine Beziehung zu Ephesian war über seinen Vater entstanden, seine eigenen Errungenschaften waren belanglos.

»Ja«, sagte Ephesian, den Blick noch immer aufs Meer gerichtet, »das habe ich in der Tat.«

Randolph nickte und spürte, wie sein Mund trocken wurde. Er hätte Ephesian lieber nicht in einen Wortwechsel verwickeln sollen. Eine Diskussion über Gartenkräuter war schon dazu angetan, ihn mit einem Gefühl tödlicher Bedrohung zurückzulassen, weshalb es ratsam gewesen wäre, still zu sitzen, die Klappe zu halten und zu allem Ja zu sagen, als sich die Unterhaltung dem Tod an sich zugewandt hatte. Aber jetzt war es zu spät. Er spürte schon Dr. No's zermalmende schwarze Hand an seinen Hoden.

»Fantasie«, sagte Ephesian kalt. »Das ist hier gefragt.«

»Wie viel Zeit habe ich?«, erkundigte sich Randolph eilig. Er musste die Sache hinter sich bringen und sofort den Rückzug antreten, dann konnte er in fünf Minuten wieder im Refugium seines Gartens sein.

Ephesian drehte sich langsam um, trank sein Glas leer und stellte es behutsam auf den Tisch.

»Bis Mittwoch um Mitternacht«, sagte er und fixierte einen Punkt irgendwo rechts von Randolph, wobei sein Blick auf eine Ausgabe von Robert Louis Stevensons *Die Tollen Männer* fiel, ohne dass es ihm bewusst wurde.

»Zwei Tage?«, fragte Randolph matt.

»Es freut mich, dass Sie zählen können.«

Ephesian nahm hinter seinem Schreibtisch Platz – Randolph konnte nie begreifen, warum er so aufgestellt war, dass er der Aussicht den Rücken zuwandte –, beugte sich vor und betrachtete das braune Mahagoni.

»Sie wissen, wen, und jetzt wissen Sie auch, wann. Das Wie bleibt ganz Ihnen überlassen.«

Randolph antwortete nicht. So endeten Unterhaltungen mit Ephesian in der Regel, mit seinem elenden Schweigen.

»Ich spiele natürlich bloß mit Ihnen. Ich erwarte in Wahrheit nicht, dass Sie auch nur einen Funken Fantasie haben. Und wahrscheinlich gibt es auch gar keine neue Methode, einen Mord zu begehen. Versuchen Sie einfach, ein bisschen unkonventionell vorzugehen. Versuchen Sie, mich ausnahmsweise einmal zu überraschen, James. Und wenn das nicht geht, ein Messer in den Rücken.«

Randolph nickte und presste die Worte »Jawohl, Sir« hervor.

Damit war das Gespräch beendet. Ephesian sah es jedes Mal genauso. Randolph hatte ihn für zehn Minuten leidlich unterhalten, aber er wurde dieses Typs rasch überdrüssig. Und es war auch nicht so, dass er auf gute Personalführung hätte achten müssen. Er war niemandem Rechenschaft schuldig.

»Ich habe einen Termin«, erklärte er brüsk.

Randolph zögerte nicht, sondern stand auf, blickte kurz in Ephesians abwesende Augen, ging dann rasch aus dem Zimmer und schloss die Tür hinter sich. Ephesian starrte auf die Tür, versuchte erfolglos, seine Rückenmuskeln zu entspannen, ließ den Kopf sinken und vergrub das Gesicht in den Händen.

Es war beinahe vorüber.

Kapitel 2

Frisör und Chef

Barney Thomson, Frisör, blieb vor der Ladentür stehen, drehte sich um und schaute über die Bucht von Millport, eine Aussicht, die er die nächsten paar Jahre seines Arbeitslebens genießen würde, wenn er sich entschied, Besitzer des Etablissements zu werden, das zu betreten er sich anschickte.

Der Laden blickte auf die knapp ein Meter hohe Kaimauer auf der anderen Straßenseite. Zur Rechten lag ein kleiner Hafen mit einem kurzen Pier, zur Linken die Hauptstraße, die an der Stadt und der Kames Bay mit ihren viktorianischen Häusern vorbeiführte, hinter einer Kurve verschwand und die ganze Insel umrundete. In der Bucht lagen ein paar hundert Meter entfernt mehrere kleine Inseln, einige wenige Boote stampften in der unruhigen See. Eine halbe Meile entfernt erhob sich die grüne Masse der Insel Lesser Cumbrae aus dem Wasser. Weiter links konnte man das Ufer des Festlands und die bedrohlichen grauen Gebäude des Atomkraftwerks Hunterston B erkennen. Jenseits der Stadt und des alten George Hotels am Ende des Piers sah Barney die wolkenumhüllten Hügel von Arran, die er übrigens genau im selben Moment betrachtete wie Bartholomew Ephesian. Dann drehte er sich um und ließ den Blick über die Fassaden der Stadt schweifen. Es waren nur wenige Menschen unterwegs, gut eingepackt gegen die Kälte. Der Ort fühlte sich an wie die Miniaturausgabe eines englischen Seebads in der Nachsaison, kalt und grau, und Barney fragte sich, ob er dieses Flair in den Zeiten billiger Flüge nach Spanien selbst im Juli oder August je ganz abschütteln konnte. Machte noch irgendwer in Millport Urlaub, wie er es so lange jahraus, jahrein mit seiner Mutter und seinem Bruder getan hatte?

Nicht, dass er es in irgendeiner Weise deprimierend gefunden hätte. Er liebte diesen Ort, und wenn er sich überhaupt irgendwo zu Hause fühlte, dann hier, auch wenn er seit fast zwanzig Jahren nicht mehr an dieser Küste gestanden hatte. Es war nicht der Ort an sich, der ihn deprimierte, es war der Punkt, an den er in seinem Leben gekommen war, dachte er, doch er schüttelte derart morbide Grübeleien rasch wieder ab, bevor sie seine Eingeweide erneut in einen Würgegriff nehmen konnten.

Er drehte sich um, öffnete die Ladentür und trat, angekündigt von einem klingelnden Glöckchen, ein. Die Glocke fliegt als Erstes raus, dachte er, als er die Tür hinter sich schloss und sich in der vertrauten Umgebung eines Ladens umsah, den es so in jeder kleinen Stadt auf der Welt geben könnte. Drei Stühle, eine Wand mit großen Spiegeln, eine Bank gegenüber und Wände, die einen neuen Anstrich vertragen konnten.

Der mittlere Stuhl war besetzt, die beiden anderen unter die Frisiertische geschoben. Der Stuhl am Fenster war erkennbar seit mehreren Jahrzehnten nicht mehr benutzt worden, der Stuhl auf der anderen Seite stand neben dem Waschbecken.

Überrascht stellte Barney fest, dass der Frisör ein junger Mann um die zwanzig war. Sein Kunde war ein alter Knacker, der schlaff in seinem Stuhl hing und geräuschvoll Schnodder hochzog. Im hinteren Teil des Ladens stand ein weiterer Mann in einem weißen Kittel und mit einem Besen in der Hand, mit dem er bedächtig Bahn für Bahn den Salon fegte. Wegen seiner mürrischen Gesichtszüge und seines Buckels ließ sich sein Alter nur schwer schätzen, aber Barney erkannte, dass er, wer immer er war und was immer er hier tat, kein Frisör war.

Der Frisör und der Bucklige drehten sich um. Der alte Knacker schnüffelte an seinen Achselhöhlen, schlürfte eine Speichelspur von seinem Kinn und sank tiefer in seinen Stuhl.

»Hi«, sagte Barney.

»Hey, Dude!«, sagte der junge Typ in der vollkommen selbstsicheren Art der Jugend, die amerikanische Kultur mit einem westschottischen Akzent zu imitieren. *Dude* passte jedenfalls zu dem Chicago-Bulls-Trikot über einem weißen T-Shirt, das Ganze komplettiert von einer falsch herum aufgesetzten Kappe.

»Hallo«, sagte Barney mit zum Ausgleich stärkerem Akzent als normal, »Barney Thomson.«

»Absolut«, sagte der Frisör, legte seine Schere weg und streckte die Hand aus. »Tony Ephesian. Die Leute nennen mich 2Tone.«

Barney nickte. Logo taten sie das.

»Mr. Cool da drüben ist Igor«, sagte 2Tone und wies auf den Buckligen.

Ein Buckliger namens Igor. Natürlich. Jeder Laden sollte einen haben.

Barney nickte und sagte: »Igor.«

Igor starrte ihn an und sagte etwas Unverständliches, das sich anhörte wie »Arf«, bevor er sich wieder dem Fegen widmete. Barney blickte auf den blitzsauberen Boden und fragte sich, was genau er auffegte. Vielleicht verbrachte er seinen ganzen Tag wie ein zwanghafter Irrer damit, immer nur eine einzige Stelle zu fegen.

»Also, Igor ist irgendwie so ein total stummer Typ, wissen Sie«, sagte 2Tone. »Und er ist auch irgendwie vollkommen taub und so, was cool ist, weil man über ihn reden kann und alles, und er kriegt es gar nicht mit.«

Barney nickte, ohne seinen Blick von dem Besen losreißen zu können. Vielleicht hatte Igor vor Jahren an just dieser Stelle jemanden ermordet und war nun aus Schuldgefühl und ewigem Bußbedürfnis für den Rest seiner Tage dazu verdammt, manisch zu fegen. Er schüttelte das Bild ab und konzentrierte sich wieder auf 2Tone.

»Ich mach gerade noch Mr. Watsons *Ben-Affleck*-Schnitt klar, Dude, und dann können wir reden. Machen Sie einfach, was Sie wollen, sehen Sie sich um, und in einer Minute bin ich ganz für Sie da, okay?«

»Ja«, sagte Barney, und 2Tone wandte sich wieder seinem Handwerk zu, sorgfältig an dem betagten Schädel von Mr. Watson herumzuschnippeln.

Mr. Watson sabberte ein paar Tropfen frischen Speichels auf sein Kinn, 2Tone stürzte sich in sein nächstes Manöver, und Igor fegte langsam und gewissenhaft, wobei er gelegentlich aufblickte und Barney mit großem Argwohn musterte, als hätte er ihn im Verdacht, sekündlich eine Fackel zu ergreifen, eine Meute wütender Dorfbewohner zusammenzutrommeln und Igor in den Wald hinauszujagen. Barney starrte die drei eigenartigen Insassen des Salons an, sah sich erneut in den begrenzten Räumlichkeiten um, die auch auf den zweiten Blick nichts von größerem Interesse enthüllten, und ging dann an 2Tone vorbei in den hinteren Teil des Ladens. Igor hörte auf zu fegen und sah Barney misstrauisch an, als jener sein Arbeitsfeld kreuzte. Barney öffnete eine Tür auf der Rückseite und steckte den Kopf in eine kleine, hell tapezierte Küche mit Aussicht in einen kleinen Garten. Sonst gab es nicht viel zu sehen, also machte er kehrt, ging wieder an Igor vorbei bis zum Schaufenster und blickte über die Straße und die Ufermauer aufs Meer hinaus.

Weil ihn fröstelte, rieb er sich die Hände, während er darüber nachdachte, wie seltsam es war, dass ihm ein Ort, den er so lange nicht besucht hatte, so vertraut vorkam, als wäre er nie fort gewesen. Nachdem er die Idee erst einmal hatte, war sie ihm vollkommen nahe liegend erschienen. Sein abenteuerliches und bizarres Leben hatte ihn von London zurück nach Schottland geführt. Aber am Ende hatte sich seine ursprüngliche Idee, einen kleinen Laden an der Ostküste irgendwo südlich von St. Andrews zu kaufen, einfach nicht richtig angefühlt. Er war kein Mann der Ostküste, deshalb hatte es ihn zurück in den Westen gezogen, an den Ort, an dem er in den sechziger und siebziger Jahren zahlreiche Sommer verbracht hatte.

Die Ladentür ging auf, und Barney wandte sich, aus seinen melancholischen Reflexionen gerissen, um. 2Tone geleitete Mr. Watson aus dem Laden, und der alte Mann ging zittrig und nur mit Mühe aufrecht in die Kälte hinaus.

»Immer locker bleiben, Mr. Watson«, sagte 2Tone und schloss die Tür. Igor blickte auf, murmelte leise »Arf« und begann die kümmerlichen Schnipsel von Mr. Watsons *Ben Affleck* aufzufegen.

2Tone stellte sich neben Barney und legte ihm sehr zu dessen Verblüffung einen Arm um die Schulter.

»Wissen Sie, was ich echt gerne mag?«, fragte 2Tone. Barney, dem enger männlicher Körperkontakt jedweder Art eher unbehaglich war, sah ihn vorsichtig an und sagte: »Nein.«

»Ich mag diesen megacoolen Sound, wenn man in heißem Kakao rührt, wissen Sie? Es klingt viel satter, als wenn man in Tee oder Kaffee rührt. So ein spezielles Klimpern, kennen Sie das?«

Barney nickte. Klang ganz vernünftig. Er war sich zwar nicht ganz sicher, warum der Junge den Drang verspürte, ihm diese besondere Erkenntnis gerade jetzt mitzuteilen, aber er hatte durchaus Recht. In heißem Kakao zu rühren, hatte eine ganz eigene Qualität.

»Und wie gefällt Ihnen das ganze Set-up und so hier, Dude?«, fragte 2Tone. »Echt supercool, was?«

Barney sah ihn an. »Ist das Ihr Laden?«, fragte er.

»Yeah, absolut, total«, sagte 2Tone und kicherte irritierend. »Wissen Sie, mein Dad hat ihn für mich gekauft und alles, okay? Ich habe diesen Film gesehen, *Barbershop*. Kennen Sie den? Also ich bin total darauf abgefahren und dachte, wow, also, wissen Sie, das ist echt heavy, Mann, einen Frisörsalon zu haben. Und Haare schneiden und so, ist doch total fett und alles. Und ich dachte, wow, diese ganze Erfahrung, also das wird mich echt beeindrucken und bescheiden und demütig machen. Haare schneiden und so, wissen Sie, also echt wow.«

Er nickte weise und lächelte Barney an, den Arm noch immer in lebenslanger brüderlicher Frisörsalonkameradschaft um dessen Schulter gelegt.

»Und warum verkaufen Sie dann?«, fragte Barney.

»Es ist Scheiße«, sagte 2Tone. »Es fuckt mich total ab. Ich hasse Haare schneiden. Mann. Ich meine, wie packen Sie das den ganzen Tag?«

Barney lächelte. Ich könnte das Gleiche über das Tragen eines Bulls-Trikots fragen, dachte er, sagte es jedoch nicht, weil er dann so alt geklungen hätte wie Mr. Watson, der noch immer nicht das Ende des Schaufensters erreicht hatte.

»Meinem Dad gehören die meisten Läden hier, aber er ist voll abgefuckt wegen der Sache, also will er den Salon bloß noch loswerden. Und, also, das ist schon irgendwie okay. Auge um Auge und so.«

»Das ist eigentlich nicht Auge um Auge«, stellte Barney fest.

»Ja, cool«, sagte 2Tone. »Und kaufen Sie den Laden, Mann?«

Barney schüttelte vorsichtig 2Tones Arm ab, woraufhin jener einen Schritt zurücktrat, die Arme verschränkte und Barney anlächelte wie einen alten Schicksalsgenossen.

»Ja«, sagte Barney.

»Cool!«, sagte 2Tone und nickte lächelnd. »Also, ich weiß, dass es noch irgendwie offiziellen Papierkram zu erledigen gibt und alles, aber, also, wissen Sie, ich bin hier raus, Mann. Sie haben doch nichts dagegen, zu übernehmen?«

Barney starrte ihn einen Moment lang an, ohne recht zu begreifen, was der Junge von ihm wollte. Erst als 2Tone seine Jacke überstreifte, kapierte er.

»Sie meinen, jetzt sofort?«, fragte er.

»Ist das cool für Sie?«

Barney blickte sich in dem Salon um und lächelte wehmütig. Warum nicht? Er sah Igor an und fragte sich, ob er ähnlich überstürzt aufbrechen würde wie 2Tone, ahnte jedoch bereits, dass dem nicht so sein würde.

»Klar«, meinte er.

»Megamäßig«, sagte 2Tone. »Mein Dad kommt jeden Moment vorbei. Will kurz mit Ihnen sprechen. Ich bin dann weg. Bis die Tage, Dude.« Dann blickte er kurz zu Igor, drehte sich noch einmal zu Barney um und fuhr mit nur unwesentlich gedämpfter Stimme fort. »Seien Sie nett zu dem kleinen Burschen und alles. Der hat einen Buckel, wissen Sie.«

Igor blickte auf, schüttelte den Kopf und fegte dann bedächtig weiter.

»Ich nehme an, er bleibt im Laden«, sagte Barney.

»Er ist Teil der Ausstattung«, sagte 2Tone. »Angeblich arbeitet er schon seit den zwanziger Jahren oder so hier. Ich glaube, er ist aus einem Dorf in Bayern geflohen oder irgend so ein Scheiß, allerdings haben ihm die Dorfbewohner vorher noch die Zunge rausgeschnitten. Voll shocking, wissen Sie. Der ganze Wahnsinn der Intoleranz und alles.«

Diesmal blickte Igor nicht auf, ahnte jedoch, dass über ihn gesprochen wurde, und wusste, dass es nur totaler Blödsinn sein konnte. »Arf«, murmelte er vor sich hin und ging nach hinten, um Kehrschaufel und Handfeger zu holen.

»Hey, Mann«, sagte 2Tone und streckte Barney die geballte Faust zu einem supercoolen Gruß entgegen.

»2Tone«, sagte Barney, die Faust ignorierend.

»Ist also ein Deal«, sagte 2Tone und zog die Faust zurück, als wäre die Geste so gemeint und kein weiterer, fehlgeschlagener Anlauf in Verbrüderung gewesen.

Und mit diesen Worten war er verschwunden. Barney sah ihm nach und blickte zu dem Glöckchen auf, das zum definitiv letzten Mal bimmelte, bevor er sich zu Igor umdrehte.

Der, mit Schaufel und Feger am Boden hockend, sah hoch, was seinen Buckel noch stärker hervorhob. So starrten sich die beiden Männer eine Weile an, ein Blick, der andeutete, dass zwischen ihnen weit mehr Respekt herrschen würde, als es zwischen Igor und 2Tone der Fall gewesen war. Barney nickte, und auch Igor bewegte seinen Kopf. Dann drehte Barney sich um, zeigte auf die Glocke über der Tür, wandte sich wieder Igor zu und strich mit einem Finger über seine Kehle.

»Arf«, sagte Igor mit der Andeutung eines Lächelns um die Mundwinkel. Er konnte die Glocke nicht hören, aber ihre Schwingungen bohrten sich jedes Mal in seine Seele, wenn die Tür aufging. Die Glocke war Geschichte.

»Danke«, sagte Barney, und Igor stand auf und ging nach hinten, um den Werkzeugkasten zu suchen. Barney sah ihm nach und wandte sich dann wieder dem Meer zu.

Da war er also wieder, zurück in einem Frisörsalon, und diesmal würde er hoffentlich bleiben, sich für ein paar Jahre in einer profanen Existenz einrichten und irgendwann sein Leben in Ordnung bringen oder hier langsam alt werden und sterben, und das wäre dann das Ende.

Aber an jenem Nachmittag war das Meer grimmig und grau, und wie alles, was er dieser Tage betrachtete, erschien es ihm voller dunkler Omen. War ein Ort, den er besuchte, je gegen Mord und Tod gefeit? Gab es irgendwo ein derart verschlafenes Fleckchen, dass er sich darauf verlassen konnte, sich für den Rest seiner Tage langweilen zu dürfen?

Schaudernd wandte er sich um. Hinter ihm stand Igor mit einer kleinen Trittleiter und einem Schraubenzieher.

»Danke, Igor«, sagte Barney und schüttelte den Schauder ab.

»Arf«, sagte Igor.

Kapitel 3

Eher würd ich mir in den Hintern beißen

Ruth Harrison öffnete zögernd die Badezimmertür, während im Flur noch der Nachhall eines enormen Gepolters verklang. Sie hatte ein paar Minuten gewartet, dass Jonah kommen und ihr von seinem kleinen Missgeschick berichten würde, bevor sich untypischerweise ein sechster Sinn gemeldet und ihr gesagt hatte, dass sie sich in diesem Fall mehr Sorgen machen sollte, als sie ansonsten geneigt war.

»Jonah!«, rief sie. »Alles in Ordnung, Schatz?«

Nichts. Tote reden schließlich nicht.

»Jonah!«

Immer noch ärgerlich, dass sie das Bad ein bis zwei Stunden früher als geplant hatte verlassen müssen, gleichzeitig jedoch mit einem ersten Anflug von Nervosität wegen ihres möglichen Fundes, ging sie tastend den Flur hinunter, bis sie den Fuß der Treppe sehen konnte. Dann blieb sie wie angewurzelt stehen und klappte den Mund auf. Beim unvermittelten Anblick ihres Kolosses von einem Mann als Haufen toten Fetts pochte ihr Herz wie wild, und ihr Mund wurde trocken.

»Ah, Himmel Herrgott«, murmelte sie und begann vorsichtig, die Treppe hinunterzugehen, wobei sie, je näher sie der Leiche kam, immer zögerlicher wurde. Direkt vor ihrem Mann blieb sie stehen, schloss die Augen und atmete tief ein. In ihrem Kopf drehte sich alles. Bevor sie in Ohnmacht fiel, öffnete sie die Augen wieder, erreichte die unterste Stufe, stieg über die gewaltige Masse von Jonahs Oberschenkeln hinweg und kniete neben seinem Kopf nieder. Vorsichtig hielt sie einen Finger unter seine Nase, obwohl sie schon wusste, dass sie nichts spüren würde. Der ausbleibende Luftzug entlockte ihr dennoch ein Seufzen. Sie lehnte sich an die Wand und rückte ein Stück von ihm ab.

»Mein Gott, Jonah«, sagte sie. »Wenn du nicht so lange vor deinem verdammten Computer gesessen hättest, hättest du es auch nicht so eilig gehabt.«

Weder jetzt noch irgendwann später kam ihr der Gedanke, dass er nicht gestorben wäre, wenn sie ihn ins Bad gelassen hätte. Dort hatte sie sich schließlich um diese Zeit aufzuhalten, und Jonah hätte andere Vorkehrungen treffen müssen.

Sie hörte ein Geräusch und blickte auf. Schwere Schritte, die eilig, aber schleppend Richtung Bad den Flur hinunter gingen. Dann fiel die Badezimmertür zu, und es herrschte Stille.

Ihr Herz begann wie wild zu rasen. Sie stand auf und blickte nervös nach oben.

»Ist da jemand?«

Sie wartete. Nichts.

»Hallo?«

Sie reckte den Hals und hörte nur ihren eigenen Herzschlag. Sie blickte zu Boden, erwog, erneut über Jonah hinwegzusteigen und nach oben zu gehen, aber das würde sie nicht tun. Sie war schließlich keine Idiotin in einem Fernsehkrimi. Sie atmete tief ein und warf einen letzten Blick auf ihren Gatten, bevor sie sich umdrehte und aus der Haustür in die kleine Sackgasse rannte, die von der Straße hinunter zur Kames Bay abzweigte.

»Natur oder Kultur?«, fragte Bartholomew Ephesian.

»Natur«, sagte Barney rasch.

Ephesian starrte sich im Spiegel an, Barney blickte aufs Meer. Nach nur zwanzig Minuten in dem Salon fühlte er sich schon wie zu Hause, und es war, als hätte er sein ganzes Leben lang hier gearbeitet. Der Laden fühlte sich vertraut an, der Ausblick auf das kalte, graue, bedrohliche Meer fühlte sich vertraut an, die kabbeligen Wellen, die quer zu dem Tag standen, fühlten sich vertraut an. Er konnte stundenlang gebannt am Fenster stehen. Und er würde jeden Tag hier arbeiten. Ein Frisörsalon in Millport würde nie einen allzu großen Ansturm erleben, und das würde ihm eine Zeit lang gut passen. Eine kalte, beunruhigende See im Winter, unterbrochen von gelegentlichen Tagen warmer, dunstiger, glatter Stille im Sommer.

Ephesian war wenige Minuten nach dem Abgang seines Sohnes eingetroffen und hatte erklärt, dass er das Geschäft diskutieren wollte, während Barney ihm die Haare schnitt, so als wollte er den Laden nur an einen kompetenten Frisör verkaufen. Er hatte einen schnörkellosen *Martin Luther (ca. 1541)* verlangt, ohne förmlichen Handschlag einfach Platz genommen und angefangen, eine Reihe von Fragen abzufeuern, mittels derer er auf den Grund von Barneys Seele vordringen wollte, ganz so, als wäre dies ein Bewerbungsgespräch und er müsste entscheiden, ob Barney würdig war, ihm etwas abzukaufen. Dass er ihm dabei immer noch nicht in die Augen gesehen hatte, gehörte, wie Barney vermutete, zum Spiel. Er hatte noch keinen Ansatzpunkt gefunden, die Persönlichkeit des Mannes zu deuten, erkannte jedoch seine inhärente Gefährlichkeit, auch wenn sie im Verborgenen schlummerte und auf einen besser geeigneten Anlass lauerte als ein Bewerbungsgespräch mit dem Dorffrisör. Igor mochte Bartholomew Ephesian nicht und hatte deshalb irgendeine Beschäftigung im Hinterzimmer gefunden, die ihn so lange in Anspruch nehmen würde, wie Ephesian vorn zu bleiben geruhte.

»Frankenstein oder Dracula? Was ist wahrscheinlicher?«

»Dracula«, sagte Barney.

»Und gefährlicher?«

»Dracula«, sagte Barney.

»Und essenzieller?«

»Dracula.«

»Der Pate eins oder zwei?«

»Eins.«

»Kylie oder Danni?«

»Machen Sie Witze?«, fragte Barney.

»So etwas wie niedere Kultur gibt es nicht, Mr. Thomson«, kam die prompte Antwort. »Wir müssen das menschliche Leben in all seinen Manifestationen umfangen.«

»Musik oder Sex?«, fragte Barney.

»Ich stelle die Fragen.«

»Musik – Kylie, Sex – Danni, aber ich würde nicht fragen.«

»Batman oder Spiderman?«

»Batman würde ihn fertig machen.«

»Italien oder Schweiz?«

»Ich brauche Kriterien.«

»Gibt es nicht.«

»Italien.«

»John oder Paul?«

»George.«

»Sie wollen jemanden umbringen. Mit bloßen Händen oder nicht?«

»Eine Kugel in den Hinterkopf aus einem halben Meter Entfernung.«

Nicht, dass er je daran gedacht hätte, aber hinter einem aufreizenden Kunden stehend, stellte er fest, dass es offensichtlich Gelegenheiten gab, bei denen es ungeachtet der anschließenden Putzarbeiten die bevorzugte Wahl wäre, dem Mann den Kopf wegzupusten.

»Nett«, sagte Ephesian. »China oder Taiwan?«

»China.«

»China oder Tibet?«

»Tibet.«

»Rot oder braun?«

Barney versuchte, den Blick seines Kunden im Spiegel aufzufangen, doch Ephesian blickte stur in die dunklen Höhlen seiner eigenen Augen.

»Rot«, sagte Barney.

Ephesian zögerte. Barney spürte ein leichtes Zucken des Kopfes, auch wenn seine Miene ausdruckslos blieb. Ganz auf den Job konzentriert. Er machte einen Schritt zurück, um zu überprüfen, ob er die Seiten richtig hingekriegt hatte. Der *41er Luther* war ein Spaziergang, aber ein guter Frisör behält den Kopf des Kunden immer im Blick.

»Das Leichentuch von Turin. Fakt oder Fälschung?«

Um Zeit zu gewinnen, schnipselte Barney an einem unscheinbaren Haar herum.

»Fälschung«, sagte er nach dieser Pause.

»Warum?«

Eine Abweichung. Er hatte schon auf die Frage gewartet, bei der er die Antwort erklären musste.

»Um anzunehmen, dass das Leichentuch echt ist und die chemische Reaktion, die es erschaffen haben soll, tatsächlich stattgefunden hat, müsste ich gläubig sein. Und das bin ich nicht.«

»Glauben Sie, dass die Sonne am Morgen aufgeht?«

»Nicht an der Ostküste Schottlands«, entgegnete Barney lächelnd.

Ephesian ignorierte das Lächeln. Als Kind hatte er noch gewusst, was Lächeln und Lachen waren, aber als vom Leben gebeutelter Erwachsener hatte er diese Fähigkeiten verlernt.

»Jeder glaubt, Mr. Thomson. Das sollten gerade Sie wissen.«

Barney schob die Schere in seine Brusttasche – ungeachtet eines Artikels in der *Barbopolitan* vom vergangenen Monat, der von einem Frisör aus Redundant Falls, North Dakota, berichtete, der sich selbst ins Herz gestochen hatte – und strich mit dem Kamm ein letztes Mal durch Ephesians Haar.

»Sei ein Sünder und sündige kräftig, aber vertraue noch stärker und freue dich in Christus«, sagte Ephesian.

Barney lächelte erneut. »Kommt Haarschnitt, kommt Sinnspruch.«

»Ohne den Glauben sind wir nichts«, sagte Ephesian. »Sie glauben, dass die Sonne am Morgen aufgeht?«, fragte er noch einmal.

Barney antwortete nicht, sondern schob den Kamm neben die Schere in seine Brusttasche.

Die Tür ging auf, und ein Mann mittleren Alters kam herein. Er zögerte und mied Ephesians Blick, eine Mühe, die er sich hätte sparen können, nickte Barney zu und nahm hinter den beiden Männern Platz. Da es keine Zeitschriften zum Durchblättern gab, schaute er aus dem Fenster auf die graue See und legte verlegen die Hände auf die Knie. Die meisten Menschen in Millport hielten sich nur ungern länger als unbedingt nötig in Bartholomew Ephesians Gegenwart auf. In einem Zimmer mit ihm zu sitzen, konnte von leichter Verlegenheit bis zu dem Gefühl, dass einem eine riesige Faust auf das Rückgrat trommelte, alles Mögliche hervorrufen, je nachdem, wie sehr das eigene Leben in der Vergangenheit von ihm gestört und behindert worden war.

»Kann ich den nächsten Kunden bedienen?«, fragte Barney.

Ephesian begutachtete seine Frisur im Spiegel auf Perfektion, nahm sie zur Kenntnis und bedeutete Barney mit den Brauen, dass er ihm Handtuch und Kittel abnehmen möge.

Sich nach wie vor im Spiegel betrachtend, stand er auf, ließ sich von Barney in sein Jackett helfen und wandte sich ihm endlich direkt zu.

»Angemessene Arbeit«, sagte er und blickte auf Barneys Hemd. »Sie können den Laden haben. Ich lasse meinen Anwalt heute Abend die Dokumente fertig machen, sodass wir in den nächsten Tagen zur Unterschrift schreiten können. Haben Sie immer noch vor, bar zu bezahlen?«

Barney nickte, Ephesian nickte, sie besiegelten die Vereinbarung mit einem Handschlag, und dann drehte sich Ephesian um und schritt forsch aus dem kleinen Laden. Sobald die Tür zugefallen war, wurde die Atmosphäre leichter, als wäre eine böse Kraft ausgetrieben worden, ein Dämon, dessen Gegenwart man zuvor eigentlich gar nicht richtig bemerkt hatte. Barney sah aufs Meer und spürte beim Blick auf die aufgewühlte Bucht eine ungewohnte Kühle, bevor er sich dem ersten Kunden im jüngsten Salon seiner Laufbahn zuwandte. Die Tür im hinteren Teil des Ladens ging auf, und Igor näherte sich mit seinem Besen, um Ephesians Haare wegzufegen.

»Sie sind dran«, sagte Barney zu dem Kunden.

Der Mann, der um den Kopf durch und durch zottelig aussah, zog seine Jacke aus und nahm auf dem großen Stuhl vor dem Spiegel Platz.

»Was darf es sein?«, fragte Barney, versuchte zu raten und entschied, dass der Mann etwas Frivoles verlangen würde. Einen Barney Geröllheimer oder einen Batfink.

»Ich hätte gern einen Tony Blair, bitte.«

Wie gesagt …

Kapitel 4

Somethin' Stupid

Police Constable Thaddæus Gainsborough, der einzige Vertreter der Polizeiwache von Millport, war in weniger als fünf Minuten nach Ruth Harrisons Anruf zur Stelle, womit er noch kurz vor dem Krankenwagen eintraf, der aus dem Krankenhaus losgeschickt worden war. Gainsborough überprüfte Jonahs Leiche, um seinen Tod festzustellen, und machte rudimentäre Anstrengungen, ihn wiederzubeleben. Kurz darauf wurde er von dem Notarzt Luciens überrascht, der mit den Worten »Sie machen das ganz falsch, Kumpel« übernahm und gleichfalls einige fruchtlose Wiedererweckungsversuche durchführte. Gainsborough überließ ihn seiner Arbeit und führte Ruth

Harrison von der Leiche ihres Gatten weg in das Haus von Brenda Hope, die gegenüber wohnte. Er setzte die Frauen zusammen, wand sich unbehaglich wegen ihrer unmittelbar einsetzenden Trauerarbeit und überließ sie dann ihrem Tee und den Oma-weichen Keksen. Er kehrte in das Haus der Harrisons zurück und unterzog den Tatort einer gründlichen Untersuchung, um festzustellen, dass sonst niemand anwesend war. Das Geräusch musste der Wind gemacht haben, sollte er später zu Ruthie sagen und dabei vergessen, dass es an jenem Tag windstill war und sie sowieso nie einen Luftzug in ihr Haus ließen. Nicht, seit Billy the Muppet im letzten Sommer die Doppelglasscheiben eingesetzt hatte.

Anschließend versuchten Gainsborough und Luciens, Jonahs Leiche in den Krankenwagen zu verfrachten, wozu sie allein jedoch außerstande waren und deshalb die Hilfe mehrerer Nachbarn in Anspruch nehmen mussten. Schließlich aber verließ Jonah Harrison sein Haus zum letzten Mal, und Luciens scherzte darüber, wie gut es sei, dass die Federung des Krankenwagens kürzlich überholt worden war. Ruth Harrison stand auf der anderen Straßenseite und sah ihn mit einer Tasse PG Tips in der linken Hand dahinfahren, während sie mit der rechten Hand Tropfen aus ihren Augenwinkeln tupfte, die zwar nicht direkt Krokodilstränen waren, aber auf jeden Fall von einer ziemlich großen Echse. Und dann nahm sie all ihren Mut zusammen und machte sich auf den Weg zurück in ihr Haus. Sie lehnte Brenda Hopes Angebot, sie zu begleiten, ab, und betrat das Haus durch die Vordertür. Im Flur blieb sie stehen und spürte die Ruhe und die Stille, die so viel tiefer waren als zu Zeiten, da Jonah einfach nur in der Kneipe gewesen war.

Fünf Uhr, der späte Nachmittag mogelte sich in gewohnter Manier klein gehackt in den frühen Abend. Um kurz nach vier hatte der vom Meer heranziehende Regen eingesetzt und das Fenster mit Schlieren überzogen, sodass der Ausblick, der Barney so fesselte, verschleiert war. Trotzdem stand er neben dem auf seinen Besen gestützten Igor noch immer am Fenster und sah zu, wie aus dem grauen Tag viel zu früh ein schwarzer Abend wurde, als eine Frau den Salon betrat.

Barney hatte einen soliden Arbeitsnachmittag hinter sich: vier Haarschnitte, Ephesians Frisur zu Beginn nicht mitgezählt. Auf den Tony Blair war ein klassischer An-den-Seiten-und-im-Nacken-kurz, ein Brendan Fraser und – Gott bewahre – ein fünfzackiger Sternschnitt gefolgt. Alles in allem nicht viel, verglichen mit einem normalen Tag in Glasgow, aber er wusste, dass es mit vier Schnitten an einem Nachmittag in Millport kaum geschäftiger zugehen konnte.

Igor sah die Frau und verzog das Gesicht. Sie lächelte ihn an, woraufhin er sich abrupt abwandte und sich mit seinem Besen in den hinteren Teil des Ladens verzog. Sie sah ihm nach, wandte sich dann Barney zu, streckte die Hand aus und lächelte. Ein natürliches Lächeln, wie man es auf einer Cornflakes-Packung nie finden würde.

»Hi, Garrett Carmichael«, sagte sie.

Barney ergriff ihre Hand, schüttelte sie, ließ sie wieder los und fragte: »Sie heißen Garrett?«

»Ja. Sie werden sich dran gewöhnen. Ich bin Mr. Ephesians Anwältin. Jedenfalls eine seiner Anwälte. Zu diesem Zeitpunkt musste ich Sie zwar nicht unbedingt persönlich treffen, aber ich dachte, ich schau einfach mal vorbei und sage hallo.«

Es ist ihr Mund, dachte Barney. Ein perfekter Mund. Alles

andere ist niedlich, aber der Mund ist die reine Perfektion. Volle Lippen, aber nicht Hollywood-mäßig aufgespritzt, kein Lippenstift, wunderschön.

»Sie sehen auf meine Lippen«, sagte sie.

»Ja«, erwiderte Barney und schaute ihr in die Augen. »Verzeihung.«

»Das ist schon in Ordnung«, sagte sie. »Und ich habe sie mir nicht machen lassen.«

»Ich weiß«, meinte Barney.

»Ich lasse zwischen ihnen gern Kaviar-Bläschen platzen.«

»Ach ja?«, fragte Barney.

»Ja«, sagte sie. »Und zwischen Zunge und Gaumen. Ein großartiges Gefühl, finden Sie nicht?«

»Doch«, sagte Barney, ein wenig verzaubert, obwohl er bereits wusste, dass dies keine Frau für ihn war.

Hinter ihnen ging die Tür auf und ließ den Moment platzen wie Fischrogen auf der Zunge. Sie drehten sich beide um, als ein alter unförmiger Mann den Salon betrat.

»Mrs. Carmichael«, sagte der Mann, und sie nickte. Dann sah er Barney an und musterte ihn von oben bis unten. »Sind Sie der neue Frisör, Fremder?«, fragte er.

»Ja«, sagte Barney.

»Können Sie einen ›Robbie Williams *Something Stupid*‹?«

Völlig unpassende Frisuren sind meine Spezialität... »Ich kann die komplette Robbie-Palette«, sagte Barney, »aber dieser spezielle Schnitt ist schon drei Jahre alt.«

»Ich bin siebenundachtzig.«

»Ja dann ...«

»Cool«, sagte der Alte und setzte sich. Barney blickte auf die Uhr über dem Spiegel und entschied, dass ihm die Zeit eigentlich egal war. Es war sein Laden oder würde es demnächst sein, und er konnte öffnen und schließen, wann es ihm passte. Er nickte Garrett Carmichael zu und machte sich an die Arbeit. Ein Umhang für den alten Burschen – er ahnte bereits, dass das Durchschnittsalter seiner Kunden sich irgendwo zwischen zwei- und dreihundert bewegen würde –, dann nahm er den Rasierapparat, setzte den Scherkopf Nr. 4 auf und studierte die Schädeltopographie seines Kunden, um den geeigneten Ansatzpunkt zu finden.

»Wo wohnen Sie?«, fragte Garrett Carmichael, die sich auf die Bank hinter ihm gesetzt hatte.

Barney drehte sich nicht sofort um. Wo wohnte er? Die Tür des Hinterzimmers ging auf, und Igor trat mit bis zum Hals zugeknöpftem Mantel heraus. Er warf erst Carmichael und dann Barney einen Blick zu.

»Igor«, sagte der Kunde, und Igor fing seinen Blick auf und nickte ihm kurz zu. »Neuer Mantel?«, fragte der Alte. »Guter Schnitt.«

Igor ignorierte ihn oder hatte erst gar nichts gehört, warf Barney einen weiteren flüchtigen Blick zu und schlüpfte aus der Tür, die sich in beruhigender Stille öffnete und wieder schloss. Barney sah ihm nach und wandte sich dann wieder dem Kopf vor ihm zu, ohne Carmichaels Frage beantwortet zu haben.

Wo wohnte er? Und so dachte er zum dreihundertsten Mal an jenem Tag an Detective Sergeant Ashley Daniels, die nach einer kurzen gemeinsamen Zeit in London mit ihm nach Schottland gekommen und jetzt in Glasgow war, wo sie einen Posten bei der Strathclyde Police angenommen hatte. Sie war am Wochenende zuvor mit ihm nach Millport gekommen, hatte einen Blick auf die Insel geworfen und die Flucht ergriffen. Ihre keimende Beziehung war erst wenige Monate alt und schon an einem Knackpunkt angekommen. Er wollte in einem kleinen Ort leben, in dem nie etwas passierte, sie zog es in die große Stadt. Für sie war Glasgow ein Kompromiss zwischen London und einem Kaff, für Barney war Glasgow genau das, was er meiden wollte. Nach nur zwei Monaten war die Phase, in der ein Opfer für den anderen als selbstverständlicher Teil ihrer Beziehung erschienen war, schon vorbei.

Als er am Morgen aufgebrochen war, hatte er nicht daran gezweifelt, dass er am Abend zurückkehren würde. Sie hatten sogar darüber geredet, eine Wohnung im Westen der Stadt zu kaufen, damit er täglich zwischen Millport und Glasgow pendeln konnte. Doch nachdem er nun hier war, erschien ihm der Gedanke, jeden Abend zurückzufahren, absurd. Ihre Abschiedsworte am Morgen in der Central Station – *bis in ein paar Monaten* – hatten angedeutet, was er ihrer Meinung nach tun würde. Dass er nur für alle Fälle eine kleine Reisetasche gepackt hatte, war ein weiterer deutlicher Hinweis gewesen.

Außergewöhnliche Umstände hatten sie zusammengeführt, als sie einer wahnsinnigen Mörderin von London nach Paris nachjagten, und nun wirkte alles, was ihnen anfangs so natürlich vorgekommen war, mit einem Mal krampfhaft.

»Darüber habe ich gerade nachgedacht«, sagte Barney. »Vielleicht probiere ich es in dem Hotel ein Stück die Straße hinunter.«

»Meine Mutter hat ein Zimmer«, sagte Carmichael.

»Ach ja?«

»Meerblick inklusive, fünf Minuten zu Fuß von hier. Genau das, wonach Sie suchen.«

Er zögerte. Schließlich drehte er sich um und sah sie an, wandte sich aber rasch wieder ab, schaltete den Rasierapparat ein und stürzte sich damit auf den Schädel des alten Knackers wie ein Schwarm Nazgul, die auf eine Weide mit schlafenden Hobbits herabstoßen. Was würde Ash dazu sagen? Würde es ihr überhaupt etwas ausmachen? Er sollte vorher mit ihr reden, aber was gab es da zu sagen? Und würde er für immer bleiben, wenn er heute Nacht blieb?

»Ja, in Ordnung«, sagte er eilig über das Summen des Rasierers hinweg.

»Cool«, sagte sie. »Ich warte hier und bringe sie rüber, wenn Sie fertig sind. Heute Abend gibt es Steak Pie.«

»Ich kriege schon irgendwo was zu essen. Es ist doch sicher reichlich kurzfristig.«

»Ich habe meiner Mutter bereits gesagt, dass Sie kommen.«

»Ach so.«

Er setzte den Rasierer ab, trat einen Schritt zurück, um sein bisheriges Werk zu begutachten, legte den Apparat beiseite und nahm Schere und Kamm zur Hand.

»Wissen Sie, was ich mag?«, fragte der Kunde. »Ich mag das Gefühl, wenn ich mein Gebiss vor dem Einsetzen zwanzig Minuten ins Eisfach lege und dann ein strammes Glas Lagavulin trinke. Oh ja.«

Barneys Blick traf sich mit dem des Mannes, bis er von Garrett Carmichaels Gesicht im Spiegel abgelenkt wurde, deren tolle Lippen sich bei dem Gedanken an ein zwischen Eis und Pommes frites liegendes Gebiss zu einem Lächeln verzogen.

James Randolph saß in seinem kleinen Haus bei der Werft und blickte über den Clyde auf Bute und die wolkenverhüllten Hügel von Arran. Er war online und gab bei Google gerade die Suchbegriffe Mord und Totschlag ein. Eine neue Mordmethode? Keine Chance, dachte er. Wie sollte er, ein Mann von so begrenzter Einbildungskraft, eine neue Mordmethode ersinnen? Es war nur ein weiteres von Ephesians Spielen, eine weitere Gelegenheit, sich auf Kosten einer seiner bezahlten Lakaien zu amüsieren. Es gab in der Stadt keine einzige Menschenseele, die noch nicht darunter gelitten hatte.

Eine neue Mordmethode. Die Worte spulten in einer Endlosschleife in Randolphs Kopf ab, das Mantra seines totalen Fantasieausfalls. Und so suchte er bei Google nach irgendeinem alten Mord aus dem wirklichen Leben oder einem Buch, das Ephesian nicht gelesen haben konnte. Denn bei all seiner Hybris und Aufgeblasenheit konnte er kaum jeden Mord kennen, der in den letzten hundert Jahren rund um den Globus begangen worden war, und schon gar nicht die weiteren Millionen, die in Büchern und Filmen geschehen waren.

Eine neue Mordmethode. Und trotzdem war das nicht das Interessanteste an der Sache. Das eigentlich Spannende war das Opfer. Randolph hatte nicht den leisesten Schimmer, warum Ephesian diese spezielle Person ins Jenseits befördert haben wollte. Nicht dass er je eine Ahnung gehabt hätte, was sein Arbeitgeber dachte. Aber es fielen ihm in der Stadt einige Leute ein, die zu beseitigen Ephesian ein Interesse haben könnte, doch diese Person hätte nie auf der Liste gestanden.

Er stützte sein Kinn in die Hand, blickte auf den Kanal, wo sich ein Atom-U-Boot aus Falsane langsam an Butte vorbei Richtung Irische See schob, und seine Gedanken trieben mit dem Schiff davon, bis *eine neue Mordmethode* nur noch eine Melodie war, die sich als Endlosschleife in seinem Kopf drehte.

Kapitel 5

Kinder: Man kann nicht mit ihnen leben und sie auch nicht zu Pommes verspeisen.

Der Tisch war für fünf Personen gedeckt, zwei Gedecke waren für die Kinder. Barney musterte das Arrangement mit gewissen Vorbehalten, fühlte sich jedoch instinktiv zu dem Fenster mit Blick auf das Wasser hingezogen. Es war ein viktorianisches Haus am Westrand der Stadt. Von der Shore Road in die Cardiff Street, links den Hügel hinunter zu dem Sportplatz und dem kleinen Park, eines der letzten in einer Reihe alter Häuser, kurz bevor die Neubauten aus den 60er und 70er Jahren begannen, und wie es die seltsame alte Hand des Schicksals wollte, drei Häuser neben dem von James Randolph.

Barney drehte sich um, als er hinter sich das Geraschel von zu viel Kleidern hörte und Miranda Donaldson, Garrett Carmichaels Mutter, gefolgt von einem fünfjährigen Jungen und Garrett mit einem kleinen Mädchen im Arm, ins Zimmer gerauscht kam. Er kam sich vor wie ein Schaf, das aus Versehen in eine Tagung von Wölfen geraten war.

Cool bleiben, Barn, dachte er. Lass dich nicht von den Kids einschüchtern.

»Hallo«, sagte er.

»Ich rechne dann also mit sechzig Pfund die Woche, zwei Pfund fünfzig zusätzlich pro Tag, wenn Sie abends ein warmes Essen wollen, und ich kann Ihnen auch ein Lunch-Paket fertig machen, aber nur, wenn Sie rechtzeitig Bescheid sagen. Das Essen heute Abend ist umsonst, ansonsten erwarte ich eine Vorauszahlung für den ersten Monat und danach pünktliche Zahlung. Andernfalls gilt das Mietverhältnis sofort als beendet.«

»Mutter! Mein Gott, lass ihn doch erst mal rein, ja?«

Barney sagte nichts, obwohl er spürte, wie sich seine Wangen unter den G-Kräften der schieren Präsenz dieser Frau kräuselten. Wenn Ash das mit angesehen hätte, hätte sie sich vor Lachen in die Hose gemacht. Das war ihm lieber, als zu ihr zurückzukehren?

Er hatte eigentlich keine Wahl.

»Und kein Essen auf dem Zimmer. Abends um elf verriegele ich die Tür, Rauchen verboten. Und ich möchte auch nicht, dass Sie betrunken aus der Kneipe kommen, und wenn ich Sie einmal in einer gotteslästerlichen Sprache reden höre, fliegen Sie sofort raus. Die Schuhe sind an der Tür auszuziehen. Diesmal lass ich es Ihnen noch durchgehen, obwohl Garrett es Ihnen hätte sagen sollen. Lassen Sie Ihre Kleidung nicht im Haus herumliegen, ich erwarte Ordnung und Sauberkeit. Das gilt insbesondere für das Badezimmer. Keine Zahnpastaspuren am Waschbecken, kein Urin am Rand der Kloschüssel und auch keine Fäkalienreste nach einer Darmentleerung.«

»Das hätte ich Ihnen sagen müssen«, entschuldigte Garrett sich hinter ihr.

»Es gibt nur einen Fernseher, und der Empfang ist nicht besonders gut, deshalb möchte ich nicht, dass Sie allzu häufig fernsehen. Und keine laute Musik. Sollte es Ihnen in dieser Stadt tatsächlich gelingen, Freundschaften zu schließen, bringen Sie auf keinen Fall irgendjemanden ohne meine Genehmigung ins Haus, und unter absolut keinen Umständen werde ich irgendwelche Unzüchtigkeiten unter meinem Dach dulden.«

»Dafür müssen Sie dann zu mir kommen«, warf Garrett ein

und zuckte die Schultern, als wollte sie sich für ihren Witz entschuldigen.

Ihre Mutter bedachte die Bemerkung mit dem entsprechenden Blick und wandte sich wieder Barney zu.

»Sind Sie damit einverstanden oder möchten Sie lieber abreisen?«

Barney nickte und erwog zu fragen, ob es genehm wäre, wenn er im Haus auf irgendeinem Level als menschliches Wesen existierte, oder ob er sich vielleicht einfach ins Körbchen legen sollte, verkniff sich jedoch wohlweislich jeden Sarkasmus.

»Absolut.«

»Gut. Dann können Sie jetzt Ihre Schuhe ausziehen. Das Abendessen ist fertig. Steak Pie. Wenn Sie das nicht mögen, haben Sie Pech gehabt, denn etwas anderes gibt es nicht.«

Und damit drehte sie sich um und marschierte schnurstracks in die Küche. Garrett lächelte; die Kinder sahen Barney wie schon während des gesamten Verhörs erwartungsvoll an und hofften, dass sie nun endlich an der Reihe waren. Es waren alles in allem gesittete Kinder, angemessen erzogen, sämtlicher Körperfunktionen mächtig und somit in den meisten öffentlichen Bereichen zugelassen.

»Sie ist ein bisschen penetrant«, sagte Garrett.

»Ach, das ist mir gar nicht aufgefallen«, sagte Barney.

Garrett zuckte die Schultern, denn da half kein Leugnen, an ihrer Mutter konnte sie nichts ändern. Sie setzte das Mädchen neben ihren Bruder auf dem Boden ab und kniete sich zu den beiden.

»Leute, das ist Mr. Thomson, er wird eine Weile bei Gran wohnen.«

»Hallo«, sagte Barney. »Wie heißt ihr?«

»Ich bin Hoagy«, sagte der Junge. »Und das ist Ella. Sie ist eine Quasselstrippe.«

»Hoagy!«, ermahnte ihn seine Mutter.

»Hast du selber gesagt!«

Barney streckte die Hand aus, und Hoagy Carmichael ergriff sie mit wichtiger Miene. Als Barney sich Ella zuwandte, versteckte sie sich kichernd hinter ihrer Mutter. Barney kitzelte sie mit einem Finger unter der Achselhöhle, und das Kichern wurde lauter.

»Bei mir auch!«, rief Hoagy und suchte, als Barney den Finger ausstreckte, Deckung hinter seiner Mutter. Im selben Moment tauchte Rosa Kleb in der Tür auf.

»Es steht auf dem Tisch«, sagte sie schnippisch.

»Okay, Leute«, sagte Garrett, »Hände waschen und ab ins Esszimmer.«

»Ich habe meine Hände schon gestern Morgen gewaschen.«

»Los, marsch zum Waschbecken.«

»Hast du das von Jonah Harrison gehört?«, fragte Miranda Donaldson, die unvermittelt erneut in der Tür aufgetaucht war.

»Was ist mit ihm?«

»Ist die Treppe runter gefallen und mit dem Kopf aufgeschlagen.«

»Scheiße, alles in Ordnung mit ihm?«

Noch während sie sprachen, führte Barney die Kinder ins Badezimmer. Ein Urinstinkt. Er hatte – abgesehen davon, dass es in der Vergangenheit immer ein Kampf gewesen war, ihnen die Haare zu schneiden – nie etwas mit Kindern zu tun gehabt; und jetzt sorgte er automatisch dafür, dass sie sich die Hände wuschen. Was kam als Nächstes?

»Du trägst doch bestimmt keine Windeln mehr, oder?«, fragte er Ella, die ihn mit großen Augen ansah.

»Nein«, antwortete Hoagy für sie, »aber sie macht sich immer noch manchmal in die Hose. Mum sagt, das macht sie nur, um sie zu ärgern, weil es bei Gran nie passiert.«

Sie erreichten das Bad, Hoagy stellte sich auf einen kleinen Hocker neben dem Waschbecken.

Barney klappte den Deckel der Toilette herunter und setzte sich; Hoagy spritzte mit Wasser herum. Ella stand in der Mitte des Bads und starrte Barney an.

»Wo ist euer Vater?«, fragte Barney.

»Er ist tot«, erklärte Hoagy mit dem nüchternen Tonfall eines Jungen, der noch zu klein ist, um das Konzept zu begreifen. »Mum sagt, dass wir ihn wiedersehen, wenn wir sterben, aber das passiert erst, wenn ich schon ein Dad bin und Ella eine Mum ist.«

»Ah ja«, sagte Barney. »Das ist ja noch ziemlich lange hin.«

Er drehte sich um, als er spürte, dass jemand hinter ihm war.

»Wie kommt ihr zurecht?«, fragte Garrett.

»Super«, sagte Hoagy.

»Ihr Junge schrubbt sich die Finger, als würde er sich für eine Operation am offenen Herzen vorbereiten. In etwa einer Stunde sollten wir so weit sein.«

Garrett stürzte sich auf ihn und begann den Liter flüssige Seife abzuspülen, den er sich über die Hände geträufelt hatte.

»Es gab heute einen Todesfall in der Stadt«, sagte sie und begann den Jungen abzutrocknen.

Bei diesen Worten sank Barneys Herz. Es war ein körperlich spürbares Gefühl, bei dem seine Innereien wie in einen Schacht stürzten und sich wimmelnd neu ordneten. War das nicht unvermeidlich? Tod, der Fluch, der ihn verfolgte, wohin er auch ging. Und auf diesen Gedanken folgte ebenso rasch ein weiterer: Jeden Tag starben in Schottland zweihundert Menschen. Der Tod war immer und überall, und das hatte nichts mit ihm zu tun. Trotzdem murmelte er mit gesenktem Kopf unwillkürlich: »Ich bin lebendig in alle Ewigkeit und halte den Schlüssel der Hölle und des Todes.«

»Was?«

»Was ist passiert?«, fragte er und blickte auf. Lass es keinen Mord gewesen sein, dachte er. Lass mich in Frieden. Lass mich in eine neue Stadt kommen, die gewöhnlich ist. Ich suche ein Brigadoon, kein Utopia auf Erden, keinen Garten Eden, in dem dauernd die Sonne scheint und die Bäume immer Früchte tragen. Nur eine normale Stadt mit all dem Guten und Schlechten im Leben, aber vor allem eine Stadt, in der die Leute nicht ermordet werden, sobald ich die Bildfläche betrete.

»Jonah Harrison«, sagte sie und wusch rasch Ellas Hände, »ein stämmiger Typ, der in dem kleinen Wohngebiet hinter der Kames Bay wohnt. Ist die Treppe runtergefallen und mit dem Kopf aufgeschlagen. War sofort tot.«

»Wurde er gestoßen?«, fragte Barney, das Unvermeidliche vermutend.

»Gestoßen?«, fragte Hoagy.

»Niemand wurde gestoßen«, fauchte Garrett.

»Tut mir Leid«, sagte Barney. »Nur so eine Vermutung.«

»Er ist einfach die Treppe runtergefallen. Ein kräftiger Typ, muss um die hundertfünfzig Kilo gewogen haben. Weiß Gott, wie die Platzwunde aussah, wo er aufgeschlagen ist.«

»Warum wurde er gestoßen?«, fragte Hoagy.

»Ich hab ihn nicht geschubst«, meldete Ella sich erstmals in der allgemeinen Gesprächsverwirrung zu Wort.

»Niemand hat irgendwen geschubst«, sagte Barney. »Kommt, lasst uns essen gehen.«

»Ja!«, rief Hoagy, den der Gedanke an ein Essen, dass er bestimmt nicht essen wollte, mit einem Mal in Hochstimmung versetzte.

»Ja!«, sagte Ella, die noch viel weniger Grund zur Freude hatte.

»In Ordnung, und die Sache mit dem Schubsen tut mir Leid«, sagte Barney.

»Passen Sie bloß auf, dass es nicht wieder vorkommt«, sagte Garrett, und wie ein mikrowellentaugliches Instant-Elternpaar begaben sie sich zu Tisch.

Kapitel 6

Rot, rot, rot ist alles, was ich hab …

Bartholomew Ephesian saß allein an dem großen Esstisch. Sein Suppenteller war abgeräumt worden, und er wartete nun auf Schweinebraten, Röstkartoffeln sowie diverse andere perfekt geschnittene und gedünstete Gemüse. Er mochte es, wenn sein Teller voll und eine bunte Farbpalette war, solange kein Rot darin vorkam, und er mochte die Stille, nur durchbrochen vom knackenden Feuer und dem Regen, der gegen die Fenster prasselte. Er trank einen französischen Chardonnay, ein wenig grimmig und trotzig, aber verspielt auf dem Gaumen, dessen außergewöhnlich ausgeprägter Abgang an einen Hauch von Sommerobst, Polkappenschmelze und acht von zehn Katzenbesitzern erinnerte.

Er speiste stets allein. Essen war ein zu großes Vergnügen, um es in Gesellschaft zu vergeuden, etwas, das schweigend und einsam genossen werden musste, damit man sich an jedem Bissen erfreuen und jedes Häppchen bis zum Gipfel der Gaumenfreude auskosten konnte.

Die Tür ging auf, und Jacobs betrat schweigend das Zimmer. Dreieinhalb Minuten zu früh. Ephesian bestand auf einer Pause von exakt zwölf Minuten zwischen den Gängen. Trotzdem musterte er Jacobs nicht in irgendeiner Weise verstohlen von der Seite, weil er wusste, dass es einen guten Grund dafür geben musste, dass der Mann sich entschieden hatte, früher einzutreten. Er sah ihn mit hoch gezogener Braue an, das internationale Symbol der Neugierigen, den Blick fest auf den Knoten von Jacobs' schwarzer Fliege gerichtet.

»Ein Anruf, Sir«, sagte Jacobs. »Mr. Phat.«

Ephesian riss die Augen auf, und sein Herz raste, obwohl er versuchte, seine Überraschung zu überspielen. Er blickte auf die Uhr: 18 Uhr 05. 02 Uhr 05 in Hongkong. So spät nachts arbeitete Phat nie. Sein Arbeitstag folgte dem immer gleichen Rhythmus. Morgens spielte er zwei Runden Golf, nahm im Club ein umfangreiches Mittagessen zu sich, das immer auch Hühnerfleisch enthalten musste, und traf gegen 14 Uhr im Büro ein, das er um halb acht wieder verließ. Den Rest des Tages teilte er zwischen seinen Hauptvergnügungen Kino, Essen und Sex mit mindestens drei Frauen gleichzeitig auf. Um drei Uhr morgens ging er schlafen, um am nächsten Morgen um sieben wieder auf dem Golfplatz zu stehen. Ein Leben nach der Uhr.

»Ich nehme den Anruf hier drinnen entgegen, Jacobs«, sagte Ephesian, und Jacobs trat nickend den Rückzug an.

»Sie werden natürlich mithören«, sagte Ephesian besorgt, bevor er verschwunden war.

»Wie Sie wünschen, Sir«, sagte Jacobs und zog die Tür hinter sich zu.

Jacobs gehörte schon zu Ephesians Familie, solange sie beide denken konnten. Sein Vater hatte für Ephesians Vater gearbeitet, eine Beziehung, die Generationen zurückreichte. Jacobs war Ephesians Kontakt zur Außenwelt, die Brücke zwischen ihm und dem Rest der Menschheit. Nach so vielen Jahren im Dienst seines Herren verstand Jacobs alles an ihm und begriff, dass all seine Launen, sein Irrsinn, die Grobheit und Unduldsamkeit zu seinem Wesen gehörten und dass ihm sein Verhalten selbst immer ganz prosaisch gerechtfertigt erschien. Mit Jacobs' Hilfe hatte Ephesian es geschafft, sein mathematisches Genie zu nutzen, um Geld zu verdienen. Ohne ihn wäre er an der Seitenlinie stehen geblieben, sein Talent von verständnislosen Arbeitgebern benutzt und missbraucht. Mit Jacobs' Hilfe war Ephesian reicher geworden als irgendeiner seiner Vorfahren. Und es war eine bizarre Obsession seiner Teenager-Jahre, die ihn nie ganz losgelassen hatte, die sie nach Millport und zu dem entscheidenden Moment in Ephesians und damit auch in Jacobs' Leben geführt hatte.

Ephesian wartete ein paar Sekunden, in denen ihm sein pochendes Herz und die Feuchtigkeit seiner Hände bewusst wurden. Er war seinem Traum so nahe, und alles, was ihn von nun an noch beeinträchtigen konnte, würde diesen Effekt auf ihn haben. Mit unsicherer Hand griff er zum Hörer.

»Ping!«, sagte er, um das Maß an Begeisterung bemüht, mit dem Ping Phat all seine Gespräche zu führen pflegte, was er indes nie lange durchhielt.

»Bartholomew«, sagte Ping Phat, »es geht Ihnen gut? Habe Sie ich gestört beim Verzehr von Schweinespeck in Kuhfett und Butter gebraten, dass Essen nennt sich bei Ihren Leuten?«

Ephesian ließ sich einen Moment Zeit mit seiner Antwort. »Nur ein bisschen Honig habe ich mit der Spitze des Stabes, den ich in meiner Hand hielt, gekostet. Hier stehe ich, ich bin bereit zu sterben.«

Ping bellte lachend.

»Solange nicht das passiert, bevor eintreffen ich werde«, sagte Phat.

Ephesian schloss die Augen. In seinem Kopf tanzte das Wort »Scheiße« zu der Titelmelodie aus *Der Pate*. Warum konnte ihn der Mann nicht einfach in Ruhe lassen?

»Sie kommen nach Schottland?«, fragte Ephesian, bemüht, weder überrascht noch verärgert zu klingen, während er sich unvermittelt fragte, wo Ping Phat im Augenblick war. Wenn er um diese Zeit anrief, lag das nicht daran, dass er seinen Tagesplan geändert hatte, sondern daran, dass er sich in einer anderen Zeitzone aufhielt. Mein Gott, war er etwa schon in Schottland?

»Absodefinitiv«, sagte Ping Phat. »Sie ein guter Mann sind, Bartholomew. In Sie einhundert Prozent Vertrauen ich habe, das Sie wissen, mein fetter Freund.«

Die Bemerkung mit dem fetten Freund nahm Ephesian etwas von seiner Nervosität und verhinderte, dass ihm die Frage *Warum kommen Sie dann her?* herausrutschte. Stattdessen schwieg er.

»Aber war lange das Warten für mich wie auch für Sie. Deshalb am Ende dabei zu sein, ich wünsche.«

Hör auf zu reden wie der beschissene Yoda, du blödes Schlitzaugen-Arsch, wollte Ephesian in den Hörer brüllen, schäumte jedoch lieber wortlos. Er wusste, dass Ping Phat absolut tadelloses Englisch sprechen konnte. Seine Sätze zu verdrehen war also reine Willkür.

»Das ist wundervoll«, sagte Ephesian, dem der begeisterte Tonfall längst abhanden gekommen war.

»Unsinn!«, blökte Phat und lachte laut. »Aber wir nicht wollen zerstören unsere Freundschaft durch Ehrlichkeit jetzt.«

Ephesian verzog verbittert das Gesicht.

»In Paris ich bin«, sagte Phat. »Frankreich«, fügte er hinzu wie ein Amerikaner.

Ephesian packte den Hörer fester. Ein Direktflug nach Glasgow, und von dort würde der Mann vermutlich einen Hubschrauber nehmen. Er konnte noch heute Abend in Millport sein. Herrje.

»Wann kommen Sie?«, fragte er voller Verachtung und bewies damit ein weiteres Mal seine komplette Unfähigkeit, seine Gefühle zu verbergen oder irgendeinen anderen Menschen einmal nicht durch schiere Willenskraft, sondern durch Raffinesse oder Spitzfindigkeit zu manipulieren.

»Mittwochabend ich werde dort sein«, sagte Phat. »Der Weg war lang, mein fetter Freund, und anwesend ich werde sein, wenn wir alle trinken Kaffee im Café des ewigen Lichts.«

Ephesian hatte sich schon gefragt, ob Phat das Bedürfnis haben würde, dabei zu sein, wenn ihre jahrzehntelange Suche endlich zu Ende gehen würde, aber in all der Zeit, die sie zusammengearbeitet hatten, hatte er Hongkong seines Wissens nie verlassen. Ephesian hatte schon gehofft, dass der Grund vielleicht eine grundsätzliche Aversion gegen das Reisen war, möglicherweise stark genug, um ihn von der Vollendung all seiner Arbeit fern zu halten.

Denn so betrachtete Ephesian es mittlerweile. Es war seine Arbeit, und deshalb gebührte der Preis ihm. Phat hatte sie all die Jahre finanziert. Ephesian war nach alten schottischen Maßstäben wohlhabend, aber Phat war auf eine asiatische oder nahöstliche Weise reich, besaß Investment-Fonds, Konten und Geschäfte, die Ephesian im Vergleich wie East Stirling aussehen ließen. Aber bloß weil Sharp oder Toyota Sponsoren von Manchester United waren, bedeutete das ja auch nicht, dass sie den Ruhm einheimsten, wenn United Meister wurde.

»Sie sind selbstverständlich mein Gast«, erklärte Ephesian förmlich und fragte sich bereits, ob dies eine weitere Person war, um die er sich kümmern musste.

»Gütig das wäre überaus«, sagte Phat. »Danke. Ich mit einer kleinen Delegation reise. Platz Sie haben, oder?«

Ephesian starrte auf seinen Schreibtisch, sein Blutdruck hatte mittlerweile stratosphärische Höhen erreicht. Natürlich hatte er jede Menge Platz. Sein Haus war für eine kleine Stadt und einen allein lebenden Mann geradezu lächerlich groß. Eine Delegation unterzubringen, wäre also kein Problem. Es könnte es nur schwieriger machen, den Mann zu ermorden.

»Selbstverständlich, Ping«, sagte Ephesian.

»Wunderbar«, sagte Ping. »Mittwoch ich werde anrufen, Ihnen mitzuteilen die Zeit.«

Himmelherrgott, halt die Klappe.

»Sehr gut, mein Freund«, sagte Ephesian.

Die Verbindung wurde unterbrochen. Ephesian starrte den Hörer an, bevor er ihn wieder auf die Gabel legte. Ping verabschiedete sich nie, sondern beendete jedes Telefonat, wenn er auf möglichst alberne Weise gesagt hatte, was zu sagen war.

Ephesian starrte über die Schreibtischkante auf den marokkanischen Läufer, den er vor zehn Jahren in Rabat gekauft hatte. Sein Blick fiel wie stets auf dasselbe orangefarbene Kamel in der Reihe mit neun weiteren Tieren. Was hatte Ping Phat vor, begann er sich zu fragen, bevor er die Frage beinahe sofort wieder verwarf. Warum sollte er nicht dabei sein wollen? Sie hatten die meistgesuchte Reliquie ihrer Zeit aufgestöbert und standen im Begriff, das bedeutendste historische Ereignis seit zweitausend Jahren zu präsentieren. Gab es auf diesem Planeten irgendjemanden, der, wenn er die Möglichkeit hätte, nicht dabei sein wollte?

Die Tür ging auf, und Jacobs kam mit einem Tablett herein. Ephesians Hauptgang war mit einer großen silbernen Haube zugedeckt. Jacobs stellte das Tablett ab und begann den Tisch neu zu decken.

»Und?«, fragte Ephesian.

Jacobs stellte den Teller vor ihm ab und nahm die Haube weg. Bratenduft stieg empor, während Jacobs Ephesian Wein nachschenkte und die Flasche wieder in dem Ständer am Rand des Tisches deponierte.

»Offensichtlich«, sagte er mit gemessener Stimme, »muss wegen Mr. Phat etwas unternommen werden.«

»Ja«, sagte Ephesian nickend und fügte hinzu: »Was er braucht, ist eine Kugel in den Hinterkopf.« Wobei ihm das dazugehörige wehmütige Lächeln missriet.

Jacobs' Miene hellte sich kurz auf, bevor er das Zimmer verließ und Ephesian mit dem Schweinebraten und den neu zu fällenden Entscheidungen allein ließ.

Ruth Harrison lag am späten Abend wach im Bett und betrachtete den Widerschein der Laternen an der Decke. Eine 28-jährige Ehe war zu Ende gegangen, und damit ein 33-jähriger Streit darüber, ob man mit offenen oder zugezogenen Vorhängen schlafen sollte. Jetzt konnte sie es sich aussuchen, fühlte sich jedoch plötzlich an Jonahs Wunsch gebunden. Also lag sie bei offenen Vorhängen im Bett, wie er es gemocht und sie es immer gehasst hatte. Hätte sie auch nur ein bisschen über ihr Verhalten nachgedacht, hätte sie erkannt, dass sie das nur tat, um ihre zwiespältigen Gefühle zum Tod ihres Gatten zu kompensieren.

Während sie so dalag, überlegte sie, was sie mit ihrer Zukunft anfangen könnte und mit der Versicherungsprämie, die sie fälschlicherweise erwartete. Gleichzeitig fühlte sie sich schuldig, weil sie sich so kurz nach seinem unglücklichen Tod schon das Leben einer lustigen Witwe ausmalte. Aber wie die wunderbare Jane Austen dereinst schrieb: *Mögen andere Federn bei Schuld und Elend verweilen, ich verlasse solch verhasste Themen, sobald ich kann.* Und apropos Schuld, sie musste jetzt wegen Reverend Dreyfus kein schlechtes Gewissen mehr haben.

Sie lächelte. Er war heute Abend nicht vorbeigekommen, nicht einmal in Zeiten ihrer eventuellen Trauer, aber sie wusste, dass er den Bibelkreis leiten musste und ab Montagabend immer schon an der Predigt für den kommenden Sonntag arbeitete. Am nächsten Tag würde er sie besuchen, um Jonahs Beerdigung zu besprechen, und dann konnte ihr neues Leben beginnen. Er allerdings war ein Mann, der seinem Taufnamen Judas alle Ehre machen würde.

Dann hörte sie im Flur vor dem Schlafzimmer ein Geräusch. Sie hielt die Luft an, verspannte sich am ganzen Körper und spürte Angst und Schrecken in allen Gliedern. Sie packte die Decke fester und starrte zur Tür.

Mit immer noch angehaltenem Atem fragte sie sich, ob sie einen Gegenstand ergreifen sollte, mit dem sie sich notfalls verteidigen könnte. Aber sie wollte die Decke nicht loslassen, ganz gleich, wie wenig Schutz sie auch bieten mochte.

Ein weiterer Schritt, diesmal direkt vor der Tür. Die Augen weit aufgerissen, hörte sie, wie jemand zum Bad ging, die Tür öffnete, wieder schloss und hastig verriegelte. Vor Entsetzen aufrecht im Bett sitzend, den Hinterkopf fest gegen die

Wand gepresst, lauschte sie, wie der Toilettensitz hochgeklappt wurde, hörte einen plätschernden Strahl, der allmählich versiegte, und dann das Rauschen der Spülung.

Danach war es still.

Sie wartete, dass jemand das Bad verließ, doch die Schritte waren verklungen, und man hörte auch keine weiteren Aktivitäten im Bad.

Sie wartete. Und wartete. Und so saß Ruth Harrison immer noch starr und aufrecht im Bett, als am nächsten Morgen um kurz nach sechs die Sonne aufging und gleißendes Licht in ihr Schlafzimmer fiel.

Kapitel 7

Die eifrige Natur – bereit für die große Krise

Barney stand am Fenster und starrte in den Regen, der über die Hauptstraße fegte. Ein kühler ablandiger Nordostwind trieb ihn vor sich her, sodass die Schaufensterscheibe klar und die Aussicht auf die aufgewühlte See und die wenigen vor Anker liegenden Boote, die unruhig auf dem Wasser schaukelten, ungetrübt war. Igor stand hinter ihm, ein Auge auf Barneys Rücken, das andere auf dem Geländer in der Mitte des Salons, das er gerade abstaubte. Da er es bereits am Tag zuvor poliert hatte, wusste er, dass es nur flüchtiger Aufmerksamkeit bedurfte.

Igor dachte gelassen über die besondere Beschaffenheit von Seide nach. Barney starrte aufs Meer und dachte an den Typen, der den Pazifik in einem Ruderboot überqueren wollte und der nach ein paar Stunden bemerkte, dass er den Dosenöffner vergessen hatte. Was sollte man da machen, fragte er sich, vor allem wenn es eine große zeremonielle Verabschiedung gegeben hatte? Heimlich nachts zurückrudern und hoffen, dass es irgendwo einen 24-Stunden-Supermarkt gab und einen keiner erkannte? Ein anderes Werkzeug finden, mit dem man eine Dose öffnen konnte, vielleicht ein Brieföffner oder die Zähne, und sich so die nächsten neun Monate durchschlagen? Seine Mum anrufen und sie bitten, mit DHL einen zu schicken? Oder würde man, um die Peinlichkeit zu vermeiden, hundertsiebzig Tage ohne Bohnen und Grapefruitstücke leben und hoffen, dass man genug frischen Thunfisch fing, um durchzukommen? Das wäre die britische Lösung. Aber egal, was man machte, man würde sich wie ein Volltrottel vorkommen.

Vielleicht war es das, was er brauchte, irgendein großes Abenteuer als Reaktion auf seine andauernde Midlife-Crisis. Er war einige Jahre lang ruhelos umhergezogen und allerorten Tod und absurden Morden begegnet. Er hatte immer geglaubt, dass das, was er brauchte, ein stilles Städtchen wäre, in dem er sich niederlassen konnte, ein Ort, an dem nie etwas geschah und ein schläfriger Tag unmerklich in den Nächsten überging. Aber hatte er das nicht schon gehabt und als ebenso unbefriedigend empfunden? Kingsbridge, Annan, Frome und eine Reihe anderer Städte. Nirgendwo hatte es sich richtig angefühlt, und auch wenn er jetzt ganz froh war, eine Aussicht zu betrachten, die ihm gleichzeitig neu und vertraut vorkam, wie lange würde es dauern? Er klammerte sich an den Frisörsalon als eine Art kontinuierliche Gewissheit in seinem Leben, aber vielleicht war es gerade das, was er hinter sich lassen musste.

Er musste hier raus und etwas Großes tun. Es musste gar nicht unbedingt etwas sein, was nie zuvor geleistet worden war, bloß irgendein großer finaler Akt prachtvoller Dummheit.

In einem Ruderboot über den Pazifik. Zu Fuß über die Seidenstraße. Sämtliche Gipfel Chinas erklimmen, von denen noch nie auch nur jemand gehört hatte. In Polen einmarschieren. In einer Saison alle schottischen Fußballstadien besuchen. Etwas Großartiges und Erhabenes, etwas, worüber er ein Buch schreiben und dann bei Parkinson auftreten könnte. Es sei denn, er starb nördlich der Fidschi-Inseln von einem Öltanker gerammt oder bei Samarkand von einem Laster überfahren, wegen unerlaubter Bergsteigerei von den chinesischen Behörden zu Tode gefoltert oder bei seinem ersten Schritt über die polnische Grenze mit einem geladenen Gewehr in der Hand erschossen, auf einer begrasten Anhöhe in Forfar von einer weichen Pastete niedergestreckt oder zu Tode gelangweilt von einem 0:0 in Aberdeen.

Er drehte sich um und sah Igor an, der mit einem Seidentuch das verstaubte Bild von George Hamilton III. abstaubte, dessen Frisur wie stets makellos war.

»Igor«, sagte Barney laut.

Igor spürte die Vibration und drehte sich um.

Barney zeigte auf das Bild und strich sich mit dem Daumen über die Kehle. Igor nickte.

»Arf«, sagte er, nahm das Bild von der Wand, trug es ins Hinterzimmer und warf es in den Mülleimer.

Barney wandte seinen Blick wieder dem Meer zu. Bei all den Morden und den absurden Abenteuern in seinem Leben war er nun ganz banal bei Klischee und Konformismus gelandet. In jenes mittlere Alter gekommen und die Beine einbetoniert, träumte er davon, über den Pazifik zu rudern, um seinem Leben irgendeinen Sinn zu geben. Er fragte sich, wie viele tausend, wie viele Millionen Männer in dieser Sekunde stehend, sitzend oder liegend gedanklich im Schlamm wühlten, verloren im Trübsinn des mittleren Alters und einen gewaltigen Akt kühner Torheit im Sinn, mit dem sie ihren vollständigen Mangel an Selbstwertgefühl kompensieren wollten.

Er malte sich aus, wie er die große Entscheidung traf, in einem Ruderboot den Pazifik zu überqueren, Pläne schmiedete, potente Sponsoren auftrieb, an den Dosenöffner und auch ein paar Konservendosen dachte und bei jedem Wetter monatelang auf dem Loch Lomond trainierte, bis er schließlich zu den Kanaren aufbrach, von wo er starten wollte. Gleich am nächsten Morgen würde er zur Playa San Juan in Teneriffa fahren, sich tapfer, kühn, mutig und anständig fühlen, ein Mann allein mit seiner Bestimmung, den Strand auf und ab blicken und fünfzig andere Briten mittleren Alters sehen, die an jenem Tag auch ihre Midlife-Crisis hatten, einander zunickten und sagten: »Morgen, Gerald, ein schöner Tag dafür.« Nur mit einer Thermoskanne Tee brachen sie auf, ihre Existenz zu erlösen.

Wenn Spanier oder Italiener eine Midlife-Crisis hatten, suchten sie sich eine achtzehnjährige Freundin und fingen an, Ferrari zu fahren. Aber es war typisch britisch, etwas vollkommen Großartiges und Dummes zu tun, wie einen Marathon mitzulaufen, Berge zu erklimmen oder im Keller heimlich an einem Raumschiff herumzubasteln. Irgendwann wachte man auf und erkannte, dass man rein gar nichts erreicht hatte und nur mit einem Akt monströser und absoluter Tollheit reagieren konnte.

»Arf«, sagte die Stimme hinter ihm, und Barney drehte sich um. Sie sahen sich an, und Barney hatte das Gefühl, als hätte Igor seine Gedanken gelesen.

»Ja«, sagte er. »Ich weiß.« Igor nickte.

Die Ladentür ging auf, und der erste Kunde des Tages betrat den Salon. Barney wandte sich vom Fenster ab, als ein dreiundneunzigjähriger Opa in den Laden humpelte und eine Snoop-Dog-Frisur verlangte. Während des Schnitts berichtete er bereitwillig davon, wie er mit Mitte fünfzig im Dezember nackt den Mont Blanc bestiegen hatte, was er auf der Welt am liebsten mochte, nämlich das Gefühl leerer Weinflaschen und die Art, wie der Schnee, wenn er taut, in Klumpen von den Ästen fällt, und was ihn am meisten ärgerte, das war die Tatsache, dass man ein Weetabix unmöglich aus der Packung bekam, ohne die ganze Küche voll zu krümeln.

Kapitel 8

Das Schweigen der verlegenen Kekse

Ruth Harrison hantierte nervös mit der Cafetiere herum und verspritzte heiße Flüssigkeit auf der Arbeitsplatte um den Kessel, als sie den Kolben über dem kolumbianischen Premium-Filterkaffee Stärke 6 von Tesco's herunterdrücken wollte. Sie murmelte einen leisen Fluch wegen der Sauerei und der Tatsache, dass ihr das jedes Mal passierte, wenn sie sich eine Tasse Kaffee bereitete. Es ärgerte sie so sehr, dass sie sich für gewöhnlich an den profaneren Genuss von löslichem Kaffee hielt, aber heute Morgen brauchte sie eine höhere Dosis Koffein, selbst wenn das eine harntreibende Wirkung hatte, auf die sie im Augenblick gut hätte verzichten können. Sie sah sich um, zitterte und biss auf ihre Unterlippe.

Ihr erster Tag als Witwe, der erste Tag vom Rest ihres Lebens. Reverend Dreyfus würde vorbeikommen, obwohl er auf ihre telefonische Nachfrage schon erklärt hatte, dass er sich verspäten würde. Möglicherweise fühlte sie sich nach der hinter ihr liegenden Nacht ein bisschen schwach auf den Beinen, jedenfalls stellte sich die Unsicherheit, die am Abend zuvor trotz seines Nichterscheinens ausgeblieben war, nun im Übermaß ein. Das war es, sie war nun kurzfristig und permanent für ihn verfügbar geworden, und Dreyfus war abwesend. Wenn ein anderes Gemeindemitglied gestorben wäre, hätte er binnen Minuten vor der Tür der Trauernden gestanden.

Kühlschrank, Milch, Schrank, Kekse. Die Fülle von Törtchen, Kuchen und Schokolade, die ihr beim Öffnen des Schrankes entgegenblickten, erinnerte sie an Jonah, und sie schaltete das Licht über der Arbeitsplatte an, obwohl der Raum auch so hell genug war. Weil sie von dort die Stelle sehen konnte, an der Jonah gestorben war, setzte sie sich mit Blick auf die Tür an den Frühstückstresen und trank den ersten Schluck. Der Kaffee war noch zu heiß, und sie verbrannte sich den Mund, weil sie in ihrem Zustand geistiger Verwirrung glaubte, spüren zu können, wie das Koffein in ihre Blutbahn schoss, sobald der Kaffee auf ihren Lippen brannte.

Es klingelte. Ruth Harrison schreckte nervös und angespannt hoch, fasste sich wieder und wurde dann ganz ruhig. Sie hatte sich in Dreyfus geirrt. Sie trank leidensbereit noch einen Schluck von dem heißen Kaffee und dann noch einen größeren, damit ihr Atem danach und nicht nach dem schalen Aroma einer sorgenvollen Nacht riechen würde, zumal sie sich heute Morgen nicht in der Lage gesehen hatte, sich die Zähne zu putzen.

Sie erhob sich von ihrem Stuhl, warf einen kurzen prüfenden Blick in den Spiegel im Flur, alles so, wie es sein sollte. Mit einem leicht mädchenhaften und sinnlosen Griff in ihr Haar ging sie zur Tür, wo sie erneut Halt machte, sich noch weiter sammelte und schließlich öffnete.

Vor ihr stand Bartholomew Ephesian und schaute, den Blick fest auf ihr Kinn gerichtet, mitleidig und mitfühlend drein.

»Mrs. Harrison«, sagte er, halb hinter einem riesigen Blumenstrauß verborgen, »das mit Jonah tut mir sehr Leid. Deshalb bin ich vorbeigekommen, um Ihnen persönlich mein Beileid auszusprechen.«

Ruth Harrison starrte Ephesian an und fragte sich einen Moment lang, wer er war, wobei ihre vorherige Zuversicht wegen der Enttäuschung über die Identität des Besuchers schlagartig abkühlte, was ihre allgemeine Verwirrung noch steigerte.

»Mr. Ephesian«, sagte sie schließlich, und ihr überraschter Tonfall verriet, dass sie eben erst kapiert hatte, wer er war.

»Mrs. Harrison«, wiederholte er, als wollte er die Tatsache, dass er es umgekehrt die ganze Zeit gewusst hatte, maximal auskosten. »Wirklich eine schreckliche Tragödie.«

»Was?«, fragte Ruth, nach wie vor durcheinander.

»Ihr Mann«, sagte Ephesian, als würde er für ihre aufgewühlte Seele Verständnis haben, obwohl er in Wahrheit keine Ahnung hatte, was in ihrem Kopf vor sich ging, und es auch gar nicht wissen wollte.

Sie schüttelte den Kopf in dem Bemühen, den Nebel zu lichten. Natürlich erkannte sie Ephesian. Es war eine kleine Stadt, und es gab kaum jemanden, der ihn nicht kannte. Aber sie hatte nie zuvor mit ihm gesprochen, und so weit sie sich erinnern konnte, war Bartholomew Ephesian auch nicht für spontane Beileids- oder sonstige Gefühlsbekundungen bekannt.

»Ja«, sagte sie. »Es kam so plötzlich.«

»Darf ich reinkommen?«, fragte er forsch, weil er dachte, dass er durchaus für den Rest seines Lebens auf ihrer Schwelle verdörren könnte, wenn er auf eine Einladung wartete.

Sie musterte ihn argwöhnisch und fragte sich, warum er Einlass begehrte. Dann blickte sie gedankenlos an ihm vorbei, um zu sehen, ob jemand sie beobachtete oder Reverend Dreyfus im Anmarsch war, bevor sie nickte und zur Seite trat.

Eine halbe Stunde später herrschte eine gewisse Verlegenheit. Über das anfängliche Angebot einer Tasse Kaffee hinaus, das Ephesian angenommen hatte, um ein oder zwei Minuten totzuschlagen, waren kaum zwei zusammenhängende Sätze gefallen. Das Ganze war ein langsamer Tod durch Höflichkeit, und Ruth Harrison hatte immer noch keine Ahnung, was er hier wollte. Oft verstrichen, so schien es, Minuten, bevor einer von ihnen etwas sagte. Sie lauschten dem Ticken der alten Uhr, und wenn sich ihre Blicke hin und wieder um ein Haar trafen, lächelte sie, und er verzog das Gesicht. Sie überlegte, ob sie ihn auffordern konnte zu gehen. Außerdem fragte sie sich, ob sie ihm erzählen sollte, warum sie die ganze Nacht nicht geschlafen hatte, aber Bartholomew Ephesian war nicht der Mann, den man für so etwas interessieren könnte. Ephesian nahm sich einen weiteren Keks, kurz bevor sie ihn dazu auffordern wollte. Wieder trafen sich ihre Blicke beinahe – sie fand es genauso schwierig, ihn anzusehen, wie er es schwierig fand, irgendjemanden anzusehen –, sie lächelte, er verzog das Gesicht. *Ich wünschte, Reverend Dreyfus würde kommen*, dachte sie. *Ich wünschte, irgendjemand würde kommen. Ich wünschte sogar …* Sie unterbrach sich in ihrem Gedanken. Nein, so schlimm war es auch nicht.

»Jonah ist nie zur Kirche gegangen«, sagte Ephesian, um das bis dahin längste Schweigen zu brechen.

Sie blickte grob in die Richtung seines Gesichts, schüttelte den Kopf, nahm ihre Tasse und leerte sie zum circa achten Mal.

»Hält Reverend Dreyfus den Trauergottesdienst?«, fragte er.

Die Erwähnung des Namens ließ ihren Atem kurz stocken. Sie blickte erneut auf, ohne in seinem Gesicht eine versteckte Andeutung zu lesen. Warum auch? Vernünftige Frage.

»Ich glaube schon«, sagte sie. Wenn er je auftauchte.

»Ein guter Mann«, sagte Ephesian und fügte gedankenlos hinzu, »obwohl man ihm nachsagt, dass er immer mit bis zu drei Frauen seiner Gemeinde gleichzeitig Affären hat.« Er wusste, dass Ruth Harrison eine von ihnen war, aber wie üblich wollte er sie mit seinen Worten nicht manipulieren. Ihm war schlicht nichts Besseres eingefallen.

Doch damit hatte er ihre ganze Aufmerksamkeit geweckt. Er hob den Blick bis zu ihrem Kinn und schüttelte den Kopf. Ihm war die Situation genauso peinlich wie ihr, und es mangelte ihm komplett an dem Konversationstalent, dessen es bedurft hätte, um diesen Plausch bei Kaffee und Gebäck auf den eigentlichen Anlass seines Besuches zu lenken.

Sie blickte ihm zum ersten Mal in die Augen, sah jedoch nichts darin. Drei Frauen gleichzeitig? Davon hatte sie noch nie gehört, und sie wusste auch nicht, ob Bartholomew Ephesian nur mit ihr spielte. Sie vermutete, dass er dafür Schwein genug war, und vielleicht hatte er von ihr und Dreyfus gehört. Andererseits klang die Bemerkung erschreckend authentisch und fühlte sich an, als ob sie wahr sein könnte. Warum hatte sich Reverend Dreyfus von allen Frauen in der Kirche ausgerechnet sie ausgesucht? Wenn er der Typ war, der Affären hatte, was offensichtlich der Fall war, warum gerade sie? Wenn sie nicht bloß eine weitere Kerbe im Holz war.

»Jonah war kein gläubiger Mensch«, sagte Ephesian.

Sie hörte eine Veränderung in seiner Stimme, weg von der falschen Aufrichtigkeit und den qualvollen Konversationsbemühungen. Er kam endlich zum Grund seines Besuches, wobei er nun auf eine andere Art bemüht klang. Dass sie endlich zur Sache kamen, weckte bei ihr sowohl Erleichterung als auch Neugier, obwohl beide Empfindungen von dem Schmerz der Erkenntnis über Reverend Dreyfus überlagert wurden.

»Er war seit Jahren nicht mehr in der Kirche«, sagte sie.

»Ja«, erwiderte Ephesian, »ich weiß.«

Sie sah ihn an und wandte den Blick besorgt wieder ab. Es kam ihr merkwürdig vor, dass Bartholomew Ephesian irgendwas über ihren Mann wusste. Und obwohl sie ihn nicht anschaute, spürte sie, dass er sie weiterhin ansah.

»Dienstagabends ist er immer ausgegangen«, stellte Ephesian nüchtern fest. Mittlerweile ernsthaft beunruhigt, sah sie ihn wieder an. Dass Ephesian irgendetwas über Jonah wusste, ganz zu schweigen von seinen gesellschaftlichen Verpflichtungen, gefiel ihr nicht. Vielleicht war das der Grund ihrer Irritation, zumal sie selbst weitestgehend ahnungslos war, was Jonah an all den Dienstagen gemacht hatte. Sie hätte es wissen müssen, weil es im Dorf darüber reichlich Klatsch gegeben hatte, aber das zeigte nur, wie wenig sie sich für das Leben ihres Mannes interessiert hatte.

»Ich denke, Sie sollten jetzt vielleicht besser gehen«, sagte sie plötzlich unsicher.

Ephesian verzog kurz das Gesicht, bevor sich seine Miene grimmig entspannte.

»Verzeihung«, sagte er, »selbstverständlich. Sie machen eine schwere Zeit durch, und ich sitze hier herum und halte Sie mit dämlichem Smalltalk auf. Wie gedankenlos von mir. Ich sollte Sie in Frieden lassen.«

Sie sah ihn an und spürte, wie langsam ein Schauer über ihren Rücken lief. Ephesian sah mit einem Mal so gefährlich aus, wie alle behaupteten, eine bedrohliche Präsenz, die die Stadt von seinem großen Haus auf dem Hügel überschattete.

Ephesian stand auf und richtete sein Jackett. Ruth Harrison erhob sich ebenfalls und starrte zu Boden. Sie spürte sein Unbehagen sehr wohl, während er ihres überhaupt nicht wahrnahm.

»Passen Sie gut auf sich auf, Mrs. Harrison«, sagte er und machte ein paar Schritte auf die Tür zu. Sie traute sich nicht, ihn anzusehen. »Ich finde selbst hinaus.«

Auch nachdem er sich umgedreht und das Wohnzimmer verlassen hatte, wagte sie es nicht, den Blick zu heben. Die Haustür wurde geöffnet, und Bartholomew Ephesian trat hinaus in den kalten klaren Morgen. Erst als er die Tür hinter sich geschlossen hatte, verzog er das Gesicht wieder zu der Miene, mit der er spontan auf ihren höflichen Rausschmiss reagiert hatte. Er blieb auf der Treppe stehen und starrte auf den Hügel, der sich vor ihm über der Kames Bay erhob.

»Möglicherweise muss es einfach einen weiteren Todesfall in der Familie geben«, murmelte er und eilte die Stufen hinunter zu seinem BMW.

Als der Wagen davonfuhr, zupfte Ruth Harrison kurz an der Gardine, wandte sich wieder dem Zimmer zu und betrachtete die Reste des Kaffees und der Kekse.

Was hatte das zu bedeuten gehabt? Jonah und Bartholomew Ephesian? Hatten sie je miteinander gesprochen? Als ob sie nicht schon genug Sorgen hätte, Herrgott. Sie schüttelte die Gedanken ab, beschloss, dass es an der Zeit war, wütend auf Reverend Dreyfus zu werden, räumte die Reste einer höchst unbehaglichen halben Stunde auf ein Tablett und machte sich auf den Weg zur Küche.

Dort traf das Tablett indes nie ein, weil es scheppernd auf

dem Boden landete, sobald sie die bereits vertrauten Schritte hörte, die im ersten Stock das Bad ansteuerten.

Kapitel 9

Der böse Sukkubus des Schicksals

»Wir gehen also spazieren, ein wunderschöner Tag, dunstig, warm und wolkenlos, summende Insekten, ein plätscherndes Bächlein und nur der Hauch einer Brise. All das lebendige Gemurmel eines Sommertags, wie Arnold geschrieben hat, wissen Sie? Perfekt. Mai 1941, aber ich erinnere mich daran, als ob es gestern gewesen wäre. Vögel auf den Bäumen und jene köstliche Wärme, die einem unter die Haut kriecht. Nur ein Problem …«

»Das Mädchen war unattraktiv?«, wagte Barney eine Vermutung.

»Die reinste Schabracke«, sagte der alte Knacker unter der Schere. »Weiß auch nicht, was los war. Ich war bei den Royal Engineers und im Süden von England stationiert. Sie war die Schwester von einem der anderen Jungs. Hat mich auf mehr als eine Weise komplett hinters Licht geführt. Ich nahm mir ein Wochenende frei, um mit ihr nach Callandar zu fahren, und dachte, ich hätte den Hauptgewinn gezogen. Sie hat mich am Zug abgeholt. Ich trage einen rosa Mantel, hat sie gesagt, und das hätte mir ein Warnschuss vor den Bug sein sollen. Rosa, Herrgott noch mal. Ich werfe einen Blick auf sie und denke, das kann nicht dein verdammter Ernst sein, Schätzchen. Dich würd ich nicht mal mit einem Stock anrühren. Ich hätte direkt an ihr vorbei in die nächste Kneipe marschieren und ihr hinterher von einem der Kameraden schreiben lassen sollen, ich wäre in Nordafrika erschossen worden. Aber nein, ich bin ein anständiger Kerl und konnte sie nicht einfach so sitzen lassen, also gehe ich auf sie zu, strecke die Hand aus und sage, ich bin Rusty Brown, und auf ging's für zwei Nächte in ein Hotel, und ich war verdammt froh, dass ich zwei Einzelzimmer gebucht hatte. Verdammt froh!«

Barney trat einen Schritt zurück und überprüfte, ob die Seiten symmetrisch waren. Der Typ, geschätzt ebenfalls Anfang neunzig, war in den Salon spaziert und hatte einen Kobe Bryant verlangt. Barney war spürbar unter Fremden, aber es war allemal besser als London, und während der Parade von Rentnern mit ihren Geschichten und eigenwilligen Frisurwünschen war seine düstere Stimmung vom Vormittag verflogen. Es schien, als hätten sie sich abgesprochen, denn nie kamen zwei von ihnen gleichzeitig. Der aktuelle Greis war vielmehr schon der Vierte in Folge, der eingetroffen war, als Barney seinen Vorgänger gerade fertig frisiert hatte. Und keiner der modebewussten Senioren war unter achtzig gewesen.

»Wo war ich stehen geblieben?«, fragte der Alte, der sich immer noch Rusty nannte, obwohl er 1946 aus der Armee ausgeschieden war und mit Matthew einen allseits akzeptierten Vornamen hatte, sodass überhaupt keine Notwendigkeit bestand, einen pubertären Spitznamen zu führen. Wie Sting oder Midge Ure.

»Ein wunderschöner Sommertag«, soufflierte Barney. »Summende Insekten, Bäume, eine Wiese und ein Fluss.«

»Ja«, sagte Rusty, »so war es, wie gesagt. Die reinste Postkartenidylle. Der Krieg schien hundert Meilen weit weg. Also, ehrlich gesagt, war er, alles was recht ist, in Wahrheit sogar achthundert Meilen entfernt, aber Sie wissen, was ich meine, es war, als ob es gar keinen Krieg gegeben hätte.«

»Verstehe«, sagte Barney.

»Arf«, sagte Igor und wünschte, Rusty Brown würde mit seiner Geschichte voran machen, weil er sie schon kannte und im Gegensatz zu Barney auch wusste, dass er sie jedes Mal erzählte, wenn er in den Laden kam.

»Wir sitzen nebeneinander am grasigen Ufer des Flusses, sehen den Insekten zu, die über dem Wasser summen, und können sogar ein paar Fische ausmachen. Keine Menschenseele weit und breit außer mir und der Schabracke aus Inverary.«

»Und was ist passiert?«, fragte Barney.

Igor blickte auf. Durch die Fragen ermutigte man ihn nur noch, dachte er und bewegte dann stumm die Lippen zu Rusty Browns Antwort.

»Ich habe sie geküsst«, sagte er reumütig. »Ich habe sie geküsst! Ich meine, was habe ich mir bloß dabei gedacht? Was, in Gottes Namen, habe ich gedacht?« Er sah Barney mit großen Augen im Spiegel an, und Barney lächelte. Igors Timing war perfekt gewesen. Auch er blickte nun mit großen Augen in den Spiegel und machte die passenden Gesten, während Rusty fortfuhr: »Wie passiert so was? Ganz im Ernst. Wie kommt es, dass ein ansonsten vernünftiger Mann so etwas tut?«

»Wie sind Sie da wieder rausgekommen?«, fragte Barney.

»Ah«, sagte Rusty und sah ihn verschlagen an. »Ich hab einen Kameraden dazu gekriegt, mir ein Telegramm zu schicken, auf dem stand, dass ich in Gallipoli gebraucht wurde.«

»Verstehe«, sagte Barney lächelnd und nickte. Die Gabe eines durchschnittlichen alten Westschotten, reinen Blödsinn zu quatschen, vermittelte Barney ein Gefühl von Heimat.

»Wusste sie nicht, dass das der falsche Krieg war?«, fragte er.

»Ach«, sagte Rusty, »sie war eine Frau. Sie kannte den Unterschied nicht.«

Barney legte die Schere ab, überprüfte den Schnitt und hielt den kleinen Handspiegel hoch, damit Rusty seinen Hinterkopf inspizieren konnte. Rusty nickte anerkennend, Barney machte sich an die Aufräumarbeiten, bürstete kurz über Kopf und Schultern des Kunden und nahm ihm Handtuch und Umhang ab.

»Als ich zurück in Aldershot war, habe ich ihrem Bruder eine ordentliche Tracht Prügel verpasst«, sagte Rusty. »Trotzdem hat der Idiot in der Normandie eine Kugel ins Gesicht abgekriegt, sobald wir die Boote verlassen hatten, also hat er bekommen, was er verdient hatte.«

Rusty richtete sich auf, warf einen prüfenden Blick in den Spiegel, kramte in der Hosentasche nach einem Fünf-Pfund-Schein, den er Barney gab, bevor er ihm und Igor zunickte. »Ich hab so ein Gefühl, dass Sie nächstes Mal auch noch hier sind«, sagte er und ging, leise vor sich hinglucksend, zur Tür. Igor und Barney wechselten einen Blick. Barney zuckte entschuldigend die Schultern, als wäre das Verhalten der Kunden seine Schuld. Und als Rusty ging, kam wie aufs Stichwort ein weiterer alter Bursche herein und klatschte sich im Vorbeigehen mit Rusty ab. Die Tür fiel ins Schloss, und der neue Kunde blickte von Igor zu Barney.

»Sie sind der neue Frisör«, sagte er mit bemerkenswertem Scharfsinn zu Barney. »Ich bin Ginger Rogers.«

»Was kann ich für Sie tun, Ginger?«, fragte Barney.

Ginger zog seine Jacke aus und nahm auf dem Stuhl Platz, der von Rusty Browns Hintern vorgewärmt war.

»Ich hätte gern einen Kiefer Sutherland, Meister. Dritte Staffel von 24 bitte, wenn Sie wissen, was ich meine.«

»Kein Problem«, erwiderte Barney.

»In Ordnung«, sagte Ginger Rogers. »Es ist nicht so, als ob sie die Lösung nicht sehen, es ist das Problem, das sie nicht sehen«, zitierte er unpassend und ohne erkennbaren Grund G.K. Chesterton und gab damit den Ton für die nächste Viertelstunde vor.

»Arf«, meinte Igor hinter seinem Besen.

Ruth Harrison hatte sich die Zähne geputzt und fühlte sich ein wenig besser. Sie hatte beim lokalen Lebensmittelhändler eine neue Zahnbürste erworben, um ihr eigenes Bad nicht betreten zu müssen, und die Gelegenheit auch gleich genutzt, auf die Toilette zu gehen, und jetzt immerhin einen frischen Atem für den Fall, dass sich die Notwendigkeit ergeben sollte, Reverend Dreyfus zu küssen.

Sie blickte auf die Uhr an der Küchenwand. Es war 12 Uhr 17. Er hätte schon vor einer Stunde hier sein sollen. Sie schaute auf ihre Uhr, die 12 Uhr 16 anzeigte. Egal, wohin sie auch sah, der Mann war eine Stunde zu spät. Vielleicht konnte er mit ihr zu Mittag essen, wenn er kam. Das wäre nett. Wahrscheinlich würde er ein kleines Gläschen Wein dazu trinken.

Sie sah im Kühlschrank nach und entdeckte eine Flasche Weißwein. Ein neo-samtiger Chardonnay aus Montenegro, verführerisch, aber zupackend, ein wenig brutal in der Nase, sadistisch auf der Zunge und giftig in der Kehle, aber freundlich zu Magen und Darm und eine veritable Wohltat für das Rektum. Dreyfus mochte seine montenegrinischen Weißweine.

Und was essen? Sie begutachtete den Inhalt des Kühlschranks und fand nichts, das als Mittagessen durchgehen würde. Sie richtete sich auf, schloss die Kühlschranktür und stellte sich dem unbedeutenden Umstand, dass sie seit ihrer

Hochzeit mit Jonah nicht mehr gekocht hatte. Er liebte sein Essen, so wie Elvis sein Essen und auch alles andere geliebt hatte. Jonah hatte sämtliche Einkäufe und das Kochen übernommen, sodass Ruth seit mehr als zwei Jahrzehnten nicht mehr in die Nähe einer Mahlzeit gekommen war, die nicht so gut wie verzehrfertig gewesen war.

»Vielleicht findet sich im Gefrierschrank irgendwas«, murmelte sie.

Der Gefrierschrank stand in dem Schuppen im Garten, einem weiteren Ort, den sie nie aufsuchte, wofür zum Teil ihre Angst vor Spinnen verantwortlich war, neben all den anderen Gründen, warum sie dort nicht mal tot gesehen werden wollte.

Sie öffnete die Tür zum Garten, zog ihre Strickjacke fester um sich, legte die knapp zwei Meter bis zum Schuppen zurück, öffnete zögernd die Tür und meinte sofort, Taranteln am ganzen Körper zu spüren.

Der Schuppen war makellos sauber, so wie Jonah es gern gehabt hatte. Kein Spinnennetz in Sicht. Zitternd schaltete sie das Licht an, machte sich kleiner, damit die Spinnen weniger Landefläche hatten, und beugte sich vor, um die Tür des Gefrierschranks zu öffnen.

Sie hatte keine Ahnung, was Jonah darin aufbewahrte oder ob er das Ding überhaupt bestückt hatte. Dann machte sie die für sie neue Entdeckung, dass ein Gefrierschrank Schubladen haben konnte, weshalb sie ein paar Zentimeter weiter in den Schuppen treten musste, um diese herauszuziehen.

Die oberste Schublade war Speiseeis in fünf verschiedenen Geschmacksrichtungen vorbehalten, die alle Schokolade enthielten.

Die zweite Schublade war für Gemüse. Erbsen, Mais, Möhren, Paprika, Pommes frites. Gut, dachte Ruth, wir können etwas mit Pommes frites und Erbsen essen und zum Nachtisch Eis.

In der dritten Schublade lagerte nur ein riesiger Truthahn, den Jonah offensichtlich gekauft hatte, bevor sie ihn gezwungen hatte, die Familie zum Weihnachtsessen ins George Hotel einzuladen. Auf gar keinen Fall würde sie heute einen Truthahn zubereiten. Oder sonst irgendwann. Sie hatte in ihrem Leben noch keinen Braten gemacht. Noch zwei Schubladen.

In der vierten Schublade fand sie Brot. Brot? Vier Laibe. Nun, schließlich hatte John nie ein Sandwich verachtet. Konnte sie dem Reverend Dreyfus eine Fritten-Stulle anbieten? Noch ein Versuch.

Sie bückte sich, um die unterste Schublade zu öffnen, die nur einen beschlagenen Gefrierbeutel mit einem weißen Plastikverschluss enthielt. Vielleicht irgendein Fleisch, das sie in der Mikrowelle auftauen konnte. Sie hob den Beutel hoch, um den Inhalt zu betrachten. Schwer zu sagen. Sie musste ganz nah herangehen, um zu erkennen, was es war.

Und dann wurde ihr mit einem Mal klar, was sie in der Hand hielt. Starr vor Entsetzen ließ sie den Beutel fallen, taumelte nach hinten und stieß mit dem Kopf an den Türrahmen, wodurch eine große Gartenspinne gestört wurde und in ihr Gesicht fiel. Kreischend und sich beidhändig ohrfeigend, stolperte sie in den Garten, schüttelte sich und lief weiter. Sie konnte die Spinne nicht mehr spüren, hatte sie aber auch nicht zu Boden fallen sehen. Deshalb riss sie sich die Strickjacke vom Leib und begann für den Fall, dass die Spinne nach oben geflohen war, sich die Haare zu raufen. Anschließend schlug sie mit beiden Händen hektisch in ihren Nacken und auf ihre Schultern, ohne dabei ihren atemlosen Steptanz zu unterbrechen.

Nach einer Minute legte sich ihre Panik, weil eine echte lebendige Spinne in ihrem Gesicht gelandet war, langsam wieder. Die Hände in die Hüften gestemmt, stand sie nervös auf dem Rasen und starrte zu Boden. Und erst nachdem sie sich vergewissert hatte, dass keine Spinne in ihrer Nähe war, begann sie darüber nachzudenken, was sie eben im Gefrierschrank entdeckt hatte. Sie schielte zur Tür des Schuppens.

Ihre größte Sorge galt, wie ihr plötzlich bewusst wurde, der Tatsache, dass sie in den Schuppen zurückkehren, den Beutel in die Schublade zurücklegen und die Tür schließen musste, weil sie auf gar keinen Fall zulassen durfte, dass irgendjemand davon erfuhr. Jedenfalls nicht, bevor sie lange nachgedacht hatte.

»Das war aber ein echt starker Auftritt, Süße«, sagte eine Stimme auf der anderen Seite des Gartenzauns. »Wieder mal von dem guten Kraut genascht?«

Sie drehte sich um, sah Romeo McGhee, ihren 25-jährigen Nachbarn, und kam sich ein bisschen dumm vor, aber ihre Verlegenheit war nichts im Vergleich zu der Sorge, die ihr der Fund im Gefrierschrank bereitete.

»Eine Spinne«, sagte sie.

»Cool«, meinte McGhee.

»Eher nicht«, erwiderte Ruth Harrison.

Und dabei blickte sie auf ihre Strickjacke und fragte sich, ob es sicher war, das gute Stück aufzuheben, oder ob sie besser vorher darauf herumtrampeln sollte.

Kapitel 10

Albtraum!

James Randolph wurde von einem Rudel geifernder Wölfe durch eine dunkle Gasse gehetzt. Und während die Wölfe immer näher kamen, wurde die Gasse immer enger, bis die Wände etwa zwanzig Meter vor ihm zusammenstießen. Er spürte, dass seine Beine schwerer und schwerer wurden, und auf seinen Schultern schien ein immer größer werdendes Gewicht zu lasten. Über ihm kreiste ein Schwarm Geier. Eine Staffel Messerschmitts machte sich bereit, einen Angriff zu fliegen, Gewehrsalven wirbelten den Staub vor seinen Füßen auf, Löwen lauerten mit blutig roten Zähnen auf den Dächern der Gebäude, während der Gott Titan reihenweise Donnerschläge ertönen ließ. Ganz zu schweigen von dem nagenden Zweifel im Hinterkopf, dass er vergessen haben könnte, den Ofen auszumachen, das Wasser im Bad abzudrehen, die Kühlschranktür zu schließen und den Toast aus dem Grill zu nehmen.

Ein klassischer Angsttraum.

Er schreckte hoch und spürte schlagartig einen üblen Geschmack im Mund. Er richtete sich zu schnell auf, was zu derartig heftigem Schwindel führte, dass er sich sofort wieder auf das Kissen zurücksinken ließ.

»Scheiße«, sagte er, während sich der Raum vor seinen Augen drehte. Er schloss die Augen, und das Kreiseln ging in seinem Kopf weiter, als würde er auf einer Achterbahn in die Tiefe schießen. Als er die Augen wieder aufmachte, um den freien Fall zu stoppen, drehte sich das Zimmer immer noch. Er musste sich konzentrieren. Er sah auf den Wecker. 11 Uhr 54.

So lange schlief er nie. In der Hoffnung, seine Übelkeit in Schach zu halten, starrte er weiter auf die roten Ziffern. Sein Schädel pochte, seine Kehle war trocken, und er fühlte sich schrecklich dehydriert. Wasser, er hatte nicht genug Wasser getrunken. Das tat er nie. Was hatte er überhaupt getrunken? Rotwein. Drei Flaschen, vielleicht vier. Er musste nachsehen. Mein Gott, vier Flaschen Rotwein, kein Wunder, dass er sich so schlecht fühlte. Worum war es überhaupt gegangen?

Um Mord! Jetzt fiel es ihm wieder ein. Er sollte sich eine interessante Methode ausdenken, einen Mord zu begehen. Er hatte in der Hoffnung, im Internet etwas zu finden, bestimmt sieben Stunden online verbracht. Beim Surfen hatte er Rotwein getrunken. Und je frustrierter er wurde, desto mehr hatte er getrunken. Es gab allenthalben kunstvolle Methoden, aber wenn es um die eigentliche Todesursache ging, lief es schlussendlich immer auf Tod durch Blutverlust, Sauerstoffmangel, Gift im System oder Flüssigkeit in der Lunge hinaus. Wie sollte er sich da eine wirklich originelle Methode ausdenken, ein Leben zu beenden? Er war schließlich kein Arzt. Und so war er kurz nach eins, mit mindestens drei Flaschen Wein intus, ins Bett gegangen, was das sich drehende Zimmer erklärte.

Es klingelte, wie schon vor einer halben Minute, was der Grund gewesen war, warum er überhaupt aufgewacht war.

»Scheiße«, murmelte er, aber das Bett zu verlassen, kam überhaupt nicht in Frage. Er ließ den Kopf wieder auf das Kissen sinken, starrte an die Decke und fühlte sich geringfügig besser. Er würde noch zehn Minuten so liegen bleiben und dann ganz langsam aufstehen, drei *Nurofen Katertod extra stark* schlucken, mehrere Liter Wasser trinken, sich vor den Fernseher hocken und in etwa einer Stunde vielleicht einen

Toast essen. Am Nachmittag dann ein Spaziergang. Sich eine Methode ausdenken, jemanden umzubringen. Er stöhnte. Das Problem würde nicht verschwinden, und er hasste den Gedanken, dass er Ephesians Drecksarbeit am Ende doch auf eine profane Weise erledigen musste, die ihm den Spott seines Bosses einbringen würde.

Das Telefon klingelte, ein schrilles Geräusch, das sich gnadenlos in seinen Kopf bohrte. Er stöhnte noch einmal, streckte die Hand aus, überlegte, ob er abnehmen und gleich wieder auflegen sollte, und entschied sich dagegen.

»Hallo«, murmelte er.

»James!«, bellte Ephesian. »Stehen Sie auf und öffnen Sie die Tür!«

»Was?«, fragte Randolph, der nicht ganz mitkam.

»Die Tür!«

»Woher wissen Sie, dass jemand vor der Tür steht?«, fragte Randolph dämlich.

»Weil ich es bin, der davorsteht«, knurrte Ephesian.

»Oh«, sagte Randolph und dann etwas dynamischer noch einmal »Oh!«, gefolgt von einem: »Ich komme sofort!« Er legte auf und stolperte die Treppe hinunter, wobei er das Gefühl hatte, mit dem Kopf an jede Wand zu stoßen. In Jogginghose, einem 1982-New-England-Patriots-Sweatshirt, unrasiert, verschlafen und streng nach Alkohol riechend, öffnete er die Tür. Ephesian lief mit verzerrtem Gesicht an ihm vorbei.

»Herrgott, James, Sie sind widerlich. Nehmen Sie sich fünf Minuten Zeit, zu duschen und eine Flasche Mundwasser zu trinken. Wir müssen reden. Ich mache mir derweil einen Kaffee.«

Ephesian rannte in die Küche, und James Randolph schleppte sich elend wieder nach oben.

Aus seinem Schlafzimmerfenster konnte Romeo McGhee in Ruth Harrisons Küche sehen. Sie stand mit dem Rücken zur Spüle und hielt ein kleines Glas umklammert, das, wie er wusste, Weißwein enthielt, weil er beobachtet hatte, wie sie ihn aus dem Kühlschrank geholt hatte. Er hatte sich köstlich amüsiert über ihren Auftritt mit der Spinne im Haar, aber er hatte auch verfolgt, wie es dazu gekommen war.

Romeo McGhee beobachtete Ruth Harrison seit Jahren aus seinem Schlafzimmerfenster, weil er seltsamerweise ein wenig in sie verknallt war. Er hatte auch einen guten Blick in ihr Bad und wusste wegen der Milchglasscheibe zwar, wie viel Zeit sie dort verbrachte, nicht jedoch, was sie da eigentlich machte. Aber dafür hatte er ja seine Fantasie.

Auch über Reverend Dreyfus war er im Bilde. Und er wusste, dass Ruth Harrison aus dem Gartenschuppen gestolpert war, nachdem sie etwas aus der untersten Schublade des Gefrierschranks genommen hatte. Außerdem wusste er, was sie damit gemacht hatte, nachdem sie sich vergewissert hatte, dass sie keine Spinne mehr am Körper hatte.

»Wir haben ein Problem«, sagte Ephesian.

»Natürlich«, erwiderte Randolph.

»Was soll das heißen, natürlich? Haben Sie etwa auch nur den leisesten Schimmer, wovon ich rede?«

Randolph starrte mit großen Augen über den Esstisch, nippte erneut an seinem Milchkaffee, fünf Stücke Zucker, nicht genug Koffein. Er roch jetzt nach Duschgel, Zahnpasta und Alkohol, seine Haare waren noch nass und struppig, und er trug ein blaues Polohemd von Lacoste.

»Was?«, fragte er.

»Jonah Harrison«, sagte Ephesian.

»Was ist mit ihm?«, fragte Randolph. Seit er am Tag zuvor Ephesians Haus verlassen hatte, hatte er mit keinem Menschen mehr gesprochen. Am Abend hatten zwar einige Leute versucht, ihn anzurufen, aber er war die ganze Zeit online gewesen.

»Er ist auf dem Weg zum Pinkeln gestorben.«

»Jesses«, sagte Randolph. »Da muss er aber ziemlichen Druck gehabt haben.«

»Er ist die Treppe runtergefallen und mit dem Kopf aufgeschlagen.«

Randolph nickte, Ephesian starrte über den Tisch hinweg auf Randolphs Kinn und wartete darauf, dass der Mann auf der Höhe des Gesprächs ankam.

»Und wieso ist das ein Problem?«, fragte Randolph schließlich.

»Wegen des Inhalts seiner Gefriertruhe«, antwortete Ephesian.

Er starrte wütend auf das Krokodil von Randolphs Hemd, bis der Groschen endlich fiel, was er schließlich zeitgleich mit Randolphs Unterlippe auch tat.

»Ah«, sagte der und sah aus wie ein Mann, der sein Leben lang darauf gewartet hatte, drei Flaschen Wein zu trinken, um zur Klasse der niederen wirbellosen Tiere zu regredieren. »Und Ruthie weiß nichts davon?«

»Natürlich nicht«, sagte Ephesian. »Sie müssen vorbeigehen und es holen. Noch heute. Sofort. Ich habe ihr einen Besuch abgestattet, aber ich kann mit anderen Leuten nicht umgehen, wie wir alle wissen.«

»Und wie soll ich an ihren Gefrierschrank kommen? Soll ich ihr anbieten, ein Abendessen zu kochen?«

Ephesian atmete tief ein, sein Kopf zuckte. Er versuchte es

zu vermeiden, Jacobs alles für ihn erledigen zu lassen, weil er sich in dem halbherzigen Bemühen, seinen beschränkten Einflussbereich zu erweitern, zwingen wollte, mit anderen Menschen in Kontakt zu treten, doch am Ende landete er unweigerlich wieder bei seinem Butler.

»Sie wird nicht zu Hause sein, James«, sagte er. »Ich werde sie anrufen und darüber informieren, dass Reverend Dreyfus mein Haus gerade verlassen und darum gebeten hat, dass ich sie davon in Kenntnis setze, dass sie sich in zwanzig Minuten im Pfarrhaus mit ihm treffen soll. Das wird Ruth natürlich ein wenig seltsam finden, trotzdem wird sie die Gelegenheit wahrnehmen, ihn zu sehen.«

»Und Sie glauben, sie ruft nicht an, um sich zu vergewissern?«

»Nein«, erwiderte Ephesian kalt. Genau das hatte er auch zu Jacobs gesagt, als der ihm die Idee vorgeschlagen hatte.

»Sie wissen nichts über Frauen«, fuhr Ephesian fort, als wäre er selbst ein Kenner. »Wenn sie noch einmal anruft, läuft sie Gefahr, dass er wieder absagt. Sie wird einfach hinfahren, und in der Zeit gehen Sie in ihr Haus. Sie müssen nicht mal einbrechen, Sie gehen einfach hinten rum in den Garten und holen das kostbare Gut aus dem Gefrierschrank. Ganz einfach, sogar für Sie, mein dummer Freund.«

Randolph wippte mit dem Kopf über seiner Kaffeetasse auf und ab und sah dabei genauso dumm aus, wie Ephesian gerade angedeutet hatte.

»Was sollte schief gehen?«, fragte er und dachte, dass diese Aufgabe sehr viel leichter war als die Aufträge, mit denen Ephesian ihn sonst beschäftigt hielt. Und noch besser: Er hatte die Sache mit der neuen Mordmethode nicht mal erwähnt.

»In der Tat«, sagte Ephesian in angemessener Würdigung all der Dinge, die schief gehen könnten.

Kapitel 11

Bei Gott, Italiener!

Barney betrat das kleine Büro, das nicht weit vom Frisörsalon entfernt in der Stuart Street lag und dessen Fenster auf denselben grauen stürmischen Tag hinausblickten. Begleitet vom fröhlichen Klingeln einer Glocke, zog er die Tür hinter sich zu und schüttelte die Kälte ab. Garrett Carmichael blickte auf und lächelte. Barney nickte. Schuldbewusst hatte er kurz vor seinem Besuch bei Carmichael Ashley Daniels angerufen, und ihm dämmerte, dass er sich im verworrenen Netz der Beziehungen komplett verheddert hatte, was ihm äußerst unbehaglich war. Was immer zwischen ihm und Garrett Carmichael passieren mochte, es würde nicht um romantische Gefühle gehen. Und die wenigen Gefühle, die noch zwischen ihm und Daniels übrig waren, welkten langsam dahin, verdorben vom Gift der Unsicherheit und Ungewissheit.

»Hi«, sagte Carmichael.

»Hallo«, sagte Barney, entschlossen, erst gar nicht auf mögliche Flirtversuche einzugehen. Er wollte nicht überheblich sein, doch er erkannte dieser Tage eine Qualität an sich selbst, die Frauen unter die Haut ging. Dieser ganze Clint-Eastwood-*Für-eine-Handvoll-Dollar*-Flair. Obwohl er natürlich eher einen William-H.-Macy-*Ein-Mann-namens-Barney*-Flair hatte, aber auch der löste den Ladys die Zunge. »Wie geht es den Kindern?«, fragte er, weil er dachte, dass sich das gehörte.

»Gut«, sagte Carmichael. »Allerdings hat Hoagy mich heute Morgen gefragt, ob ich schwanger bin, woraufhin ich mich natürlich super gefühlt habe, aber ich habe ihn verprügelt, und er hat versprochen, es nicht noch einmal zu tun.«

Immer noch unsicher, was er sagen sollte, fragte Barney besonders dämlich: »Sie sind also nicht schwanger?«

»Nein!«, erwiderte sie. »Herrgott, Sie sind ja schlimmer als die Kinder.«

Barney nickte angemessen zerknirscht und nahm ihr gegenüber vor dem Schreibtisch Platz. Sag jetzt nichts, dachte er. Sage nichts! Das war der eigentliche Trick von Joe aus *Eine Hand voll Dollar*. Er machte kaum den Mund auf und sagte deshalb auch nie etwas Dummes. Perfekt. Igor hat mehr Chancen, diese Frau zu kriegen als ich, dachte Barney, und dann wurde ihm klar, dass er daran dachte, sie zu kriegen, was er eigentlich gerade nicht wollte. Er versuchte, den Gedanken zu verdrängen, was nicht leicht war, weil sie zwei Meter von ihm entfernt saß.

Aber was Igor betraf, hatte er Recht.

Carmichael zog mehrere Dokumente hervor und breitete sie auf dem Tisch aus.

»Sie müssen die Verträge nur durchlesen, an den markierten Stellen unterschreiben und mir zurückgeben. Mr. Ephesian wird unterzeichnen, wenn die Kaufsumme entrichtet wurde. Ich würde Ihnen empfehlen, die Verträge von einem Anwalt durchsehen zu lassen. Auf der Insel gibt es außer mir niemanden, aber in Largs sollten Sie jemanden finden. Ich kann Ihnen wenn nötig auch jemanden empfehlen.«

»Gerne«, sagte Barney, nahm die Papiere und betrachtete sie auf diese müßige Art, in der man eigentlich nichts mitkriegt von dem, was man liest. »Wen empfehlen Sie denn?«

Sie fischte zwei Visitenkarten aus ihrer Schublade und gab sie Barney. *MacKenzie, Berrie, Lee & Rosen* und *Medway, Nadel-Klein & Dance*.

»Die sind beide cool«, sagte sie.

»Sehr gut«, sagte Barney.

Sie sahen sich an. Irgendwas lief, und keiner von beiden wusste richtig, was der andere dachte oder was er als Nächstes sagen sollte. Beide wollten etwas sagen, Barney kämpfte gegen den Sprechzwang an, weil er wusste, dass er etwas Dummes und Sinnloses äußern würde und deshalb besser den Rückzug in seinen Salon antreten und mit alten Männern über den Krieg und ihre Vorliebe für das Geräusch knitternder Aluminiumfolie oder das Gefühl gegenpoliger Magneten plaudern sollte.

»Wie war's bei meiner Mum?«, fragte Carmichael, um sein Leiden zu verlängern.

»Prima«, sagte Barney, »prima.« Und dann brachte er endlich die Entschlossenheit zur Flucht auf, nahm die Unterlagen in die rechte Hand und stand auf.

»Ich sollte zurück zu meinem Laden«, sagte er. »Da wartet garantiert schon ein achtzigjähriger Kriegsheld, der einen *Enrique Iglesias* geschnitten haben will.«

»Klar«, sagte Carmichael. »Wollen Sie heute Abend mit mir essen gehen?«

Barney zögerte. Da war sie nun, die erste Prüfung. Was hatte er Ash erzählt, was er heute Abend vorhatte? In der Pension zu Abend essen, an die Kaimauer gehen, dem Rauschen der Wellen gegen die Felsen lauschen und mit dem neuesten Parlabane-Abenteuer früh ins Bett gehen. Die profanen Kleinigkeiten des Alltags.

»Ich habe Ihrer Mutter gesagt, dass ich bei ihr esse. Ich habe ein bisschen Angst, meine Pläne zu ändern. Wahrscheinlich hat sie extra eine Kuh geschlachtet.«

»Das ist schon in Ordnung«, sagte Carmichael. »Ich habe mir bereits die Freiheit genommen. Sie wüssten Bescheid, habe ich gesagt. Sie passt auf die Kinder auf. Wir können ausgehen.«

»Oh«, erwiderte Barney. »Gut. Dann komme ich wohl besser mit.«

»Wunderbar«, sagte Carmichael. »Ich rufe Sie später an, und dann können wir die Details besprechen.«

»Gut.« Barney zögerte und fragte sich, ob es noch etwas zu sagen gab und wie die Details im Einzelnen aussehen mochten. »Ich bin dann jetzt weg.«

»Lassen Sie die Verträge auf jeden Fall prüfen, bevor Sie sie unterschreiben.«

»Ja«, sagte Barney, drehte sich verlegen um und verließ ihre Kanzlei. Carmichael sah ihm nach und blickte dann eine Weile auf die aufgewühlte See, bevor sie sich wieder in die Banalitäten unbedeutender Immobilienangelegenheiten auf der Insel vertiefte.

Mit einem Seufzer der Erleichterung machte Barney sich auf den Rückweg zum Salon. Dort fegte Igor die Reste des letzten Schnitts zusammen, und ein neuer Kunde zog seinen Mantel aus. Beide blickten auf, als Barney hereinkam.

»Der neue Frisör?«, fragte der Kunde, ein alter Knacker, der zum Frisieren erst mal seine Arbeitermütze abnehmen müsste.

»Ja«, sagte Barney. »Nehmen Sie Platz.«

Die Mütze wurde an einen Haken gehängt, und der alte Bursche machte es sich auf dem Stuhl gemütlich.

»Fantastisch«, sagte er. »Ich hätte gern einen Ricky Martin, und während Sie schneiden, erzähle ich Ihnen, wie ich auf Bali mal ein wunderschönes amerikanisches Mädchen getroffen habe.«

»Klingt interessant«, meinte Barney.

»Arf«, murmelte Igor erbittert.

Im Laufe der Jahre hat es verschiedene Möglichkeiten gegeben, vom Festland auf die Isle of Cumbrae zu kommen: Personenfähren, die den Hauptpier von Millport ansteuerten, Autofähren zu demselben Ziel und Mitte der sechziger Jahre für kurze Zeit sogar ein Hovercraft.

Mittlerweile gab es eine kombinierte Personen- und Autofähre, die – außerhalb der Saison – stündlich von Largs aus einen Landungssteg am anderen Ende der Insel anfuhr, von wo aus man die Reise per Bus fortsetzen musste.

Während Barney sich an das Gepluster seines Ricky Martin machte, verließ als Letzter von vier Wagen ein schwarzer Audi die 11-Uhr-45-Fähre und fuhr langsam auf den Landungssteg von Cumbrae. Es gab Orte auf der Welt, wo ein schwarzer Audi A4 mit verspiegelten Scheiben nicht aufgefallen wäre. Cumbrae zählte nicht dazu, sodass jeder den Wagen bemerkte, als der das Ende der Rampe erreichte und anhielt, während der Fahrer versuchte, sich für eine Richtung zu entscheiden.

»Was meinst du, Luigi?«, fragte er.

Der Beifahrer nahm seine Sonnenbrille ab und sah den Fahrer an. Dann zeigte er auf das Schild **Millport 5** direkt vor ihnen.

»Also, was bedeutet das noch mal?«, fragte Luigi. »Ich glaube, es heißt, Millport fünf Meilen in diese Richtung, aber vielleicht haben sie das auch nur aufgestellt, um die Leute zu verwirren. Vielleicht sind es in Wahrheit fünfzig Meilen in die andere.«

»Ich hab das Schild nicht gesehen«, sagte der Fahrer und fuhr mit kaum hörbarem Motorgeräusch los.

»Was soll das heißen, du hast das Schild nicht gesehen? Es stand direkt vor deiner Nase. Vor uns waren drei Autos, die alle in diese Richtung gefahren sind. Und es ist außerdem die

Fahrtrichtung von dem beschissenen Bus. Wie viele beschissene Hinweise brauchst du noch? Das sind mehr Zeichen, als sie der heilige Paulus auf der Straße nach Damaskus bekommen hat, Herrgott noch mal.«

Sie fuhren schweigend weiter und schlossen rasch zu einem alten Ford vor ihnen auf.

»Ich hab das Schild nicht gesehen«, murmelte der Fahrer nach einer Weile.

»Tony«, sagte Luigi, »manchmal bist du einfach ein beschissener Idiot. Ich fahre durch halb Europa und übersehe kein einziges Schild, während man dir rechts und links auf deine stinkenden Socken schreiben muss.«

Kurz nachdem er bei Ruth Harrison angerufen hatte, stand Bartholomew Ephesian in der Bibliothek seines großen Hauses auf dem Hügel. Dieser Raum wandte der Aussicht auf Bute und Arran den Rücken zu, aber der Blick auf den Hügel in der Mitte der Insel, die höchste Erhebung von Cumbrae, sowie auf die Ausläufer des Golfplatzes reichte allemal, um ihn regelmäßig zu fesseln. Viele regnerische Tage hatte er in einem der beiden großen bequemen Sessel am Fenster zugebracht, ein Buch im Schoß, über Wiesen und Felsen, Schafe und graue Wolken blickend, sodass er kaum eine Seite gelesen hatte. Und seine Gedanken waren immer die gleichen, immer dachte er an den großen Tag in der Zukunft und seine Rolle dabei.

Nun war die Zeit endlich gekommen. Jahrelang hatten er und der Rest der Gruppe gesucht, Hinweise bearbeitet, die ihre Vorgänger hinterlassen hatten, um das letzte Glied in der Kette zu finden. Der geplante Termin für die Offenbarung musste verschoben werden, der Beginn des neuen Jahrtausends war verpasst worden. Aber jetzt war der Durchbruch gelungen – ein Durchbruch, der natürlich ganz einfach gewesen war, weil ihnen die Lösung schon all die Jahre vor Augen gestanden hatte –, und er hatte zügig die Pläne umgesetzt, um die Frucht seiner jahrelangen Arbeit zu ernten. Die Kurzfristigkeit war zum Teil der Versuch gewesen, Ping Phat auf dem falschen Fuß zu erwischen, aber der fette Chinamann hatte es trotzdem geschafft, sich in ein Flugzeug zu schwingen. Nachdem er nun einmal kommen würde, war er lediglich ein weiteres Problem auf einer langen Liste. Es war bedauerlich, dass er überhaupt davon erfahren hatte, doch das war wohl unvermeidlich gewesen, nachdem dieser Idiot Lawton seine Entdeckung unbedingt herausposaunen musste. Aber um Ping Phat konnte man sich kümmern wie um jeden anderen, den von der Bildfläche zu entfernen er für notwendig erachtete.

Er streckte die Hand zum sechsten Regal an der Ostwand der Bibliothek aus und zog sanft an einer alten Ausgabe von Robert Louis Stevensons *Virginibus Puerisque*. Mit einem leisen Summen glitt das angrenzende Regal zurück und gab den Durchgang zu einer dunklen Treppe frei. Ephesian drehte sich um, schaltete mit einem alten Messingschalter das Licht an, trat auf die oberste Stufe und schloss den Durchgang hinter sich per Knopfdruck wieder.

Kapitel 12

Ein Baum mit rosafarbenen Blüten

Ephesian hatte Ruth Harrisons Reaktion auf seinen Anruf vollkommen richtig eingeschätzt. Sie war überaus skeptisch, wollte jedoch so verzweifelt glauben, dass Reverend Dreyfus sie zu sich rief, dass sie bereit war, die Geschichte zu akzeptieren. Und auf gar keinen Fall würde sie zur Sicherheit vorher zurückrufen. Wenn man am Ende des Tunnels einen dünnen Lichtstrahl erkennt, ist es sinnlos, ihn mit dem nächstbesten Schalter wieder auszuknipsen.

Um kurz vor eins verließ sie, von ihrer Begegnung mit der Spinne weit gehend erholt, das Haus. Und nachdem es ihr gelungen war, die Erinnerung an acht Spinnenbeine auf ihrem Gesicht aus dem Gedächtnis zu tilgen, konnte sie sich nun umso intensiver darauf konzentrieren, ihren Fund aus der untersten Schublade des Gefrierschranks ihres Mannes zu vergessen. Etwas, wovon sie überhaupt nichts gewusst hatte und das aller Wahrscheinlichkeit nach nie in Jonahs Besitz hätte sein dürfen.

Sie stieß das Gartentor auf und blickte auf die blaue Tür des Pfarrhauses. Ihr Mund war ein wenig trocken, ihr Herz klopfte, all ihre Unsicherheiten traten fröhlich zutage, aber sie wusste aus Erfahrung, dass diese Gefühle verschwinden würden, sobald der Pfarrer seine Tür öffnete und sie in seinem Haus willkommen hieß.

Sie ging den Pfad hinunter und stand auf der Schwelle ihrer Zukunft. Er war beschäftigt gewesen, ein Pfarrer hatte immer so viele Dinge zu erledigen, und er hatte den passenden Zeitpunkt abgewartet, bevor er sie zu sich gerufen hatte. Jetzt konnten sie endlich zusammen sein. Vielleicht musste sie eine Zeit lang die trauernde Witwe spielen, aber Jonah hatte in der Stadt nicht viele Freunde gehabt, und es gab kaum jemanden, der sich zu einem Urteil erheben würde. Dem Haufen war es schlichtweg egal.

Sie betrachtete ihr verschwommenes Spiegelbild in der Milchglasscheibe, lächelte und zupfte an ihrer Frisur herum. Dies war die erste Minute vom Rest ihres Lebens.

James Randolph hatte beobachtet, wie Ruth Harrison das Haus verließ, war ihr auf ihrem Weg in die Innenstadt und den Hügel hinauf eine Weile gefolgt und war dann zu der kleinen Siedlung hinter der Kames Bay zurückgelaufen.

Jetzt ging er langsam über den Pfad in ihren Garten, wobei er sich immer wieder umdrehte und vergewisserte, dass ihn niemand beobachtete. Er hatte sich keine Geschichte ausgedacht für den Fall, dass ihn einer der Nachbarn stellen würde, denn er wusste, dass das unwahrscheinlich war.

Er ging eilig an ihrem Haus vorbei, schob seine Hand durch den Zaun, öffnete das Gartentor von innen, trat ein und zog das Tor hinter sich wieder zu. Der Schuppen stand direkt daneben unweit der Hintertür des Hauses und war nur von einem Nachbarhaus einzusehen. Er versuchte, sich zu erinnern, wer dort wohnte. McGhee möglicherweise. Er war sich nicht sicher, aber er wurde ja ohnehin nicht beobachtet.

Zielstrebig ging er zu dem Schuppen, öffnete die Tür und begann, ohne das Licht einzuschalten, die diversen Schubladen des Gefrierschranks zu durchwühlen. Ganz oben Eiscreme, dann Gemüse, ein Truthahn, Brot und… gar nichts. Das unterste Fach war leer.

Noch nicht allzu besorgt trat er einen Schritt zurück. Wahrscheinlich hatte er es in einem der oberen Fächer übersehen. Er machte das Licht an und sich erneut, diesmal gründlicher, auf die Suche. Jedes Objekt wurde herausgenommen und betrachtet. Er öffnete die Speiseeisbehälter – schließlich bewahrt jeder etwas anderes als Eiscreme in den Dingern auf – und riss sogar die Verpackung der Tiefkühlerbsen auf. Schließlich kam er wieder beim untersten Fach an und fand es immer noch leer.

Das Ganze noch einmal, diesmal ein wenig fieberhafter, weil er ahnte, dass er seinen Arbeitgeber wieder enttäuschen würde. Wenn das Ding nicht da war, war das nicht seine Schuld, aber das würde Ephesian nicht davon abhalten, ihn dafür verantwortlich zu machen. Und wenn er es vielleicht doch übersehen hatte, wäre es wirklich seine Schuld.

Er zog alle Schubladen heraus, kippte ihren Inhalt auf den Boden und suchte nach versteckten Fächern in dem Gefrierschrank. Das wäre bei einem derart sensiblen Gegenstand durchaus plausibel. Aber nach wie vor nichts.

»Scheiße«, sagte er mit einem theatralischen Ausdruck voller Dramatik und Verzweiflung und fügte für mehr Pathos noch hinzu: »Verdammte Scheiße.«

Er sah sich nach einer möglichen zweiten Gefriertruhe um, doch es war ein kleiner Schuppen. Vielleicht hatte Jonah den Gegenstand in einem dieser mobilen Mini-Gefrierschränke fürs Auto gelagert. Oder gab es die nur als Mini-Kühlschrank und nicht als Mini-Gefriertruhe? Herrgott, ich weiß es nicht, dachte er und begann panisch, den ganzen Schuppen auf den Kopf zu stellen.

Es war in der Tat ein kleiner Schuppen, sodass eine gründliche Durchsuchung keine Minute dauerte. Er richtete sich auf und starrte auf den mit gefrorenen Erbsen übersäten Boden.

»Kacke«, sagte er diesmal und begann, die zertrampelten Erbsen zurück in die Packung zu stopfen und die Pakete wieder in die Schubladen zu packen.

Nachdem der Gefrierschrank wieder bestückt, jedes Fach an Ort und Stelle und die Tür wieder geschlossen war, sah er sich ein letztes Mal in dem Schuppen um. Nach wie vor schwer atmend, entschied er, dass alles okay aussah, und trat einen weiteren Schritt zurück. Dabei stolperte er und hätte sich beinahe den Kopf am Türrahmen gestoßen, konnte sich jedoch noch abstützen, wodurch die Spinne, die mittlerweile den Weg nach Hause gefunden hatte, erneut abstürzte. James Randolph trat in den Garten, schloss und verriegelte die Schuppentür und war im nächsten Moment den Pfad hinunter durch das Tor verschwunden.

Wie ein Gespenst.

Nur Romeo McGhee hatte das Ganze durch das kleine Teleskop hinter seinem Schlafzimmerfenster beobachtet. Er hatte Randolph erwartet, geahnt, was dieser suchte, und er wusste genau, warum er es nicht gefunden hatte.

Reverend Dreyfus klappte den Deckel der Gefriertruhe zu, drehte sich um und schritt durch den Keller des Pfarrhauses. Jedes Mal wenn er die Treppe wieder hinauf in das große Haus stieg, spürte er sein Herz klopfen und eine greifbare Nervosität angesichts seiner Zukunft.

Er rieb sich die Hände und blickte, an der Tür zur Kellertreppe stehend, noch einmal auf die Gefriertruhe. Er zögerte, als würde es ihn drängen, den Deckel ein weiteres Mal aufzuklappen und ihren Inhalt zu betrachten, bevor er die erste Stufe nahm und die Tür hinter sich zuzog.

Es klingelte, und er stieg langsam nickend nach oben. Er

erwartete niemanden, aber in seiner Gemeinde herrschte ein steter Besucherstrom, wie er ihn aus keiner der drei Kirchen kannte, in denen er zuvor gepredigt hatte.

Die Kellertreppe endete in einem Schrank unter der Treppe, die in den ersten Stock führte. Er schloss eine weitere Tür und dann noch eine, trat aus dem Schrank und ging den kurzen Flur bis zur Haustür hinunter. Dort zögerte er kurz, zupfte die Ärmel seines himmelblauen Hemdes zurecht, strich mit dem Finger über sein Kollar und fühlte sich bereit. Welche kleine persönliche Katastrophe ihn auch erwarten würde, welche Trivialität kompletten Unsinns nach seiner Aufmerksamkeit verlangte, er war gewappnet. Er öffnete die Tür.

Ruth Harrison lächelte, Judas Dreyfus bemühte sich, sich seine instinktive Reaktion nicht anmerken zu lassen, und erwiderte ihr Lächeln nach ein paar verlegenen Sekunden. Es war wie aus dem Lehrbuch *Der letzte Mensch, dem man begegnen will.* Ruth Harrison. Dreyfus hatte ehrlich gesagt keine Sekunde gedacht, dass sie den Nerv haben würde, uneingeladen hier aufzukreuzen. Und bevor er sie aufgesucht hätte, wäre eher die Hölle eingefroren. Er hatte bereits arrangiert, dass der Vikar ihr am Abend einen Besuch abstattete. Jonah zu beerdigen war durchaus denkbar, aber bis es am Donnerstag oder Freitag dazu kommen würde, hätten alle weit wichtigere Dinge im Kopf als das Leben dreier unbedeutender Menschen auf einer unbedeutenden Insel. Obwohl die Insel nicht mehr lange unbedeutend sein würde.

»Mrs. Harrison«, begann er, »wie geht es Ihnen? Ich habe mit tiefem Mitgefühl von Ihrem Verlust gehört.«

Er wusste, wie diese Worte auf sie wirken würden, hatte jedoch spontan beschlossen, brutal zu sein. Wenn sie so dreist war, hier uneingeladen zu erscheinen, würde er so dreist sein, jemanden, mit dem er im vergangenen Jahr dreiundfünfzigmal geschlafen hatte, Mrs. Harrison zu nennen. Keine Vornamen und ganz bestimmt keine Kosenamen wie Zuckerstückchen, Schnookie Pie oder Buttercrush, die den meisten ihrer verbotenen Begegnungen in den letzten zwölf Monaten den nötigen Pfeffer gegeben hatten.

Ruth Harrison schluckte, die förmliche Begrüßung hatte sie glatt umgehauen.

»Gut«, sagte sie unsicher. »Also, ich glaube, gut. Geht es dir gut? Was ist mit dir?«

»Sehr beschäftigt«, erwiderte er knapp. Kurz und hässlich, damit sie begriff, dass sie nicht willkommen war.

»Du wolltest mich sehen?«, fragte sie.

»Wie kommen Sie darauf?«, fragte Dreyfus zurück. Nicht nachgeben. Im Notfall die ganze Affäre leugnen. Es war nett gewesen, solange es gedauert hatte, aber es war schließlich nicht so, als ob er nicht noch zwei, drei andere Schäfchen in seiner Gemeinde hatte, die ihn diesbezüglich beschäftigt hielten, und Ruthie Darling war ohnehin auf dem Weg nach draußen gewesen. »Ich verstehe, dass dies eine sehr schwierige Zeit für Sie sein muss, Mrs. Harrison, und ich versichere Sie natürlich meines Beileids, aber Sie wissen ja, wie viel Arbeit das Amt eines Gemeindepfarrers mit sich bringt. Ich habe arrangiert, dass Mr. Rowlands Sie heute Abend aufsucht und Ihnen bei allen möglicherweise notwendigen Vorkehrungen behilflich ist.«

Nichts von all dem kam bei ihr an. Die einzelnen Worte und Sätze waren unwichtig. Er ließ sie nicht herein, obwohl sie ihn unbedingt treffen wollte. Darauf kam es an. Die Affäre war offensichtlich zu Ende.

»Du wolltest mich sehen?«, wiederholte sie klagend.

»Nein«, sagte Dreyfus trotzig, »das wollte ich nicht.«

»Aber das hat Mr. Ephesian gesagt«, erklärte Ruth. »Er hat angerufen und gesagt, dass du mich sehen wolltest.«

Dreyfus starrte sie an, aber sein Blick bohrte sich durch ihre Augäpfel in ihren Hinterkopf und immer weiter bis in die Unendlichkeit. Ephesian hatte für ihn also ein Stelldichein mit Ruth Harrison arrangiert. Was hatte das zu bedeuten? Es war nicht so, als ob Ephesian nicht von ihnen beiden gewusst hätte, aber warum hatte er sich diese Mühe gemacht?

»Nun, das will ich nicht«, erklärte er grob und knallte die Tür zu.

In jenem Augenblick hatte Ruth Harrison eine strahlend helle Offenbarung. Reverend Judas Dreyfus war ein absolutes und totales Schwein. Er war ein echter Judas. Hatten seine Eltern es geahnt, sobald er aus der Gebärmutter geflutscht war? War er auf dieser Welt aufgetaucht, hatte einen Blick auf seine Mutter geworfen, ihr den Stinkefinger gezeigt, gesagt »Du kannst mich mal« und sich zum Frühstücken auf die Brüste der Amme gestürzt? Oder hatten sie seinen Namen ein paar Jahre später geändert, als er seine Eltern bei den Behörden verpfiffen hatte, weil sie keine Rundfunkgebühren zahlten oder weil sein Vater in einer geschlossenen Ortschaft schneller als fünfzig gefahren war? Vielleicht hatte er den Namen in späteren Jahren auch selbst angenommen, weil er die wahre Natur des Biestes erkannt hatte, den schwarzen Kern in der Mitte seines Herzens.

Nachdem ihre Welt ungleich mehr auf den Kopf gestellt worden war als durch den Tod ihres Mannes am Tag zuvor, drehte sie sich um, ging den langen Pfad durch den Vorgarten des Pfarrhauses hinunter und fragte sich bereits, was sie mit diesem neu entdeckten Wissen anfangen sollte.

Am Tor zur Hope Street stieß sie beinahe mit dem alten Mr. Wallace zusammen, der einen überaus geschmackvollen *Ronan Keating* zur Schau trug.

»William«, sagte sie abwesend, kaum in der Lage zu denken.

»Ruthie«, sagte William Wallace nickend. »Schöner Tag.«

»Ja«, sagte Ruthie.

Wallace legte im Vorbeigehen kurz eine Hand auf ihre Schulter.

»Ich schätze, das war das letzte Mal, dass Reverend Dreyfus dich so richtig gefickt hat«, sagte er leichthin.

Sie starrte ihn mit aufgerissenen Augen sprachlos an.

»Judas mit Vornamen, Liebes. Sie wussten schon, was sie taten«, fügte er noch hinzu, schenkte ihr ein tröstendes Lächeln und ging seiner Wege.

Ruth Harrison drehte sich um und sah ihm nach, bis er den Hügel hinunter verschwunden war, ohne irgendetwas in sich aufzunehmen. Ihr Universum hatte sich soeben für immer verändert.

Kapitel 13

Frauen …

»Ehrlich gesagt, ist es die Entsprechung und das Gegenteil aller Dinge«, sagte der alte Knacker unter Barneys Schere. Es musste der zwanzigste Greis des Tages sein, und seine Gabe zu reden stand der der anderen in nichts nach.

»Das ganze Yin-Yang-Ding«, sagte Barney.

Der Sinn erzeugt die Eins. Die Eins erzeugt die Zwei. Die Zwei erzeugt die Drei. Die Drei erzeugt alle Dinge. Alle Dinge haben im

Rücken das Yin und streben nach dem Yang, und die strömende Kraft gibt ihnen Harmonie, zitierte Igor stumm Laotse. *Aber nein*, dachte er, *ich kann es nicht sagen, und ich muss einfach hier mit dem Besen in der Hand dastehen und mir den Mist anhören, den die alten Knacker verzapfen*. Das ist der Weg des Kriegers.

»Genau«, sagte Hugh Fraser, der mit seinen Ausführungen über das exakte Wesen der weiblichen Exemplare der Spezies in etwa so weit fortgeschritten war wie Barney mit seinem Haarschnitt. Der einzige Unterschied bestand darin, dass Barneys *Colin Firth »Tatsächlich Liebe«* in wenigen Minuten fertig sein würde, während Hugh Fraser noch mindestens vier oder fünf Tage brauchen würde, um alles Notwendige über die Frauen zu sagen.

»Überlegen Sie mal«, fuhr er fort. »Frauen sind super für Sex, sie wechseln Windeln, sie machen alles Mögliche. Sie sind schön anzuschauen, sie haben Brüste… Wissen Sie, was ich damit sagen will?«

Barney nickte.

»Brüste«, fuhr Fraser fort, obwohl er sich bereits vergewissert hatte, dass Barney wusste, was er meinte, »sind Gottes Geschenk an die Männer. Große Brüste, kleine Brüste, kosmetisch veränderte Brüste, schlaffe Brüste, Brüste, die in ein Champagnerglas passen, und Brüste, die noch bei Körbchengröße D überquellen, Brüste, die einen von der anderen Straßenseite anflehen, Brüste, die in der Nacht rufen und darauf warten, geliebt zu werden. Große überwältigende Brüste, geformt von den Zwergenkönigen in den Höhlen von Mittelerde, schöne Brüste, hässliche Brüste, Brüste mit mehr als einer Brustwarze, exzentrische Brüste, Brüste erschaffen von den antiken Gottkönigen Indonesiens! *Deine zwei Brüste sind wie zwei Kitze, wie Zwillinge einer Gazelle, die weiden in den Lilien!*«

Sind Sie bald fertig, dachte Barney. *Wieder das Hohe-Lied-Gesülze*, dachte Igor. Frasers Zitat stammte aus demselben Lied, das auch so bizarre romantische Beschwörungen enthielt wie *Deine Zähne sind gleich einer Herde von Mutterschafen, dein Haar gleicht einer Herde von Ziegen*, und *einer Granatapfelscheibe gleicht deine Schläfe*. Zu einer denkwürdigen Gelegenheit, kurz bevor er seine Sprache verloren hatte, hatte Igor just diese Verse benutzt, um in einer Kneipe in Riddrie ein Mädchen anzubaggern, woraufhin die siebzehnjährige Lucile McGuire in der Tat so heftig und verächtlich reagiert hatte, dass er seitdem nicht mehr sprechen konnte.

»Oh ja«, meinte Fraser, »über Brüste gäbe es noch eine Menge zu erzählen.«

»Aber wollten Sie nicht eigentlich etwas über Frauen im Allgemeinen sagen?«, fragte Barney.

Fraser machte eine Pause, als würde er sich einen letzten angenehmen Gedanken an Brüste gönnen, bevor er seine Theorie nickend weiter ausführte. »Sie wissen, wie man jedes der Menschheit bekannte Gemüse zubereitet. Ich meine, ich habe schon Frauen getroffen, die sogar wussten, was Kohlrabi sind, ohne je von Jamie Oliver gehört zu haben. Und sie sind ehrlich gesagt auch viel vorsichtigere Autofahrer, da kann man sagen, was man will. Es ist ja so eine übliche Männermasche, Frauen hinterm Steuer herunterzuputzen, aber sie haben viel weniger Unfälle als wir. Viel weniger. Ich sag Ihnen, wenn ich ohne Probleme von A nach B kommen wollte, würde ich ungelogen jedes Mal eine Frau nehmen.«

Igor zog eine Augenbraue hoch. *An manchen Tagen kann ich wegen meines Buckels kaum übers Steuer gucken, aber ich fahre immer noch besser als jede Frau.*

»Nähen, Stricken und den ganzen Kram. Geduld. Sie haben

Geduld. Und obwohl sie in Schwesterntracht klasse aussehen, sind sie auch gute Ärztinnen. Ich sag Ihnen, mein Sohn, ich muss nicht zu irgendeinem hochgestochenen Doktor mit mehr Diplomen an der Wand als Scheiße gehen, weil ich ein Problem mit der Wasserleitung habe, wenn Sie wissen, was ich meine. Wenn ich den alten Johannes schon auf den Tisch packen muss, würde ich dafür lieber eine Frau konsultieren, verstehen Sie?«

Barney nickte. Das Yin und das Yang. Die Kehrseite war, dass man einem endlosen Strom absoluten Blödsinns lauschen musste; die Sonnenseite war, dass man eigentlich nichts zur Unterhaltung beitragen musste, sondern komplett abschalten konnte, wenn man nur hin und wieder an den passenden Stellen nickte. So wie er es jetzt wieder tat, bevor er ein behändes Manöver mit dem Rasierer vollführte, um den Schnitt zu beschleunigen.

»Und ehrlich gesagt waren die meisten Frauen, die ich getroffen habe, auch sehr verständnisvoll, was das männliche Bedürfnis betrifft, Fußball, Golf und eine ganze Reihe anderer Sportarten zu gucken. Ich hab mal eine Kleine gevögelt, die mit mir immer Darts im Fernsehen geguckt hat. Ich meine, das ist offen gesagt außergewöhnlich. Herausragend geradezu.«

Fraser sah Barney im Spiegel an und wartete ein paar Sekunden, bis sich ihre Blicke trafen. Barneys Frisörinstinkt ließ ihn den Kunden ansehen. »Aber?«, fragte er, weil der Yang-Teil offensichtlich einigermaßen erschöpfend behandelt war, und es damit Zeit für das Yin wurde.

»Aber«, sagte Fraser, »gleichzeitig sind sie die durchtriebensten, hinterhältigsten, intrigantesten, verlogensten, berechnendsten, verschwörerischsten, machiavellistischsten, verstohlensten, heimlichtuerischsten Schlangen, die man sich vorstellen kann. Wenn wir wilde Tiere wären, würden sie uns nach dem Sex fressen. Sie sind gemein, gnadenlos, gefühllos, bösartig, kaltherzig, boshaft, unbarmherzig, rachsüchtig und rotzfrech. Sie sind die menschliche Entsprechung jener Wale, die an die Strände kommen, Robben fangen, sie mit aufs Meer nehmen und nur so zum Spaß wie einen Rugby-Ball hin und her werfen. Sie sind unglaublich böse, sage ich Ihnen. Unglaublich böse.«

Barney trat einen Schritt zurück und musterte die abgerundeten Konturen und die gewagte, aber gewollte Unordnung auf der Schädelkrone, die einen *Colin Firth* ausmachen, und entschied, dass die leichte Eile zum Ende des Schnitts alles zu einem insgesamt befriedigenden Abschluss gebracht hatte.

»Fertig«, sagte er unvermittelt.

Igor blickte rasch auf. Gott sei Dank, dachte er. Barney sah ihn an und lächelte. Igor nickte.

»Aber ich habe gerade erst angefangen!«, klagte Fraser.

Die Tür ging auf, und pünktlich auf die Minute kam ein weiterer Rentner mit einem Filzhut auf dem Kopf herein. Als er die absolut unpassende Kopfbedeckung abnahm, die einzige, die er am Wochenende hatte auftreiben können, wurde Barneys Blick sofort von seiner Frisur angezogen, denn vor ihm stand ein Mann, der von seinem Vorgänger 2Tone offenbar unlängst einen äußerst armseligen *Ronan Keating* verpasst bekommen hatte und nun zu Barney geeilt war, damit jener irgendeine wundersame Rettungsmaßnahme vollbrachte.

»Ein kleiner Notfall«, sagte der Alte zu Barney.

»Ich bin gerade fertig«, sagte Barney und bürstete Fraser die Haare von den Schultern.

»Wullie«, sagte Fraser und nickte dem *Ronan Keating* zu.

»Hugh«, erwiderte der *Ronan Keating* und nickte dem *Colin Firth* zu.

»Ich sollte Sie wohl lieber in Ruhe arbeiten lassen«, sagte Fraser, wieder an Barney gewandt. »Wullies Not ist größer als meine, und für den Augenblick habe ich das Thema Frauen sowieso erschöpft. Es schmerzt doch nur, darüber zu sprechen.«

Barney lächelte, ermutigte ihn jedoch nicht weiter. Fraser stand auf, klopfte seine Kleidung ab, wechselte einen Blick mit dem neuen Kunden sowie Bares, Wechsel- und Trinkgeld mit Barney, warf Igor einen Blick zu, sodass jener das Gesicht verzog, und ging seiner Wege.

Perry Liebowitz setzte sich und sah Barney im Spiegel an.

»Sie wünschen wahrscheinlich eine Totalrestauration?«, fragte Barney.

»Ja«, sagte Liebowitz, lehnte sich in den Stuhl zurück und betrachtete ein letztes Mal die Scheußlichkeit, die 2Tone am letzten Freitag angerichtet hatte.

»Dürfte kein Problem sein«, sagte Barney.

»Schön«, sagte Liebowitz und fragte dann: »Sind Sie neu?« Als ob es auch möglich wäre, dass Barney nicht neu war.

»Ja«, antwortete er.

»Ich war im Krieg, müssen Sie wissen«, erklärte Liebowitz ominös, »als Pionier. Bin angeschossen worden, als ich den Amis über den Rhein geholfen habe. Lange Geschichte, aber ich nehme an, wir haben genug Zeit.«

Barney schaltete ab und nickte.

»Arf«, sagte Igor.

Bartholomew Ephesian begann die Kälte zu spüren. Seit mehr als einer halben Stunde saß er in der Kammer tief unter dem Haus, nahm alles in sich auf und genoss die exquisiten Freuden der Stille. Der Raum diente sowohl als Versammlungsort der Bruderschaft als auch seinem Bedürfnis nach Einsamkeit und absoluter Ruhe. Als Junge hatte er gerne getaucht, die Ohren zugestopft, sodass kein Laut zu ihm durchdrang. Er lernte, minutenlang die Luft anzuhalten, damit er der Welt in Swimmingpools und der Dunkelheit von Seen entfliehen konnte. Dafür war er jetzt zu alt, obwohl er nicht daran zweifelte, dass er die Flucht als solche nach wie vor brauchte. Dieser Raum war für ihn jetzt das Asyl, das er früher in den Seen unweit des Ferienhauses seiner Familie in Perthshire gefunden hatte.

Nun, es war beinahe vorüber, nur das letzte Ritual musste noch vollführt werden. Das Sterbesakrament, dachte er und lächelte bei dem Gedanken, wie empört die katholische Kirche reagieren würde, wenn die Welt am Donnerstag zu einem neuen Tag erwachte. Zu einer neuen Morgenröte, einem Neubeginn für die ganze Menschheit.

Seit mehr als hundertdreißig Jahren agierte der *Prieure de Millport*, die geheimste aller Geheimgesellschaften, von dem Haus auf der Westseite von Cumbrae aus, mit Blick auf Bute und Arran, das von Ephesian wieder aufgebaut worden war. Der *Prieure de Millport*, der von dem profaneren Priorat von Millport nie erwähnt wurde, war eine geheime Gesellschaft, wie man sie verborgener und zwielichtiger auf der Welt nicht finden konnte. Eine derart geheime Institution, dass sie nicht einmal eine von Hugh Frasers heimlichtuerischen Frauen als Mitglied zuließ, eine Organisation, die so rätselhaft und verdeckt operierte, dass die CIA im Vergleich dazu aussah wie ein Haufen nassforscher Amerikaner, die ihre Nase in die politischen Angelegenheiten anderer Länder steckten.

Der *Prieure de Millport* hatte 1876 das Vermächtnis des noch berühmteren und geheimeren *Prieure de Sion* übernommen und lebendig gehalten. Das wichtigste Geheimnis der letzten zweitausend Jahre war in seine Hände gelegt worden, auf dass er es zum Wohle der ganzen Welt aufbewahrte, bis die Zeit gekommen war. Und Teile dieses Geheimnisses waren auch noch verschlüsselt worden, sodass die Mitglieder der Gesellschaft eigentlich nur Hinweise auf das eigentliche Vermächtnis behütet hatten. Aber nun hatte Augustus Lawton die Entdeckung gemacht, nach der seine Mitbrüder seit dreißig Jahren suchten.

Seit Mitte des 19. Jahrhunderts hatten sich viele Menschen gewundert, warum eine kleine Kirche auf einer unbedeutenden Insel im Clyde zur Kathedrale geweiht worden war. Nur die Mitglieder des *Prieure* kannten die Antwort. Immer nur jeweils zwölf an der Zahl blieben sie lebenslang Mitglied der Gesellschaft und wurden erst bei ihrem Tod ersetzt. Dann wurde ein Außenstehender aufgefordert, sich den strengen Prüfungen zu unterziehen, nach deren Bestehen er den Platz des Verstorbenen einnehmen durfte.

Ephesian hörte Schritte auf der Steintreppe zu der Kammer. Wie üblich empfand er ein seltsames Unbehagen bei der plötzlichen Ruhestörung, doch er wusste, dass es Jacobs sein würde, der seine glorreichen Gedanken mit all den Alltäglichkeiten stören würde, die in den nächsten paar Stunden erledigt werden mussten.

Ephesian erhob sich aus seinem Stuhl am Kopf des Tisches, der ihm nicht zustand. Er mochte der Großmeister des *Prieure* sein, aber dieser Platz gebührte ihm nicht, und er wollte nicht, dass Jacobs ihn darauf erwischte. Er strich sein Jackett glatt, stützte sich auf den Tisch und betrachtete die kunstvollen Steinmetzarbeiten in dem Raum. Der Tisch, die Stühle sowie ein kleiner Schrank waren die einzigen Möbel, aber Boden und Wände waren von den begabtesten Bildhauern ihrer Zeit gestaltet worden, jeder Quadratzentimeter verziert mit einer exzentrischen Mischung heidnischer und frühchristlicher Symbole. Das Haus mochte modern sein, aber die Kammer existierte schon genauso lange wie die Kathedrale. Wäre die Existenz dieses Raumes bekannt gewesen, dann wäre er eine der faszinierendsten Touristenattraktionen Schottlands gewesen. Aber nur zwölf Lebende wussten überhaupt, dass es ihn gab. Nicht einmal Ping Phat, der in den letzten Jahren viel Geld in die Organisation gesteckt hatte, ahnte etwas.

Jacobs kam um die letzte Biegung der hundertzweiundzwanzig Stufen langen Treppe.

»Ja?«, sagte Ephesian und blickte auf.

»Sir«, sagte Jacobs. »Sie wollten einen letzten Anruf bei allen Teilnehmern der Versammlung machen.«

Ephesian nickte.

»Sie haben Recht«, erwiderte er und blickte auf seine Uhr. Es war der frühe Nachmittag vor dem Tag, der die Welt für immer verändern würde.

»Nun, *Sie* muss ich wohl nicht erinnern, oder?«, fragte er sachlich.

»Nein, Sir«, erwiderte Jacobs.

»Mit Jonahs Tod bleiben neun weitere.«

Jacobs hüstelte leise, was er durch die Lektüre zahlreicher Jeeves-&-Wooster-Geschichten gelernt hatte.

»Ja?«, fragte Ephesian.

»Das ist eine Angelegenheit, um die man sich kümmern muss«, sagte Jacobs, und Ephesian nickte.

Es ging nicht nur darum, dass sie zurückbekamen, was Jonah Harrison im untersten Fach seines Gefrierschranks aufbewahrt hatte, auch der Mann selbst musste ersetzt werden. Der *Prieure* musste volle zwölf Mitglieder haben. In Ephesians Zeit war im Durchschnitt alle drei bis vier Jahre ein Bruder gestorben, und es war nie ein großes Problem gewesen, auf der Insel einen Ersatzkandidaten von passendem Kaliber zu finden. Doch noch nie hatte jemand so eilig ersetzt werden müssen. Alles zu seiner Zeit und an seinem Ort, und irgendwann hatten sie die Spreu vom Weizen getrennt. Manchmal dauerte es Wochen, manchmal Monate, aber sie wussten immer, dass sie am Ende den Mann gefunden hatten, der ihren Bedürfnissen entsprach.

Jetzt hingegen hatten sie weniger als vierundzwanzig Stunden Zeit dafür. Es würde keine Gelegenheit geben, das neue Mitglied in den Riten der Gesellschaft zu unterweisen, keine Gelegenheit, seine Verlässlichkeit als Hüter des Glaubens zu prüfen. Der Unterschied bestand allerdings darin, dass der Mann das Geheimnis dieses Mal nur bis morgen Abend wahren musste. Danach würde es auf der Welt nicht einen Menschen geben, der die Wahrheit nicht erfahren würde.

»Wir haben zwei Möglichkeiten«, sagte Ephesian, »die mich beide weder mit Freude noch mit Zuversicht erfüllen, aber unter den gegebenen Umständen müssen wir bei dem Auswahlverfahren meines Erachtens etwas großzügiger vorgehen.«

Jacobs nickte und wusste, dass der Großmeister des Priorats seinen Ratschlag annehmen würde, wie er es in den meisten Fragen tat.

»Erstens, Mr. Randolph, der unter normalen Umständen bestimmt niemand wäre, auf den man sich verlassen würde, der jedoch meiner Meinung nach in Anbetracht des engen Zeitrahmens vertrauenswürdig wäre.«

Jacobs schürzte die Lippen.

»Der Einzige andere ist, fürchte ich, mein Sohn Anthony«, fuhr Ephesian fort. »Mir ist durchaus bewusst, dass es noch einige Jahrzehnte zu früh ist, unbedingtes Vertrauen in seine diesbezüglichen Fähigkeiten zu setzen, aber auch in diesem Fall glaube ich, dass die Umstände die Haupteinwände gegen seine Kandidatur irrelevant machen.«

Jacobs nickte. Anthony Ephesian, 2Tone für jeden, den er bewegen konnte, ihn so anzureden, zählte zweifelsohne zu den unwahrscheinlichsten Kandidaten in der Stadt. Doch Ephesian hatte Recht: In dieser Situation gab es keine besseren Alternativen. Den Idioten Randolph in Betracht zu ziehen, war Jacobs' Meinung nach ohnehin ein Fehler.

»Es muss Anthony sein«, sagte er ernst.

Ephesian nickte. Er erwartete Randolph jede Minute mit dem fraglichen Gegenstand zurück, aber deswegen musste er ihn ja nicht gleich in die Gemeinde einführen. Er würde das Objekt entgegennehmen, es in seinen Gefrierschrank legen und zum passenden Zeitpunkt morgen Abend seinem Sohn übergeben.

»Sehr gut, Jacobs«, sagte Ephesian. »Ich werde den Jungen heute Abend darauf vorbereiten.«

Jacobs nickte.

»Und nun wird es Zeit, die Anrufe bei Ihren Brüdern zu tätigen, um sicherzugehen, dass alle bereit sind.«

Ephesian nickte und blickte auf Jacobs' Kinn. Jacobs erwiderte den leicht verrutschten Blick, bevor er sich langsam abwandte und die Treppe zur Bibliothek hinaufstieg.

Kapitel 14

Blumen im Fenster

Luigi und Tony standen in der Cathedral of the Isles, die hinter der Stadt Millport ein Stück den Hügel hinauf zwischen Bäumen versteckt liegt. Das kleine Gebäude wurde Mitte des 19. Jahrhunderts von dem Architekten William Butterfield entworfen, der sicherlich bekannter für seinen Bau des Keeble College in Oxford und der All-Saints-Kirche in der Margaret Street in London ist, und bietet kaum mehr als einhundert Menschen Platz. Durch die angrenzenden Klostergebäude wirkt der Bau allerdings größer. Das Mittelschiff der Kathedrale umfasst nur zwölf mal sieben Meter, erscheint jedoch durch den einundvierzig Meter hohen Kirchturm sowie die hohen Spitzdächer geräumiger, als es ist. So ähnlich wie Tardis, nur umgekehrt.

Während das Mittelschiff vollkommen schlicht gehalten ist, sind Altarraum und Sanktuarium mit farbenprächtigen Details, bunten Kacheln und Glasfenstern in üppigen Farben verziert. Ursprünglich herrschte auch hier nackte Kargheit, doch Anfang der 1960er Jahre gelang es dem damaligen Pfarrer der Gemeinde, die Kirche, die zu dieser Zeit noch nicht zur Kathedrale erhoben worden war, in der erfolgreichen BBC-Serie *Tapetenwechsel* unterzubringen. Daraufhin nahm sich der berühmteste Innenarchitekt seiner Zeit, Lawrence Llewelyn McGlumpha, des Baus an, gestaltete die Böden unter Verwendung farbiger Baumaterialien neu und verzierte Balken, Säulen und die kunstvoll bemalte Decke mit schablonierten Mustern, die eine große Vielfalt von auf der Insel heimischen Wildblumen darstellen. Natürlich überzog er seinen Etat um circa acht Millionen Pfund.

»Gegen den Petersdom ist das ein Dreck«, sagte Tony und schaute zur Decke.

Luigi zog eine Braue hoch und sah ihn kopfschüttelnd an. Dann betrachtete er ebenfalls die Decke, bevor er sich abwandte und begann, in der Kirche umherzugehen, wobei er hier und da über eine Holzvertäfelung strich oder einen Kerzenleuchter berührte. Irgendwo musste es ein Werk schlichter Kunst geben, das ihnen einen Hinweis geben würde. Nichts, was die Episkopalen machten, war übermäßig kompliziert. Die Tatsache, dass niemand es vorher entdeckt hatte, bedeutete nur, dass man nicht gewusst hatte, wo man suchen musste. Es gab zahlreiche andere Stätten in Europa, an denen die Menschen jahrelang vergeblich geforscht hatten. Allein die Idioten vom *Prieure de Millport* hatten gewusst, dass sie hier suchen mussten, bis Kardinal Salvatori in der vergangenen Woche ein Zeichen erhalten hatte. Genauer gesagt, hatte er von einem seiner Agenten, der ein Telefonat zwischen Ping Phat und Bartholomew Ephesian abgehört hatte, einen Tipp bekommen. Ping Phat war so aufgeregt gewesen, dass er es versäumt hatte, die üblichen Vorsichtsmaßnahmen zu treffen; Ephesian, der damals vor Wut geschäumt hatte, weil Lawton die Information weitergegeben hatte, war zu überrascht und außer sich gewesen, um klar zu denken. Sie hatten über eine offene Leitung ungeschützt Dinge erörtert, die nicht zur Sprache hätten kommen dürfen, und der Inhalt ihres Gesprächs war in der Hierarchie des Vatikan weiter nach oben vermeldet worden. Mit der Konsequenz, dass jetzt Luigi und Tony in der Cathedral of the Isles standen.

»Guck dir die ganzen Blumen an, was, zum Teufel, soll das?«, fragte Tony. »Blumen. Das ist schließlich eine Kathedrale und kein beschissenes Gartencenter.«

»Du bist so ein Schwachkopf«, stellte Luigi fest. »Ich meine, du schaust dir den Bau an und erkennst nichts Religiöses daran? Guck dich doch mal um, Herrgott noch mal. Siehst du keinen verdammten religiösen Symbolismus? Gibt es nicht genug Kreuze für dich?«

»Doch, schon, aber die Kirche ist so winzig. Was, zum Teufel, soll das? Es kommt eben doch auf die Größe an«, fügte er kichernd hinzu.

»Du bist so blöd wie ein Insekt, weißt du das?«, fragte Tony. »Nein, nicht mal wie ein Insekt, wie eine Amöbe. Du hast bloß eine einzige Zelle, und das ist bestimmt keine Gehirnzelle. Es ist eine beschissene Fäkalzelle. Du bist eine einzige Zelle dummer Scheiße, das bist du.«

»Na ja«, erwiderte Tony lachend, »wenn ich nur eine Zelle bin, weiß ich nicht, was du bist. Du hast ja noch eine Zelle weniger als ich. Eine halbe, oder was weiß ich. Oder noch weniger. Drei Viertel oder so. Wenn ich blöd bin, bist du doppelt blöd.«

»Ich weiß wenigstens, dass der Blumensymbolismus in dieser scheiß Kathedrale nichts mit beschissenen Blumen, aber eine Menge mit religiösen Riten und dem Allerheiligsten zu tun hat, das wir hier finden werden. Im Namen der Religion geschieht nie etwas, mein dummer Amigo, das nicht etwas anderes bedeutet, als es auf den ersten Blick scheint. Verstehst du das, oder waren das zu viele Wörter in einem Satz für dich?«

»Weißt du, was dein Problem ist, Luigi?«, setzte Tony an, wurde jedoch von Schritten unterbrochen, die hinter ihnen in der Kathedrale zu hören waren. Sie drehten sich um. Vor ihnen stand Pater Andrew Roosevelt, episkopalischer Priester der Cathedral of the Isles. Die Hände verschränkt, machte er lächelnd einen Schritt auf sie zu. Sein Herz klopfte noch heftig, weil er gerade aus dem Verwaltungszimmer des Klosters kam, wo er einen Anruf von Ephesian entgegengenommen hatte. Er hatte nicht erwartet, dass es so schnell gehen würde, aber nun würde sich plötzlich alles fügen. Wenn er ehrlich war, hatte er nicht daran geglaubt, dass es überhaupt geschehen würde, schon gar nicht so rasch. Und nun sollte er unvermittelt an dem einzigartigsten Moment der Geschichte teilnehmen.

»Guten Tag«, sagte Pater Roosevelt, bemüht, seine Unsicherheit zu kaschieren. »Sind Sie zu Besuch hier?«

Tony, dem jede Diplomatie fremd war, zog eine Braue hoch und dachte wie immer bei solchen Anlässen, dass er dem Feind gegenüberstand. Luigi trat vor, streckte die Hand aus und lächelte breit. Der Pater ergriff sie zögernd, weil ihm bewusst war, wie feucht seine Handflächen waren. Ein kurzes Händeschütteln, dann zog er seine Hand wieder zurück; auch Luigi war nicht so diplomatisch, dass er es schaffte, sich nicht unwillkürlich die Hand an der Hose abzuwischen, wobei er jedoch unentwegt weiter lächelte.

»Mein Bruder und ich sind für ein paar Tage in Schottland. Unsere Eltern haben sich hier direkt nach dem Krieg kennen gelernt. Wir sind beide in Glasgow geboren, aber in den Sechzigern zurück nach Italien gezogen. Wir besuchen einige der Orte, wo wir als Kinder immer hingefahren sind. Largs, Millport, die Küste des Clyde. Wir haben es immer geliebt, stimmt's, Tony.«

Tony wollte, ganz einzelliges Stück dummer Scheiße, gerade darauf hinweisen, dass Luigi keineswegs sein Bruder und er, wer immer auch Luigis verdammte Vorfahren sein mochten, auf jeden Fall Sizilianer war, ganz zu schweigen davon, dass sie beide in ihrem ganzen Leben noch nie auch nur in der Nähe von Schottland gewesen waren. Darüber hatten sie doch eben im Wagen gesprochen. Aber nach einem strengen Blick Luigis fiel der Groschen dann doch noch – untypisch und überraschend plötzlich –, und Tony wandte sich lächelnd an den Priester.

»Ich liebe alles an Schottland«, sagte er. »Das Wetter, das Eis, den Fußball.«

»Ja«, sagte Pater Roosevelt, »also, das Eis haben wir, glaube ich, von Ihnen, was den Fußball betrifft, muss es sich um eine höfliche Lüge handeln, auch wenn Celtic 1967 im Europapokalfinale Inter Mailand geschlagen hat...«

Ein beschissenes Spiel, und sie reden noch immer darüber, dachte Tony. Und Luigi.

»...und das Wetter, nun ja, Ihre diplomatische Kunst ist groß und facettenreich. Im vergangenen Jahr wurden an der Westküste Schottlands hundertsiebenundfünfzig verschiedene Sorten von Schmuddelwetter registriert.«

»Aber das Eis!«, sagte Tony, darauf fixiert, zumindest irgendwas richtig gesagt zu haben.

»Die Kathedrale«, sagte Luigi in dem Bemühen, Tony von dem Thema Eis abzubringen, bevor er anfing, seine Lieblingssorten aufzuzählen, »ist sehr beeindruckend für ein so kleines Gebäude, nicht wahr?«

Roosevelt sah sich nickend in dem kleinen Kirchenschiff und Altarraum um.

»Ja«, sagte er mit immer noch wippendem Kopf. »Der Gründer der Kathedrale war der sechste Earl of Glasgow. Ein ziemlicher Eiferer in den religiösen Auseinandersetzungen seiner Zeit, möge er in Frieden ruhen, und zu unser aller Glück offenbar wild entschlossen, die episkopalische Bewegung in Schottland wiederzubeleben: Er beauftragte William Butterfield mit dem Entwurf der Kirche und der angrenzenden Klostergebäude.«

Wir sollten über all die Spiele reden, in denen italienische Mannschaften schottische Teams aus dem Europapokal geschossen haben, dachte Tony. Über den 4:1-Sieg von Juventus im Ibrox-Park 1995. Oder den Erstrunden-K.o. von Celtic gegen Juve 1981. Oder die 1:5-Schlappe von Dundee gegen AC Mailand im Halbfinale des Europapokals 1963. Oder Dundees 0:3 gegen Juve, die 1:4-Niederlage der Hearts gegen Inter, das 0:6-Debakel der Hibs gegen Roma. Aber irgendwann begann er, sich selbst zu langweilen, und schaffte es, seine Gedanken wieder auf Speiseeis zu lenken.

»1876 wurde es Sitz des Bishop of the Isles, wodurch die Kirche in den Rang einer Cathedral of the Isles erhoben wurde. Eine überaus faszinierende Geschichte.«

Roosevelt lächelte, weil er wusste, dass er sie hinreichend gelangweilt hatte und sie keine weiteren Fragen mehr stellen würden.

Die autorisierte Fassung, dachte Luigi und erwiderte das übertriebene Nicken des Priesters. Das war nicht der wahre Grund für den Bau der Kathedrale und ihren herausragenden Platz innerhalb der Kirche, doch Roosevelt würde nicht geneigt sein, diese Informationen auszuplaudern. Nicht vor ein paar Fremden, vor niemandem. Vielleicht wusste es der Mann selbst nicht mal.

»Vielen Dank, Pater«, sagte Luigi. »Sie haben vollkommen Recht. Es ist ein faszinierender Bau. Dürfen wir uns ein wenig umsehen?«

Roosevelt lächelte, meinte jedoch, zum ersten Mal etwas in Luigis Blick wahrgenommen zu haben. Nachdem die Aufregung des Gesprächs mit Ephesian langsam abgeklungen war, konnte er sich jetzt besser auf die Unterhaltung mit den beiden Italienern konzentrieren. Er lächelte Luigi wieder an, während er überlegte, was sie ihm erzählt hatten. Es könnte durchaus stimmen, aber wenn sie in irgendeiner anderen Angelegenheit hier waren, wären sie bestimmt klug genug, eine plausible Geschichte parat zu haben. Und diese Begegnung geschah so unmittelbar nach seinem Gespräch mit Ephesian. Die Wege des Herrn waren fürwahr unergründlich.

»Was sagten Sie, wo sich Ihre Eltern kennen gelernt haben?«, fragte er und hoffte, dass sein plötzliches Interesse nicht auffallen würde.

»In Schottland«, sagte Luigi. »Sie haben doch nichts dagegen, wenn wir uns ein wenig umsehen?«

»Wo denn genau? Ich finde es immer interessant, zu erfahren, wo unsere italienischen Freunde sich nach dem Krieg niedergelassen haben.«

Es mochte als unschuldige Frage gedacht gewesen sein, war jedoch weithin sichtbar als der Versuch eines subtilen Verhörs erkennbar, und alle wussten sofort, dass ein jeder argwöhnisch gegenüber dem anderen und deshalb auf der Hut war. Tony beschloss, seine umfassenden Kenntnisse des schottischen Fußballs optimal einzusetzen.

»In Raith«, sagte er.

Luigi nickte ahnungslos. Pater Roosevelt verschränkte die Hände und lächelte.

»Sie sind herzlich willkommen, sich umzusehen«, erklärte er abrupt. »Es gibt viel Schönes zu entdecken. Ich muss mich leider um eine andere Angelegenheit kümmern, ich hoffe, Sie entschuldigen mich.«

»Selbstverständlich«, sagte Luigi. »Wir haben schon viel zu viel Ihrer kostbaren Zeit in Anspruch genommen.«

»Guten Tag«, sagte Roosevelt.

Luigi nickte, Tony sagte »Euer Ehren«, weil er es gewohnt war, Geistliche so anzusprechen. Luigi versetzte ihm einen Tritt, während Pater Andrew Roosevelt sich umdrehte und langsam aus dem Hauptschiff der Kathedrale zurück in die Verwaltungsräume der Klostergebäude ging.

Tony wartete, bis er weg war, und sagte dann: »Raith? Was? Wer ist jetzt ein einzelliges dummes Stück Scheiße?«

»Na, nun bleib mit deinem beschissenen Genie mal auf dem Teppich und hilf mir, etwas ganz Spezielles zu finden.«

Tony starrte ihn an und sah sich dann in der kunstvoll verzierten Kathedrale um. Ihm war durchaus danach zumute, die Weisheit dieser Bemerkung anzuzweifeln, doch stattdessen nahm er sie, wie sie gemeint war, und machte sich daran, jedes Detail der Ornamente in der Kathedrale auf Anzeichen für einen Geheimgang, eine verborgene Krypta oder Nische zu betrachten.

Bartholomew Ephesian legte den roten Telefonhörer wieder auf die Gabel und sah aus dem Fenster. Die neun Anrufe waren getätigt, alle Mitglieder der Bruderschaft in Bereitschaft. Die Zeit war festgesetzt, der Ort seit mehr als einem Jahrhundert bereitet, und nun konnte er nur noch warten. Wie immer zückte er einen kleinen Block und notierte ein paar Dinge, die vor Mitternacht des morgigen Abends erledigt werden mussten.

James Randolph musste das benötigte Objekt aus Jonah Harrisons Gefrierschrank zurückbringen; er selbst musste mit dem Jungen reden und ihm eine kurze Einführung in die Regeln der Bruderschaft geben; dann mussten noch die Kunstwerke aus der exzentrischen Dekoration der Kathedrale genommen werden; er und Jacobs mussten einen Plan entwickeln, wie mit Ping Phat zu verfahren war, wenn er auf der Insel eintraf. Das würde nicht ihr geringstes Problem werden.

Es klopfte, und Jacobs näherte sich beinahe geräuschlos. Ephesian drehte sich nicht um, sondern starrte weiter auf das graue Wasser des Firth und die Hügel von Arran, die wie stets von Nebel und Wolken verhüllt waren.

»Mr. Randolph ist hier«, sagte Jacobs. Ephesian nickte. Damit war ein Punkt auf der Liste schon erledigt. Wenn nur alles so glatt laufen würde.

»Schicken Sie ihn rein«, sagte er kühl. Es wäre schön, Randolph sofort wieder loszuwerden, aber er brauchte ihn noch für einen letzten schmutzigen Auftrag am kommenden Abend. Und wenn er die ihm gestellte Aufgabe erledigt hatte, wurde es wahrscheinlich Zeit, dass man ihn mittels eines kleinen Autounfalls entsorgte. Er wusste bereits zu viel.

Wenn er nur selbst den Anblick frischen Blutes ertragen könnte. Rot, rot, rot ist alles, was ich hab …

Jacobs zog sich zurück, und wenig später tauchte James Randolph auf. Hätte Ephesian sich umgedreht, dann wäre ihm aufgefallen, dass Randolph noch blasser und nervöser wirkte als sonst, und er hätte auch die nervösen Bewegungen seiner Hände und Finger bemerkt.

»Haben Sie es?«, fragte er kalt.

Randolph schluckte. Er hatte Magenkrämpfe vor Angst. Dabei war es nicht so, als ob Ephesian ihm je körperlichen Schaden zugefügt hätte, aber seine Einschüchterungen waren viel schlimmer. Er brachte kein Wort heraus. Schließlich drehte Ephesian sich um, sah ihn an und erkannte an seiner Haltung sofort, dass die Sache nicht planmäßig verlaufen war. Sein Blick fiel auf ein Buch direkt rechts neben Randolph.

Aphorismen und weitere Aphorismen von Karl Kraus, und ihm kam der Satz »Diplomaten belügen Journalisten und glauben es, wenn sie's lesen« in den Sinn.

»Was ist passiert?«, fragte er. Er machte sich noch keine Sorgen, weil er wie immer annahm, dass ein mögliches Problem logischerweise Randolphs Schuld war und deshalb nichts, was sich nicht durch seine persönliche Intervention klären ließ.

Randolph brachte nach wie vor kein Wort heraus. Seine Kehle war so trocken, als ob er vierzig Tage und vierzig Nächte durch die Wüste geirrt wäre.

»James«, sagte Ephesian. »Sprechen Sie. Wenn es ein Problem gibt, ist es bestimmt nicht Ihre Schuld. Reden Sie mit mir, wir können es besprechen und nach Lösungsmöglichkeiten suchen.«

Randolph schluckte oder versuchte es zumindest. Aber da war nichts zu schlucken. Er hatte Halsschmerzen.

Ephesian stand rasch auf. Er war noch nicht verärgert, sondern wollte die Sache nur hinter sich bringen. Ganz entgegen seiner Gewohnheit bemerkte er sogar Randolphs Furcht. Er ging zu seiner Hausbar, goss ein Glas voll Bunnahabhain und gab es Randolph. Randolph kippte es hinunter, genoss das aromatische Brennen im Hals, musste husten und wischte sich ein paar Tropfen vom Kinn.

»Reden Sie«, sagte Ephesian.

»Es war nicht da«, sagte Randolph rasch, ohne Ephesian dabei in die Augen sehen zu können, obwohl er wusste, dass jener den Blick ohnehin nicht erwidern würde. Wie so häufig in der Vergangenheit würden sie eine weitere seltsame Unterhaltung führen, in der beide mit einem Gegenüber zu sprechen schienen, das gar nicht im Zimmer war.

Ephesian atmete schwer, starrte auf den Läufer, wandte sich

ab und ging zum Fenster. Er blickte mit aufgerissenen Augen auf den Firth und folgte dem Kurs eines kleinen Segelbootes, das gegen den Wind ankämpfte.

Es war nicht da. Randolph war ein Idiot, aber kein so großer Idiot. Wenn er es nicht gefunden hatte, hatte er auch noch anderswo gesucht. Er hatte viel länger gebraucht als vermutet. Also hatte Jonah es entweder nicht am angegebenen Ort aufbewahrt, oder Ruth hatte es bereits gefunden und anderweitig verstaut.

Jonah Harrison war trotz seiner Spielsucht und seiner aberwitzigen Kreditkartenschulden, über die Ephesian genauestens im Bilde war, ein verlässlicher Mann gewesen. Ein trauriger Verlust für die Bruderschaft, vor allem jetzt, wo sie die Früchte ihrer Arbeit ernten sollten. Er hatte Harrison vollkommen vertraut. Wenn das Objekt bewegt worden war, gab es nur eine Erklärung. Er drehte sich wieder zu Randolph um und sah sofort, dass der Mann sich ein wenig entspannt hatte.

»Seine Frau muss es gefunden haben, aber wir wissen, dass sie damit nicht zur Polizei gegangen ist. Das wäre vielleicht besser gewesen, denn dann wäre es wenigstens in unserem Besitz. Gehen Sie zu ihr, sprechen Sie mit ihr, finden Sie heraus, was sie damit gemacht hat.«

Randolph nickte. Neue Verantwortung.

»Nehmen Sie Jacobs mit«, fügte Ephesian hinzu. »Sie sollten besser Jacobs mitnehmen.«

Und Randolph war gleichzeitig wütend und erleichtert.

Kapitel 15

Die Maden der Melancholie

Unter stummen hörbehinderten Buckligen gibt es ein Sprichwort, das lautet: Dass du taub bist, bedeutet noch lange nicht, dass du nichts hören kannst.

Bei den Damen genoss Igor den Ruf eines guten Zuhörers. Keine wusste, ob es daran lag, dass er von ihren Lippen lesen konnte, oder daran, dass er einfach instinktiv wusste, was sie sagte, aber nicht eine seiner vielen Vertrauten zweifelte auch nur eine Sekunde daran, dass er alles verstand, was sie ihm sagte. Sie konnte ihm erzählen, was sie wollte, Igor würde sie nie verurteilen, und darin lag eine der vielen Schönheiten seines Wesens.

Nach dem verheerenden Treffen mit Reverend Dreyfus war Ruth Harrison nach Hause zurückgekehrt. Ihr Herz war gebrochen und würde wahrscheinlich nie wieder heilen. Womöglich dachten die Menschen, die sie in der Stadt sahen, dass sie um ihren toten Ehemann trauerte, und das war vielleicht auch gar nicht schlecht. Sie war so erschüttert, dass ihr alles gleichgültig war. Sie war nach Hause gegangen, hatte den Kessel aufgesetzt, wild entschlossen, ihre Tage bis auf weiteres vor dem Fernseher zu verbringen, wo sie sich konfrontative Talk-Shows über Männer ansehen würde, die Schweine waren, während sie in gemessenem Tempo stetig Wein trinken würde, um ständig angesäuselt zu bleiben. Aber als sie die schweren Schritte auf dem Flur im ersten Stock, das Öffnen und Schließen der Badezimmertür, den plätschernden Strahl und dann das Rauschen der Spülung gehört hatte, war sie sofort aus dem Haus gerannt, nicht nur mit gebrochenem Herzen, sondern überdies mit zerrütteten Nerven. Sie musste mit jemandem reden, mit jemandem, dem sie vertrauen konnte.

Sie öffnete die Tür des Frisörsalons. Barney hatte zum ersten Mal an diesem Tag nichts zu tun, der scheinbar endlose Strom alter Männer, die jugendliche Frisuren wünschten, war schließlich versiegt. Er zog eine Braue hoch und fragte sich, ob sie aus seinem Laden einen Damen- und Herren-Salon machen wollte, wusste jedoch intuitiv, dass diese Frau nicht wegen einer Volumenwelle und einer Tonne Haarpflegemittel gekommen war.

Sie sah Igor an, Igor hielt mit dem Fegen inne und erwiderte ihren Blick. Ganz instinktiv strahlten seine Gesichtszüge Mitgefühl für ihren Verlust aus, auch wenn er wusste, dass sie Jonahs samt seiner finanziellen Eskapaden und abstoßenden persönlichen Angewohnheiten längst überdrüssig gewesen war.

»Ich muss mit Igor reden«, sagte sie.

Igor führte sie lächelnd zu der Bank. Ruth sah Barney an, und Igor zuckte mit den Schultern, als wollte er sagen, wir stecken alle gemeinsam in der Sache. Er ist einer von uns. Sie musterte Barney unsicher, doch Igors Miene stimmte sie um. Wenn er diesem Mann vertraute, würde sie es auch tun.

Sie setzte sich und blickte von dem Frisör zu seinem Buckligen und zurück.

»Barney Thomson«, sagte Barney und nickte vertrauenswürdig.

»Ruth Harrison«, sagte sie. Vielleicht hätte ihr der Klang von Barneys Stimme gefallen können, aber in dem Moment, in dem Reverend Dreyfus ihr die Tür vor der Nase zugeschlagen hatte, hatte sie begonnen, eine Mauer um sich zu errichten. Nie wieder würde sie einem Mann erlauben, zu ihr vorzudringen. Außer Igor.

»Ah«, sagte Barney und schenkte ihr einen Ausdruck des Bedauerns. »Mein Beileid.«

Sie nickte, wie man das so tat. Eines Tages würde sie mit Igor über den Reverend sprechen müssen, aber jetzt noch nicht. Nicht, solange die Wunde noch offen, blutig und schmerzhaft war und die Maden der Melancholie sich daran labten. Und auch wenn Barney ein vertrauenswürdiges Gesicht hatte, würde sie ihre Demütigung nicht vor ihm ausbreiten. Der Ruf von Reverend Dreyfus war ihr sowieso egal. Sie wandte sich wieder an Igor.

»Ich weiß, dass sich das merkwürdig anhört, also sage ich es einfach geradeheraus.« Sie zögerte, wappnete sich und sagte es. »Jonah ist noch immer im Haus.«

Igor sah sie überrascht an, während Barney sofort an das Prosaische dachte und sich fragte, ob die Leiche noch nicht abtransportiert worden war. So was kommt vor.

»Wie meinen Sie das?«, fragte er, weil er vermutete, dass mehr dahinter steckte.

Sie sah Barney an. Er hatte einen offenen und ehrlichen Blick, und obwohl sie nach wie vor davon überzeugt war, dass alle Männer Schweine waren, entschied sie, ihm die ganze Geschichte zu erzählen.

»Ich war gestern Nachmittag im Bad, gerade erst ein paar Sekunden, weil ich wirklich musste. Dann kam Jonah und hat gegen die Tür gehämmert, damit ich ihn reinlasse. Ich habe ihm gesagt, also, um ehrlich zu sein, hab ich ihm gesagt, er solle in die Spüle pinkeln. Er muss enormen Druck auf der Blase gehabt haben, was mir aber nicht klar war. Sonst hätte ich ihn natürlich reingelassen.«

Barney nickte, Igor wusste, dass das grandios geflunkert war.

»Also ist er die Treppe runtergerannt, dabei gestolpert und mit dem Kopf aufgeschlagen. So ist er gestorben.«

Zumindest die Geschichte von dem Sturz hatten sowohl Barney als auch Igor schon vernommen, doch sie schüttelten beide den Kopf, als würden sie sie zum ersten Mal hören.

Igor machte eine Bewegung mit den Händen.

»Oh ja«, sagte Ruth, »sie haben ihn ziemlich schnell abgeholt. Sogar sauber gemacht. Luciens war sehr hilfsbereit, und dabei wollte er nicht mal eine Tasse Tee.« *Er ist natürlich ein Mann und deshalb ein absolutes Stück Scheiße höherer Ordnung.* »Das ist es nicht.« *Es ist, dass Dreyfus mich abserviert hat, es ist, dass Jonah mich für den Rest meines verdammten Lebens verfolgen wird, weil ich ihn nicht auf die Toilette gelassen habe. Es ist, dass der blöde Idiot etwas Unaussprechliches in einem kleinen Plastikbeutel im untersten Fach seines Gefrierschranks aufbewahrt hat.*

»Was ist es dann?«, fragte Barney.

»Er ist noch im Haus«, wiederholte sie nach einer weiteren Pause und biss sich wieder unsicher auf die Unterlippe.

Barney und Igor warteten.

»Er verfolgt oder verspottet mich als Geist. Ich weiß nicht, wie oft ich das Geräusch seit gestern Nachmittag gehört habe. Vor seinem Tod war er in seinem Arbeitszimmer. Von dort ist er an die Badezimmertür gekommen. Und jetzt, mein Gott, ich weiß nicht, jetzt kommt es mir so vor, als würde ich Schritte hören, die laut stapfend von seinem Arbeitszimmer zum Bad gehen, die Tür wird aufgemacht und wieder geschlossen, er pinkelt und zieht ab.«

Sie sah sie mit großen Augen an. Igor war überaus beeindruckt von dieser paranormalen Badezimmergeschichte und schaute mit großen Augen zurück. Barney war neugierig.

»Sie meinen, Jonah ist für alle Ewigkeit zum Pinkeln verdammt?«, fragte er so wenig skeptisch, wie er nur konnte.

»Ja«, sagte sie, »genau das denke ich.«

Barney zuckte die Schultern. Es gab seltsamere Dinge im Leben, dachte er. Und das stimmt.

»Möchten Sie, dass wir vorbeikommen und für Sie nachsehen?«, fragte er.

Ruth Harrison schmolz förmlich dahin und blickte mit immenser Erleichterung von Barney zu Igor und zurück.

»Würden Sie das tun?«, hauchte sie. »Würden Sie wirklich?«

»Klar«, sagte Barney. Er und Igor wechselten einen Blick Marke Steve McQueen und Yul Brynner in *Die Glorreichen Sieben*, wobei sie, wenn ihnen das bewusst gewesen wäre, wahrscheinlich darüber gestritten hätten, wer Steve McQueen sein durfte. »Igor«, fuhr er fort, »sattel die Pferde und los.«

Igor lächelte, obwohl es aussah wie eine Grimasse, und dann machten sich die beiden Männer ans Werk. *Die Glorreichen Zwei*, gedungene Helden mit dem Auftrag, das Übersinnliche auf der Welt zu bekämpfen, also eigentlich mehr wie *Ghostbusters*. Aber wer träumt schon davon, Dan Ackroyd, Bill Murray oder Harold Ramis zu sein? Wahrscheinlich hält man sich besser an das Konzept der *Glorreichen Sieben*, dann kann man auch noch so tun, als wäre Jonah Harrison kein Gespenst, sondern ein mexikanischer Bandit.

Gut, dass das geklärt ist.

Eine Viertelstunde später folgten Barney und Igor Ruth Harrison in ihr Haus. Sie waren gekommen, um der traumatisierten Frau Gesellschaft zu leisten und dem Haus Gelegenheit zu geben, ihre bizarre Gespenstergeschichte zu bezeugen.

Es war fast vier Uhr, und Barney hatte beschlossen, früher Schluss zu machen. Der Kundenstrom schien für diesen Tag versiegt zu sein, außerdem war es sein Laden – oder er würde ihm gehören, sobald er den Vertrag unterzeichnet hatte –, warum also sollte er nicht früher Feierabend machen? Er konnte den Laden schließen, wann er wollte. Er zog seine Jacke aus, Igor legte eine Reihe rauer Kleidungsstücke ab, die er trug, um seinen natürlichen Buckel sowie seine gebückte Haltung zu betonen, Ruth hängte ihren Mantel über das Geländer und schaltete das Licht an.

»Eine Tasse Tee?«, fragte sie.

»Das wäre reizend«, sagte Barney. »Mit ganz wenig Milch und ohne Zucker.«

Igor bat mit einem angedeuteten Nicken um eine Tasse. Jeder in der Stadt wusste, wie Igor seinen Tee trank.

»Soll ich mal nach oben gehen und nachsehen?«, fragte Barney.

Ruth Harrison drehte sich mit dem Kessel in der Hand um und sah Barney erstaunt, verwundert, überrascht, ungläubig und mit an Ehrfurcht grenzendem Respekt an.

»Das würden Sie tun?«, fragte sie.

Barney zuckte die Schultern.

»Ich bin ja nicht nur zum Teetrinken gekommen, so nett das wäre«, sagte er. »Igor, du bleibst bei Mrs. Harrison, sie sollte nicht allein sein.«

»Arf.«

»Oh danke, Igor«, flötete sie.

Barney drehte sich nickend um. Als er das Zimmer verließ, hatte er das Gefühl, dass zwischen Igor und Ruth Harrison vielleicht irgendetwas laufen könnte, und bei dem Gedanken musste er lächeln. Er hatte keine Ahnung von der Existenz des Reverend Dreyfus oder den inneren Qualen, die Jonahs Witwe zurzeit erleiden musste, aber wenn man gebrochen, geschlagen, gedemütigt und vernichtet ist, ist man am verwundbarsten, und Ruth Harrison hatte schon immer eine kleine Schwäche für Igor gehabt.

Barney stieg die Treppe hinauf. Das war neu. Nicht, dass er dem Tod nicht schon in schlachtfeldgemäßem Ausmaß begegnet wäre, aber keiner der Verblichenen hatte ihn hinterher als Gespenst verfolgt. Jedenfalls nicht buchstäblich.

Auf dem oberen Treppenabsatz blieb er stehen und sah sich um. An den Wänden hingen ein paar überraschend geschmackvolle Bilder, und er vermutete richtig, dass Jonah sie ausgewählt haben musste, weil Ruth nicht der Typ war, der sich moderne Landschaften aufhängte. Eine große Kommode, in der Barney Kissen, Laken, Decken und Klamotten wähnte, die nie benutzt wurden, die man aber auch nicht wegwerfen wollte.

Er betrat das Zimmer, das Jonah als Büro gedient hatte, den Raum, in dem er in den vergangenen Monaten gemächlich Zehntausende von Pfund verloren hatte.

Plötzlich fiel ihm eine lange zurückliegende Begebenheit ein, eine verdrängte, fast vergessene Erinnerung aus der Zeit, als er mit seiner späteren Frau Agnes nach einem Haus gesucht hatte. Sie hatten sich in Camuslang in der Nähe einer Schule ein altes Haus angesehen. Es lag in einer stillen Seitenstraße, gesäumt von großen viktorianischen Häusern mit riesigen Vorgärten. Sie hätten sich die Immobilie auf gar keinen Fall leisten können, aber es hatte ihnen damals Spaß gemacht, sich ein Haus einfach trotzdem anzusehen. Der Makler hatte sie nach Besichtigung des Erdgeschosses in den ersten Stock geführt, wo mehrere Zimmer von einem Flur abgingen. Er hatte auf die

Räume hingewiesen, war jedoch wie auch Agnes zurückgeblieben, während Barney neugierig weiterging.

Er betrat ein leeres, blau gestrichenes, ehemaliges Schlafzimmer mit mehreren Nischen. Der Teppich war herausgerissen, der Holzboden abgeschliffen worden. Auf der anderen Seite des Zimmers befand sich eine weitere Tür, die Barney irgendwie anzog. Er ging langsam darauf zu und öffnete sie.

Sonne fiel in das angrenzende Zimmer, das Fenster stand einen Spalt auf, und eine dünne Netzgardine bewegte sich leicht. Auch hier war der Boden aus Holz, aber poliert. Die Wände waren in einem spartanischen, gebrochenen Weiß gestrichen, keinerlei Bilder oder andere Verzierungen, aber sie wirkten trotzdem nicht kahl. In der warmen Sonne hatte das Zimmer einen beinahe mediterranen Flair. Auf einem kleinen Tisch stand ein Nähkästchen, daneben lag eine begonnene Häkelarbeit. Neben dem Tisch stand ein alter Schaukelstuhl so ausgerichtet, dass man von dort in den hinter einer hohen Mauer liegenden Obstgarten des Nachbarhauses blicken konnte. In der leichten Brise schien es beinahe, als ob sich der Stuhl sanft hin und her wiegen würde.

Und als Barney dort in der warmen Sonne stand, hatte er mit einem Mal eine große Traurigkeit sowie die Gewissheit verspürt, dass er nicht allein war. Mit gesträubten Nackenhaaren hatte er die Angst in jeder Zelle seines Körpers gespürt, sodass er sich rasch abgewandt und die Tür hinter sich geschlossen hatte und durch das blaue Zimmer zurück in den Flur gegangen war, wo der Makler und Agnes ihn mit gesenkten Köpfen wortlos erwartet hatten.

»Sie ist noch da drin«, hatte Barney gesagt.

Der Makler hatte genickt, Barney hatte Agnes angesehen, und sie waren, ohne sich noch einmal umzusehen, die Treppe hinunter und aus dem Haus gegangen. Im Laufe der Jahre war die Erinnerung an dieses unbehagliche Gefühl langsam verblasst, bis sie ganz verschwunden war. Bis zu diesem Moment, in dem Barney den leeren Stuhl betrachtete, von dem Jonah Harrison vor etwas mehr als vierundzwanzig Stunden eilig aufgestanden war, um in den Tod zu stürzen.

Aber auch wenn die Erinnerung zurückgekehrt war, war das Gefühl nicht mehr dasselbe. Keine sich sträubenden Nackenhaare, keine Angst, kein Unbehagen und auch nicht die Gewissheit, dass noch jemand im Raum war.

Er drehte sich um, ging zurück in den Flur und weiter ins Bad. Es war ein schmaler Raum, Toilette, Waschbecken und Badewanne drängten sich wie Pendler in einem Zug. Jede Menge weiblicher Hygieneartikel, nicht die Spur eines Anzeichens, dass auch ein Mann im Haus gelebt hatte. Entweder hatte Ruth schon alles weggeräumt, oder Jonah Harrison hatte es mit seiner persönlichen Hygiene nicht allzu genau genommen. Barney vermutete, dass das kleine Schränkchen hinter dem Spiegel ein paar robuste Toilettenartikel für Männer enthielt, bevor er alle Gedanken an Jonah Harrisons Waschgewohnheiten komplett verbannte. Bei manchen Dingen ist es nur ungesund, wenn man zu lange darüber nachdenkt.

Es rührte sich nach wie vor nichts. Kein Gefühl von irgendwas Übersinnlichem, nichts, was nicht zu dieser Welt gehörte. Wobei Barney keineswegs behauptete, einen sechsten Sinn für Untote zu haben, ungeachtet der Tatsache, dass er selbst schon ein paar Mal gestorben war, was ihm diesbezüglich, wie man meinen könnte, doch ein wenig helfen sollte. Eine geisterhafte Erscheinung dringt für gewöhnlich schon irgendwie zu einem vor, aber da war nichts. Barney entschied, dass Ruth Harrison noch immer unter Schock stehen musste, ein spontanes Urteil, das wie so häufig im Leben in absoluter Unkenntnis der Tatsachen getroffen wurde. Hätte er von Reverend Dreyfus und der Leere gewusst, die in Jonahs und Ruths Ehe geherrscht hatte, hätte er besser verstanden.

Er betrachtete sich im Spiegel, müde Augen, die zu viel gesehen hatten und eine lange Pause brauchten. Schlaf, jede Menge Schlaf. Vielleicht Tod, vielleicht einfach das. *Was in dem Schlaf für Träume kommen mögen, wenn wir den Drang des Ird'schen abgeschüttelt, der zwingt uns stillzustehen.*

»Herrgott, Barney, halt einfach die Klappe«, knurrte er sein Spiegelbild an.

Er hörte Schritte im Flur und dachte, dass Igor sich von der Lustigen Witwe losgeeist hatte, um selbst nach dem Geist zu fahnden. Ruth war sich also offenbar einigermaßen sicher, dass der alte Jonah nicht plötzlich versuchen würde, sich ein Bier aus dem Kühlschrank zu holen.

Die Schritte näherten sich dem Bad, Barney hörte, wie die Tür geöffnet, wieder geschlossen und eilig verriegelt wurde. Er stand nur einen halben Meter entfernt und starrte auf die Klinke. Sie hatte sich nicht bewegt.

Aber jetzt spürte er es. Die Anwesenheit eines anderen in dem Raum. Alle Sinneswahrnehmungen waren intensiviert, ihm war gleichzeitig kalt und heiß, und er zitterte heftig am ganzen Körper. Er hörte, wie der Klodeckel hochgeklappt wurde, dann das Plätschern eines Strahls in der Schüssel. Er drückte sich an das Waschbecken und starrte zur Toilette. Vor seinen Augen war nichts, obwohl er es spüren und hören konnte und sich seiner Sache so sicher war wie nur irgendwas. Jonah Harrison war mit ihm im selben Raum.

Das Plätschern versiegte, die Spülung rauschte, gefolgt von einem erleichterten Seufzen, und dann war das Gefühl, so schnell wie es gekommen war, wieder verschwunden. Jonah war weg und Barney allein. Seine Anspannung löste sich, und er fühlte sich unendlich erleichtert, das Gefühl, das Jonah Harrison hinterlassen hatte.

Barney schluckte. Er dachte an Ruth Harrison und daran, wie die letzten fünfzehn Sekunden sein Bild von ihr komplett verändert hatten. Sie war doch nicht so verwirrt, wie er gedacht hatte.

Dann klingelte es, und Barney wurde aus dem kurzen Moment wohliger Behaglichkeit gerissen. Der Augenblick war vorüber. Jonah Harrison hatte die Toilette aufgesucht, der Harndrang war für den Moment befriedigt. Als Barney das Bad verließ, war er nur mäßig neugierig, wer wohl der Besucher sein mochte, der der trauernden Witwe sein Beileid aussprechen wollte. Dabei ahnte er nicht, dass einer der beiden Männer, die in diesem Moment vor der Tür standen, nicht kondolieren, sondern malträtieren wollten und auch die entsprechenden Folterinstrumente dabei hatte.

Kapitel 16

Keiner kommt hier lebend raus!

»Ich meine, wirklich«, sagte Romeo McGhee. »Sie ist eine absolut neurotische, übererregbare, permanent prämenstruelle, bösartige, gemeine, irrationale, mega-gestresste Superzicke, und ihr Frauen verehrt sie wie eine Ikone oder so was. Eine feministische Ikone. Und das bringt es genau auf den Punkt, Mann. Die beschissene Essenz des Feminismus. Als ob ihr euch die verrückteste, seltsamste weibliche Zeichentrickfigur, die es gibt, ausgesucht und zu eurem Vorbild gemacht hättet. Frauen sind so verdreht.«

Chardonnay Deluth wandte den Blick von dem Periskop und sah McGhee an. Sie lag auf dem Boden, den Kopf in die Hand gestützt. Er saß ein Stück entfernt an die Wand gelehnt auf dem Teppich und studierte die Rückseite einer CD *Greatest Hits of the 70s*. Die Siebziger sind die neuen Sechziger.

»Warum sagst du das?«, fragte sie. »Welche Heldinnen sollen wir denn deiner Meinung nach haben? Sie macht eine klare Aussage, sie sagt, sie wird auch ohne einen Mann in der Welt zurechtkommen, sie sagt, sie braucht keinen Mann zum Anlehnen oder damit er irgendwas für sie tut. Und das nach Jahrzehnten, Jahrhunderten und Jahrtausenden, in denen Männer alles und Frauen entweder an die Spüle oder ans Bett gefesselt waren. Vielleicht klingt es ein bisschen angestaubt, aber es hat geholfen, den Weg zu bereiten.«

McGhee schüttelte den Kopf. Genau wie Deluth, bevor sie sich wieder dem Fernrohr zuwandte.

»Okay, ich verstehe ja das ganze *I-Will-Survive*-Ding«, sagte McGhee. »Davon rede ich ja gar nicht. Aber kann sie dem Typen nicht eine kleine Chance geben? Er hat sie ja schließlich nicht verlassen. Er macht nur seinen Job, verdammt noch mal.«

Sie sah ihn wieder an.

»Wie meinst du das?«

»Na ja, der Typ ist Astronaut und alles. Soll er da vielleicht jeden Tag zu Hause anrufen? Soll er ihr beschissene Liebesbriefe schreiben? Wo, zum Teufel, soll er in dreihunderttausend Metern Höhe einen Briefkasten finden? Und wie oft am Tag würde der wohl geleert?«, fügte er hinzu und grinste über seinen eigenen Witz.

»Was?«, fragte sie und sah ihn weiter schräg von der Seite an.

»Eine Briefkastenleerung, verstehst du? Wenn es einen Briefkasten im All gäbe, wie oft würde der freundliche Postmann mit seinem gelben Auto wohl dort vorbeikommen?«

»Das meine ich nicht«, sagte sie. »Wovon redest du? Der Typ ist kein Astronaut, er ist bloß irgendein blödes Arschloch, der sie wie Scheiße behandelt hat und jetzt meint, er könnte einfach so zurück in ihr Leben spazieren. Was quatschst du die ganze Zeit?«

Er machte eine Geste.

»*Now you're back*«, sang er, »*from outer space*. Der Typ war auf einer sechsmonatigen Mondlandemission. Nun sei doch nicht so verdammt hart zu dem Mann.«

Deluth wartete darauf, dass er lächelte, um zu zeigen, dass er nur Spaß machte und kein kompletter Vollidiot war. Er starrte sie an, deutete ihren Gesichtsausdruck richtig und spürte, wie seine Wangen rot anliefen, während er einen unbedeutenden Augenblick der Offenbarung erlebte. Gloria Gaynor war doch keine neurotische, übererregbare, permanent prämenstruelle, bösartige, gemeine, irrationale, mega-gestresste Superzicke, sie hatte bloß ihre Meinung gesagt.

Deluth prustete laut los und kugelte sich auf dem Fußboden, Tränen strömten über ihre Wangen, während sie vor Lachen lauthals wieherte. Romeo McGhee kam sich sehr, sehr dumm vor. Und Deluth musste so heftig lachen, dass sie ihm nicht sagen konnte, dass Ephesians Männer Simon Jacobs und James Randolph gerade vor Ruth Harrisons Haus eingetroffen waren.

Barney ging die Treppe hinunter. Die Geschichte mit Jonah Harrison kam ihm immer noch seltsam vor. Er wusste nicht, was er davon halten sollte, staunte nur über das Wohlbehagen, das er seit der Begegnung empfand. Als er die unterste Stufe erreichte, betraten gerade zwei Männer das Haus. Der eine hatte einen weichen Blick, ein träges Kinn, wirkte nervös und trug eine furchtbare *Peter-Lorre*-Frisur. James Randolph, und Barney erkannte sofort, dass er nicht gekommen war, um der Witwe sein Beileid auszusprechen. Der andere Mann wirkte, obwohl er eine Maske des Mitgefühls aufgesetzt hatte, härter und entschlossener; er hatte ein für sein Alter übermäßig faltiges Gesicht, ergrauendes Haar, tief liegende blaue Augen, Zähne, die eine Menge teurer Kieferchirurgie hinter sich hatten, und eine Frisur, die vage an François Mitterrand gemahnte.

Ruth Harrison war sofort in Verteidigungshaltung. Sie kannte Jacobs vom Sehen und wusste, dass er gelegentlich aus Ephesians Haus kam, um in der Stadt herumzuschleichen und seine dreckige Arbeit zu erledigen. Ephesian war schon da gewesen, und sie hatte ihn offensichtlich hinauskomplimentiert, bevor er gefunden hatte, wonach er suchte. Nun war Jacobs mitsamt dem rückgratlosen Randolph aus dem gleichen Grund hergeschickt worden.

Barney nickte ihnen zu, und sie musterten ihn skeptisch, während sie gleichzeitig Igor bemerkten, der auf der Schwelle zur Küche lauerte, im Mundwinkel, so wollte es Barneys nicht ganz ungeübtem Blick erscheinen, eine Spur von Lippenstift. Ruth Harrison hatte keine Zeit verloren.

»Tut mir Leid, falls Sie beschäftigt sind«, sagte Jacobs und blickte verstohlen von Ruth zu Barney, ohne Igor zu beachten. So ungerecht ist die Welt. »Wir müssen uns unterhalten.«

Gestärkt von ihrer kleinen Knutscherei mit Igor, während Barney dem Gespenst ihres verstorbenen Gatten nachgespürt hatte, straffte sich Ruth Harrison und sah Jacobs fest in die Augen.

»Nun, was haben Sie zu sagen? Diese Männer sind zum Tee gekommen und werden bestimmt nicht vor Ihnen wieder gehen.«

Randolph begann, nervös mit seinen Daumennägeln zu klicken, und war froh, dass er nicht verantwortlich war, obwohl er das nominell eigentlich hätte sein sollen. Jacobs spannte den Kiefer an und rieb sich langsam die Hände; er wusste, dass er eine schnelle Entscheidung treffen musste.

Sie brauchten das Päckchen nicht unbedingt sofort, es waren noch über dreißig Stunden Zeit. Aber häufig genug begannen unerledigte Probleme vor sich hinzuschwären, weshalb man dieses direkt aus dem Weg räumen sollte, ohne den Lauf der Dinge von der Anwesenheit des neuen Frisörs und des taubstummen Buckligen aufhalten zu lassen. Wenn der Frisör sich einmischen wollte, konnte er sein eben bezogenes Geschäft gleich wieder vergessen. Diese Drohung sollte reichen, um ihn einzuschüchtern, dachte Jacobs.

»Jonah hat etwas in seinem Gefrierschrank aufbewahrt«, sagte er kalt.

Ruth Harrison bemühte sich, sich nichts von ihrer Ahnung anmerken zu lassen. Sie hatte nicht nachgedacht, hatte nicht zwei und zwei zusammengezählt, und der Groschen war nicht gefallen, weil er erst gar nicht vorhanden gewesen war. Der Inhalt des kleinen Gefrierbeutels war der Grund für Ephesians Besuch gewesen. Sie hatte ihn rausgeschmissen, bevor er einen linkischen Versuch starten konnte, sie danach zu fragen. Wie hätte er auch beiläufig darum bitten sollen, einen Blick in ihren Gefrierschrank werfen zu dürfen?

Jonah war jeden Dienstagabend ausgegangen, und darum

drehte es sich jetzt. Mein Gott, was hatte er ihr hinterlassen? (Und das dachte sie schon, bevor sie von seinen Kreditkartenschulden erfuhr, die zahllose ihrer Pläne für den Rest ihres Lebens über den Haufen werfen würden.)

»Ich bin sicher, Sie können sich bei Spar Ihre eigenen Tiefkühlerbsen kaufen«, sagte sie schnippisch.

Die Bemerkung wurde allenthalben kühl, eisig und frostig aufgenommen, als hätte die Erwähnung des Gefrierschranks den weiteren Ton der Unterhaltung vorgegeben.

»Sie wissen, wovon ich rede«, erwiderte Jacobs grimmig.

»Das weiß ich ganz bestimmt nicht«, gab sie zurück.

»Arf«, knurrte Igor im Hintergrund. Barney zog anerkennend eine Braue hoch und wünschte neuerdings, er könnte ebenfalls nicht sprechen und hätte dafür die Gabe, all seine Gedanken durch den eloquenten Einsatz einer einzigen Silbe zu artikulieren.

Jacobs drehte sich zu Igor um und sah dann wieder Ruth Harrison an.

»Was haben Sie mit dem Beutel gemacht?«, fragte Jacobs barsch und mit schmalen Lippen, die mimische Entsprechung zum Spannen einer Waffe. So wie das immer in Filmen läuft, wo die Waffen zunächst nie gespannt sind, damit es irgendwann zwischendurch passieren kann, wenn es wirklich böse wird, ein Zeichen, dass irgendjemandem nun wirklich der Kopf weggepustet wird, wenn er das Mädchen nicht übergibt.

»Ich weiß nicht, wovon Sie reden«, ließ Ruth Harrison sich erneut vernehmen und kam langsam, geschützt von dem tapferen Igor hinter und dem neugierigen Barney neben sich, richtig in Fahrt. Wobei Barney natürlich kein grundsätzlich neugieriger Mensch war, sondern nur wissen wollte, was hier vor sich ging.

»Mr. Randolph«, sagte Jacobs leise und bedrohlich, »war vorhin schon einmal hier, um mit Ihnen darüber zu sprechen. Da Sie nicht zu Hause waren, sondern vermutlich bei unserem verlogenen kleinen Pfarrer der Church of Scotland, hat er sich die Freiheit genommen, selbst im Gefrierschrank nach dem benötigten Gegenstand zu suchen. Wir wussten, wo Jonah ihn aufbewahrt hat, und wir wissen, dass er dort nicht mehr ist. Sie müssen ihn an einem anderen Ort versteckt haben.«

Nun war es nicht so, als ob nichts von dem wahr gewesen wäre, also stand Ruth einfach da und starrte ihn an. Zumindest der bedrohliche Ton seiner Stimme begann zu ihr durchzudringen, denn Ruth fühlte sich in der Tat bedroht.

»Der Inhalt des Beutels gehörte nicht Jonah«, sagte Jacobs. »Er gehörte der Bruderschaft.« Er machte eine Pause, um die Worte wirken zu lassen. Er hatte eigentlich vorgehabt, sie notfalls mit Gewalt zu zwingen, den Gefrierbeutel herauszurücken. Wenn er sie jedoch lediglich so sehr einschüchterte, dass sie sich an die Polizei wandte, würde ihr Anruf bei Police Constable Gainsborough landen, der sich überaus besorgt zeigen, all die richtigen Sachen sagen und sie dahingehend beruhigen würde, dass alle notwendigen Maßnahmen getroffen wurden, bevor er das Beweismittel schnurstracks zu Bartholomew Ephesian tragen würde.

»Sagen Sie uns, wo der Beutel ist, dann können wir ihn nehmen und wieder verschwinden. Kein Theater, keine Verletzten, keine große Sache. Ganz einfach. Sie machen weiter, wir kriegen unseren Beutel, alle sind glücklich.«

Eine weitere Pause, in der er sie mit seinen bohrenden Blicken klein machte. Sogar sie begann zu erkennen, dass das ein vernünftiger Vorschlag war. Was wollte sie mit dem Inhalt des Gefrierbeutels anfangen? Und es war ihr auch nicht darum zu tun, den guten Ruf ihres Mannes zu wahren. Er war Mitglied einer Geheimgesellschaft gewesen und hatte etwas Illegales in seinem Gefrierschrank aufbewahrt, ohne es je zu erwähnen. Sollte sie ihn da noch decken? Es war ihr egal, und vielleicht hätte er ohnehin gewollt, dass sie es ihnen gab.

»Verpisst euch!«, ertönte in diesem Moment eine grobe Warnung von der Treppe. Alle starrten Barney an.

»Arf«, erklärte Igor unterstützend.

Jacobs antwortete nicht. Er starrte Barney einen Moment lang an und wandte sich dann wieder an Ruth Harrison.

»Mrs. Harrison«, begann er, sein Tonfall noch ein paar Grad kälter als zuvor. Wenn er eine Waffe gehabt hätte, dann eine, die man sechs- oder siebenmal spannen konnte. »Sie sollten sich Ihre Freunde mit Bedacht auswählen. Geben Sie uns den Beutel, und die Sache ist erledigt. Jede andere Entscheidung wäre töricht.«

Sie zögerte, schluckte und warf einen Seitenblick auf Barney.

»Sie haben gehört, was er gesagt hat«, sagte James Randolph, als ob das irgendetwas beitragen würde.

»Den Beutel«, sagte Jacobs brutal, ohne Randolph zu beachten.

Ruth Harrison biss sich auf die Unterlippe und sah sich zu der Stelle um, wo sie den Beutel im Garten vergraben hatte. Zum Auftauen.

Das war Barney Thomson egal. Er war nicht von Natur aus ein harter Bursche, aber wenn es einen Menschen gab, der den Alles-schon-gesehen-Persönlichkeitstyp definierte, dann war er es. Wenn man jahrelang Leichen, Mord und Totschlag gesehen und ein von der Chaostheorie definiertes Leben geführt hatte, bedeuteten zwei Schläger, von denen der eine so hart war wie ein Zwei-Minuten-Ei, gar nichts. Er ging die restlichen Stufen hinunter und baute sich zwischen Jacobs und Ruth Harrison auf.

»Verpisst euch«, wiederholte er, erwog kurz, eine Reihe weiterer Beleidigungen hinzuzufügen, aber das war gar nicht nötig. Wortkarg war gut.

Jacobs versuchte, Barney in Grund und Boden zu starren, aber Barney Thomson war ein Mann, der schon zu viel gesehen hatte, um sich von dem gedungenen Schläger eines Schmalspurganoven auf einer Insel in der Mündung des Clyde einschüchtern zu lassen. Er spürte einen Luftzug, und dann war Igor neben ihm, sodass Ruth Harrison jetzt einen veritablen Schutzwall vor sich stehen hatte.

»Arf«, murmelte Igor giftig.

Barney verschränkte die Arme, die gestische Entsprechung zum Spannen einer Waffe. Igor tat es ihm nach, und auch James Randolph verschränkte, nicht ganz auf der Höhe der Geschehnisse, die Arme. Jacobs schätzte die allgemeine Lage ein. Lohnte es sich, zu diesem Zeitpunkt eine Schlägerei anzuzetteln? Ein rascher Schritt nach vorn, ein gezielter Kopfstoß, und Barneys Nase wäre gebrochen und der Mann selbst am Boden. Igor war klein und leichte Beute, dachte er. Und beim Anblick von Blut würde Ruth Harrison wahrscheinlich spätestens nach fünf Sekunden alles ausspucken. Aber so gerne er Ergebnisse sah, so wenig mochte Bartholomew Ephesian Unordnung, und nichts war unordentlicher als Blut auf dem Teppich.

Er sah durch Barney und Igor hindurch direkt in Ruth Harrisons Augen. Sie schluckte und wusste, dass er wiederkommen würde. Jacobs zuckte unkontrolliert vor unterdrückter Wut. Mit zusammengebissenen Zähnen und ohne Randolph zu beachten, drehte er sich um, öffnete die Tür und stapfte hinaus in das Grau des trüben Nachmittags. Randolph versuchte einen ähnlich bedrohlichen Blick, der ihm kläglich missriet, bevor er Jacobs nach draußen folgte und die Tür hinter sich zuzog.

Die anderen drei sahen ihnen nach, und als die Tür zugefallen war, senkte sich Erleichterung über das Haus.

Ruth Harrison seufzte ausgiebig und sagte: »Gott sei Dank, dass sie weg sind.«

»Arf«, sagte Igor.

Barney nickte zustimmend, wandte sich der sichtlich erschütterten Ruth zu und hätte schützend die Hand ausgestreckt, wenn Igor ihm nicht zuvorgekommen wäre, was vermutlich das Beste war.

»In einem haben Sie allerdings Recht«, stellte Barney nüchtern fest.

»Was?«, fragte sie.

Igor spürte die Schwingung und sah ihn ebenfalls fragend an.

»Ihr Mann versucht da oben immer noch zu pinkeln.«

Kapitel 17

»Darf ich noch Tee nachschenken?«, fragte der Schnapphase.

Police Constable Thaddæus Gainsborough legte die *Evening Times* zur Seite, warf noch einen Blick auf die Titelschlagzeile – *Rangers wollen Hund verpflichten: Er trägt den transplantierten Kopf einer toten Ibrox-Park-Legende* –, legte seine Füße auf den

Schreibtisch und blickte aus dem Fenster, während draußen der Nachmittag zu Ende ging. Auch er hatte ein Büro mit Westblick, allerdings tief unten auf Höhe des Meeresspiegels, da die kleine Polizeiwache der winzigen Bucht direkt gegenüber und noch vor dem Spielplatz, dem Fußballplatz und der Werft am anderen Ende der Stadt lag.

Er griff nach seiner Tasse und trank den ersten Schluck. Die perfekte Tasse. Er nahm sich jedes Mal Zeit für eine ordentliche Zubereitung. Erst die Kanne vorwärmen, ein Löffel loser Harrods Nr. 16 *Afternoon Blend Pure Ceylon* pro Person sowie einen für die Kanne – er kochte immer Tee für fünf oder sechs Personen, den er hinterher meistens allein trank – und fünf Minuten ziehen lassen. Die Tasse vorwärmen, dann zuerst einen Tropfen Milch hineingeben, gerade genug, um die dunkle Flüssigkeit aufzuhellen, sodass die meisten Leute, die das Gebräu sahen, es für Kaffe hielten. Den Tee durch ein Sieb gießen, ein extra Sieb für jede Teesorte, und das Sieb nie mit Seifenwasser reinigen, sondern nur kurz abspülen. Kein Zucker. Die Tasse eineinhalb Minuten stehen lassen, in denen er Zeitung las – sein Ritual war so speziell, dass er den Geschmack von Harrods Nr. 16 mit der *Evening Times* assoziierte, den Geschmack von Nr. 12 *Scottish Breakfast* mit dem *Scotsman*, den Geschmack von Nr. 5 *Not Morning, But Not Quite Afternoon* mit den Mittagsnachrichten auf BBC1 und so weiter.

Er bereitete stets die perfekte Tasse zu, und auch diese machte keine Ausnahme. Er hielt sie in beiden Händen und spürte durch das dünne Porzellan die Wärme in seinen Fingerspitzen. (Er trank immer aus derselben Tasse, die er anschließend gründlich abspülte. Er hatte sie zum Abschied von seinem vorherigen Posten im Innendienst auf der Wache in Lamlash auf Arran geschenkt bekommen, versehen mit der Widmung *Für Thaddæus Gainsborough, Lamlash* 2003 und dem Samuel-Johnson-Zitat *»Ein hartgesottener und schamloser Teetrinker«*. Gäste bekamen einen Becher aus einer Sammlung mit Tweetie Pie, I ♡ New York, NPR Morning Edition, der Cambuslang Old Parish Church, Bart Simpson, einem Grumpy Old Man, ein Geschenk zu seinem dreißigsten Geburtstag, und einem Bullterrier plus der Inschrift, dass diese Hunde überaus liebenswerte Tiere seien.)

Die Tür ging auf. Er riss den Blick von den Hügeln von Arran los und seine Gedanken von dem Mädchen, das er auf der anderen Seite des Wassers zurückgelassen hatte, Minnie McDonald, siebenundzwanzig Jahre alt. Er machte sich nicht die Mühe, seine Füße vom Tisch zu nehmen, denn der einzige Mensch, von dem er sich nicht in dieser Haltung erwischen lassen wollte, war Bartholomew Ephesian, und der kam nie zur Wache herunter. Die Wache kam immer zu ihm.

Pater Andrew Roosevelt betrat das Büro und schloss die Tür. Er nickte Gainsborough zu, und der Police Constable lächelte zurück.

»Pater«, sagte er, und die Männer starrten sich einen Moment lang an. Nur elf Menschen auf der ganzen Welt wussten, was sie wussten – zumindest glaubten sie, dass es nur elf waren –, und für eine Sekunde teilten sie wortlos ihre Freude über dieses Geheimnis.

»Ein großer Tag für uns alle steht bevor«, sagte Roosevelt schließlich. Der Augenblick geheimer männlicher Verbrüderung war vorbei, und sie konnten sich beide wieder entspannen. Es gibt eine Zeit und einen Ort für heterosexuelle Verbrüderung, obwohl niemand genau weiß, wann und wo, aber es ist immer ein Segen, wenn diese Momente ohne Peinlichkeit vorübergehen. Wer könnte an Frodos Wiedersehen mit Merry, Pippin und Sam am Ende von *Die Rückkehr des Königs* denken, ohne maßlos erleichtert darüber zu sein, dass das Herumtollen auf dem Bett keinen unappetitlichen homoerotischen Drall bekommt?

»Eine Tasse Tee?«, fragte Gainsborough, um sicherzustellen, dass die Begegnung nun auf sicherem Terrain fortgesetzt würde.

Roosevelt starrte auf das Teezubereitungsgeschirr auf dem Schreibtisch. Er kannte Gainsboroughs Sucht und wusste, dass er eine verdammt gute Tasse bekommen würde, obwohl er selbst eher ein Kaffeetrinker war.

»Gleich«, sagte er.

»Dann hat er seinen Zenith überschritten«, sagte Gainsborough. »Man muss aufpassen.«

Offen gesagt, geht mir Ihre anale Fixierung auf Tee ab, Wachtmeister, und wenn ich glauben würde, dass Tee einen Zenith hat, würde ich vermuten, er dauert von dem Moment, in dem Beutel und Wasser in dieselbe Tasse gegeben werden, bis zu dem Zeitpunkt, wo das Wasser kalt ist, dachte Roosevelt, nickte jedoch nur kurz und nahm dann Gainsborough gegenüber Platz.

»Es sind zwei Italiener in der Stadt«, sagte er rasch, bevor Gainsborough ihm erzählen konnte, dass Studien der Universität Durham ergeben hatten, dass sich in einer Teetasse nach achteinhalb Minuten erste unsichtbare Schimmelmikroben bilden, selbst wenn der Tee noch heiß ist.

Gainsborough blickte auf die Uhr, um zu prüfen, wie viel Zeit er noch hatte, seine Tasse zu leeren, bevor die Pilzsporen begannen, sich unmerklich auf der Oberfläche seines Getränkes zu vervielfachen, und trank einen weiteren Schluck.

»Haben sie sich verirrt, oder sind sie im Urlaub?«, fragte er, blickte wieder aus dem Fenster auf den grauen Tag und fragte sich, warum ein Italiener in Millport Urlaub machen sollte.

»Oh«, sagte Roosevelt ominös, »sie wissen genau, wo sie sind, und sie machen bestimmt keinen Urlaub.«

Der Tonfall des Priesters weckte Gainsboroughs Interesse ein wenig, und er zog fragend eine Braue hoch, während er das übrige Gesicht in seine Teetasse tauchte.

»Sie waren gerade in der Kathedrale«, sagte Roosevelt, »wo sie auf höchst verdächtige Weise herumgeschnüffelt haben.«

Gainsborough blickte zum Fenster und wieder zu Roosevelt.

»Wir sind in Millport.« Er wies auf das Wetter draußen. »Was sollen Touristen an einem Tag wie diesem sonst machen? Das Multiplex-Kino mit den achtundzwanzig Leinwänden besuchen? Bowlen oder Cart fahren? Thailändisch essen oder ins Schwimmbad und in die Sauna gehen? Sie haben doch selbst gesagt, dass es Italiener sind. Italiener lieben alles Religiöse. Wenn man denen eine Kirche zeigt, sind sie für den Rest des Nachmittags beschäftigt.«

»Nein, nein«, rief Roosevelt, als er endlich dazwischen kam, »es ist mehr als das. Sie benehmen sich verdächtig. Irgendwas ist ernstlich verkehrt. Sie haben ohne Grund gelogen, wenn sie wirklich nur auf Urlaub hier sind.«

»Und was wollen Sie damit andeuten? Was glauben Sie, was die hier wollen? Einmarschieren? Millport zu einem Teil der italienischen Republik erklären? Das wäre vielleicht gar nicht so schlecht.«

»Constable!«, sagte Roosevelt, über die mangelnde Sorge des Polizisten verzweifelt, und stand wieder auf. »Sie haben doch gewiss auch den Anruf vom Großmeister bekommen?«

»Ja«, sagte Gainsborough.

»Dann wissen Sie auch, dass es Personen und Organisationen gibt, die nicht glücklich darüber sein werden, was morgen Abend enthüllt wird.«

»Ja«, sagte Gainsborough und nickte, um zu demonstrieren, dass er absolut auf der Höhe des Gesprächs war.

Roosevelt sah ihn an, als wollte er nicht alles in allen Einzelheiten ausbreiten, für den Fall, dass der Raum verwanzt war. Und das war der Raum tatsächlich, so wie alle Polizeiwachen, aber es war unwahrscheinlich, dass der MI5 sich allzu sehr für das Gespräch dieser beiden interessieren würde.

Dann dämmerte mit einem Mal das Licht der Erkenntnis in Gainsboroughs Gesicht.

»Ah«, sagte er. »Ah,« und dabei wies er, eine höhere Macht andeutend, nach oben.

»Nun«, sagte Roosevelt, »ich weiß nicht, ob ich so weit gehen würde, aber ja, das wollte ich andeuten. Diese Männer sind Italiener, genauer gesagt stammen sie aus Rom.«

»Das wissen Sie sicher?«, fragte Gainsborough. »Das ist eine echte Tatsache?«, fügte er in Abgrenzung zu den Tatsachen hinzu, die er auf der Sportseite der *Evening Times* las.

»Sie benehmen sich, wie gesagt, seltsam«, antwortete Roosevelt. »Sie hatten keinen Stempel *Angestellter des Vatikan* auf der Stirn. Deshalb kann ich mir nicht vollkommen sicher sein, aber ich denke, man sollte sich für alle Fälle um sie kümmern.«

Gainsborough nickte, trank einen weiteren großen Schluck Tee und sah zur Uhr.

»Gut«, sagte er. »Sie haben gewiss schon mit Mr. Ephesian gesprochen? Das wäre die nahe liegende Reihenfolge.«

»Nein!«, erwiderte Roosevelt mit überraschender Vehemenz. »Nein, wir dürfen ihn nicht stören. Es gibt Dinge, die zu erledigen wir auch selbst in der Lage sein sollten. Dies sind sehr wichtige Tage für den Großmeister, da muss er nicht mit jeder Kleinigkeit behelligt werden.«

»Nun ja«, meinte Gainsborough, »ich weiß nicht, ob es eine Kleinigkeit ist, wenn einem die größte religiöse Organisation des Planeten auf den Kopf scheißen will, aber wenn Sie es für das Beste halten, dass er nichts davon erfährt…«

»Unbedingt, unbedingt.«

»Und was schlagen Sie vor?«

Roosevelt rieb sich die Hände. Gainsborough leerte seine Tasse, blickte zur Uhr und stellte die Tasse wieder ab, bevor er schließlich doch die Füße vom Tisch nahm und sich aufrecht hinsetzte.

»Ihnen ist doch klar, dass die Zukunft unseres Planeten davon abhängt, dass wir uns um diese Angelegenheit kümmern«, erklärte Roosevelt mit unnötiger Theatralik.

»Nun, ich denke, das ist vielleicht ein bisschen übertrieben, aber lassen wir das erst mal so stehen und sehen dann weiter«, sagte Gainsborough.

»Gut«, erwiderte Roosevelt, setzte sich, wies mit dem Kopf auf die Teekanne, um anzudeuten, dass er jetzt eine Tasse nehmen würde, und sagte: »Also, wir werden Folgendes tun.«

Barney, Igor und Ruth Harrison marschierten pflichtschuldig in den Garten. Barney verschränkte zum Schutz gegen die Kälte die Arme, Igor schien sich vor seinen Buckel zu kauern, und Ruth Harrison zog ihre Strickjacke enger um ihren Körper.

»Ich habe ihn da zwischen den Rosen vergraben«, sagte sie jetzt zum fünften Mal, nachdem sie gestanden hatte, dass sie den Beutel aus dem Gefrierschrank genommen hatte. »Ich weiß wirklich nicht, warum, denn ich weiß nicht, was ich mit dem Ding anfangen soll. Ich bin schließlich kein Experte in irgendwas.«

»Und was war in dem Beutel?«, fragte Barney zum fünften Mal, ohne eine genauere Information erhalten zu haben.

»Ich zeige es Ihnen«, sagte sie und hastete über den Rasen. Barney und Igor wechselten einen Blick und folgten ihr.

Vor dem Rosenbeet am Ende des Gartens an der Mauer, die ihr Grundstück von dem des alten Mr. Margoyles, dem hiesigen Weintrinker, trennte, blieb sie stehen. Barney erkannte die aufgewühlte Erde in der Mitte des Beetes und fragte sich, was Ruth sich dabei gedacht hatte. Sie hatte sich offensichtlich weder Sorgen um das aufzutauende Objekt noch um dessen mögliche Entdeckung gemacht, sonst hätte sie es wohl kaum mitten im eigenen Garten unter einem Haufen erkennbar frisch aufgewühlter Erde versteckt?

Sie nahm das kleine Handtuch, das sie praktischerweise am Rande des Rasens hatte liegen lassen.

»Arf«, murmelte Igor, und sie drehte sich lächelnd um. Sie mochte uneingeschränkten Zugang zu Igors Mitgefühl haben, doch es war eine Einbahnstraße, weil sie nie eine Ahnung hatte, was er mit einem seiner *Arfs* eigentlich meinte.

In der Erwartung, sofort auf das weiche Paket zu stoßen, das sie nicht allzu tief vergraben hatte, wühlte sie mit dem Handtuch in der Erde und griff überrascht ins Leere. Sie schaufelte zwei Hand voll Erde beiseite, fasste erneut in das Loch, ertastete nach wie vor nichts und begann zunehmend hektisch weiterzubuddeln, wobei sie in ihrer Panik beinahe mit bloßen Händen in der Erde gegraben hätte, was sie um ihrer Fingernägel willen im letzten Moment doch noch unterließ.

Sie wandte sich zu Barney und Igor um, und ihr Gesicht verriet alles, ohne dass sie etwas sagen musste. Aber weil sie eine Frau war, tat sie es trotzdem.

»Es ist weg!«, keuchte sie.

»Arf«, sagte Igor.

Barney ging zu der Stelle und bückte sich. Er hatte ebenfalls nicht die Absicht, mit den Händen in der Erde zu wühlen, auch weil er wusste, dass es sinnlos war. Das Versteck war derart auffällig, dass man den Beutel problemlos gefunden hätte, wenn er noch da gewesen wäre.

»Was war es denn?«, fragte Barney und sah sie an. »Wenn wir Ihnen helfen sollen, müssen Sie uns das schon sagen.«

Ruth Harrison richtete sich mit einem Ausdruck wachsender Panik auf, starrte Barney an und wandte sich dann Schutz suchend an Igor. Igor verzog das Gesicht, was nicht zu ihrer Entspannung beitrug, sodass sie sich wieder an Barney wandte, schluckte und ihn mit großen Augen verloren ansah.

»Arf«, sagte Igor.

Kapitel 18

Die deutsche Philosophie erhebt ihr hässliches Haupt.

Romeo McGhee öffnete den Kühlschrank, nahm ein Miller heraus, öffnete die Flasche, trank einen großen Schluck, rülpste, wischte sich mit dem Ärmel seines Eminem-Sweatshirts den Mund ab, hob ein Bein, furzte, trank einen weiteren kleinen Schluck, presste einen weiteren Rülpser heraus, der den Aufwand eigentlich nicht lohnte, suchte im Kühlschrank vergeblich ein Stück Käse, machte die Tür wieder zu und drehte sich um.

»Sie sind Knete in meinen Händen«, sagte er. »Knete. Was grinst du so?«

»Ich lache immer noch über die ›Outer Space‹-Geschichte«, sagte Chardonnay Deluth.

»Nun vergiss das doch mal, Schätzchen«, sagte er. »Wir machen ihnen Feuer unterm Arsch.«

»Das heißt, du willst mir kein Bier anbieten?«

Er hüstelte, gab ihr die Flasche, aus der er schon getrunken hatte, ging zurück zum Kühlschrank und vollführte ein weiteres Mal seine gründlich einstudierte Bier-aus-dem-Kühlschrank-holen-rülpsen-und-furzen-Nummer, bevor er sich an den Tisch setzte und Chardonnay anlächelte.

»Wie ist der Plan?«, fragte sie, ohne die Taktlosigkeit mit dem Bier zu bemerken, weil sie so alltäglich war.

Romeo McGhee wandte sich zum Kühlschrank und wieder zurück, wobei die Flasche an seinen Lippen festgewachsen schien.

»Du weißt doch, dass in der Stadt dieses komische Ding läuft?«, fragte er.

»Die Bruderschaft?«, fragte sie zurück. »Ja. Und? Es ist bloß ein Witz. Sie sind Freimaurer oder, stimmt's? Wen kümmert's einen Dreck?«

»Ja, ja«, sagte Romeo, »was auch immer. Keiner von uns weiß genau, was es ist, aber alle wissen, dass da was läuft. Der ganze Haufen schleicht verstohlen durch die Stadt, und wir denken alle, es ist ein Witz, und sie wissen, was wir denken, und es ist ihnen egal. Sie kaschieren es mit Gerede von Kartenspielen, wohltätigen Aktionen, Hosenbeine hochkrempeln und dem ganzen Mist, aber in dem großen Haus auf dem

Hügel gehen viel seltsamere Dinge ab. Sehr viel seltsamere Dinge.«

»Was denn, zum Beispiel?«

Er trank einen weiteren Schluck, wand sich ominös auf seinem Stuhl und sah aus wie ein Idiot.

»Nun, nicht dass ich das wüsste. Mein alter Herr war tief in die Sache verstrickt, und als er starb, tauchte Ephesian gleich am nächsten Tag hier auf, wenn du weißt, was ich meine? Sobald mein Alter den Löffel abgegeben hatte, stand der Typ wie ein geölter Blitz auf der Matte. Genau das Gleiche hat er gerade bei Ruthie von gegenüber gemacht, möglicherweise aus dem gleichen Grund. Er wollte etwas abholen. Und ich hab ihn mit den Sachen von meinem Dad allein gelassen. Als er gegangen ist, hatte er eine Tüte in der Hand. Ich dachte, es wäre irgendwelche alte Freimaurerscheiße, und es war mir auch egal. Ich habe ihn gehen lassen. Aber die gute Ruthie hat ihn nicht einfach machen lassen. Sie hat gefunden, was Jonah aufbewahrt und wonach Ephesian gesucht hat. Sie hat es ihm nicht gegeben, sondern versteckt.«

Er lächelte. Chardonnay Deluth zog fragend eine Braue hoch, weil sie sich trotz allem bereitwillig in seine Verschwörung hineinziehen ließ.

»Doch die gute alte Ruthie hatte Pech, denn ich habe sie mit meiner kleinen Trickkiste von hier oben beobachtet. Sie verlässt das Haus, ich buddel das Teil aus, und jetzt ist das Ding, nach dem Ephesian sucht, nicht mehr in Ruthie-Mamas Gefrierschrank, sondern in meinem. Und er kann so viele seiner Spießgesellen bei Ruthie vorbeischicken, wie er will, sie werden nichts finden.«

Er leerte seine Flasche in einem Zug, rülpste lautstark und lächelte wissend und sehr von sich eingenommen.

»Ich bin beeindruckt«, sagte sie, weil sie die Sorte Mädchen war, die sich von solchem Gerede beeindrucken ließ.

»Klar bist du das, Schätzchen«, sagte er.

»Und jetzt erzählst du mir, was Jonah in seinem Gefrierschrank aufbewahrt hat, oder?«, fragte sie.

Er lächelte erneut und sah dabei ein bisschen frech und verwegen aus. Sie liebte es, weil sie eigenartig vernarrt in Romeo McGhee war. Die meisten anderen Menschen hätten seine Birne mit einem Baseball-Schläger bearbeitet.

Er stand auf, öffnete die Gefrierschranktür, betrachtete den kleinen Beutel, den er aus Ruth Harrisons Garten geborgen und abgewaschen hatte, bevor er ihn erneut dem ewigen Eis übergeben hatte. Er nahm ihn heraus und legte ihn mit einer dramatischen Geste auf den Tisch.

Chardonnay Deluth starrte ihn an, ohne genau zu wissen, was sie eigentlich sah. Sie hob den Beutel hoch, wendete ihn in ihrer Hand und erkannte plötzlich, worum es sich handelte. Andere Menschen hätten ihn womöglich entsetzt fallen lassen, doch Chardonnay grinste nur. Sie sah McGhee staunend an, und ihr Lächeln wurde noch zehnmal breiter.

»Eine menschliche Hand«, sagte sie. »Leck mich.«

Er holte sich ein weiteres Bier aus dem Kühlschrank und drehte sich wieder um.

»Gerne«, sagte er lächelnd.

Barney Thomson ging am Ufer entlang. Er war gerade am Crocodile Rock vorbeigekommen – einem Fels, der aussieht wie ein Krokodil, seit 1903 als solches rot, weiß und schwarz angemalt ist und Elton John und Bernie Taupin 1971 nach einem Urlaub in Millport zu dem gleichnamigen Song inspirierte – und spazierte nun am Newton Beach entlang. Dabei blickte er aufs Meer, genoss den Salzgeruch in der Luft und die Brise in seinem Gesicht. Es war kurz vor sechs, der Nachmittag ging in den frühen Abend über, und das letzte Tageslicht würde bald hinter einer Wand dunkler, tief hängender Wolken verschwunden sein.

Er hatte Igor und Ruth Harrison allein gelassen. Er glaubte nicht, dass Jacobs und der lächerliche Randolph so bald zurückkommen würden, hatte Ruth jedoch für alle Fälle seine Handynummer gegeben. Er nahm allerdings an, dass sie erst eine Nacht nachdenken würden, bevor sie mit einem neuen Plan aufwarteten. Es gefiel ihm nicht, dass er nicht wusste, was sie vorhatten, doch er nahm an, dass Ruth in Igors Armen sicher sein würde. Er ging davon aus, dass sie buchstäblich dort landen würde, und das war sie zehn Minuten nach seinem Abschied auch tatsächlich schon.

Barney lächelte bei dem Gedanken an Igor und eine Frau. Irgendeine Frau. Man konnte dem Burschen nur alles Gute wünschen. Er war klein, bucklig, stumm, taub und ausgesprochen hässlich, aber nichts kann ein schönes Wesen aufhalten.

Er ließ seine Gedanken zu Ashley Daniels zurückkehren. Er hatte einmal versucht, sie anzurufen, aber sie war im Büro. Danach hatte er es nicht noch mal probiert. Am Abend zuvor hatten sie miteinander gesprochen, und sie hatte erklärt, dass sie vielleicht am Wochenende vorbeikommen würde. Er hatte angedeutet, dass er möglicherweise zu ihr fahren würde, aber beides würde nicht passieren. Beinahe von dem Moment an, in dem sie sich zu einer Art Beziehung verpflichtet hatten, waren sie auseinander gedriftet, und nun war aus der Drift eine reißende Strömung geworden, und er fragte sich, ob er sie je wiedersehen würde.

Man will so vieles, was man glaubt, nicht haben zu können, und wenn es dann vor einem steht und man etwas daraus machen soll, fängt der Ärger an, und der Verstand beginnt zu rumoren. So viele menschliche Handlungen basieren darauf, etwas Neues zu erreichen, weil es einem hohl vorkommt, auf dem hocken zu bleiben, was man schon hat. Aber wo hört man auf, wenn es um Beziehungen geht? Wie bei allem anderen, gibt es auch dort stets eine neue Herausforderung. Es gibt immer noch einen Berg, der, wenn schon nicht höher, so doch unzugänglicher, weniger oft bestiegen oder gefährlicher ist. Es gibt stets ein neues Meer oder einen Ozean, den man umsegeln, mit einem Ruderboot überqueren oder an dessen tiefster Stelle man tauchen kann. Es gibt stets einen weiteren Dschungel zu erforschen, eine weitere versunkene Stadt, nach der man jahrzehntelang suchen kann. Aber in Beziehungen kommt man schnell an den Knackpunkt, und wenn man sich einmal verpflichtet hat, gibt es nie wieder ein Weiterziehen. Jedenfalls nicht ohne Verletzungen und gebrochene Herzen.

Er hatte gedacht, dass er sie liebte, und es ihr sogar sagen können. Er hatte gleich an den ersten Tagen den besonderen Draht gespürt, es hatte sich von Anfang an richtig angefühlt, Hals über Kopf. Es hatte einen oder zwei gefährliche Momente gegeben, sie hatte sein Leben gerettet und er ihres, sie waren kurz gemeinsam umhergezogen und hatten Abenteuer erlebt, und dann waren sie zusammen, und eine unausgesprochene Verpflichtung hatte im Raum gestanden. Sie hatte, ein erstes Zeichen des Zweifels, ihren Dienst bei der Polizei nicht quittiert, sondern um eine Versetzung gebeten. Aber nach ein paar Tagen spürten sie es beide; die Wahl war getroffen, und unverzüglich hatten beide begonnen, darüber nachzudenken, ob sie damit leben wollten oder nicht.

Aber vielleicht hatte das alles auch gar nichts mit Ash zu tun. Vielleicht war es nur sein unerfülltes Leben, das auf seinen Schultern lastete, ihn herunterzog und niederdrückte.

»Sie denken wohl über die Frauen nach, was?«, fragte eine Stimme.

Aus seinen melancholischen Grübeleien gerissen, blickte Barney auf. Auf einer Bank saß ein alter Mann mit einem Käsesandwich und einer Flasche Diät Pepsi und betrachtete die Wellen, die zwischen den in der kleinen Bucht vor Anker liegenden Booten ans Ufer rollten. Barney hatte ihm am Morgen einen *Justin Timberlake Superbowl XXXVIII* geschnitten.

»Ja«, sagte er und lächelte wehmütig. »Kriegt ihr Typen irgendein spezielles Psychoimplantat, wenn ihr das Greisenalter erreicht?«

Justin Timberlake lächelte und wies mit seinem Käsebrot aufs Meer.

»Wir sind alle weise wie die Seelen von Männern, die ihre Heimat am Meer haben«, sagte er.

Barney nickte.

»Wissen Sie, wer das gesagt hat?«

»Nö.«

»Ich gerade«, sagte Timberlake lachend und biss ein Stück von seinem Sandwich ab. Barney schüttelte den Kopf.

»Ich habe das Gefühl, ich bin in einer Stadt voller Aristoteles' und Nietzsches gelandet«, sagte er. »Es hat auch seine guten Seiten, aber ich bezweifle, dass ich hier einen Gedanken äußern kann, ohne dass er sofort analysiert wird.«

»Nietzsche war ein Arschloch«, sagte Timberlake.

»Ja«, bestätigte Barney nickend. Das dachte jeder.

»Sie gehen also heute Abend mit Garrett essen?«, fragte Timberlake.

Barney zuckte die Schultern. Vermutlich wusste der Typ auch, was er zu Mittag gehabt hatte.

»Ja«, sagte er.

»Aber Sie haben gerade nicht an sie gedacht. Es gibt noch eine andere. Und dann natürlich die Sache mit der Midlife-Crisis, die im Grunde gar keine Midlife-Crisis ist, weil sie sich jenseits der Lebensmitte ereignet. So weit sind Sie eigentlich auch nicht mehr davon entfernt, ein alter Knacker zu sein.«

Er lachte leise und aß den letzten Bissen seines Käsebrots.

»Danke, jetzt fühle ich mich schon viel besser«, sagte Barney.

Ein Schluck Pepsi, und der Alte wies erneut nickend aufs Meer.

»Abgesehen von einer guten Frau, geht es bei einer Midlife-Crisis doch letztendlich nur um die Erkenntnis, dass man jedes Mal, wenn man im Leben etwas bekommt, was man wollte, merkt, dass man es eigentlich doch nicht wollte. Wissen Sie, wer das gesagt hat?«

Barney lächelte.

»René Descartes?«, fragte er, auf das Spiel eingehend.

»Der war von mir«, sagte Timberlake mit einem spitzbübischen Grinsen.

Barney schüttelte den Kopf und lächelte traurig, bevor er langsam weiterging. Alte Männer, die Unsinn redeten, wohin er auch kam. Wenn es denn Unsinn war. Timberlake ließ ihn ein, zwei Schritte gehen.

»Wenn Sie das mal kapiert haben, geht es Ihnen gut«, sagte er. Barney blieb stehen, drehte sich jedoch nicht um. »Ansonsten bleibt natürlich immer noch Selbstmord. Der Gedanke an den Selbstmord ist ein starkes Trostmittel: Mit ihm kommt man gut über manche böse Nacht hinweg.«

Barney drehte sich um, sein Lächeln war verschwunden, und die Last der Melancholie drückte noch schwerer als zuvor.

»Von Ihnen?«, fragte er.

»Nietzsche«, sagte Timberlake, leerte seine mit der richtigen Dosis Cognac verschnittene Pepsi und zwinkerte Barney zu. Der starrte ihn einen Moment lang an, bevor er sich umdrehte und weiterging.

Selbstmord, dachte er. Mein Gott, so schlimm war es nicht. Jedenfalls noch nicht.

Kapitel 19

Bar Room Blitz

Tony und Luigi saßen in der Bar des George Hotel am alten Pier am Anfang der Cardiff Street. Sie mussten ihre Strategie diskutieren, auch wenn Luigi das lieber mit einem Strategen als mit einem Affen getan hätte. In der Kathedrale hatten sie wie erwartet keine Spuren gefunden. Es war sehr unwahrscheinlich, dass die Leute, die das Kirchenschiff entworfen und erbaut hatten, es mit obskurem Symbolismus überhäuft hatten, um dann in einer Ecke ein kleines Schild mit Aufschrift *Heiliger Gral – Hier ziehen* aufzustellen. Irgendwo musste es einen Hinweis geben, aber sie waren gekommen ohne den Hauch einer Ahnung, wonach sie suchten. Man müsste sich mit einem Bulldozer an die Arbeit machen, dachte Luigi.

»Der Wein ist lecker«, sagte Tony, hielt sein Glas hoch und schmeckte dem Abgang nach. »Es geht eben nichts über einen guten Italiener.«

Luigi schüttelte den Kopf.

»Die Pisse meiner Mutter schmeckt besser als dieses Gesöff«, sagte er. »Du bist wirklich ein Schwachkopf. Kaum zwei beschissene Minuten aus Italien weg, und schon wirst du rührseliger als Pavarotti.«

»Das ist ein guter Wein«, protestierte Tony.

Luigi hob sein Glas, schwenkte es, schnupperte verächtlich daran und probierte einen Schluck.

»Riech doch mal«, sagte er.

Tony tat, wie ihm geheißen.

»Riechst du das?«, fragte Luigi.

»Was?«

»Pferdescheiße, danach riecht er. Beschissene Pferdescheiße. So wie du rumlamentierst, könnte man meinen, du hättest Italien seit zwei Jahren nicht mehr gesehen, dabei waren wir gestern Morgen noch dort, und mit ein bisschen Glück sind wir morgen Abend wieder dort. Spätestens übermorgen. Reiß dich verdammt noch mal zusammen. Wir sind in Großbritannien, Herrgott noch mal. Meinst du, wir würden diesen Leute einen anständigen Wein verkaufen? Du machst wohl Witze, was? Warum sollte man ihn an eine Nation geschmackloser Schwachköpfe verschwenden. Diese Typen essen Pommes zur Pasta. Probier noch mal und denk dabei an den Wein, den wir am Sonntagabend beim Kardinal getrunken haben.«

Tony nickte, dachte an den Tropfen, den er beim Kardinal gekostet hatte, und trank einen weiteren Schluck von dem Leichtöl, das bei Safeways als Wein verkauft wurde.

»Mein Gott«, sagte er, »der ist ja furchtbar.«

»Danke. Diesen Mist würde ich nicht mal für eine Bolognese benutzen.«

»Ich auch nicht.«

Luigi äffte Tony stumm nach.

»Du hast doch in deinem ganzen Leben noch keine beschissene Bolognese gekocht.«

»Ach ja? Und was war, als ich an deiner blöden Bolognese beinahe gestorben wäre? Ich war eine Woche lang krank. Hundeelend. Mir war so übel, dass ich dachte, mein scheiß Magen würde mir aus den Augen quellen.«

»Idiot«, sagte Luigi. »Das war keine Bolognese, sondern beschissenes Hundefutter aus rohen Hühnerabfällen. Du bist so ein beschissener Id-«

»Scheiß Itaker«, sagte eine Stimme von der anderen Seite des Tresens mit einem ausgeprägten Glasgower Akzent, den man im Winter und zu Beginn des Frühlings in diesen Breiten häufiger hörte.

Tony und Luigi drehten sich um. An der Bar stand ein Typ, groß, schwerfällig, mehr als eine halbe Portion, aber auch noch kein richtiges Hauptgericht. Ein Pint in der Hand, starrte er die beiden Gesandten des Vatikans verächtlich an. Mitte zwanzig, Jeansjacke, zerrissene Jeans, ein dubioser *Ewan MacGregor Trainspotting*, den ihm ein unerfahrener Frisör namens Wendolence geschnitten hatte. Von seinen ahnungslosen Eltern auf den unscheinbaren Namen Donald Gallagher getauft, bestand er seit einigen Jahren darauf, von allen Donaldinho genannt zu werden.

»Was haben Sie gesagt?«, fragte Tony.

Luigi legte eine Hand auf Tonys Arm. Sie waren nicht hier, um sich von Schwachköpfen in Schlägereien verwickeln zu lassen. Sie mussten nicht komplett im Verborgenen agieren, aber es war absolut unnötig, mehr Aufmerksamkeit auf sich zu ziehen, als zwei Italiener in einer kleinen Stadt in Schottland ohnehin erregten. Tony schüttelte Luigis Hand ab und funkelte Donaldinho über sein Rotweinglas hinweg böse an.

»Scheiß Itaker-Idioten«, sagte der Typ. Der Barkeeper sah ihn an und fragte sich, ob es noch zu früh war, Constable Gainsborough anzurufen. Schließlich wartete Gainsborough schon auf den Anruf. »Seid ihr zu Hause in einen Streit geraten und musstet abhauen?«, fragte der Kerl. »War es das? Wie man euch Typen kennt, habt ihr wahrscheinlich die Frau von irgendwem gebumst. Oder vielleicht«, fuhr er fort und drehte sich um, um ihnen seine Beschuldigungen direkt ins Gesicht zu schleudern, »habt ihr euch auch gegenseitig gebumst und musstet vor einem wütenden Mob fliehen, der euch lynchen wollte.«

Die Worte segelten direkt über Luigis Kopf hinweg. Das Ganze hätte ihm kaum gleichgültiger sein können. Tony hingegen war ein schlichtes Gemüt und schon halb auf dem Sprung, sich auf den Typen zu stürzen. Luigi legte erneut eine Hand auf Tonys Arm und drückte ihn fest.

»Ach, wie süß«, höhnte Donaldinho, »sie halten Händchen. Wahrscheinlich fickt ihr euch als Nächstes in den Arsch, denn sobald euch jemand den Rücken zuwendet, wollt ihr von hinten stechen.«

Tony sprang auf, doch Luigi packte ihn an der Schulter und zog ihn wieder auf seinen Stuhl. Luigi hegte, so primitiv die Inszenierung auch war, nicht den Verdacht, dass das Ganze eine Falle war, aber nur ein schlichter Mann beißt bei einem schlichten Köder an.

»Tony, setz dich und halt die Klappe. Barkeeper, wollen Sie diesen Kerl weiter in dieser Art über Ihre Gäste reden lassen?«

Donaldinho trank einen großen Schluck.

»Da hat er schon irgendwie Recht«, sagte Murray, der Barkeeper, zu ihm. »Also, mach mal halblang, Kumpel. So was können wir hier nicht gebrauchen.«

Es waren noch einige weitere Tische besetzt. Ein Mann und seine Frau, die beide leicht beunruhigt wirkten und kurz davor waren zu gehen, sowie zwei alte Frauen auf ihrem alljährlichen Ausflug aus Glasgow, die die Vorstellung, einen richtigen Ringkampf höchstwahrscheinlich sogar mit echtem Blut geboten zu bekommen, ziemlich spannend fanden.

»Ist das nicht wieder mal scheiß typisch«, sagte Donaldinho. »Sich hinter anderen verstecken. Ihr seid mir ja ein tapferes Pärchen. Beschissene Schwuchteln. Und ihr kommt auf eine Insel wie diese? Geht es hier ab oder was? Ist das hier die scheiß schwule Hauptstadt von Westschottland?«

»Das reicht, Kumpel, sonst ruf ich die Polizei«, sagte der Barkeeper.

Donaldinho sah ihn an und drehte sich wieder um. Luigi starrte auf den Boden und machte sich nur Sorgen, dass Tony eine Dummheit begehen könnte. Und er war vielleicht ein kompletter Idiot und auch viel kleiner als sein Gegenüber, aber nichtsdestoweniger in der Lage, seinen Gegner im Handumdrehen zu töten.

Er hatte eine Pistole in seiner Jacke.

»Zwei kleine Milchbubis«, sagte Donaldinho, »Flaum im Gesicht und zu schissig, irgendwas anderes zu tun, als hier rumzusitzen. Kein Wunder, dass wir euch im Krieg den Arsch versohlt haben.«

Genug ist genug. Luigi versuchte, Tony an der Schulter zurückzuhalten, aber der riss sich los und schoss wie ein Panzer auf Donaldinho zu.

Donaldinho zerschlug sein Glas an der Kante des Tresens und bespritzte dabei den Barkeeper mit Bier, während Scherben durch den ganzen Raum flogen. Er drehte sich um und stellte sich Tony frontal entgegen. Fäuste, Füße und Glas prallten mit einem fantastischen Knacken und Knirschen aufeinander, Blut spritzte in die Luft.

Das Pärchen, das bis jetzt immer noch still einen Gin-Tonic genossen hatte, eilte hinaus. Die beiden alten Frauen beugten sich vor und klatschten begeistert in die Hände.

»Ich setze auf den Italiener, Marion«, sagte die eine.

»Ach, geh weg und steck deinen Kopf in die Fritteuse«, sagte die andere.

In diesem Moment knallten Donaldinho und Tony mit den Köpfen zusammen, und überall war Blut, obwohl man unmöglich sagen konnte, wessen Blut es war, weil ihr Zusammenstoß sofort brutal und gewalttätig geworden war. Der Barkeeper wahrte sicheren Abstand, und auch Luigi wusste, dass er sich nicht einmischen durfte. Zumindest einer von ihnen musste jeden Ärger vermeiden. Außerdem wusste er, dass Tony keine Hilfe brauchte.

Und als er einen weiteren Schluck von dem widerwärtigen Wein trank, kapierte er plötzlich, dass das Ganze eine offensichtliche Falle war. Er schlug sich mit der Hand an die Stirn, stand auf, schob den Tisch weg, verließ, das raufende Paar in der Mitte des Raumes meidend, eilig die Bar und hastete die Treppe hinauf, um ein paar Sachen aus dem Zimmer zu holen.

Kapitel 20

Der bittersüße Brunnen des Lebens

Die Stuart Street war wieder still, und obwohl Barney ein gutes Stück vom George Hotel entfernt war, bekam er den Krawall mit, als Tony, der nicht ganz so heilige Botschafter des Vatikans, von Constable Gainsborough in einen Polizeiwagen geschleift wurde. Tony war entwaffnet worden, was für den Constable sehr aufregend gewesen war, weil er nie zuvor einem Straftäter eine Pistole abgenommen hatte. Die Ausrüstung des durchschnittlichen Gesetzesbrechers, mit dem er bis dato zu tun hatte, bestand aus Messern, zerschlagenen Flaschen und nur angelegentlich waffenfähigem Plutonium. Man hatte Donaldinho erlaubt, in der Dunkelheit zu verschwinden – oder genauer gesagt, Richtung Krankenhaus davonzuschleichen, da sein zerbrochenes Bierglas von einem versierteren und brutaleren Schläger gegen ihn selbst gewendet worden war –, während Tony mit Verspätung kapiert hatte, was Luigi schon etwas früher aufgegangen war, weshalb er es locker hatte angehen lassen. Die Sache ließ sich nicht mehr ändern, er musste einfach in seiner Zelle sitzen und auf den unvermeidlichen Anruf einer höheren Autorität warten, der seine Freilassung bewirken würde, um dann die vorherbestimmte Gardinenpredigt des großen Bosses über sich ergehen zu lassen, wenn er nach Rom zurückkehrte.

Barney beobachtete das Geschehen eine Weile vage neugierig, bevor er sich wieder der grünen Tür zuwandte. Er zögerte seit nunmehr zwei Minuten. Er stand im Begriff, in das Leben einer weiteren Frau zu treten, die noch dazu eine Witwe mit zwei Kindern war. Aber diesmal würde er sich gar nicht erst auf irgendwas einlassen, dafür fühlte er sich innerlich zu tot. Beinahe so, als hätte Ashley Daniels ihn tief verletzt, was sie nicht getan hatte. Er hob den Türklopfer aus Messing, eine wunderbar hässliche Fratze mit einer doppelten Nase und der Andeutung einer *Michael-Howard*-Frisur und ließ ihn gegen die Tür fallen. Nach einer kurzen Pause hörte man zwei Paar Füße durch den Flur laufen, dann wurde die Tür geöffnet, und Hoagy und Ella standen an der Wand Spalier, den Rücken gerade, die Arme an den Körper gedrückt.

Hoagy salutierte sogar und sagte: »Sie haben Erlaubnis, an Bord zu kommen, Sir.«

Barney lächelte, erwiderte den Salut und blieb im Vorbeigehen stehen, um seine Truppe zu inspizieren. Er strich Hoagys Hemd glatt und zupfte an Ellas Kragen, was einen veritablen Kicheranfall bei ihr auslöste.

»Alles ordentlich und korrekt«, sagte Barney. »Wegtreten.«

Beide salutierten, Hoagy zwinkerte dazu mit einem Auge.

»Wo ist eure Mum?«, fragte Barney.

»Sie ist oben«, sagte Hoagy. »Im Badezimmer, mit ihren ganzen Frauensachen. Aber kein Make-up der Welt wird ihr helfen abzunehmen.«

Barney nickte. Fünfjährige sind schon so schlimm genug und noch viel schlimmer, wenn sie sich anhören wie knapp fünfzehn, was heutzutage bei den meisten der Fall zu sein schien.

»Das habe ich gehört!«, rief Garrett Carmichael von oben. »Ich habe langsam genug von deinen Frechheiten.«

Hoagy sah Barney unschuldig an und zuckte die Schultern. Ella schüttelte missbilligend den Kopf und sagte: »Er ist bloß ein kleiner Wichser.«

Barney nickte. Heutzutage geht alles schneller, dachte er.

Wie ein Wirbelwind tauchte Garrett Carmichael auf dem oberen Treppenabsatz auf. Sie hatte ein Handtuch wie einen Turban um den Kopf gewickelt und war mit einer roten Hose und oben herum nur mit einem schwarzen BH bekleidet. Es stand ihr sehr gut. Barney wandte sich ab.

»Was hast du gesagt?«, fragte sie Ella energisch.

»Ich habe gesagt, er ist ein kleiner Wichser«, wiederholte Ella absolut sachlich.

Garrett kam die Treppe heruntergerauscht und baute sich vor Ella auf. Barney sah sie und dann Hoagy an, der ihm einen *In-diesem-Haus-kriegen-Sie-alles-geboten*-Blick zuwarf und die Augen verdrehte.

»Das ist ein sehr, sehr, sehr böses Wort«, sagte Garrett und fasste Ella bei der Hand. »Ich möchte das nie wieder hören! Wo hast du das her? Es ist sehr, sehr unartig. Hast du verstanden?«

Häusliche Glückseligkeit, dachte Barney. Jedes Mal, wenn man einen Blick in das Leben einer Familie warf, gab es für gewöhnlich einen Grund, der einen darin bestärkte, weiterzuwandern.

Ella sah sie perplex und ohne jedes Schuldbewusstsein an.

»Ich habe doch bloß gesagt, dass er ein kleiner Wichser ist«, protestierte sie naiv.

»Genau«, sagte Garrett wütend. »Und ich habe dir gesagt, du sollst das nicht sagen! Es ist böse! Geh ins Badezimmer, bist du bereit bist, dich zu entschuldigen.«

Nach eineinhalb Sekunden schob die Dreijährige ihre Unterlippe vor und brach in Tränen aus. Mit einem tiefen, verzweifelten und wütenden Seufzer sah Garrett Barney an.

»Kümmern Sie sich darum«, sagte sie und stürmte die Treppe wieder hinauf.

»Mummy!«, heulte Ella, als ihre Mutter aus ihrem Blickfeld verschwand. »Mummy!«

Barney betrachtete das kindliche Schlachtfeld und war froh, dass diese Brut nicht seine war und nie sein würde.

Hoagy zuckte die Schultern.

»Mum hat ihre Tage«, sagte er. »Das hat Dad immer gesagt, obwohl ich nicht genau weiß, was es bedeutet.«

Barney nickte. Das, mein erwachsener kleiner Freund, wird sich nie ändern.

»Können Sie mir das erklären?«, fragte Hoagy und blickte zu Barney auf.

Barney lächelte. Er wäre lieber gezwungen gewesen, einer Klasse von Affen die Abseitsregel zu erklären.

»Kleiner Mann«, sagte er und hob die Stimme, um den Lärm zu übertönen, den seine Schwester nach wie vor veranstaltete, »bestimmt nicht. Bestimmt nicht.«

Es klopfte an der Tür, und wieder stürmte Hoagy los, um sie zu öffnen. Miranda Donaldson huschte herein, musterte Barney mit großem Argwohn, ignorierte Hoagy und stürzte sich gleich auf ihre arme, von ihrer Mutter verlassene Enkelin.

»Was ist denn los mit dir, Schätzchen?«, fragte sie und beugte sich zu Ella hinunter.

»Mum ist böse geworden, weil Ella kleiner Wichser zu mir gesagt hat«, erklärte Hoagy.

Miranda Donaldson drehte sich um und musterte ihren Enkel, bevor sie sich wieder Ella zuwandte.

»Nun, ich weiß nicht, was sich deine Mutter dabei gedacht hat«, sagte sie leise und tröstend. »Es ist schließlich nicht so, als ob du Unrecht hättest, oder?«

Barney betrachtete die Szene häuslicher Innigkeit, wandte sich ab, ging ins Wohnzimmer, nahm in einem bequemen Sessel Platz und begann sein langes Warten auf Garrett Carmichael, die, wenn sie denn kam, ein wenig substanzieller bekleidet sein würde, nahm er an.

Bartholomew Ephesian zuckte, trank einen weiteren großen Schluck Lagavulin, und sein Kopf zuckte erneut. Er hielt das Glas so fest gepackt, dass es zu splittern drohte, den Kopf voller dunkler blutiger Gedanken, wie er sie immer hatte, wenn etwas nicht nach Plan lief. Wenn eine Angelegenheit oder auch nur irgendein Teilaspekt schief ging, gab es immer jemanden, dem er die Schuld geben konnte, und das war nie er selbst.

Jacobs hatte ihm Ruth Harrisons Weigerung übermittelt, mit der benötigten Information herauszurücken, und ihm vom unerwarteten Eingreifen des Barbershop-Duos berichtet. Er hatte zwar nicht von Anfang an geahnt, dass Barney ein Problem darstellen würde, doch das Auftauchen jedes körperlich tauglichen Mannes war, wenn man ihn gerade nicht brauchen konnte, ein potenzielles Ärgernis. Dass Igor sich für Ruth Harrison stark gemacht hatte, schockierte ihn komplett, was daran lag, dass er Igor unterschätzte. Was ihm zum jetzigen Zeitpunkt allerdings überhaupt nicht in den Kram passte, waren zwei weitere Personen, um die man sich kümmern musste.

Dann war da noch die Sache mit der amateurhaften Provokation im George Hotel, die zur vorübergehenden Verhaftung eines gewissen Tony Angelotti geführt hatte, wie er durch den Barkeeper Murray erfahren hatte. Das war doppelt ärgerlich, erstens, weil dieser Idiot Gainsborough geglaubt hatte, das Problem allein bewältigen zu können, und zweitens – und das war ungleich bedeutsamer –, weil Italiener auf der Insel waren. Ephesian zweifelte keinen Moment daran, woher sie gekommen waren und wer sie geschickt hatte. Und einer von ihnen war auf freiem Fuß, was bedeutete, dass er die notwendigen Anrufe tätigen konnte, sodass der zur Zeit Inhaftierte wieder frei sein würde, bevor Gainsborough seinen Namen in das entsprechende Formular eingetragen hatte. Der Constable war ein kompletter Idiot. Noch schlimmer jedoch war, dass die Zukunft ihres Unternehmens auf den Schultern solcher Männer ruhte. Er würde an der Zeremonie morgen Nacht teilnehmen, und er war nicht einmal der Schlimmste.

Ein Gedanke, der ihn wieder an die Tatsache erinnerte, dass er seinen Sohn in die Bruderschaft einführen musste, was ihn auch zunehmend beunruhigte, wenn er sich überlegte, wie genau er dem Jungen alles beibringen musste, und an die maßlose Dummheit dachte, die ihm unweigerlich entgegenschlagen würde.

Das wiederum brachte ihn zu Ping Phat, weil der Mann bestimmt persönlich dabei sein wollte, auch wenn er von den Einzelheiten des Ritus kaum etwas wusste. Es wäre eigentlich logisch gewesen, Ping Phat den Platz des verstorbenen Harrison einnehmen zu lassen, aber welchen Sinn hätte es, den Chinesen in die Bruderschaft zu initiieren, wenn der Mann schon tot sein würde, bevor das Ritual überhaupt begann?

»Ich kann mich nicht darauf verlassen, dass Randolph den Mord erledigt«, sagte Ephesian plötzlich, das andere Problem ansprechend, das ihn belastete. »Ich kann mich ja kaum darauf verlassen, dass er zur Toilette geht, wenn er muss.«

»Machen Sie sich keine Sorgen«, sagte die Stimme hinter ihm. »Ich kümmere mich darum.«

Ephesian nickte. Er konnte Jacobs in fast allem vertrauen,

und wenn er wie heute Nachmittag im Haus von Ruth Harrison einmal nicht in der Lage war, ein Ziel zu erreichen, gab Ephesian ihm nie die Schuld.

»Gut«, sagte er. »Und vielleicht wäre es sinnvoll, sich dabei auch gleich um Randolph zu kümmern. Er weiß zu viel.«

»Jawohl, Sir«, sagte Jacobs.

Ephesian wandte den Blick von der Dämmerung und dem letzten Licht des Tages, das über den Inseln im Westen verblasste, ab und drehte sich um.

»Ping Phat«, begann er, die Liste seiner Probleme herunterzurattern, »der Gegenstand im Besitz von Ruth Harrison, die beiden verdammten Frisöre und die Italiener. Wir können sie schlecht alle umbringen, so bequem diese Lösung auch wäre. Ich mag keine Unordnung«, schloss er.

»Jawohl, Sir«, sagte Jacobs.

Ephesian leerte sein Glas und hielt es Jacobs hin, damit er drei frische Eiswürfel hineingab und es wieder füllte.

»Heute Abend müssen wir das Objekt aus der Kathedrale holen«, sagte er. »Kein langes Theater, Sie gehen hin, kümmern sich darum und entfernen es. Leider müssen wir vorher mit Roosevelt sprechen. Noch so ein Idiot. Aber das müssen wir erledigen und das Objekt hierher bringen. Die Italiener werden die Kathedrale von oben bis unten filzen. Kümmern Sie sich darum.«

»Jawohl, Sir«, sagte Jacobs, bevor er das erneut gefüllte Glas überreichte.

»Vorher müssen Sie Ruth Harrison noch einmal besuchen. Seien Sie brutal, knapp, kurz und gemein. Kein langes Gerede. Thomson trifft heute Abend die Anwältin, also müssen wir uns nur um Igor Sorgen machen. Räumen Sie ihn einfach aus dem Weg, über mögliche Probleme, die das bereiten könnte, können wir uns später Sorgen machen. Ich werde mit Gainsborough reden, für den Fall, dass irgendjemand ihn anruft.«

»Jawohl, Sir«, sagte Jacobs pflichtbewusst.

»Außerdem müssen wir die Leute über die Italiener informieren. Es würde sich fast lohnen, den einen, den wir haben, freizulassen, da er uns wahrscheinlich direkt zu dem anderen führen wird. Vielleicht reicht es, sie einfach nur im Auge zu behalten, um zu sehen, wie weit sie kommen. Machen Sie ein paar Anrufe.«

»Jawohl, Sir.«

Ephesian nippte an seinem dritten Whisky des späten Nachmittags und breitete die Hände aus.

»Geschäftsmäßig, Jacobs, wir müssen geschäftsmäßig handeln. Die Probleme türmen sich auf, also müssen wir sie planmäßig angehen und aus dem Weg schaffen.«

»Sehr gut, Sir.«

»Ping Phat muss bis morgen warten, aber das kann er auch. Es hängt natürlich davon ab, wen er mitbringt. Ich kann mir vorstellen, dass ein Mann wie er mit einem Gefolge von acht Millionen reist. Zur Not müssen wir sie alle umbringen.«

»Sehr gut, Sir.« Wie eine CD mit nur zwei Stücken.

»Und das Gleiche gilt für den anderen kleinen Mord. Morgen Abend, aber das wissen Sie ja alles.«

»Jawohl, Sir.«

Die Männer starrten sich durch den Raum hinweg an, während beiden bewusst wurde, wie blutig die Pläne waren, die Ephesian gerade skizziert hatte. In der Zusammenschau wurde deutlich, dass die Lösung für die meisten Probleme in Gewalt und Zerstörung unterschiedlichen Ausmaßes bestand. Es war selbstverständlich immer leichter, wenn man Schwierigkeiten mittels sanfter Überredung aus der Welt schaffen konnte. Und natürlich war Geld diesbezüglich sehr beredt, aber eine Sprache, die Ephesian nie benutzte. Ein wenig Einschüchterung war die beste Option, und es war stets bedauerlich, wenn er darüber hinausgehen musste.

Aber was nötig war, musste geschehen, dachte er und wandte Jacobs den Rücken zu. Es war absolut undenkbar, dass man sich um Ping Phat kümmern konnte, ohne Gewalt anzuwenden. Und der andere Mord musste geschehen, damit die Zeremonie stattfinden konnte. Es war notwendiges Blutvergießen. Die anderen Probleme konnte man auch unauffällig angehen, aber wenn das nicht möglich war, würde Jacobs in der Lage sein, sich darum zu kümmern.

»Es wird mir ein Vergnügen sein, Sir«, sagte Jacobs in Erweiterung seines Repertoires.

Ephesian nickte, ohne sich umzudrehen. Zumindest dessen war er sich sicher. Auch wenn Jacobs die ganze Vornehmer-Butler-Nummer drauf hatte, war der Mann ein sadistisches, gefühlloses Schwein. Aber er konnte einen Lagavulin mit Eis servieren.

Ephesian trank einen weiteren großen Schluck, während sein Kopf unwillkürlich zuckte, als seine Gedanken zu Gainsborough und dessen tölpelhaftem Versuch zurückkehrten, die beiden Italiener festzusetzen.

Kapitel 21

Das Celtic. Das Rangers. Das Partick Thistle.

»Es gibt also drei Kategorien, nicht zwei.«

Barney nickte, nahm einen weiteren Bissen *Hühnchen in Erdbeerjoghurt mit einem Hauch von Thymian*, trank einen Schluck von dem eigenartigen italienischen Weißwein mit einer Andeutung von Lavendel und einer Aura des Zweiten Vatikanischen Konzils und zog die universelle Braue der Neugier hoch.

»In der allgemeinen philosophischen Lehre gibt es immer zwei Prinzipien«, sagte sie, nachdem sie ein Häppchen von ihrem *kreidehaltigen Rind auf kalter Platte* genommen hatte. »Richtig und falsch, Yin und Yang, Gleiches und Gegenteil, gut und böse, schwarz und weiß, Sie wissen schon.«

Er nickte. Laienphilosophie. Man konnte keine fünf Minuten durch die Welt gehen, ohne darauf zu stoßen. Schließlich denkt jeder.

»Und wie lautet Ihre Theorie?«, fragte er und spießte ein perfekt gegartes Stück Brokkoli auf.

»Es gibt wie gesagt eine dritte Kategorie.«

»Grau«, schlug Barney vor.

»Nicht direkt«, sagte sie. »Ich nenne es Garrett.«

Seine Gabel blieb auf halbem Weg zum Mund in der Luft stehen, bevor er ihn zuklappte, lächelte und weiteraß.

»Das Garrett?«, fragte er.

»Ja«, sagte sie. »Das Gleiche, das Gegenteil und das Garrett.«

»Sie haben diese Kategorie, was immer sie sein mag, nach sich selbst benannt?«

»Warum nicht?«, sagte sie ohne jede Spur von Verlegenheit. »Das machen doch alle. Einsteins Relativitätstheorie, Newtons physikalische Gesetze. Was ist der Unterschied?«

»Nun kommen Sie«, sagte Barney, »das ist doch etwas völlig anderes.«

»Inwiefern?«, wollte sie leicht verstimmt wissen. Sie war es gewöhnt, dass die Leute ihr das Garrett fraglos abkauften, weil sie die heißeste Frau in der Stadt war und die meisten von ihnen ohnehin nicht zuhörten. Aber Barney steckte verzweifelt in einem schwarzen Loch aus Trübsinn fest und wollte den Reizen von Garrett Carmichael, die die meisten Männer der Insel faszinierten, einfach nicht erliegen. Seine Gedanken kreisten immer noch um Ashley Daniels und darum, wie etwas so Wunderbares so schnell hatte gewöhnlich werden können.

»Einstein war ein Typ mit einem Riesenschnauzbart, der sich die Relativitätstheorie ausgedacht hat«, sagte er. »Er hat nur gesagt, das ist meine Theorie, was haltet ihr davon? Alle anderen haben gesagt, klingt gut, und haben angefangen, darüber zu reden, woraufhin wieder andere Leute sagten, ja, das ist eine gute Theorie, von wem ist die, und die ersten Leute sagten, von Einstein, und so wurde sie als Einsteins Theorie bekannt.«

Sie sah ihn so perplex an, als ob er mit fremden Zungen reden würde.

»Das Gleiche gilt für Newton«, fuhr er fort, ohne ihren verwirrten Blick zu beachten. »Es war keineswegs so, als hätte einer von beiden irgendein Phänomen oder einen Gegenstand nach sich benannt. Newton hat den Apfel schließlich nicht Newton genannt.«

»Newton ist eine physikalische Einheit für Kraft«, sagte sie mit einem leicht tadelnden Blick.

»Ja, aber es war nicht Newton, der sie so genannt hat, sondern irgendwelche Wissenschaftler.«

»Und was ist mit Einstein?«, gab sie zurück. »$E = mc^2$, was ist damit?«

»Sie meinen, das E in $E = mc^2$ stünde für Einstein?«

»Selbstverständlich«, erwiderte sie scharf und ging in die Defensive, weil sie einigermaßen unvorbereitet in diese Debatte geraten war.

»Einstein = mc^2«, fragte er, »was reden Sie? Sie glauben, Einsteins Relativitätstheorie hätte von ihm selbst gehandelt? Ein kleiner Jude mit einem großen Schnurrbart ist gleich mc^2? Was denken Sie, was mc^2 tatsächlich bedeutet? Muskeln mal Cholesterin zum Quadrat? Materie mal Collagen zum Quadrat? Malzbier mal Camembert zum Quadrat? Was haben Sie gedacht, woraus der Typ im Einzelnen besteht?«

»Sind Sie fertig?«

Er spießte ein Stück Huhn auf und nickte. Das Gespräch hatte einen streitsüchtigen Unterton, allerdings nicht auf eine Katherine-Hepburn-und-Cary-Grant-Art, wo man immer weiß, dass sie am Ende des Films zusammenkommen. Diese Unterhaltung war gereizter und gemeiner, hinter dem Sarkasmus verbarg sich echte Verärgerung.

»Die Gleichung bezieht sich nicht auf Einstein selbst«, sagte sie. »Einstein ist ein Begriff, eine Maßeinheit für Energie oder so. Nur weil ich kein Physiker bin, bin ich noch lange kein totaler Idiot.«

Barney starrte auf seinen Teller und traute sich nicht recht, sie anzusehen, obwohl er nicht einmal lachte.

Frauen. Wäre es ein Typ in seinem Salon gewesen, hätte er ihm alles durchgehen lassen. Einstein, Newton, egal. Er hätte ihn erklären lassen, dass der Mond eine elliptische Umlaufbahn um die Erde beschrieb, die so gewaltig war, dass er manchmal weiter entfernt war als der Mars. Aber Garrett Carmichael konnte er es nicht einfach durchgehen lassen.

»E bedeutet Energie«, sagte er. »M ist Masse und c steht für die Lichtgeschwindigkeit in einem Vakuum.«

Ein vorbeikommender Kellner, der gerade zwei weitere Teller *Handgearbeitetes Schweinefilet in Folie mit vier Käsesorten* auftrug, bemerkte Garretts Blick und nickte.

»Er hat Recht«, sagte der Kellner. »$2{,}997925 \times 10^8$ Meter pro Sekunde.«

Barney sah ihn ärgerlich an, weil er glaubte, dass die Einmischung nicht besonders hilfreich gewesen war, woraufhin der Kellner sich samt seinen Tellern zurückzog. Sie wandte sich wieder Barney zu und wirkte ein wenig angeschlagen. Einer der Grundsteine ihres Lebens war bloßgelegt, wie früher die erschütternde Erkenntnis, dass es den Weihnachtsmann gar nicht gibt und man nicht mit einer Leiter auf den Mond klettern kann.

»Ich nenne es trotzdem Garrett«, sagte sie.

»Nur zu«, erwiderte Barney. »Ich will ja gar nicht sagen, dass Sie das nicht tun können, weil es auch genug Beispiele von Leuten gibt, die es gemacht haben. Aber wenn es ein Wissenschaftler war, dann meistens einer mit Minderwertigkeitskomplexen. Leute, die Dinge nach sich selbst benennen, sind meistens irgendwelche bizarren Diktatoren oder so. Pol Pot hat zum Beispiel ein Küchengerät nach sich benannt.«

Sie war beleidigt. Er lächelte über seinen eigenen Witz, aber es war nicht diese Art von Gespräch.

»Vielen Dank«, sagte sie.

»Und was ist es?«, fragte er nonchalant, um möglichst schnell von dem Pol-Pot-Witz wegzukommen.

»Was meinen Sie?«, fragte sie, obwohl sie es wusste. Sie hatte das Gefühl, dass die Unterhaltung sich für den Abend dem Ende zuneigte, obwohl sie noch auf ihre *Karamellisierte Profiteroles mit einer Seekuh von Himbeersenfsauce* warteten.

»Das Garrett«, sagte Barney. »Was ist es? Das Ding, das weder das Gleiche noch das Gegenteil ist?«

»Nun, jetzt erzähle ich es Ihnen nicht mehr«, sagte sie.

»Kommen Sie schon«, sagte er, obwohl er wusste, dass sie den Punkt, wo sie mit ihm über irgendetwas, geschweige denn etwas so Persönliches wie eine Erklärung über das Wesen des Seins gesprochen hätte, längst überschritten hatten.

Sie sah ihn an, war aber schon zu jenem Ort weitergezogen, wo man keine Worte mehr braucht. Barney zuckte die Schultern, bestellte noch etwas zu trinken und fragte sich, ob der Abend noch irgendwie zu retten war.

Jacobs klopfte an die Tür von Ruth Harrisons Haus. Er hatte sich wegen Igor keine allzu großen Sorgen gemacht, war jedoch trotzdem froh gewesen, ihn auf der Shore Street zu sehen, nachdem Igor das Haus der Harrisons wenige Minuten zuvor verlassen hatte. Ruth hatte gehofft, dass er vielleicht über Nacht bleiben würde, aber die Dinge hatten eine eher unbehagliche Wendung genommen, nachdem seine Beileidsbekundungen mehr erotisch denn empathisch geworden waren und die frische Witwe und der taubstumme Bucklige sich leidenschaftlich geliebt hatten. Nachdem sich der Staub gesetzt hatte und alle notwendigen Bekleidungsstücke wieder angelegt waren, hatte eine gewisse Verlegenheit geherrscht, und Igor hatte sich verabschiedet, um eine Tasse Tee zu trinken, ohne auf Ruths Einwand einzugehen, dass sie ihm eine kochen könnte.

Dass sie die Tür überhaupt öffnete, überraschte Jacobs. Er hatte angenommen, dass sie aus dem Fenster spähen würde, um zu sehen, wer draußen stand, und dann so tun würde, als wäre sie tot oder nicht zu Hause. Und nachdem sie die Tür nun doch geöffnet hatte, erwartete er zumindest, sie verschreckt und verängstigt anzutreffen.

»Mr. Jacobs«, sagte sie stattdessen, »kommen Sie rein, schnell.« Und sie trat einen Schritt zurück, um ihn hereinzulassen.

Jacobs sah sie fragend an und betrat vorsichtig das Haus. Alle Lichter brannten, sodass ihm in seinem Mantel samt Schal sofort sehr warm wurde. Sie schloss die Tür und starrte ihn vom Fuß der Treppe aus an.

Ihm wurde schlagartig klar, dass sie nicht so furchtsam war, wie er vermutet hatte. Sie war nicht wie erwartet allein im Haus. Der Frisör musste immer noch hier sein, Ephesians Information war falsch gewesen.

Jacobs blickte zur Treppe, seine Gedanken rasten. Er hatte es mit einer völlig neuen Problemlage zu tun. Er ging irrtümlich davon aus, dass Barney ein anderes Kaliber war als Igor. Zutreffend war indes seine Vermutung, dass es sehr viel mehr Aufmerksamkeit erregen würde, wenn dem neuen Frisör etwas zustieße, als wenn seinen buckligen Adjutanten ein tragisches Schicksal ereilte. Wenn Batman je getötet werden würde, gäbe es einen riesigen Aufschrei. Aber Robin? Wen kümmert's?

»Hören Sie«, sagte Ruth und zeigte nach oben.

Jacobs nickte, und seine Miene versteinerte.

»Ich nehme an, Sie haben einen Beschützer, was, Mrs. Harrison?«, fragte er kalt.

»Was?«, fragte sie.

Über ihnen stapften Schritte hin und her, erst ein paar in

die eine Richtung, dann eine Pause und die gleiche Anzahl von Schritten zurück. Nach einer weiteren Pause wiederholte sich diese Routine, ein paar Schritte, Pause, ein paar Schritte, Pause und so weiter. Jacobs blickte wieder nach oben und wandte sich dann grimmig wieder an Ruth.

»Was macht er?«, fragte er.

Jacobs war ein prosaischer Mensch. Wie von seinem Arbeitgeber gewöhnt, mochte er es klar und direkt, alles offen ausgebreitet, damit man Probleme erkennen und angehen konnte.

»Ich weiß nicht«, sagte Ruth, »das macht mir ja solche Angst.«

Sie zögerte und sah Jacobs an, als würde sie Schutz nicht vor, sondern von ihm erwarten.

»Vorher ist er nur in regelmäßigen Abständen zur Toilette gegangen«, fuhr sie fort. »Aber jetzt weiß ich es einfach nicht mehr! Er tapst hin und her, und es macht mich wahnsinnig. Was, um Himmels willen, macht er? Das geht jetzt schon so, seit Igor gegangen ist.«

Der Satz verhallte, während ihr neue Möglichkeiten dämmerten. Jonah lief rastlos auf und ab, seit Igor gegangen war. Er wusste es! Er wusste, was sie und Igor eine halbe Stunde zuvor getan hatten.

»Haben Sie mit ihm gesprochen?«, fragte Jacobs und dehnte frustriert die Finger.

»Nein!«, rief sie und machte einen Schritt zurück. »Das kann ich nicht. Ich weiß nicht, ob er überhaupt spricht, verstehen Sie? Ich habe ihn noch nicht reden hören.«

Jacobs betrachtete sie. Ihr Gesicht wirkte blass und verhärmt, und sie sah sehr viel verschreckter und verschüchterter aus als bei seinem ersten Besuch. Vielleicht hatte Randolph doch einen stärkeren Eindruck hinterlassen, als er erwartet hatte.

»Ich dachte, Sie sagten, Igor wäre gegangen?«, fragte Jacobs, die Tatsache anzweifelnd, dass er Igor vor zehn Minuten mit eigenen Augen gesehen hatte. Gab es noch weitere Bucklige auf der Insel? Aber nein, es war Igor gewesen, ohne jeden Zweifel. Sie führte ihn an der Nase herum und machte sich über ihn lustig. Es wurde Zeit, der Sache ein Ende zu bereiten.

»Igor ist auch gegangen«, protestierte sie.

»Dann ist also der Frisör oben? Er kann doch reden, oder? Vorhin hatte er jedenfalls genug zu sagen.«

»Was?«, fragte Ruth, die immer noch nicht begriffen hatte, dass Jacobs keine Ahnung hatte, was los war.

Jacobs atmete tief durch. Es wurde Zeit, die Situation unter Kontrolle zu bringen und mit diesem Getue aufzuhören. Er würde nach oben gehen, diese seltsame Kavallerie überprüfen, was immer der Mann tat, und dann wieder herunterkommen, um der Witwe des Hauses die relevanten Informationen zu entlocken.

»Ich gehe hoch und rede mit ihm«, erklärte er.

Sie sah ihn mit großen Glubschaugen an, sagte jedoch nichts. Schön blöd, dachte sie, wobei ihre einzige Sorge der Möglichkeit galt, dass ihm oben etwas zustoßen und er nicht wieder nach unten kommen würde. Dann wäre sie wieder allein der Gnade ihres toten Gatten ausgeliefert, der inzwischen nicht nur seinem elementaren Drang nachging, die Toilette zu benutzen, sondern auch sehr, sehr sauer darüber war, dass sie gleich am ersten Tag nach seinem Tod mit Igor geschlafen hatte.

Jacobs drehte sich um und rannte die Treppe hinauf. Kein Geplänkel, aufrecht und gefechtsbereit, alle relevanten Hormone pumpten schon durch seinen Körper. Auf dem oberen Treppenabsatz blieb er stehen und sah sich um. Der Frisör musste sich in eines der Zimmer verzogen haben, als er ihn kommen hörte. Jacobs hatte bestimmt nicht vor, sich behutsam von Wandschrank zu Wandschrank zu tasten, sondern er ging direkt hinein in die gute Stube, jede Tür wurde aufgerissen und jedes mögliche Versteck inspiziert.

Und in dieser kurzen Pause hörte er es. Er hörte *sie*: die langsamen schwerfälligen Schritte auf dem Teppich. Sie gingen zur Badezimmertür, blieben stehen, machten kehrt und stapften zurück zu Jonahs Arbeitszimmer. Jacobs stand eine ganze Minute da, während die Schritte verloren auf und ab liefen. Als Pragmatiker beobachtete er den Fußboden und fragte sich, was die Geräusche verursachte, obwohl er sich nicht weiter vorwagte, weil sich ihm die Nackenhaare sträubten.

Er machte kehrt und ging langsam die Treppe hinunter. Ruth stand immer noch so da, wie er sie verlassen hatte, mit dem Rücken an die Haustür gepresst.

»Was ist das?«, fragte Jacobs. »Irgendein billiger Trick, den Sie installiert haben, damit ich denke, dass noch jemand im Haus ist?« Schon als er die Frage stellte, wusste er, dass es das nicht sein konnte, doch er wollte eine rationale Erklärung.

»Es ist Jonah«, sagte sie. »Er verfolgt mich.«

Jacobs starrte sie kalt an. Er hätte gerne geleugnet, was sie ihm sagte, aber er wusste, dass es die Wahrheit war. Seine Nackenhaare hatten es ihm gesagt, genau wie das unangenehme Gefühl, das seinen ganzen Körper ergriffen hatte. Er hatte gerade dem Geist von Jonah Harrison gelauscht.

Bartholomew Ephesian würde nichts von all dem glauben.

»Wo ist die Hand, Mrs. Harrison?«, fragte er.

»Die Hand?«, fragte sie.

Sie war überrascht, dass er das Thema wechseln wollte.

»Die Hand aus dem Gefrierschrank. Wir brauchen sie zurück. Es steht Ihnen nicht zu, sie zu behalten.«

»Also die hat jemand gestohlen«, sagte sie, als ob Jacobs das längst hätte wissen müssen.

»Wie meinen Sie das?«

Jacobs spürte die aufbrausende Wut in sich, die er jedoch immer in Bahnen zu lenken wusste. Man musste die Wut gut nutzen, sonst wandte sie sich gegen einen selbst. Das war seine Stärke. Er verfügte über Zorn und Leidenschaft, aber er wusste auch, wie man sie einsetzte. Die frustrierende Auseinandersetzung mit einer schusseligen Frau strapazierte seine Beherrschung jedoch bis aufs Äußerste.

»Sie ist weg. Ich habe sie heute Morgen im Gefrierschrank gefunden. Na, ich hatte ja keine Ahnung, dass Jonah so etwas aufbewahrt hat. Ich gebe gern zu, dass ich ein bisschen panisch geworden bin …«

Sie hielt inne und lauschte, weil das Geräusch von oben kurzfristig verstummt war, bevor es unweigerlich Schritt für Schritt wieder anhob.

»Ich habe sie am Ende des Gartens versteckt, zwischen den Rosen. Nachdem Sie heute Nachmittag hier waren, wollte ich sie Igor und dem neuen Frisör zeigen, und da war sie weg. Ich habe keine Ahnung, wo sie ist.«

»Ist es möglich, dass die beiden die Hand entdeckt haben, bevor Sie sie ihnen zeigen wollten?«

Ruth Harrison versuchte nachzudenken, doch bei allem, was in den letzten paar Tagen passiert war, und den Schritten ihres Mannes, die nach wie vor laut und deutlich von oben zu hören waren, war sie zu einem klaren, zusammenhängenden Gedanken schlichtweg nicht fähig.

»Kann schon sein«, sagte sie.

Jacobs starrte sie an und fragte sich, ob es einen Sinn hatte, sie weiter zu bedrängen. Er hatte genug gehört, um den Schluss zu ziehen, dass sich die Hand nun im Besitz eines der beiden Frisörgesellen befand.

»Wessen Hand ist es überhaupt?«, fragte Ruth, weil sie ahnte, dass er im Begriff war zu gehen, was sie keinesfalls wollte.

»Ich gehe jetzt«, sagte er. »Machen Sie bitte die Tür frei.«

Sie bewegte sich langsam und sehnte sich dabei fast nach einer körperlichen Berührung.

»Gehen Sie nicht«, sagte sie. »Bitte. Sie können mich damit doch nicht allein lassen.«

Jacobs sah sie an, wandte sich zur Treppe und dem sanften, grausamen Rhythmus von Jonah Harrisons Schritten, spürte, wie ihm ein Schauer über den Rücken lief, bedachte Ruth Harrison mit einem weiteren Blick kalter Verachtung, öffnete die Tür und ging in den Abend hinaus.

Kapitel 22

Attraktivität & Abnutzungserscheinungen

»Bist du sicher, dass das klug ist?«, fragte Chardonnay Deluth.

»Ich weiß, was ich tue«, erwiderte Romeo McGhee.

Sie bedachte ihn mit diesem gründlich eingeübten Blick, als ob er ein Idiot wäre, den die meisten Frauen in Beziehungen mit Männern ziemlich schnell perfektionieren.

»Romeo«, sagte sie, »du weißt nie, was du tust.«

»Es ist cool, Baby«, sagte er, wobei die Worte nicht so recht zu seinem quäkigen westschottischen Akzent passen wollten.

»Der Mann wird uns ins Stücke reißen«, sagte sie, als sie das unverschlossene Tor öffneten und die kurze Auffahrt zu dem großen Haus hinaufgingen.

Bartholomew Ephesian hätte liebend gern eine riesige Auffahrt gehabt, die sich zwischen Bäumen und gemähten Rasenflächen hindurchwand, doch es war einfach nicht genug Platz. Ganz bestimmt nicht auf der Westseite mit Blick auf Bute und Arran, und wenn auf der Ostseite Raum gewesen wäre, hätte es die Mühe auch nicht gelohnt, weil man nur auf das öde Festland, eine große Werft und das Atomkraftwerk blickte.

»Er kann uns nicht in Stücke reißen«, sagte McGhee. »Wenn er uns in Stücke reißt, kriegt er seine blöde Hand nicht, oder? Er ist uns ausgeliefert. Wir haben die totale Herrschaft über ihn. Er ist wie gesagt Knete in unseren Händen. Absolute Knete. Wir werden ihn anpissen, Baby.«

Chardonnay Deluth warf ihm einen weiteren Idiot-Blick zu und blieb dann unwillkürlich ein Stück zurück. Er war auf jeden Fall der Verkäufer. Sie wusste nicht, was sie sein sollte, außer der dummen Gans, die sich zum Mitkommen hatte überreden lassen.

McGhee lächelte sie an und registrierte, dass sie hinter ihm lief.

»Es ist cool, Baby«, sagte er. »Absolut cool.«

Bartholomew Ephesian sah auf den Firth, dessen dunkelgraues Wasser abends noch trüber war. Er blickte erneut auf seine Uhr und fragte sich, wie Jacobs mit seiner Liste von Erledigungen vorankam. Ein Mann, auf den er sich verlassen konnte, aber die Gesamtverantwortung lag nach wie vor bei ihm. Er hatte den Auftrag, den Lauf der Geschichte zu verändern. Und letztendlich kam es allein darauf an. Einige der Probleme, die er am frühen Abend mit Jacobs erörtert hatte, betrafen eher ihn als die zu erledigende Aufgabe, aber es blieb noch genug Zeit, sich um beides zu kümmern. Er musste akzeptieren, dass er Ping Phat im Falle weiterer Komplikationen vielleicht seinen Willen lassen musste. Es waren rein persönliche Gründe, warum er nicht wollte, dass der Chinese dabei war, nicht etwa, weil es das Unternehmen gefährdet hätte.

Es klingelte und er wandte sich eilig und argwöhnisch von der Aussicht ab. Er bekam abends nie Besuch. Und am Abend, bevor sich sein Schicksal erfüllen sollte, konnte das kein Zufall sein. Da er ohnehin nicht an Zufälle glaubte, fragte er sich, ob es Ping Phat selbst war und ob sein Erscheinen der Grund dafür war, dass er kurz vorher an ihn gedacht hatte.

Er stellte das Whiskyglas auf den Schreibtisch und ging durch das Haus. Er hatte nur selten Gäste, und wenn, wurden sie von Jacobs empfangen. Es war also das erste Mal seit Jahren, dass Ephesian selbst die Tür öffnen sollte, und dieser seltsame Umstand machte ihn zusammen mit dem ominösen Timing ein wenig nervös.

Vor der Tür blieb er stehen, dachte jedoch nicht daran, durch das Fenster zu blicken, um zu sehen, wer draußen war, sondern er atmete tief durch, ließ seine Fingerknöchel knacken, sammelte sich und machte auf.

Er starrte auf die Hälse seiner Gäste, Romeo McGhee und Chardonnay Deluth. Er erkannte McGhee als den Sohn eines ehemaligen Mitbruders, während er die Frau seines Wissens noch nie gesehen hatte.

»Was ist?«, fragte er barsch.

»Wir müssen reden«, sagte McGhee und trat aufdringlich einen Schritt vor.

Ephesian versperrte ihm den Weg, und zu seiner Nervosität

gesellte sich nun Verachtung. Um ein Haar hätte McGhee ihn berührt, tat es jedoch nicht, was gut war, weil es Ephesian hasste, von anderen Menschen angefasst zu werden.

»Das bezweifle ich«, sagte Ephesian. »Ich bin ein sehr beschäftigter Mann, Mr. McGhee.«

»Aber nicht zu beschäftigt, um mich zu empfangen«, sagte McGhee.

»Im Gegenteil«, erwiderte Ephesian, trat einen Schritt zurück und wollte die Tür schließen, weil seine Verärgerung die vage Neugier, was McGhee vor seine Tür geführt haben könnte, bei weitem überwog. McGhee stellte instinktiv seinen Fuß auf die Schwelle.

»Ich werde bis fünf zählen, Mr. McGhee«, sagte Ephesian streng, »und danach rufe ich die Polizei. Sie wissen bestimmt, dass mir die Polizei in dieser Stadt gehört.«

Sein Kopf zuckte, er atmete tief ein und zügelte seine Wut.

»Eins …«, begann er.

»Ich habe die Hand«, unterbrach McGhee das dramatische Zählen abrupt. »Jonah Harrisons gefrorene Hand oder die Hand, die er in seinem Gefrierschrank aufbewahrt hat.«

Und tatsächlich erstarrte Ephesian und hörte auf, mit der Tür gegen McGhees Fuß zu drücken.

»Und nachdem ich nun weiß, warum sie am Tag nach Jonahs Tod in dessen Haus gekommen sind, verstehe ich auch besser, warum sie einen Tag, nachdem mein Alter abgekratzt ist, bei mir aufgekreuzt sind.«

Ephesian schluckte. Er stand immer noch in der Tür und starrte intensiv auf McGhees Kinn, bevor sein Blick zu Chardonnay Deluths Lippen wanderte, die sich unwillkürlich zu einem Grinsen verzogen hatten. Es war immer komisch, wenn einem aufgeblähten Wichtigtuer wie Ephesian die Luft abgelassen wurde, dachte sie. Vielleicht war McGhee doch nicht so blöd.

»Was wollen Sie?«, fragte Ephesian.

McGhee zögerte einen Moment. Trotz all der Prahlerei vor seiner Freundin war er natürlich unsicher und ohne jedes Selbstbewusstsein den Hügel zu Ephesians Haus hinaufgewandert und hatte sich selbst damit überrascht, dass er den Mut dazu aufgebracht hatte. Doch nachdem er nun die Furcht gesehen hatte, die über Ephesians Gesicht gehuscht war, sobald er die Hand erwähnt hatte, war seine Nervosität verflogen und sein Selbstbewusstsein mit einem vom Senat bewilligten 89-Milliarden-Dollar-Etat ausgestattet. Zeit, innezuhalten und an den Rosen zu riechen.

Ephesian erkannte das sofort und war froh, dass McGhee so von sich eingenommen war. Das gab ihm Zeit zum Nachdenken, denn er wusste, dass McGhee sich mit wachsendem Selbstvertrauen irgendwann eine Blöße geben würde.

»Zunächst einmal«, sagte McGhee, »fände ich es nett, wenn Sie mich und meine geschätzte Begleiterin hereinbitten und bedienen lassen würden. Ich glaube, einer von den Single Malts, die sie dem Vernehmen nach auf Lager haben, wäre mir durchaus genehm. Chardonnay?«, fragte er an seine Freundin gewandt, »was kann der Mann dir bringen?«

Ephesian wandte ihr den Blick zu und sah wieder direkt durch sie hindurch, während die Rädchen in seinem Gehirn schon rotierten und er sich fragte, wie er mit ihnen fertig werden sollte. Etwas Kultiviertes wäre das Beste, aber im Notfall konnte er die anwesende Frau immer noch dazu benutzen, ihr eine Pistole an die Schläfe zu halten und McGhee zu erklären, dass sie dort bleiben würde, bis er das Päckchen geliefert hatte.

»Ich weiß nicht genau«, sagte Chardonnay, die von Ephesians Reaktion ziemlich beeindruckt war und ihren Freund von Minute zu Minute attraktiver fand.

Sie hätte es wirklich besser wissen müssen, hätte erkennen müssen, was in Ephesians Kopf vor sich ging, aber sie war von dem Moment geblendet und glaubte, dass sie Ephesian genau dort hatten, wo sie ihn haben wollten.

Für Ephesian hingegen hatte sich im Grunde nichts verändert. Vor zwei Minuten war er noch in der Position gewesen, Ruth Harrison das Paket zu entlocken. Jetzt musste er es Romeo McGhee abnehmen. Der einzige Unterschied bestand darin, dass Ruth Harrison möglicherweise den Schutz ihrer edlen Recken genoss und vielleicht auch schwer zu überzeugen gewesen wäre, während McGhee Ephesians besten Trumpf gleich fröhlich mitgebracht hatte.

»Kommen Sie herein«, sagte Ephesian und blickte direkt auf Chardonnay Deluths Nase, »und wir werden sehen, was wir für Sie tun können.«

Igor saß auf einer grünen Bank in der George Street und blickte aufs Meer. Er hatte sich eng in seinen Mantel gehüllt, doch ihm war immer noch kalt. Er wäre gerne drinnen gewesen, wollte aber noch nicht in das kleine Zimmer zurückkehren, das seit zehn Jahren sein Zuhause war. Ein alter abgetretener grüner Teppich, eine rotbraune Tapete, die zu einem hässlichen Hellbraun verblasst war, ramponierte Lampenschirme, ein ausgefranster Läufer und in der Ecke ein kleiner Fernseher, auf dem man wunderbar *Ist das Leben nicht schön* und *Mrs. Miniver*, aber unmöglich *Independence Day* und *Die Rückkehr des Königs* gucken konnte.

Irgendetwas lag in der Luft, mehr als der Geruch der See und der Wind, der vom Atlantik zu den Inseln herüberwehte. Die Stadt würde sich auf eine seltsame Art, die er nicht vorhersehen konnte, verändern. Plötzlich begannen sich Dinge zu ereignen in einem Ort, in dem jahrelang kaum etwas Bemerkenswertes passiert war. Barney war gekommen, um den Laden zu übernehmen; Jonah Harrison war zu Tode gestürzt, und Bartholomew Ephesian bereitete seiner Witwe Probleme; dann der Gegenstand, der aus Ruths Gefrierschrank gestohlen worden war; Harrisons Geist im Haus; die beiden Italiener, die gekommen waren und begonnen hatten herumzuschnüffeln. Er hatte keine Ahnung, ob es einen Zusammenhang gab, aber er wusste, dass sich irgendetwas zusammenbraute.

Vielleicht war es Zeit, zu gehen, etwas, woran er schon in weniger unruhigen Tagen gedacht hatte, obwohl er nicht das Gefühl hatte, dass ihm diese Wahl wirklich offen stand. Hier war er akzeptiert, die Leute hatten sich an ihn gewöhnt, und er hatte einen Job, so stumpfsinnig der auch sein mochte. Wenn er woanders hinging, musste er in einer neuen Stadt ganz von vorn anfangen, die Leute würden ihn anstarren, flüstern und über ihn reden, nicht hinter seinem Rücken, sondern direkt vor seiner Nase. So wie es die Leute in dieser Stadt jahrelang getan hatten. Er war dankbar, dass man ihn, egal, wie wenig ihn die meisten Bewohner auch schätzen mochten, zumindest duldete.

»Du siehst einsam aus«, sagte eine Stimme, und jemand setzte sich vorsichtig neben ihn.

Er drehte sich nicht sofort um. Er erkannte die Stimme, Gently Ferguson, die gelegentlich als Barkeeperin im Kendall aushalf, einem Lokal am Ufer gegenüber der Seitenstraße zum Garrison House, dem großen Gebäude, das die Straße in der Stadtmitte beherrschte.

Schließlich sah er sie an und zuckte auf seine verlegene Art die Schultern.

»Arf«, sagte er. Es ist alles relativ, dachte er. Ein Mensch, der allein aufs Meer blickte, musste nicht unbedingt einsam sein, bloß weil er allein war. Noch nie in seinem Leben hatte er sich in einer großen Menschenmenge nicht einsam gefühlt. Vielleicht strahle ich Einsamkeit aus, dachte er. Vielleicht steht sie mir ins Gesicht geschrieben, vielleicht klingt sie in jeder Silbe mit, die ich äußere.

»Ich weiß, was du meinst«, sagte Gently Ferguson. »Ich kann jeden Abend in der Kneipe stehen, von Leuten umringt, und mich wie der einsamste Mensch auf Erden fühlen.«

Igor wandte sich ihr zu, trotz jahrelanger Therapie zur Stärkung seines mangelnden Selbstwertgefühls ein wenig verlegen wegen seines Buckels. Sie blickte aufs Meer, spürte seinen Blick, obwohl es anders war als an all den Abenden, wenn sie die Blicke der Männer auf sich spürte.

»Manchmal glaube ich, man kann nicht einsam sein, wenn man von der Natur umgeben ist«, sagte sie. »Man braucht keine anderen Menschen, um sich zugehörig zu fühlen zu …« Sie zögerte und wies auf das Meer, die Felsen und die Inseln in der Bucht.

Igor nickte.

»Arf«, sagte er, folgte ihrem Blick und spürte, wie sie neben ihm zitterte.

»Es ist kalt«, sagte sie.

»Arf«, sagte Igor.

»Ich weiß«, sagte sie. »Ich muss rein.«

Igor nickte. Er wollte nicht, dass sie schon ging. Wie das Leben so spielte, würde er sich dann einsam fühlen, dachte er, während er es vor fünf Minuten noch nicht gewesen war.

»Du solltest hier nicht allein in der Kälte sitzen«, sagte sie und fügte, noch immer ohne ihn anzusehen, hinzu: »Möchtest du auf eine Tasse Tee mit zu mir kommen?«

Igor betrachtete ihr blasses Profil in der kühlen Abendluft.

»Arf«, sagte er.

Sie lächelte, drehte sich um und umarmte ihn mit ihrem Lächeln.

»Schön«, sagte sie. »Lass uns gehen.«

Kapitel 23

Æs Triplex

Jacobs drehte den Schlüssel im Schloss, öffnete die große Holztür, betrat die Kathedrale und schloss die Tür wieder. Er blieb kurz stehen und genoss die Dunkelheit. Er sah auf die Uhr. Es war kurz nach acht. Er wusste nicht genau, wann der Priester die Kirche abends verschloss, aber Roosevelt war nicht da gewesen, als er ihn gesucht hatte. Nicht, dass das ein Problem gewesen wäre. Ephesian hatte ihm den Schlüssel gegeben – Ephesian besaß Schlüssel zu siebzig Prozent aller Schlösser in der Stadt –, und ein vorheriger Besuch bei Roosevelt wäre reine Höflichkeit gewesen.

Er machte zögernd einen Schritt nach vorn und betrachtete das überladene Dekor, die dramatischen Schnitzereien und farbenprächtigen Wandteppiche, bevor er seine Taschenlampe zückte und selbstbewusst den Mittelgang hinunterschritt. Seine Schritte klangen klar und hart, nicht wie das dumpfe Getrappel von Jonah Harrisons Geist, und beim Gedanken an das Gespenst drehte er sich unwillkürlich um und spähte in dunkle Ecken, bevor sein pragmatischer Verstand den Gedanken vertreiben konnte.

Er stand im Begriff, das bedeutendste und meistgesuchte Kunstwerk der letzten zweitausend Jahre zu betrachten und zu berühren. Dies war nicht die Zeit, sich vor jemandem wie Jonah Harrison zu fürchten, selbst wenn der Fettwanst tot war.

In der dritten Reihe von vorn nach rechts wenden und bis zum Ende der Reihe gehen. Die Anweisungen stammten von Lawton, der den Code endlich hatte knacken können. Dass es Lawton und nicht einer aus dem inneren Zirkel der Kabale gewesen war, dem der entscheidende Durchbruch gelungen war, hatten Ephesian und Jacobs sehr bedauert, aber nun war es einmal geschehen, und sie mussten sich darauf konzentrieren, mit den Möglichkeiten, die ihnen Lawtons Arbeit eröffnet hatte, weiterzuarbeiten. Gut, dass sich Augustus Lawton als so manipulierbar erwiesen hatte, wie es für Ephesian erforderlich gewesen war.

An der Wand am Ende der dritten Reihe von vorn befand sich eine kleine Skulptur: Christus am Kreuz, Nägel in Händen und Füßen, vorschriftsmäßige Lanzenwunde in der Brust, ein Blutstropfen auf den Lippen. Sein Kopf war gesenkt, aber er blickte lächelnd zu dem jeweiligen Banknachbarn in der dritten Reihe auf. Die Skulptur stellte darüber hinaus die beiden Diebe dar, die links und rechts von Christus gekreuzigt worden waren. Sie waren kleiner und an den Hintergrund angepasst, aber auch sie blickten direkt auf die Bank, im Gesicht ein wissendes Lächeln für den Gläubigen, der zufällig neben ihnen saß. Und hinter den drei Gekreuzigten erhob sich in einem eigenartigen Durcheinander von Erzählsträngen und Testamenten der Turm von Babel, als warte er nur darauf, über ihnen zusammenzustürzen und sie unter sich zu begraben.

Jacobs spürte einen erneuten Schauder und sah sich um. Er war ein paar Mal in der Kathedrale gewesen, sogar mit der ausdrücklichen Absicht, die Skulpturen und kunstvollen Ornamente zu betrachten. Aber diese spezielle Skulptur hatte er kaum zur Kenntnis genommen. Sie schien sich in einer Ecke zu verstecken, als wollte sie gar nicht gesehen werden. Es war das Antlitz Christi, das ins Auge fiel, aber wenn man lange genug hinsah, gingen einem auch die Gesichter der beiden anderen Männer nahe, krochen einem unter die Haut und verfolgten einen. Und kaum jemals, wenn überhaupt, studierte ein Betrachter das Relief mit so viel Liebe zum Detail, dass er den eigenartig im Hintergrund versteckten Turm von Babel bemerkte.

Jacobs schüttelte seinen Schauder ab und biss die Zähne zusammen. Zurück in die reale Welt und zu den Dingen, die getan werden mussten. Lawton hatte den Code entziffert, und Lawton und Ephesian waren in die Kathedrale gekommen, um die Richtigkeit seiner Lösung zu überprüfen und den Heiligen Gral zu finden. Danach hatten sie den Kelch jedoch an Ort und Stelle belassen, um ihn am Abend der Zeremonie zu holen. Die Anwesenheit der beiden Italiener und die Tatsache, dass bei dem Unternehmen verschiedene Dinge offenbar ziemlich schief liefen, hatten es notwendig gemacht, dass Jacobs früher als geplant hergekommen war, um den Gral zu bergen.

Er fuhr mit dem Finger an der linken Seite des Turms entlang und spürte die Kälte des Steins. Das Relief war für eine so kleine Arbeit von außergewöhnlicher Schönheit. Alles in allem war der Turm keine fünfzehn Zentimeter hoch, und doch konnte man jedes Detail, das man von Gemälden des Bauwerks kannte, wiederfinden. Die Hybris des Entwurfs, die Aura von Reichtum und Macht, den Hedonismus, den Luxus und die Arroganz. Es war wahrhaft erstaunlich, wie fein das Abbild gearbeitet war, und Jacobs fragte sich, wie er es vorher hatte übersehen können und wie Führer über die Kathedrale geschrieben werden konnten, ohne den Besucher auf dieses wundervolle und fantastische Werk hinzuweisen.

Am Fuß des Turms stand inmitten von Arbeitern, Gerüsten und riesigen Kränen ein einsames Kind, nicht wie eine Gestalt aus dem Alten Testament gekleidet, sondern wie eine Figur aus der Entstehungszeit der Skulptur, Mitte des 19. Jahrhunderts. Es schaute in die Welt hinaus und jeden Betrachter mit jenem Lächeln an, das auch in das Antlitz des Herrn gemeißelt war, die Augen listig, frech oder unverhohlen böse nach oben gewandt.

Jacobs hörte seinen eigenen Atem in der kalten Stille. Die Taschenlampe in der linken Hand, strich er mit den Fingern der Rechten über das Relief. Babel. Die Verwirrung der Zungen.

Der Hinweis fand sich in einer unschuldigen Einleitung zu *Virginibus Puerisque* von Robert Louis Stevenson, einem früheren Großmeister des *Prieure de Millport*:

Wir alle bauen fleißig am Turm von Babel; und das Kind deiner Einbildungskraft ist immer ein Wechselbalg, wenn es von der Amme kommt.

Lawton war darauf gekommen, dies mit einem Stück zu kombinieren, das einen Teil des Buches bildete: *Æs Triple* – Dreifaches Messing, ein starker Schutz. Christus und die beiden Verbrecher sahen ihn mit ihrem bösen Lächeln an. Und die seltsam dämonische Kinderfigur am Fuß des Turms war mit den drei gekreuzigten Männern im Vordergrund des Reliefs verbunden.

Lawtons Anweisung folgend, nahm Jacobs die Taschenlampe in den Mund, richtete das Licht auf die Skulptur, berührte den Kopf des Kindes und drückte dann gleichzeitig auf die Köpfe von Christus und den beiden Verbrechern.

Sofort spürte er die minimale Bewegung, und sein Herz schlug vor Aufregung schneller. Unter dem Relief verschob sich, wegen Dekaden von Staub und Nichtbenutzung quietschend, ein Stein und gab den Blick auf ein verstecktes Fach frei.

Jacobs schluckte, nahm die Taschenlampe wieder in die Hand und leuchtete in die kleine Nische, die sich aufgetan hatte. Dreißig Zentimeter hoch, ebenso breit und einen guten halben Meter tief. Klein, aber groß genug, um zu bergen, was er dort zu finden erwartete.

Aber das Fach war leer.

Er steckte die Hand tastend in die Nische.

»Scheiße«, murmelte er, nachdem er jeden Zentimeter, jeden Riss und jede Fuge in dem Stein abgetastet hatte. Nichts.

Hinter ihm ging das Licht an.

Jacobs richtete sich auf und drehte sich um, der Schock über die Störung stand ihm ins Gesicht geschrieben, und sein Herz schlug wild. Aber im nächsten Moment hatte er sich auch schon wieder unter Kontrolle. Er schloss die Tür zu dem kleinen Fach hinter sich und ging dem Eindringling entgegen, um ihn zu begrüßen. Für ihn war es ein Eindringling, obwohl der Mann mehr befugt war, sich hier aufzuhalten, als irgendjemand sonst.

»Pater Roosevelt, ich habe Sie gesucht«, sagte er ruhig.

»Wie sind Sie hier reingekommen, Mr. Jacobs?«, fragte Roosevelt.

»Ich musste für Mr. Ephesian etwas abholen«, sagte Jacobs, ohne auf die Frage einzugehen.

Roosevelt kam näher, um zu sehen, wonach Jacobs gesucht hatte, obwohl er es bereits wusste.

»Sie werden ihn nicht finden«, erklärte er ruhig.

»Warum nicht?«, fragte Jacobs, der sich gar nicht erst die Mühe machte, irgendeinen Vorwand für sein Kommen zu erfinden. Roosevelt gehörte zur Bruderschaft und wusste, was aus den Mauern der Kathedrale benötigt wurde.

»Weil er bereits abgeholt worden ist«, sagte Roosevelt.

»Wie meinen Sie das?«, unterbrach Jacobs Roosevelt, bevor er zu Ende gesprochen hatte. »Von wem?«, fügte er hinzu.

»Von Mr. Lawton«, sagte Roosevelt. »Er ist vor einer Stunde hier gewesen und hat mich davon unterrichtet, dass er den Gegenstand für Mr. Ephesian abholen sollte. Vielleicht möchten Sie mir in Anbetracht dieses Umstands erklären, was Sie hier tun?«

Jacobs starrte den Priester an. Er hatte nicht die Absicht, dessen letzte Frage zu beantworten. Er brauchte Zeit zum Nachdenken. Er wäre am liebsten wütend auf Roosevelt losgegangen, weil der es zugelassen hatte, dass der Idiot von Lawton das Kunstwerk abgeholt hatte, wusste jedoch, dass es wenig Sinn hatte, seine Energie damit zu verschwenden.

»Damit ich das richtig verstehe«, sagte Jacobs. »Lawton ist hierher gekommen und hat behauptet, Mr. Ephesian hätte ihn geschickt. Dann hat er das Fach geöffnet, das Kunstwerk entnommen und ist gegangen? Sonst nichts?«

»Mr. Jacobs, ich weiß nicht, ob mir Ihre Manieren gefallen«, sagte der Priester.

»Haben Sie gesehen, wie er es aus dem Fach in der Wand genommen hat? Haben Sie ihn direkt dabei beobachtet?«

»Er hat mir erlaubt, es zu öffnen«, sagte Roosevelt. »Ich habe den Gral Christi in meinen Händen gehalten, ich habe den Kelch berührt, der den Wein und das Blut Jesu enthalten hat, ich habe gespürt, wie…«

»Ja. Mag sein«, sagte Jacobs. »Aber Sie haben ihn Lawton gegeben, der behauptet hat, er wollte ihn Mr. Ephesian bringen? So war es?«

»Ja«, sagte Roosevelt. »So war es.«

Jacobs sah auf seine Uhr. Vielleicht hatte Lawton den Pokal inzwischen bei Ephesian vorbeigebracht, aber Jacobs wusste, dass er das nicht getan hatte. Ephesian hatte Lawton als Großmeister der Bruderschaft den ausdrücklichen Befehl gegeben, den Gral nicht aus der Kathedrale zu entfernen. Durch seine Entdeckung des Hinweises auf seinen Aufbewahrungsort mochte Lawton ihnen allen einen Dienst erwiesen haben, aber es stand ihm nicht zu, das Gefäß an sich zu nehmen.

Jacobs hatte es mit einem Mal eilig. Er war losgeschickt worden, zwei Gegenstände zu beschaffen, und würde mit leeren Händen zurückkehren. Ephesian würde nicht glücklich sein, aber er musste mit ihm sprechen, bevor er Maßnahmen gegen Lawton ergriff. Es hatte keinen Sinn, sich vor ihm zu ducken. Er musste zurückkehren, Ephesian die Fakten berichten und weitere Anweisungen entgegennehmen.

Er drängte sich an Roosevelt vorbei, warf ihm im Gehen einen bösen Blick zu und verließ hastig die Kathedrale.

Kapitel 24

Eine wertvolle Ergänzung unseres modernen Lebensstils

Der Heilige Gral. Der Kelch, aus dem Christus beim Letzten Abendmahl getrunken hat, derselbe Kelch, in dem Joseph von Arimathia Christi Blut aufgefangen hat, um das Gefäß später nach Frankreich und dann nach England zu bringen. Objekt der Suche von König Arthurs Tafelrittern. Aber vielleicht ist der Gral auch etwas Ungreifbares, ein insgesamt eher ätherisches Konzept. Manche sagen, der Gral sei die Nachkommenschaft Christi selbst, dass Joseph nicht nur einen schäbigen alten Kelch, sondern die Familie Christi mit nach Frankreich genommen hätte. Seine Frau Maria Magdalena und wer weiß wie viele Kinder. Laut dieser Theorie ist Jesus nicht der Sohn Gottes, sondern der Spross der Könige Israels, ein Geheimnis, das Ritter und Gesellschaften durch die Zeiten bewahrten, um eines Tages den Mythos von der Göttlichkeit Christi zu widerlegen und seine Nachkommen auf den Thron von, nun ja, eines nicht näher bekannten Reiches zu setzen. Vielleicht Israel, vielleicht ein vereintes Europa, vielleicht irgendeine instabile afrikanische Republik, derer man gerade habhaft werden konnte.

Nach dieser Lesart ist der Gral kein einzelner Gegenstand, sondern eine ganze Menge von Dokumenten, Kunstwerken und Personen. Aber bei dem großen Museum voller Exponate, die die Existenz des Grals ausmachen, gibt es in seinem Herzen immer noch den kleinen Holzkelch, wie man ihn aus *Indiana Jones und der letzte Kreuzzug* kennt.

Und was auch immer die Wahrheit über den Mythos des Grals sein mag, jener kleine Holzkelch in seinem Zentrum war seit hundertfünfzig Jahren in dem kleinen Fach in der Cathedral of the Isles in Millport versteckt gewesen. Und bis vor zwanzig Minuten hatte er stolz auf einem Mahagonitisch gestanden.

Aber der Kelch war nicht mehr da. Zunächst gestohlen von Augustus Lawton, dem Mann, der das antike Kunstwerk vor etwas mehr als einer Stunde aus der Cathedral of the Isles mitgenommen hatte. Lawton selbst hatte den Gral nicht ohne Widerstand aufgegeben. Er hatte der Suche nach Hinweisen auf seinen Aufenthaltsort Jahre gewidmet. Und als ihm vor einer Woche der Durchbruch gelungen war, war dies der entscheidende Moment seines Lebens gewesen. Aus Pflichtgefühl hatte er seine Offenbarung dummerweise Ephesian mitgeteilt, was er rasch bereut hatte. Er hatte ein paar Tage mit der Anweisung gerungen, den Gral nicht allein zu entfernen, aber schließlich war sein Verlangen zu groß geworden, der Drang, die Frucht seines Lebenswerkes zu ernten, unwiderstehlich, und er hatte die Kathedrale aufgesucht und den Gral mit nach Hause genommen.

Dort hielt er sich im Augenblick immer noch auf, auch wenn der Gral selbst entfernt worden war. Er hatte ihn nicht kampflos hergegeben, aber irgendwann hatten die Schläge, die auf seinen Kopf prasselten, seinen Widerstand gebrochen, und er war zu Boden gesunken. Sein Angreifer hatte das wunderbare Tatwerkzeug beiseite gelegt, eine große Messingskulptur von Archie Gemmills Torschuss gegen Holland bei der Weltmeisterschaft 1978, die Lawtons Kinder ihm zwanzig Jahre zuvor zum Geburtstag geschenkt hatten.

So lag Lawton bewusstlos auf dem Boden, während das Blut

an der Seite seines Kopfes und auf dem Parkettboden gerann, und der Gral war weg.

Barney Thomson schloss die Ladentür, drehte den Schlüssel im Schloss, überquerte die Straße und ging an der weißen Ufermauer entlang, das Gesicht in den Wind und den Salzgeruch der Wellen gewandt.

Man könnte seinen Abend als eine Enttäuschung betrachten, aber er hatte nicht gewusst, was er eigentlich wollte. In Garrett Carmichaels Bett landen? Keineswegs, das war etwas für andere auf der Insel, aber nicht für ihn. Ein interessantes Gespräch bei einem guten Essen? Das ist im Allgemeinen das Beste, was man von einem Abendessen erwarten kann. Das Gespräch war eigenartig verlaufen und nach der Einstein-Episode fast ganz zum Erliegen gekommen; das Essen war angemessen. Obwohl er am Tag zuvor einen ganz passablen Anfang mit Carmichael hinbekommen hatte, war Barney in einen seltsamen unspezifischen Trübsinn verfallen und hatte das Interesse verloren. Den Kopf voller Gedanken an das vorherige Objekt seiner romantischen Gefühle und seine Midlife-Crisis hatte er unvermittelt den Drang verspürt, allein auf das graue Meer zu blicken und davon zu träumen, ins große Ungewisse zu segeln.

Und während sie vom Dessert zum Kaffee übergegangen waren, war sein Mitteilungsbedürfnis zusehends versiegt, bis sein Humor und seine Geselligkeit in einem wütenden, festen Knubbel in der Mitte seines Bauches verschwunden waren und er ganz verstummt war. Er hatte kaum noch eine Verabschiedung murmeln können, als Carmichael aufgebrochen war, um, wie sie sagte, ihre Mutter von den Kindern zu erlösen.

Er musste sich wahrscheinlich dafür entschuldigen, so ein

elender Mistkerl gewesen zu sein, dachte Barney, als eine Welle gegen die Ufermauer klatschte und sein Gesicht mit einem feinen Gischtfilm überzog. Nach ihrem Aufbruch war er noch gut eine Stunde in dem Restaurant sitzen geblieben, hatte drei weitere Tassen Kaffee getrunken und eine *Exekution von Kiwis auf einer Staffel von gebackenem Alaska* gegessen, um sein Verweilen zu rechtfertigen. Danach war er dem Lockruf des Frisörsalons gefolgt, wo er nichts anderes getan hatte, als den Laden zu inspizieren, das Licht auszumachen, auf einem der Stühle zu sitzen und melancholisch aus dem Fenster zu starren, während er sich fragte, ob er sich nur selbst Leid tat oder eine tiefere echte Malaise durchlitt.

Jetzt spazierte er auf dem Weg zurück zu seiner Unterkunft verloren am Meer entlang und spekulierte darüber, wie lange dies sein Leben sein würde und was Sergeant Daniels im Moment wohl gerade machte. Er erwog, sie auf ihrem Handy anzurufen, wusste aber gleichzeitig, dass er es nicht tun würde. Sie würden beide ohne dieses Gespräch klarkommen, vor allem bei seiner Laune.

Als er weit genug gelaufen war, machte er kehrt und sah auf die Uhr – noch eine Stunde bis zu Mrs. Donaldsons Ausgangssperre. Wenig später betrat er das Haus, lauschte eine Weile der Stille, bevor er Schuhe und Mantel auszog und durch die Küche ging. Nicht auf der Suche nach etwas Essbarem, sondern weil er dachte, dass er sich beim Lagerkommandanten melden sollte, bevor er zu Bett ging.

In der Küche saß ein Mann, der sich einen schmackhaften Snack zubereitete. Kaviar und Frischkäse auf Jacob's Cream Crackers. Er blickte auf, als Barney auf seinen Socken lautlos in den Raum tapste. Rusty Brown, dem Barney am Tag zuvor einen prachtvollen *Kobe Bryant* geschnitten hatte.

»Barney«, sagte der alte Bursche.

»Mr. Brown«, erwiderte Barney nickend. Er hatte das Gefühl, gerade in einen Löwenkäfig oder ein Nest voller Taranteln geraten zu sein. Wenn er sich jetzt in ein Gespräch verwickeln ließ, würde er wahrscheinlich für den Rest seines Lebens hier festsitzen. Immerhin war er so schlecht gelaunt, dass er wahrscheinlich das notwendige Maß an Unhöflichkeit aufbringen würde, um gar nicht erst in diese Zwangslage zu geraten.

»Die Dame des Hauses zieht sich gerade um«, sagte Brown. »Eines der Kinder hat auf ihre Bluse gekotzt.«

Barney nickte, liebte den alten Mann für eine Sekunde und wollte sich gerade abwenden.

»Schauen Sie sich das an«, sagte Brown.

Barney drehte sich wieder um, im Gesicht die Mutter aller Verpiss-dich-Mienen, aber Brown ignorierte sie.

»Was würden Sie sagen, was das für eine Farbe ist?«, fragte er und hielt das kleine 100-Gramm-Glas Kaviar hoch.

Barney starrte ihn verächtlich an und musterte das Glas.

»Schwarz«, sagte er. »Es ist Kaviar, der ist schwarz.«

Er sah wieder den alten Mann an und hoffte, dass sein Gesichtsausdruck ein hinreichend deutliches Signal war, die Feindseligkeiten der Konversation einzustellen.

»Kommen Sie«, sagte Brown, erhob sich und ging zu dem von oben beleuchteten Tresen. »Sehen Sie es sich genauer an.«

Barney atmete geräuschvoll aus und biss die Zähne zusammen. Wenn man so deprimiert ist, dass sich die Eingeweide schwarz und verfault anfühlen, bewirkt die Gesellschaft anderer häufig, dass man merkt, dass man nicht nur deprimiert, sondern auch wütend ist.

Er trat neben Brown, der, an den Küchentresen gelehnt, das Glas schräg ins Licht hielt.

»Schauen Sie«, sagte er. »Kommen Sie.«

Barney starrte auf das Glas. Der Kaviar war nicht schwarz. Und aus irgendeinem unerfindlichen Grund spürte er eine Welle aus Licht über sich hinwegrollen, die ebenso rasch wieder verschwunden war. Und er war zur Zeit auch nicht in der Stimmung, irgendein Licht zu sehen oder zu spüren.

»Er ist wunderschön, finden Sie nicht?«, fragte Brown.

Barney nickte. Brown hatte Recht. Der Kaviar war von einem dunklen, köstlichen Violett, schwarz nur aus der Distanz, bei näherem Hinsehen strahlte er viel mehr Farbe und Wärme aus.

»Ist das nicht ein absolut wunderbares Sinnbild für so viele Dinge im Leben?«, fragte Brown und sah Barney lächelnd an.

Barney nickte, seltsam fasziniert von den violetten Fischeiern.

»Machen Sie bloß das Glas zu, Rusty Brown, sonst stinkt das ganze Haus nach altem Fisch! Und das können wir hier gar nicht gebrauchen!«

Keiner der beiden Männer drehte sich um. Brown sah Barney an, ein winziges Lächeln schlich sich auf seine Lippen, und er zwinkerte, als ob er Burt Lancaster oder so jemand wäre.

»Gute Nacht, Mr. Brown«, sagte Barney, und Rusty Brown nickte und lächelte noch einmal.

Barney sah Miranda Donaldson im Vorbeigehen an, die seinen Blick wütend erwiderte. Keiner sagte etwas, bis er das Zimmer schon verlassen hatte und durch den Flur zur Treppe ging.

»Newton war ein Arschloch«, murmelte sie in seinem Rücken.

Er blieb stehen, drehte sich jedoch nicht um, sondern beschloss, all die Erwiderungen zu ignorieren, die ihm auf der Zunge lagen, und ging nachdenklich, das Gewicht der Welt auf den Schultern, langsam die Treppe hinauf.

Kapitel 25

**Auf der Mauer, auf der Lauer
sitzen zwei dumme Wanzen.**

Tony Angelotti grinste Constable Gainsborough dümmlich an, der wieder hinter seinem Schreibtisch Platz genommen hatte und überlegte, sich eine Kanne von der Teemischung Nr. 372, *Angesäuerte gute Nacht*, zu kochen. Der Anruf einer höher gestellten Macht mit der Anweisung, den Italiener freizulassen, war eingegangen, wie es jeder, der irgendetwas über die Situation wusste, mit Ausnahme von Roosevelt und Gainsborough erwartet hatte. Die höher gestellte Macht war in diesem Fall die Polizeidirektion Strathclyde gewesen, die ihre Anweisungen von hinabgestiegenen Emissären noch höherer Mächte entgegengenommen hatte.

Tony legte eine Hand auf die Klinke und grinste Gainsborough weiterhin selbstgefällig an.

»Sie können jetzt gehen«, sagte Gainsborough.

Tonys Lächeln wurde breiter, als er seine rechte Faust hob und mit provokativer Raffinesse den Mittelfinger reckte. Okay, nicht Raffinesse, sondern absolutes Wichsertum, aber er hielt es für Raffinesse.

»Fuck you«, sagte er. Mit Absicht.

Gainsborough schluckte. Es gibt Momente im Leben eines

Polizeibeamten, in Millport jedoch nicht allzu häufig, in denen man seinen Knüppel fester packen und irgendeinen Trottel zu blutigem Brei hauen will. Und wenn diese Momente eintreten, packt man für gewöhnlich seinen Knüppel fester und tut genau das. Manchmal jedoch sind einem die Hände gebunden, entweder durch die Anwesenheit einer Videokamera beziehungsweise zu vieler Zeugen oder durch eine höhere Macht.

»Sie sind frei. Sie dürfen gehen«, sagte Gainsborough kalt und verkniff sich alles, was er sonst noch sagen wollte.

»Ich weiß«, sagte Tony. Das selbstgefällige Lächeln breitete sich über sein ganzes Gesicht aus, wie eine eingebildete, selbstgerechte, krebsartige Geschwulst. Gainsborough konnte es nicht mehr ertragen, wandte sich ab und ging in die kleine Küche hinter dem Vorzimmer, um Wasser aufzusetzen. Tony lachte, verzichtete jedoch ganz gegen seine Gewohnheit auf eine Vielzahl weiterer Beleidigungen, die ihm durch den Kopf gingen.

Er öffnete die Tür und trat in die kühle Meeresbrise des späten Abends. Er blieb stehen und betrachtete die kleine Szenerie: eine winzige felsige Bucht, dahinter der Sportplatz, zu seiner Rechten eine etwa hundert Meter lange Kurve mit Straßenlaternen entlang einer Häuserreihe, in der auch Miranda Donaldson und Randolph Grey wohnten. Er spürte den Wind im Gesicht und zog die Jacke enger um seinen Körper. Er atmete tief ein, und irgendetwas am Geruch der kalten Luft erinnerte ihn an einen Duft seiner Kindheit, das Aroma des Mittelmeers.

Fröstelnd sah er sich zu der Polizeiwache um. Gainsborough war noch nicht herausgekommen. Tony drehte sich wieder um und blickte erst links und dann rechts die kurze Straße hinunter.

»Was soll ich jetzt machen, Scheiße noch mal?«, murmelte er.

Er war etwas mehr als hundertfünfzig Meter von seinem Hotel entfernt, aber er hatte dem Weg bei seinem Abtransport keine Aufmerksamkeit geschenkt, und weil er überdies ein einzelliges Stück dummer Scheiße war, wusste er nicht, ob er rechts oder links gehen sollte, obwohl das vollkommen offensichtlich war. Er überlegte kurz, in die Polizeiwache zurückzukehren und nach dem Weg zu fragen, aber sein formvollendeter Abgang hatte diese Möglichkeit mehr oder weniger verbaut.

Als er Schritte von rechts hörte, drehte er sich um. Ein Mann, etwas jünger als er selbst, kam direkt auf ihn zu. Tony ging in Habachtstellung und fragte sich, ob dies ein weiterer Angriff werden sollte und ob der dumme Polizist so dumm sein würde, ihm noch einmal eine so dumme Falle zu stellen. Schließlich war es das, was er getan hätte.

»Hey«, sagte der neue Typ, »also, du musst der Italiener sein und alles, yeah?«

Tony versuchte seine Schultern noch mehr zu straffen, was ihn ein wenig verwachsen aussehen ließ.

»Na und?«, erwiderte er aggressiv. »Und wer bist du?«

Der Typ lächelte.

»Du bist Tony, richtig? Das ist so cool.«

»Warum?«, fragte Tony, während er dachte, dass es in der Tat cool war, dass er Tony war, aber wer war dieser vorlaute kleine Scheißer, dass er ihm etwas erzählte, was Tony schon wusste.

»Weil, also echt, Dude«, sagte der Typ, »so heiße ich auch. Absolut cool. Die Leute nennen mich 2Tone«, fügte er hinzu und streckte die Hand aus.

Tony registrierte die Hand mit dem gleichen Ekel wie den Spitznamen und verschränkte die Arme. 2Tone übersah die Körpersprache und machte mit seiner nicht ergriffenen Hand irgendeine solidarische Geste.

»Cool«, sagte er.

»Was?«, fragte Tony.

»Also, ich rede mit einem anderen Italiener, okay? Ein Freund von dir, der fragt mich, ob ich dir irgendwie was ausrichten kann und so.«

Tony beäugte 2Tone misstrauisch.

»Was für ein Freund?«, fragte er, als ob vielleicht irgendjemand in Rom 2Tone eine Botschaft für ihn hätte auftragen können.

»Also, der hat mir nicht gesagt, wie er heißt und so. Der Typ war irgendwie voll gestresst, schon ein bisschen unheimlich. Aber er hat mir ein paar Tausend dafür gegeben, dass ich dir was bringe, und er hat gesagt, es wären noch ein paar Tausender für mich drin, wenn ich die Klappe halte und so. Er hat mich einfach irgendwie von der Straße geschnappt, und hier bin ich, Dude.«

Tony atmete tief ein und versuchte, das alles zu verstehen. Natürlich hatte er nicht die intellektuelle Kapazität, auch nur *irgendwas* zu verstehen. Deshalb war er eigentlich ganz zufrieden mit sich, als er schließlich herausbrachte: »Und was hast du mir zu sagen?«

2Tone nickte. Dies war der Moment, wo er seine 2000-Pfund-Botschaft übermitteln musste.

»Okay«, setzte er an, um sich selbst ein paar Sekunden mehr Zeit zu verschaffen. »Also, er sagt, er wäre aus dem Hotel ausgecheckt. Er hat gesagt, du weißt, was er damit meint.«

(Nachdem Luigi sich 2Tone von der Straße geschnappt

hatte, ohne zu wissen, dass er es mit dem Sohn seines Hauptrivalen zu tun hatte, war ihm rasch klar geworden, dass das Gespräch, das sich entwickeln würde, nachdem man seinen Tony aus dem Polizeigewahrsam entlassen hatte, ein Dialog zwischen zwei Idioten werden würde. Aber nachdem er 2Tone als erstbesten Menschen, dem er begegnet war, bereits in die Sache hineingezogen hatte, wollte er ihn nicht wieder wegschicken und die ganze Geschichte noch jemand anderem erzählen.)

»Das heißt, er ist in ein anderes Hotel gezogen«, sagte Tony, und es hörte sich durchaus so an, als würden zwei echte Erwachsene eine normale Unterhaltung führen.

»Yeah, yeah«, sagte 2Tone, weil ihm ein springender Punkt wieder eingefallen war, »das ist das Ding. Er ist nicht in einem anderen Hotel, er ist inkommunikado, kapiert, absolut underground. Wie ein Fuchs.«

»Warum?«, fragte Tony.

2Tone musste eine Weile nachdenken, aber hatte sich mittlerweile schon so lange und intensiv auf die Botschaft konzentriert, dass er nicht allzu tief graben musste.

»Er glaubt, dass du total beschattet wirst und so, wenn du hier weggehst, kapiert, Mann. Also, irgendein Typ wird dich verfolgen und alles. Deshalb hat er Angst, dass du sie zu ihm führst, klar? Dann wäre er kein Fuchs mehr, sondern mehr wie ein Kaninchen oder irgendein dummes Viech, das darauf wartet, gefressen zu werden und so.«

Tony schüttelte den Kopf und starrte auf die feuchte Straße. Für wie bescheuert hielt Luigi ihn? Selbst wenn ihm der Gedanke, dass man ihn verfolgen würde, noch nicht gekommen wäre, wäre das bestimmt früher oder später geschehen. Und wenn man ihn verfolgen würde? Was wollten diese blöden Inselbewohner deswegen machen? Wir sind Goliath, dachte er, und sie sind David, nur dass die Sache diesmal andersherum ausgeht.

»Und meinst du nicht, dass man dich auch beschattet, wenn du hier abhaust?«, fragte Tony und bedachte 2Tone mit der Art Blick, die er normalerweise von Luigi abkriegte.

2Tone verzog den Mund zu einem leicht enervierenden, wissenden Lächeln.

»Also, das spielt keine Rolle, Dude«, sagte er. »Erstens bezahlt er mich absolut dafür, dass ich die Klappe halte und alles. Und zweitens spielt es komplett keine Rolle, weil ich sowieso niemandem was sagen kann. Ich werde ihn nicht wieder treffen, also kann ich auch niemanden zu ihm führen, selbst wenn man mich verfolgt und so.«

»Und wie soll er dich bezahlen, wenn du ihn nicht mehr triffst?«, fragte Tony in einem raren Augenblick der Einsicht.

2Tone nickte immer noch lächelnd. Das wusste er auch nicht so genau, aber darüber nachzudenken, fühlte sich anstrengend an, also ließ er es sein. Er hatte immer noch einen Teil seiner Botschaft zu übermitteln und musste sich deshalb konzentrieren.

»Er hat gesagt, du sollst regelmäßig die Kathedrale auschecken und alles.«

»Und was macht er, verdammt noch mal?«, fragte Tony und fasste sich in den Schritt.

2Tone machte eine Rapper-Geste mit den Händen und sah dabei aus wie ein kompletter Idiot.

»Keine Ahnung, Dude«, sagte er. »Ich bin bloß irgendein Typ, ich weiß gar nichts.«

Tony nickte bestätigend. Es kam nicht oft vor, dass er im Gespräch mit einer auch nur rudimentär empfindungsfähigen

Lebensform ein Gefühl von Überlegenheit verspürte, aber jetzt genoss er es in vollen Zügen.

»Sonst noch was?«, fragte er.

2Tone stand nickend da, während er in den angemessen verstaubten Abteilungen seines Gehirns kramte. Er hätte sich das Ganze wirklich aufschreiben sollen, aber Luigi hatte gesagt, dass er das auf keinen Fall tun dürfe, und 2Tone war nicht geistesgegenwärtig genug gewesen, es trotzdem zu tun, sobald der Italiener ihm den Rücken gekehrt hatte.

»Ich glaube, das war's, Dude.« Sagte er.

»Gut«, sagte Tony. »Da kann ich ja zurück in mein Hotel gehen, und du kannst weiter ein Idiot sein.«

»Yeah, also, absolut, Mann. Oh, oh yeah, warte mal«, sagte 2Tone und schlug sich mit der flachen Hand an die Stirn, »da ist noch was. Manchmal bin ich wirklich ein Heiopei.«

Er kramte in seinen Taschen und zückte einen kleinen Zettel, den er Tony gab.

Kopfschüttelnd nahm Tony ihm das Stück Papier unsanft ab, vergaß, sich zu bedanken, und las eilig. Er blinzelte, sah 2Tone an, wollte ihn fragen, was, zum Teufel, das zu bedeuten hatte, beschloss jedoch, dass das wenig Zweck hatte. Er wandte sich zum Gehen, als ihm einfiel, dass er ja gar nicht wusste, in welche Richtung er gehen sollte.

»In welche Richtung ist das George Hotel?«, fragte er und nahm an, dass 2Tone sogar dafür zu blöd war.

»Also, das liegt absolut da lang«, erwiderte dieser und zeigte nach links.

Tony blickte die Straße hinunter, erkannte, dass dies die offensichtliche Richtung war, kehrte 2Tone den Rücken und marschierte ohne jede weitere schwachsinnige Diskussion davon. 2Tone sah ihm nach und überlegte, was er mit den nächsten paar Minuten seines Lebens anfangen sollte, weil er es mit längerfristigen Plänen nicht so hatte.

Er nahm eine Bewegung in der Polizeiwache wahr und blickte hinein. Gainsborough beobachtete ihn. 2Tone winkte, Gainsborough nickte und hielt dem Blick noch einen Moment stand, bevor er zum Telefonhörer griff, um bei Bartholomew Ephesian zu erfragen, ob er den Jungen geschickt hatte, um mit dem unlängst Entlassenen zu sprechen.

Kapitel 26

Fallet über uns und verbergt uns vor dem Angesicht dessen, der auf dem Throne sitzt und vor dem Zorn des Lammes: Denn gekommen ist der große Tag seines Zornes, und wer kann da bestehen?

Um kurz nach elf betrat Jacobs den Hauptteil des Hauses. Sein Abend war zum größten Teil völlig erfolglos verlaufen. Kein Gral, keine Hand. Er hatte bereits mit Ephesian telefoniert, bevor er seinen letzten Auftrag für diesen Tag erledigt hatte, und wusste deshalb schon, dass McGhee und Deluth die Hand hatten und was sie wollten. Außerdem hatte er Lawtons Diebstahl des Grals gemeldet, was er sofort bedauert hatte. Er hätte warten sollen, bis er Ephesian persönlich gegenüberstand, aber er hatte ihn wegen einer anderen Sache sprechen müssen und war nicht in der Lage gewesen, seinen Boss zu belügen. Ephesian hatte Probleme, mit Unwahrheiten umzugehen. Ephesian hatte allerdings auch Probleme, mit Situationen umzugehen, die außer Kontrolle zu geraten schienen. Jacobs war noch nicht der Ansicht, dass dies der Fall war, aber glatt lief es auch nicht. Und er wusste, dass seine Definition von »außer Kontrolle geraten« nicht die Gleiche sein würde wie Ephesians.

Er stand lauschend in dem großen Flur. Er war erst in seine eigene Wohnung geeilt, um Mantel und Schal abzulegen, bevor er durch den kurzen Flur gegangen war, der seine geräumige Unterkunft mit dem Haupthaus verband.

Manchmal war sein Arbeitgeber um diese Zeit schon im Bett, aber Jacobs wusste, dass dies heute Abend nicht der Fall sein würde. Es gab noch viel zu besprechen, die Liste wurde nicht kürzer, sondern immer länger. Er ging durch das Esszimmer mit dem kleinen, rechts liegenden Büro und fragte sich, ob Ephesian wie häufig spätabends im Dunkeln stand und mit einem kleinen Glas Single Malt in der Hand auf den dunkelgrauen Firth starrte, umgeben von Stille, Finsternis und Einsamkeit.

Beide Räume waren leer, und Jacobs spürte ein erstes Unbehagen. Er trat ans Fenster, wo Ephesian sonst stand, und blickte aufs Wasser. Er sah allerdings nicht dieselben Dinge, die Ephesian von diesem Standpunkt aus sah, drehte sich um und ging in das Arbeitszimmer auf der anderen Seite des Flures.

Der Raum wurde von einer einzelnen Schreibtischlampe beleuchtet, aber Ephesian saß nicht in dem großen Sessel am Fenster, wo er sonst immer Zuflucht suchte. Da Jacobs nicht annahm, dass sein Chef schon nach oben ins Bett gegangen war, gab es nur noch einen anderen Ort, an dem er sich aufhalten konnte. Er ging zu dem Bücherregal mit den gesammelten Werken von Robert Louis Stevenson, zog behutsam an der kleinen gebundenen Zweitausgabe von *Virginibus Puerisque* und trat durch die Tür, die sich vor ihm auftat.

Er ging vorsichtig die Treppe hinunter, weil er schließlich

auch nicht mehr der Jüngste und seine Sehfähigkeit ziemlich eingeschränkt war. Der Kellerraum am Fuß der Treppe lag in völliger Dunkelheit. Er legte einen von sechs nebeneinander liegenden Lichtschaltern um und spähte in die dunklen Nischen des Gewölbes. Es war niemand hier, keiner der dreizehn Stühle um den Tisch war besetzt. Er musste sich geirrt haben, dachte er. Ephesian musste doch nach oben gegangen sein, um womöglich zum ersten Mal in seinem Leben eine Stresssituation zu bewältigen, indem er versuchte, darüber zu schlafen.

Doch als er das Licht gerade wieder ausmachen wollte, hörte er ein winziges Geräusch. Er erstarrte und hielt den Atem an. Es war ein dunkler, unheimlicher Raum in den Eingeweiden eines hunderfünfzig Jahre alten Fundaments, aber er hatte sich deswegen nie irgendwie gegruselt. Aber heute war der Tag, an dem er zum ersten Mal in seinem Leben eine Art Gespenst getroffen hatte, auch wenn es nur in alle Ewigkeit pinkeln musste. Sein Herz setzte für einen Schlag aus, und er spürte, wie sich seine Haut zusammenzog. Trotzdem schaltete er kein weiteres Licht an. Er schluckte, atmete tief durch, verdrängte sein Unbehagen und trat vor. Er bückte sich und schaute unter den Tisch.

Als er sah, was sich dort befand, schlug sein Unbehagen endgültig in Entschlossenheit um. Ein weiteres Problem, das gelöst werden musste, eine weitere Panne, die auf die Liste gesetzt und möglichst flink ausgebügelt werden musste.

Es war lange her, seit er seinen Arbeitgeber zum letzten Mal in diesem Zustand gesehen hatte. Vielleicht dreißig Jahre, obwohl er sich in all den Jahren gelegentlich gefragt hatte, ob es weitere Vorfälle gegeben hatte, die er einfach nicht mitbekommen hatte.

Wenn der Stress so groß wurde, dass Ephesians Verstand

ihn nicht mehr bewältigen konnte, zog er sich in sich selbst zurück, komprimierte Geist und Körper zu einem schwarzen Ball, machte sich so unauffällig wie möglich, verkroch sich umgeben von Nichts in Dunkelheit und Stille und reduzierte seinen sensorischen Input praktisch auf Null.

Jacobs kniete nieder und blickte unter den Tisch, wo Ephesian sich wie ein Embryo zusammengerollt hatte, den Kopf in einem schrägen Winkel auf den kalten Steinboden gelegt.

»Mr. Ephesian«, sagte Jacobs.

Keine Reaktion. Jacobs atmete ruhig und sah auf die Uhr, weil er wusste, dass diese Sache eine Weile dauern würde.

»Mr. Ephesian«, sagte er noch einmal. »Wir müssen reden. Ich glaube, ich habe eine Lösung für die meisten unserer Probleme«, fügte er hinzu, eine feiste Lüge, aber die Art Beteuerung, mit denen er, wie er wusste, die nächsten zwei bis drei Stunden überbrücken musste, um Ephesian wieder aus seiner geschützten Welt herauszulocken.

Kapitel 27

Fettablagerungen, ungesunde Ernährung und Bewegungsmangel führen zu hässlichen Dellen in der Haut.

Barney lag in seinem Bett und grübelte über einige der großen Fragen. Warum, so dachte er, als er in das orangefarbene Licht starrte, das durchs Fenster hereinfiel, sind Frauen so versiert darin, bei anderen Frauen Zellulitis zu entdecken? Ein Mann kann eine Frau im Bikini monatelang anschauen, ohne zu merken, ob sie Zellulitis hat. Die ersten paar Wochen werden ihm ihre Brüste auffallen, dann wird er Po, Beine und Bauch bemerken. Aber wenn man ihn darüber befragen würde, ob sie Zellulitis hat oder nicht, hätte er keine Ahnung. Er könnte es wahrscheinlich nicht einmal sagen, wenn man ihn speziell beauftragt hätte, darauf zu achten. Frauen hingegen scheinen genetisch darauf programmiert zu sein, innerhalb der ersten Viertelsekunde des visuellen Kontakts zunächst Zellulitis und alles andere dann später wahrzunehmen. In ihrem Augapfel gibt es einen bei Männern fehlenden Teil, der nur Zellulitis an Oberschenkeln sieht. Wenn sie also am Strand oder einem Swimmingpool eine unglaublich attraktive Frau erblicken, spielt es keine Rolle, ob sie schlank ist und umwerfend lange Beine und fantastische Brüste hat. Wenn sie Zellulitis hat, denkt die andere Frau: Okay, wir sind uns ebenbürtig.

Warum denke ich über Zellulitis nach, fragte Barney sich, und sein Blick wanderte mit dem Schatten, den ein Wagen, der spät abends die Uferstraße hinunterfuhr, an die Zimmerdecke warf. Es war Ash, die durch seine Gedanken geisterte. Sie konnte Zellulitis bei einer anderen Frau noch erkennen, wenn die einen Hosenanzug aus Wolle trug. Barney hatte zwei Monate im selben Bett wie Ashley geschlafen und es nie bemerkt. Zellulitis, die Farbe ihrer Augen und all die anderen Sachen, die Frauen für wichtig halten, während Männer sie weit hinter Brüsten und dem Talent einordnen, den Kühlschrank regelmäßig mit der richtigen Sorte Bier zu bestücken.

Er wälzte sich im Bett hin und her, drehte sich auf die Seite und starrte aus dem Fenster. Nachdem er schon Bill Murray in *Ghostbusters* gewesen war, war er jetzt zu Bill Murray in *Lost in Translation* herabgesunken. Und war nicht sein ganzes Leben eine lange Version von *Und täglich grüßt das Murmeltier*, dachte er, von einem Frisörsalon zum anderen, von einer Mordserie zur nächsten.

»Ich bin der beschissene Bill Murray«, murmelte er in die orangefarbene Dunkelheit. »Das ist wirklich traurig.«

Und er fragte sich, ob er Miranda Donaldsons Zorn heraufbeschwören würde, wenn er sich unten eine Tasse Tee kochte. Denn obwohl es kein ausdrückliches Gebot *Du sollst dir nicht mitten in der Nacht Tee kochen* gegeben hatte, würde es ihn nicht wundern, sie mit einem erhobenen Nudelholz in Bereitschaft anzutreffen.

Er blieb ein paar Minuten liegen und drehte sich dann wieder auf den Rücken.

»Johnny Depp«, erklärte er dem leeren Himmel. »Warum konnte ich nicht Johnny Depp sein?«

Normalerweise wäre das Portal der Kathedrale um diese Zeit verschlossen. Das war es zuvor jedenfalls bestimmt gewesen, als Jacobs Ephesians Ersatzschlüssel benutzen musste, um sich Zutritt zu verschaffen. Aber Pater Roosevelt hatte erkannt, dass die Cathedral of the Isles am Abend des vorletzten Tages, bevor sich die Welt für immer ändern würde, ein gefragter Ort sein würde. Nur wenige Menschen auf der Welt wussten um die Bedeutung des Bauwerks – obwohl ihre Zahl am Donnerstagmorgen astronomisch sein würde –, aber es waren doch genug, um vielleicht einen steten Besucherstrom zu bilden. Deshalb hatte Roosevelt beschlossen, das Portal über Nacht offen zu lassen, um jedem, der glaubte, hier noch etwas finden zu können, Eintritt in das Gotteshaus zu gewähren. Dass das Objekt, nach dem sie alle suchten, bereits entfernt worden war, wussten nur er, Lawton, Ephesian und Jacobs. Und natürlich der Mann, der Lawton mit Hilfe von Archie Gemmill bewusstlos geschlagen hatte.

Im hinteren Teil der Kathedrale links neben der Kanzel befand sich ein kleiner Raum mit einer massiven Holztür, die verschlossen und von innen verriegelt war. In der Wand waren zwölf Löcher, die einem einen guten Überblick über die ganze Kirche boten. Hier hatte Andrew Roosevelt sich für die Nacht postiert; ausgestattet mit zwei Thermoskannen Kaffee und einer Packung Jaffa Cakes hockte er auf einem unbequemen Holzstuhl, um heimlich jeden zu beobachten, der zu einem Besuch vorbeikam.

Jahrelang hatte er Touristen und Gläubige belauscht und sich gefragt, ob sie nur die kunstvollen Ornamente bewundern wollten oder mehr wussten, als es den Anschein hatte. Ob sie, während sie in scheinbarer Ehrfurcht über Skulpturen und Wandteppiche staunten, in Wahrheit nach Hinweisen suchten, die sie zu dem Heiligen Gral führen würden. Aber heute konnte er sich endlich entspannen und nicht mit Besorgnis, sondern mit Neugier zuschauen. Der Gral war entfernt worden, und wenn andere Mitglieder darüber diskutieren wollten, wer ihn in seiner Obhut hatte, war das nicht sein Problem. Bei den Zwölfen war er zumindest sicher.

Langsam und lautlos schraubte er seine erste Thermoskanne auf und goss Kaffee in einen kleinen weißen Becher – ein Geschenk von einem Rabbi aus Maryhill mit der rosafarbenen Aufschrift *Koschere Weihnachten!* –, beugte sich vor und spähte ein weiteres Mal durch ein kleines Loch zu seiner Linken, das in dem Mosaik auf der anderen Seite den Nabel einer nackten lesbischen Liebesgöttin aus Korinth darstellte.

Tony Angelotti war seit knapp einer halben Stunde in der Kathedrale. Nach seinem Gespräch mit einem noch größeren Idioten, als er selbst einer war, empfand er immer noch das ungewohnte Gefühl einer gewissen Intelligenz, das jedoch langsam verblasste, als er an der scheinbar endlosen Palette detailfreudiger und bizarrer Kunstwerke entlangging.

Direkt unter der Kanzel blieb er stehen und blickte zu einer Szene aus dem fünften Buch Mose auf, die in den Rand der Holzbrüstung geschnitzt war. Er starrte sie eine Weile an, sah sich in dem übrigen, kunstvoll verzierten, engen Raum um und breitete in einer Geste allgemeiner Ratlosigkeit schließlich kopfschüttelnd die Hände aus.

Roosevelt lächelte. Seit einer halben Stunde liebäugelte er mit dem Gedanken, mit dem Mann zu spielen und ihm *heiß* oder *kalt* zuzurufen, je nachdem, wie weit jener vom Turm zu Babel entfernt war. Es hatte ihn an einen Tag vor ein paar Jahren erinnert, als ein scheinbar harmloser und sehr korpulenter amerikanischer Tourist begonnen hatte, die Skulptur der Kreuzigung mit dem Turm im Hintergrund sehr eingehend zu betrachten. Roosevelt war nervös geworden und hatte den Mann schließlich aus seinem Versteck heraus angesprochen und abgelenkt.

Der Mann hatte sich umgedreht und ein Gespräch mit der leeren Kathedrale begonnen, weil er glaubte, mit Gott selbst zu sprechen, eine Rolle, die Roosevelt mit einigem Vergnügen gespielt hatte. Er hatte dem Mann gesagt, er müsste bis Weihnachten gut hundert Kilo abspecken, weil er andernfalls an einem Herzinfarkt sterben würde, was vermutlich unnötig und ein wenig maßlos gewesen war, aber Roosevelt wollte gern glauben, dass er dem Mann das Leben gerettet hatte. (Wie der Zufall es wollte, hatte der fragliche Mann, ein gewisser Elmer J. Weinstein jr., auf Gottes Anweisung ungefähr eine Tonne abgenommen, wodurch sich ihm ein vollkommen neues Leben eröffnet hatte: Endlich hatte er seine latente Homosexualität ausleben können, was zu seiner Ermordung durch einen irren

Schwulenhasser mit einer Super-Soaker-Wasserpistole bei einer Versammlung Schwuler Christen in Snake River, Wyoming, geführt hatte. Das Leben ist schon komisch, keine Frage.)

Wegen des allgemeinen Ernstes und der Bedeutung des Anlasses beschloss Roosevelt, diesmal zu schweigen und stattdessen still einen Schluck Kaffee zu trinken und an seinem vierten Jaffa Cake des Abends zu knabbern.

»Verdammte Kacke«, sagte Tony kopfschüttelnd. »Scheiß Schottland.«

Luigi war nahtlos mit dem Leben in Millport verschmolzen und gleichsam Teil der Landschaft geworden. Er hatte für ein paar Stunden ein Versteck gebraucht, eine Nacht undercover, bevor er am nächsten Tag wieder auftauchen, Tony suchen und sich darum kümmern würde, die Angelegenheit zu erledigen, die sie überhaupt erst auf diese gottverlassene Insel geführt hatte.

»Sie trinken doch noch ein Glas Wein, bevor Sie zu Bett gehen«, stellte die alte Frau mehr fest, als dass sie es fragte.

»Danke, Nella«, sagte Luigi. »Sie sind eine gütige und schöne Frau.«

Die Frau tat das Kompliment kopfschüttelnd ab, lächelte aber trotzdem. Ihre Freundin blickte von ihrem Strickzeug auf und schnalzte missbilligend, aber sie fühlte sich selbst immer noch gut, weil Luigi ihr vor ein paar Minuten erklärt hatte, wie graziös und elegant sie sei. Deshalb schob sie ihre kleinliche Eifersucht beiseite und lächelte, als Luigi sich zu ihr umwandte.

»Ich bin heute Abend wirklich ein Glückspilz«, säuselte er. »Kaum auszudenken, dass ich stattdessen noch in Rom festsitzen könnte.«

Igor lag im Bett und starrte an die Decke. Zwei Frauen an einem Tag. Wie oft passierte ihm das, fragte er sich etwa zur selben Zeit, als Barney über seine Verwandlung in Bill Murray grübelte. Nun, genau genommen, war dies das dritte Mal in diesem Jahr, aber das war verglichen mit einigen taubstummen Buckligen gar nicht so viel.

Die neben ihm liegende Ferguson schmiegte ihr Kinn an das weiche Fett von Igors Oberarm und streichelte ein letztes Mal schläfrig seine Brusthaare, bevor sie in einen komatösen Tiefschlaf fiel.

»Danke«, murmelte sie noch benommen, »das hab ich gebraucht.«

Igor blickte auf sie hinab und küsste sie auf den Kopf. Ihr Haar roch nach Apfelshampoo, und er atmete den Duft ein paar Sekunden lang ein, bevor er sich ins Kissen zurücksinken ließ und wieder an die Decke starrte.

»Arf«, sagte er leise. Und sie vergrub ihr Gesicht noch tiefer in dem weichen Kissen seines Armes.

Augustus Lawton lag immer noch in einer Lache seines eigenen Blutes und atmete schwach, ein vegetativer Zustand, in dem er noch mehrere Jahre weiterleben sollte. Manchmal kann die Strafe für Gier sehr hart sein, und manchmal bekommt man nicht einmal eine Chance, seine Lektion zu lernen.

Die andere Frau, deren Gesellschaft Igor an jenem Tag genossen hatte, saß, an einen Schrank mit Putzmitteln gelehnt, immer noch auf dem Küchenfußboden, den Blick unverwandt nach oben gerichtet, als ob sie das Geräusch durch Böden und Wände sehen könnte.

Ruth Harrison war starr vor Angst.

Kapitel 28

Der monströse Geist eines Psephalopoden

Alles wird zu viel. Man bricht zusammen, zerfällt in Einzelteile, wird wieder zu einer Sammlung von Millionen individueller Zellen, die fast völlig unverbunden scheinen. Jede Sinneswahrnehmung wird eingestellt, als ob man kein empfindungsfähiges Wesen mehr wäre. Man existiert kaum noch auf irgendeinem Level, man hat die Welt in sich aufgesogen, sodass es kein Außen mehr gibt, das den winzigen Raum begrenzt, in den man sich zurückgezogen hat. Man versucht, seinen Körper in diesen winzigen Raum zu zwängen, und zieht ihn, obwohl er unmöglich hineinpassen kann, so eng wie möglich zusammen. Alles ist extrem reduziert, als ob man beschossen und versuchen würde, ein möglichst kleines Ziel zu bieten. Natürlich sind keine Waffen auf einen gerichtet, keine Kugeln werden abgefeuert, aber es fühlt sich so an. Es ist notwendig, alles unter Kontrolle zu haben, aber man weiß nur, dass das mit Sicherheit nicht der Fall ist. Wenn man erkennt, dass man im Grunde gar nichts kontrolliert, dass Ereignisse, Personen und Situationen das eigene Leben diktieren und nicht umgekehrt, kann man sich nur so weit wie möglich zurückziehen an einen Ort, wo nichts und niemand über einen bestimmt. Und wenn dieser Ort so klein ist, dass es sich dabei um einen dunklen unberührbaren Punkt in der Magengrube handelt, um den man seinen Körper so eng wie möglich schlingt und alle mentalen Funktionen abschaltet, dann begibt man sich eben dorthin.

Aber es gibt immer einen Weg hinaus, immer eine Heilung. Charakterstärke. Man zieht sich nicht an diesen Ort zurück, um aufzugeben. Man zieht sich zurück, um sich zu sammeln. Man bricht zusammen, lässt alle Moleküle auseinander streben, und dann kommen sie langsam wieder zusammen. Man befindet sich am Grund eines dunklen Ozeans und schießt dann plötzlich zurück ins Licht. Ganz ohne Taucherkrankheit, zu schnell gehen kann es nie. Man hat sich an einen Ort zurückgezogen, wo man die Kontrolle hat, deshalb kann einen auch niemand von dort zurückholen, bevor man es will. Und wenn man dann zurückkehrt, ist man bereit. Bereit zu erkennen, was man unter Kontrolle hat, und bereit, sich um die Dinge zu kümmern, die noch außerhalb dieser Kontrolle liegen. Vielleicht erscheint die Reaktion seltsam, vielleicht wirkt man auf andere merkwürdig und instabil, aber sie erfüllt ihren Zweck. Auch deswegen ist man ein stärkerer Mensch als viele von denen, die einen als unausgeglichen abstempeln würden.

Ephesian trank noch einen Schluck Mineralwasser. Es war 2 Uhr 35, keine Zeit für Alkohol. Es gab zu viel zu klären. Er hatte sich zurückgezogen und wieder gesammelt. Jacobs verstand das nicht, obwohl er schon ein Leben lang mit seinem Arbeitgeber zu tun hatte. Die vier Stunden, in denen Jacobs sich eingebildet hatte, Ephesian aus seinem Versteck locken zu müssen, waren absolute Zeitverschwendung gewesen. Jacobs hätte irgendwas reden können. Seine Worte waren vollkommen ohne Bedeutung gewesen. Ephesian hatte keines davon gehört. Zerstörung und Genesung waren wie immer von innen gekommen.

»Wir müssen das Geld morgen früh einsetzen«, sagte Ephesian. »Lawton ist eine rückgratlose Kröte, und McGhee ist genauso fantasielos. Bei dem, was er in seinem Besitz hat, fällt dem ignoranten Zwerg nichts anderes ein, als Geld zu fordern.«

»Er weiß nicht, was er da eigentlich hat«, sagte Jacobs.

Ephesian grunzte.

»Es würde auch keinen Unterschied machen. Ein Idiot, der den Reichtum der Welt in Händen hält, bleibt trotzdem ein Idiot.«

»Aber Lawton kennt die Macht dessen, was er besitzt«, sagte Jacobs. »Mit ihm wird es möglicherweise nicht so leicht.«

Nickend trank Ephesian einen weiteren Schluck.

»Aber er ist trotzdem oberflächlich wie eine Frau«, sagte er. »Deshalb brauchen wir das Geld. Versprechungen wird er womöglich nicht trauen, aber er wird nicht so dumm sein, einen Koffer mit so viel Geld abzulehnen, mit dem er gehen könnte, wohin er will. Lawton ist ein schlichter Mensch, wie alle seine Handlungen in den vergangenen paar Tagen gezeigt haben.«

»Er hat den Durchbruch geschafft«, erwiderte Jacobs nüchtern.

Ephesian atmete tief ein.

»Dass er über diese Art von Intelligenz verfügt, heißt nicht, dass er nicht schlicht ist«, sagte er.

Jacobs antwortete nicht. Die Hände hinter dem Rücken verschränkt, folgte er Ephesians Blick gen Westen in die dunkle Nacht. Ephesian rülpste leise hinter vorgehaltener Hand.

»Morgen früh kann ich mit Anthony sprechen«, fuhr Ephesian fort. »Möglicherweise muss ich ihm auch nur Geld zeigen. Auf die Initiation werde ich jedenfalls verzichten, er muss nichts über die Zeremonie wissen, an der er teilnimmt.«

»Und was ist mit seinen Geschäften mit den Italienern?«, fragte Jacobs.

Ephesian nickte, ohne etwas zu sagen. Er konnte sich nicht vorstellen, dass sein Sohn offen gegen ihn arbeiten würde. Wahrscheinlich war er als ahnungsloser Bauer benutzt worden, hineingezogen in eine Intrige, die die beiden Männer aus Rom zu spinnen versuchten. Aber das war belanglos, denn er war sich einigermaßen sicher, dass die Italiener nichts von dem Wesen der Zeremonie wussten, die in der folgenden Nacht stattfinden sollte. Das über die Jahrhunderte gewahrte Geheimnis war nach wie vor geschützt. Die katholische Kirche war hier, um die Nase in eine Angelegenheit zu stecken, deren Ausgang ihr nicht gefallen würde. Aber auch sie hatte keine Vorstellung von der Größe dessen, was sich um Mitternacht ereignen würde. Deshalb war Ephesian davon überzeugt, dass man die beiden Italiener im Rahmen der angestrebten Gesamtkontrolle fürs Erste lediglich im Auge behalten musste. Oder man konnte wenigstens den einen im Hotel beobachten; der andere operierte jetzt verdeckt und musste gefunden werden. Aber selbst wenn das nicht gelang, kannte er die Namen der Mitglieder der Bruderschaft nicht und wusste auch nicht, wohin der Gral gebracht worden war. Er war, so redete Ephesian sich ein, keine Gefahr.

»Wir müssen Ping Phat einfach seinen Willen lassen«, sagte Ephesian nach einer kurzen Pause. »Zu diesem Zeitpunkt kann er uns nicht mehr stürzen, es gibt zu vieles, was er nicht weiß. Wenn er beteiligt werden oder die Zeremonie in irgendeiner Form verfolgen muss, wäre es vielleicht pragmatisch, diese Notwendigkeit zu akzeptieren. Dann können wir ihn zumindest im Blick behalten. Wenn wir versuchen, ihn auszuschließen …« Er ließ den Satz mit einer Bewegung des Wasserglases verklingen.

»Sie sollten ein wenig schlafen«, sagte Jacobs.

Ephesian drehte sich nicht um. Er sah auf seine Uhr, ohne die Zeit zu registrieren. Er fühlte sich müde, war jedoch noch nicht bereit zu schlafen.

»Dafür bleibt noch reichlich Zeit«, sagte er und starrte abwesend ins Leere.

Jacobs erkannte den Tonfall. Das Gespräch war beendet. Vielleicht verspürte sein Chef keinen Drang, sich hinzulegen, er selbst brauchte vor den Anstrengungen des kommenden Tages auf jeden Fall ein paar Stunden Schlaf. Denn während Ephesian es offenbar geschafft hatte, sich auf bedingungslosen Optimismus zu programmieren, sah Jacobs zurzeit überall nur Probleme und Hindernisse.

Barneys Gedanken schweiften weiter. Es war drei Uhr morgens, er lag seit fast vier Stunden im Bett und war dem Schlaf bisher nicht ein einziges Mal auch nur nahe gekommen, die Augen weit offen, den Kopf voller Banalitäten und Profanitäten, gemischt mit der einen oder anderen gewichtigen Frage.

Wie etwa kommt es, dass am Ende von *Ist das Leben nicht schön* alle so breit lächeln? Wenn der Ermittler der Bank Jimmy Stewart gerade wegen Betrugs oder Unterschlagung oder was auch immer verhaften wollte, war seine Unschuld doch bestimmt nicht erwiesen, bloß weil plötzlich jeder aus der Stadt auftaucht und sagt: »Hier, wir zahlen das ganze Geld zurück, das er angeblich gestohlen hat.« Wir wissen natürlich, dass er unschuldig war, aber es muss doch einen Prozess oder irgendwas geben. Man kann doch jemanden nicht einfach völlig ungeschoren davonkommen lassen, bloß weil alle ihn für nett halten. Und in der Schlussszene taucht inmitten all der fröhlichen, rührseligen Menschen auf einmal der alte elende Mistkerl Mr. Potter auf. Warum sieht er so munter aus? Weil er die scheiß achttausend Dollar hat, deswegen. Man sieht nicht, wie er sie zurückgibt, oder? Und welche Entwicklung hat er im Laufe des Films durchgemacht? Nach Jahrzehnten der Geldgier und Menschenfeindschaft verwandelt er sich plötzlich in einen jovialen alten Kasper, fünfzig Prozent Lächeln, fünfzig Prozent Herz aus Gold. Wie ist das geschehen? Weil Jimmy Stewart einen Engel getroffen hat? Oder vielleicht gab es einen in der endgültigen Fassung herausgeschnittenen Erzählstrang, wo der alte Potter Lucifer getroffen hat, der ihm gezeigt hat, um wie vieles schöner die Stadt ohne ihn gewesen wäre, und der Gedanke, dass er zumindest ein paar Leben versaut hat, hat ihn aufgeheitert.

Barney, halt's Maul, dachte er. Schlaf. Zähl Schäfchen. Überlege, wie man einem Amerikaner Cricket erklären würde. Multipliziere alle Primzahlen unter einer Million. Liste die Staaten Amerikas auf oder sämtliche Fluggesellschaften der Welt. Stell dir einen Keller voller Kakerlaken vor, die du zählen musst.

Man sagt, Kakerlaken würden auch einen Atomschlag überleben. Ein Mythos der Großstadt? Es gilt als allgemein anerkannte Tatsache, aber woher wissen die Leute so was? Vielleicht haben die Kakerlaken in Hiroshima oder auf all den vormals lieblichen Inseln im Pazifik überlebt. Vielleicht war das Teil der Tests; man hat eine Palette verschiedener Lebensformen genommen – Kakerlaken, Heuschrecken, weiße Tiger, Dodós, Schneeleoparden, ein paar Mormonen –, ihnen die Hölle heiß gebombt und war dann wenige Minuten, nachdem der Atompilz sich gelichtet hatte, zurück auf die Insel gegondelt. *Schon okay, Chip, du kannst einen Schutzanzug anziehen, wenn du willst, aber es ist wahrscheinlich völlig unnötig.* Von all den Tieren und Insekten auf der Insel hatten nur die Kakerlaken überlebt, allerdings waren sie allesamt zur Kirche Jesu Christi der Heiligen der Letzten Tage konvertiert. Oder es war einmal in einem Disney-Film erwähnt worden, und daraus war ein moderner Mythos entstanden. Möglicherweise werden Kakerlaken aber auch zermatscht wie wir anderen auch.

Schließlich hievte Barney seine Beine aus dem Bett und stand auf. Er ging zum Fenster und blickte aufs dunkle Meer und weiter nach Osten, wo sich am Horizont ein erster Hauch der Dämmerung abzeichnete und ein weiterer früher Morgen in einer weiteren kleinen Stadt seinen Lauf nahm.

Barney verspürte das milde Hochgefühl, das ihn stets ergriff, wenn er mit der Morgendämmerung aufstand. Seine Gedanken schweiften zu dem Far-Side-Comic von *The African Dawn*, wo alle Tiere bei einer Tasse Kaffee versammelt saßen, und weiter zu Calvin & Hobbes und der wunderbar weißen Leinwand ihres letzten Abenteuers im Schnee, bevor sie ruckelnd zum Stehen kamen angesichts der Realität eines Lebens, das sich auf ziellose Wanderschaft gründete, auf geknüpfte und vergeudete Beziehungen und einen anderen Tag, an dem er wusste, dass die Schönheit des Lebens – egal, wie viele alte Männer von den schlichten Freuden des Lebens schwärmten, dem Zischen beim Öffnen einer Flasche Tonic, dem Gefühl von Gischt auf der Haut oder der Aufregung in den Augen eines Kindes, wenn es etwas entdeckte, das man als Erwachsener seit Jahrzehnten für selbstverständlich hielt – ihn nur kurz streifen würde, bevor sie von der allgemeinen Dunkelheit und der erstickenden Düsternis vertrieben wurde, die er offenbar nicht abschütteln konnte.

Er setzte sich in den großen Sessel am Fenster, wo sein Blick aufs Meer zum Teil von einer hohen Hecke begrenzt wurde, und spürte zum ersten Mal seit Stunden, wie seine Augen schwer wurden und er sie endlich planmäßig schließen konnte.

Kapitel 29

In der Mitte zwischen augustinischer Prädestination und pelagischem freiem Willen

»Und möchten Sie dazu Pommes frites, Sir?«, fragte Barney.

Nun, eigentlich fragte er es nicht, aber manchmal war ihm danach. Der Frisörsalon als Fast-Food-Theke. Vor ein paar Jahren hatte er den Witz tatsächlich einmal gemacht, aber der betreffende Kunde hatte ihn beim Wort genommen und die Frage bejaht, woraufhin Barney einem Mann, dessen Gehirn im Leib seiner Mutter zurückgeblieben war, mindestens zehn Minuten lang das Konzept von Humor erklären musste.

»Im Nacken eckig oder sich verjüngend?«, fragte Barney.

Der Mann auf dem heißen Stuhl, der alte Seth Bagan, brachte die universelle, fragend hoch gezogene Braue ins Spiel.

»Wie meinen Sie das?«, fragte er. *Sich verjüngend*, dachte er, ohne es laut zu sagen, *nie gehört, den Quatsch*.

»Eine Verjüngung«, sagte Barney geduldig, der das Männern, die zumindest ein Elternteil hatten, das zu den niederen wirbellosen Tiere zu zählen war, schon oft hatte erläutern müssen, »bedeutet, dass das Haar im Nacken spitz zuläuft, während bei einem eckigen Schnitt alle Haare gleich lang in einer geraden Linie abgeschnitten werden.«

»Oh«, sagte Bagan, der es irgendwie geschafft hatte, 193 Jahre alt zu werden, ohne das je herauszufinden.

»Scheckig?«, fragte ein weiterer alter Knacker, der hinter ihnen auf der Bank geparkt saß. »Wie ein Tapir? Ein südamerikanischer Unpaarhufer mit biegsamem Rüssel?«

»Also ich weiß nicht«, sagte Bagan. »Tapire sind nicht scheckig. Du meinst ein Faultier.«

»Das Faultier ist ein Edentate«, sagte Barney.

»Eden Tate? War das der Typ, der mit Sharon Tate verheiratet war?«, fragte einer der alten Männer, obwohl alles ein bisschen durcheinander ging.

»Du meinst Roman Polanski«, sagte der andere. »Bruder von Remus.«

»Ja, ja, die Römer«, sagte Bagan, »die kannten sich aus.«

»Arf«, sagte Igor, dem die Unterhaltung allmählich auf die Nerven ging.

»Du meinst alfresco«, sagte der Typ auf der Bank. »Die Römer mochten diese Art von Tapete.«

»War Al Fresco nicht der Typ, der in den Fünfzigern fünfmal die Formel-Eins-Weltmeisterschaft gewonnen hat?«

»Das war Fangio«, sagte Barney, ungeachtet seines festen Vorsatzes, sich nicht noch einmal in das absurde Gespräch ziehen zu lassen.

»Fango!«, sagte einer der beiden alten Knacker. »Haben Faultiere nicht Fangzähne?«

»*Nein!*«, wollte Igor schreien, »*sie sind verdammt noch mal Edentaten! Das bedeutet, dass sie überhaupt keine beschissenen Zähne haben! Keine Schneidezähne, keine hinteren Backenzähne, keine vorderen Backenzähne und ganz bestimmt keine beschissenen Fangzähne!*« Doch er brachte nur ein »Arf« heraus.

»Das sagtest du schon«, meinte einer der Alten.

»Sag mal, Igor«, wechselte Barney das Thema, »mit Ruth war gestern Abend so weit alles in Ordnung?«

Er hatte die Frage eigentlich nicht vor den Kunden stellen wollen, sah sich jedoch zum Eingreifen gezwungen, bevor die Unterhaltung weitere Wendungen seliger Blödheit nahm.

Igor sah Barney schuldbewusst an, murmelte etwas, das verdächtig nach *Arf* klang, senkte den Kopf und begann zu fegen, obwohl an diesem Tag noch kein Haar gefallen war.

»Igor?«, fragte Barney.

Igor fegte.

»Igor?«, wiederholte er.

Igor fegte weiter, wandte Barney den Rücken zu und wurde mit jedem Besenschwung grimmiger.

»Entschuldigen Sie mich einen Moment«, sagte Barney zu dem Alten, der gerade in den Genuss eines prachtvollen *Aus der Mitte entspringt ein Fluss* kommen sollte.

»Kein Problem«, sagte Bagan und fügte, als Barney die Schere ablegte, um nach hinten zu gehen, noch hinzu: »Sie sollten ihn vielleicht auch nach Gently Ferguson fragen.«

Barney sah den Alten an, bemerkte Igors schuldbewussten Blick und machte ihm ein Zeichen, ins Hinterzimmer zu kommen. Igor ließ die Tür auf, aber Barney schloss sie für ihn.

Die beiden Männer starrten sich an, und Barney wartete auf eine Erklärung.

»Arf«, murmelte Igor schließlich.

»Ich habe dich bei ihr gelassen, um auf sie aufzupassen«, sagte Barney. »Ich dachte, zwischen euch beiden würde irgendwas laufen oder so. Ich dachte, du würdest über Nacht bleiben. Was ist passiert?«

Igor sah Barney an, hielt dessen Blick aber nicht stand und schlug die Augen nieder.

»Wer ist Gently Ferguson?«, fragte Barney. »Warum hast du nichts gesagt, wenn du gestern noch eine Verabredung hattest?«

»Arf«, murmelte Igor.

»Das reicht nicht«, schimpfte Barney. »Die Frau hatte Angst, und dann die beiden Cowboys, die hinter ihr her sind. Du hättest sie nicht allein lassen dürfen.«

Igor blickte wieder auf und breitete seine Hände zu einer italienischen Geste der Selbstrechtfertigung aus.

Barney betrachtete ihn und versuchte zu verstehen, bis ihm plötzlich aufging, dass es eine Sache gab, die einen Mann und eine Frau garantiert vorzeitig auseinander treiben konnte.

»Du hast mit ihr geschlafen«, schloss er, und es war nicht einmal eine Frage. »Du hast mit Ruth geschlafen, und danach wurde es irgendwie peinlich, und du bist gegangen. War es so?«

Igor sah ihn verlegen an und senkte erneut den Blick.

»Igor!«, sagte Barney, »lieber Himmel, die Frau brauchte Trost und Unterstützung. Ihr Mann ist vorgestern gestorben, Herrgott noch mal.«

Igors Kopf sackte noch ein paar Zentimeter tiefer.

»Igor, ich weiß, dass die Frauen auf deine ganze *Stumm-aber-sensibel*-Masche abfahren, aber du musst deinen alten Schniedel im Zaum halten, mein Lieber. Zurückhaltung macht einen Mann aus, mein buckliger Freund. Sie hat dich gebraucht, und du hast das schamlos ausgenutzt. Und dann hast du sie mit dem Geist ihres toten Mannes allein gelassen, leichte Beute für die beiden Clowns des großen Mannes auf dem Hügel.«

Barney schüttelte den Kopf.

»Arf«, entschuldigte Igor sich.

»Und wer ist diese Gently Ferguson?«

»Arf«, erklärte Igor reuevoll.

»Hast du sie gevögelt und alles?«, fragte Barney.

Igor blickte mit ehrlich schuldbewusster Miene auf und starrte dann aus dem Fenster in den grauen Garten.

»Igor!«, sagte Barney, »du bist echt eine Marke für sich. Ich meine, ich bin beeindruckt, und da du Ruth eh schon allein gelassen hattest, spielt es vermutlich keine Rolle, aber du musst dir schon ein bisschen Mühe geben, Chef, wenn du verstehst, was ich meine.«

Igor nickte. Barney sah ihn eine Weile an und folgte dann Igors schuldbewusstem Blick aus dem Fenster.

»Gut«, sagte Barney, »ich nehme an, es ist dir unangenehm, heute Morgen noch einmal zu ihr zu gehen?«

»Arf«, sagte Igor.

»Okay, dann machen wir Folgendes. Wir hängen ein Geschlossen-Schild an die Ladentür. Ich frisiere noch die beiden alten Knacker, und dann schaue ich bei ihr vorbei. Du kannst hier bleiben und ich weiß nicht, was, machen, versuch nur, nicht mit irgendwelchen Frauen zu schlafen.«

»Arf.«

»Gut.«

Der schwarze BMW bog in die von zwei grünen Torpfosten gesäumte, kurze Einfahrt. Die Torpfosten erinnerten noch an das Tor, das allerdings schon vor einigen Jahren aus den Angeln gerutscht war. Augustus Lawton war nicht der Typ, der sich um die kleinen Reparaturen im und ums Haus gekümmert hatte. Nicht ein einziges Mal in seinen dreiundfünfzig Lebensjahren hatte er einen Baumarkt beehrt, was zweifelsohne für ihn spricht, aber was nutzt einem das, wenn einem gerade mit einer Archie-Gemmill-Figur der Schädel eingeschlagen worden ist?

Jacobs parkte vor der Haustür, stieg aus, ging um den Wagen und hielt Ephesian die Tür auf. Ephesian war immer noch so mit seinen mentalen Übungen für positives Denken beschäftigt, dass es eine halbe Minute dauerte, bis er bemerkte, dass sie angehalten hatten und Jacobs auf ihn wartete.

Er stieg aus, Jacobs schloss die Tür, und Ephesian trat beiseite, um seinen Angestellten klingeln zu lassen. Jacobs hatte einen Koffer in der Hand, der exakt eine Million Pfund in sauberen, frischen 50-Pfund-Scheinen enthielt. Ephesian hatte den Inhalt am Morgen fast eine Stunde lang bestaunt und seinen Geruch aufgesogen. Er hatte stets Bargeld in solchen Mengen im Haus vorrätig, für Anlässe, die seiner Ansicht nach wichtiger waren, als einen Idioten wie Lawton auszuzahlen. Aber die einstündige Betrachtung des offenen Koffers voller Bargeld hatte ihn davon überzeugt, dass es für ihn keinen wichtigeren Anlass geben konnte, und ihn daran erinnert, warum er solche Mengen Pfund Sterling im Haus aufbewahrte.

»Überlassen Sie das Reden mir«, sagte Jacobs respektvoll.

Ephesian nickte wortlos.

Es entstand eine weitere Pause, in der Ephesian ein vages Unwohlsein im Magen spürte. Nerven. Die dummen Nerven. Sie mussten bloß hineingehen, alles erklären, sich den Gral schnappen und Lawton mit seinem Geld allein lassen. Wichtig war nur, dass er nirgendwohin ging, bevor er am Abend mit dem benötigten Objekt zu der Zeremonie erschien und seinen Platz im Rahmen des Rituals einnahm.

Jacobs klingelte noch einmal. Ephesian sah auf die Uhr. Jacobs drehte sich um und blickte den kurzen Hügel hinunter, wo zwischen den Mauern der Gebäude ein schmaler Streifen Meer zu erkennen war. Der Tag war mit jener seltsam glatten Ruhe angebrochen, von der man weiß, dass sie nicht andauern wird. Nicht im Westen Schottlands.

»Kein Wind«, sagte Jacobs.

Ephesian hörte ihn nicht. Ihm war zwar bewusst, dass Jacobs etwas gesagt hatte, aber die Worte drangen nicht zu ihm durch.

Ohne seinen Arbeitgeber um Erlaubnis zu fragen, drückte

Jacobs die Klinke herunter, fand die Tür verschlossen, zückte einen großen Schlüsselbund, suchte den passenden Schlüssel heraus und öffnete die Tür. Lautlos betrat er das Haus, gefolgt von Ephesian, der nicht mit dem gleichen Selbstvertrauen voranschritt, sondern, zurückgehalten von seiner eigenen strikten Maxime, nie selbst irgendwelche Regeln zu verletzen, zögerte.

Das Haus war ein einziges Chaos, aber sie wussten beide, dass das der Normalzustand war und nicht etwa das Ergebnis wahlloser Zerstörung. Das Esszimmer ging gleich vom Hausflur ab, sodass keine längere Suche vonnöten war. Binnen zehn Sekunden stand Jacobs über Lawton und betrachtete dessen blutige zertrümmerte Schädelbasis und das geschwollene Gesicht. Der alte beigefarbene Teppich war gründlich versaut und bedurfte einer professionellen Reinigung, bevor er bis in alle Ewigkeit auf Lawtons Rückkehr aus dem Krankenhaus warten konnte.

Ephesian betrat hinter Jacobs langsam den Raum, blieb dann wie angewurzelt stehen, starrte ein paar Sekunden auf das Blutbad und wandte sich eilig ab. Nicht einen Moment lang empfand er Mitgefühl oder sonst irgendetwas für Lawton. Dass der Mann überfallen worden war, war von nachgeordneter Bedeutung. Entscheidend war, dass der Gral offensichtlich verschwunden war, möglicherweise zusammen mit dem anderen Objekt, das Lawton aller Wahrscheinlichkeit nach in seinem Gefrierschrank aufbewahrt hatte.

»Scheiße«, murmelte Ephesian in der Tür, Jacobs und der Sauerei auf dem Teppich den Rücken zugewandt.

Jacobs beugte sich über den Verletzten und untersuchte ihn eingehender.

»Er ist noch nicht tot«, stellte er fest. »Wir sollten einen Krankenwagen rufen, vielleicht kann man ihn wiederbeleben.

Möglicherweise kann er uns sagen, wer es war«, fügte er hinzu, obwohl er das ernstlich bezweifelte.

Dann begann er die wenigen Informationen zu sammeln, die sich am Tatort finden ließen. Er entdeckte die achtlos weggeworfene Waffe, erhob sich und ging zu Ephesian.

»Gehen Sie schon zurück zum Wagen, Sir«, sagte er. »Sie müssen nicht zugegen sein. Ich sehe nach, ob das Objekt im Gefrierschrank noch da ist und schaue mich noch einmal kurz nach dem Gral um. Dann rufe ich Gainsborough an, damit der sich um den Rest kümmert.«

Ephesian rührte sich nicht. Jacobs wartete ein paar Sekunden und ging dann eilig in die Küche. Ephesian lauschte seinen Schritten, während er spürte, wie die ersten Geier der Unsicherheit sich über das brüchige Selbstvertrauen hermachten, das er in der langen Nacht aufgebaut hatte.

Als er in der düsteren Stille hörte, wie die Gefrierschranktür geöffnet wurde, ging er zur Haustür hinaus, über die Einfahrt und weiter die Straße den Hügel hinauf zu seinem Haus. Er wollte nicht im Auto sitzen und darauf warten, zu erfahren, wie schlimm es genau stand. Er musste zu Hause sein, umgeben von allem, was ihm vertraut war.

Im Haus durchwühlte Jacobs den Gefrierschrank. Er hatte seine Suche mit einem gewissen Unbehagen begonnen, doch als er in Pommes frites, Fischstäbchen und Speiseeis kramte, stellte er fest, dass es Pakete gab, die offensichtlich lange nicht bewegt worden waren. Nachdem er alles auf eine Seite geräumt hatte, fand er das gesuchte Objekt schließlich unter einem Haufen tiefgekühlter Fertiggerichte.

Er zerrte das kleine Päckchen hervor, betrachtete es kurz und legte es auf den Küchentisch, bevor er sich erneut umsah.

War der Gral womöglich noch hier? Er musste davon ausgehen, dass man Lawton wegen des Kelchs überfallen hatte, aber vielleicht hatte jener ihn vorher versteckt, sodass sein Angreifer ihn im Haus nicht gefunden hatte. Aber wäre Lawton in der Lage gewesen, ein derart glorreiches Kunstwerk gleich, nachdem er heimgekommen war, zu verbergen? Wer auf dieser Welt hätte sich nicht erst einmal hingesetzt, den Kelch lange betrachtet und in Händen gehalten? Außerdem wies das Haus keinerlei Spuren einer Durchsuchung auf.

Jacobs traf eine Entscheidung. Der Gral war nicht mehr hier. Er warf einen letzten Blick in die Küche, überprüfte rasch alle Zimmer des Hauses, für den Fall, dass es irgendwelche Auffälligkeiten gab, von denen er wissen musste, musterte noch einmal den am Boden liegenden Lawton, rief kurz bei Gainsborough an und ging dann eilig durch die Haustür zum Wagen, wobei ihm kaum auffiel, dass Ephesian nicht mehr da war.

Als er die Tür hinter sich schloss, wehte ein Luftzug durchs Haus, der die Gefäße in dem Holzgestell neben dem Kessel leicht schwanken ließ: zwei schlichte, glänzende, violette Tassen, einen blauen Becher aus Lappland, einen mit der Aufschrift *Best Dad In The World*, einen mit einem Glasgow-Rangers-Wappen und ganz vorn einen kaum merklich schaukelnden Wallace-&-Gromit-Becher mit angestoßenem Rand.

Kapitel 30

Geistererscheinungsentsorgung

Barney klopfte, wartete und versuchte es noch einmal. Keine Antwort, die Tür war verschlossen, und er war nicht Jacobs, der einen Schlüssel zu den meisten Häusern der Stadt in der

Tasche hatte. Er klopfte noch einmal, wartete kurz, trat einen Schritt zurück und betrachtete das Haus. Er drehte sich um, fragte sich, ob irgendwelche Nachbarn ihn beobachteten, obwohl ihm das im Grunde gleichgültig war, öffnete dann das Tor neben dem Haus und betrat den Garten.

Er glaubte, in einem der Fenster der Häuserzeile gegenüber eine Bewegung wahrgenommen zu haben. Vielleicht wurde er von dort beobachtet. Er musste Ruth fragen, wer dort wohnte.

Er klopfte an die Hintertür, wartete nur kurz und ging dann weiter ums Haus bis zum Küchenfenster. Nachdem sich seine Augen an das Licht drinnen gewöhnt hatten, sah er sie an einen Schrank gelehnt auf dem Boden sitzen und mit aufgerissenen Augen angstvoll zum Fenster starren. Er wollte etwas sagen, ließ es jedoch und ging stattdessen zurück zur Hintertür. Er klopfte, drückte die Klinke herunter und fand die Tür verschlossen.

»Ruth!«, rief er. »Ich bin's, Mr. Thomson, der Frisör. Können Sie mir bitte aufmachen?«

Nichts. Barney klopfte noch einmal und nickte dann schweigend vor sich hin. Die Frau war offensichtlich verängstigt bis ins Mark, und wahrscheinlich gab es im Moment niemanden auf diesem Planeten, den sie freundlich willkommen geheißen hätte. Und selbst wenn Barney ihr am Tag zuvor geholfen hatte, war er jetzt keinen Deut besser als Igor, der sie gedankenlos geliebt und dann verlassen hatte.

»Ich bin hier, um Ihnen zu helfen, Ruth«, sagte er in einem Ton, der genau die richtige Mischung aus Mitgefühl und Lautstärke traf.

Noch immer nichts.

»Totale Empathie mit dem weiblichen Verstand, Barney«, sagte er leise zu sich.

Es gibt keinen weiblichen Verstand, schrieb Charlotte Perkins Gilman 1898. *Das Gehirn ist kein Geschlechtsorgan. Ebenso ließe sich von einer weiblichen Leber sprechen.*

Was hatte *die* Frau denn geraucht?

»Sie müssen keine Angst haben, Ruth«, sagte er ein wenig lauter. »Wenn Sie oben immer noch Ihren Mann hören, kommen Sie mit mir, ich bringe Sie weg. Und machen Sie sich wegen der beiden Idioten, die gestern hier waren, keine Sorgen. Die werden Ihnen nichts tun, solange ich bei Ihnen bin.« Nach einer kurzen Pause entschied er, die Karte des sensiblen Frauenverstehers auszuspielen. »Ich weiß auch über Igor Bescheid und dass er Sie enttäuscht hat. Aber bei mir sind Sie sicher. Sie müssen mich auch nicht hereinlassen, kommen Sie einfach raus, und wir gehen in ein Café und plaudern ein wenig.«

Er hielt erneut inne. Um zu erkennen, ob er irgendwelche Fortschritte machte, müsste er ihr Gesicht sehen. Vielleicht war sie in einem tranceartigen Angstzustand erstarrt. Er hatte ohnehin schon beschlossen, dass er die Tür aufbrechen musste, wenn er mit Reden nicht weiterkam.

»Soweit ich das sehe, geht es um drei Dinge, Ruth«, setzte er neu an. »Wenn es mehr sind, können Sie es mir sagen. Erstens: die Unaufrichtigkeit der Männer. *Männer sind unbeständige Ekel*, hat Lady Montagu geschrieben, und sie hatte Recht. Igor hat Sie ausgenutzt, aber er ist nun mal so ein Mann. Er ist Julio Iglesias, Don Juan. Die Frauen lieben ihn, und er kann nicht anders. Und möglicherweise hat dieser Reverend Dreyfus Sie auch verletzt, aber ich will Sie nicht verletzen, zwischen uns läuft nichts, Ruth, ich bin nur hier, um Ihnen zu helfen.«

Er machte wieder eine Pause, um seine Ausführungen wirken zu lassen. *Igor ist wie Don Juan*, wiederholte er stumm für sich und lächelte.

»Und die beiden anderen Clowns bedeuten gar nichts, Ruth, und was immer sie im Schilde führen, an mir kommen die nicht vorbei. Über die müssen Sie sich überhaupt keine Sorgen machen. Wirklich.«

Nachdem er die Worte langsam und beruhigend ausgesprochen hatte, wartete er wieder einen Moment.

»Drittens: Ihr Mann. Ich bin sicher, dass man etwas dagegen unternehmen kann.« Erneut klaffte eine schmale Zeitlücke vor dem nächsten Satz, in der er sich fragte, was genau das sein sollte. »Wir könnten im Haus einen Exorzismus abhalten.« Wieder zögerte er, während er darüber nachdachte, was er gerade gesagt hatte. *Einen Exorzismus, Barney? Was, zum Teufel, ist los mit dir?* »Ich weiß, dass Sie Reverend Dreyfus nicht fragen möchten, aber vielleicht gibt es auf der Insel noch einen anderen Pfarrer oder Priester. Oder wir lassen jemanden von außerhalb kommen.«

Er lehnte sich an den Türrahmen. Wie lange noch, bevor er die Tür aufbrechen sollte? Er sah auf die Uhr und blickte rasch wieder auf, weil er glaubte, in dem Fenster über der Gartenmauer eine Bewegung ausgemacht zu haben. Er starrte ein paar Sekunden in die Richtung und drehte sich wieder um.

»Oder vielleicht gibt es in Glasgow irgendwelche professionellen Gespensterjäger. Heutzutage gibt es ja alles Mögliche. Wir sehen in den Gelben Sei-«

Das Schloss klickte, und die Tür ging langsam auf. Dahinter stand Ruth Harrison und starrte Barney mit wildem Blick an. Ihr Gesicht, ihre Haltung, alles an ihr kündete von einer schlaflosen Nacht voller Grauen. Ihr Gesicht war fahl, faltig und von Erschöpfung gezeichnet, sodass sie zwanzig Jahre älter aussah als die Frau, die Barney am Tag zuvor getroffen hatte. Ihr Haar war so zerzaust wie ihre Kleidung unordentlich. Barney verzog das Gesicht, als er den großen feuchten Fleck bemerkte, wo sie sich in der Nacht eingenässt hatte. Sie wirkte komplett geschlagen und gebrochen, ihre Seele verwüstet.

»Mein Gott«, sagte Barney.

Ihre Blicke trafen sich für den Bruchteil einer Sekunde, bevor sie wieder auf seine Brust starrte. Sie schien kaum zu atmen. Barney machte einen Schritt in die Küche und legte die Arme um sie. Bei der Berührung eines weiteren Mannes zuckte sie zunächst zurück, obwohl sie sich nicht aus seiner Umarmung löste, sondern sich, während Barney sie festhielt, langsam entspannte und die Arme um seinen Rücken schlang, bis sie ihn schließlich fester umklammerte als umgekehrt.

Eine Weile sagte Barney gar nichts, und in der Stille hörte er die Geräusche. Er hatte sie gleich bemerkt, als Ruth die Tür geöffnet hatte, aber der Anblick der mitgenommenen Frau hatte ihn abgelenkt. Doch jetzt hörte er es wieder, so klar wie der helle Tag.

Es kam von oben, ein ständiges Tapsen und Schlurfen. Erst Schritte, dann Füße, die über den Boden geschleift wurden, ein grässliches Geräusch von der Art, dass es einem unter die Haut kroch und ins Bewusstsein blutete. Und über dem Trappeln und Schlurfen kaum hörbar, viel tiefer und düsterer, ein gemeines und bösartiges Lachen von jemandem, der die mentale Folter, die er ausübte, genoss.

Barney spürte, wie seine Nackenhaare sich sträubten und er von einem Schauder ergriffen wurde. Als Ruth sein Zittern spürte, löste sie sich von ihm und blickte ängstlich zu ihm auf.

»Ein Exorzist?«, fragte sie leise mit brüchiger Stimme.

»Lassen Sie uns hier verschwinden«, sagte Barney, zog den innen steckenden Schlüssel ab und schloss die Tür.

Dabei hörte er eine weitere, lautere Lachsalve, als ob der traurig schlurfende Geist Jonah Harrisons, oder was immer dort oben sein Unwesen trieb, alles, was in der Küche geschah, verfolgen und in den Kopf der verängstigten Witwe und des verwirrten und besorgten Barney Thomson blicken könnte.

»Es muss eine Frau sein«, sagte Ruth Harrison und runzelte über dem Rand ihrer Teetasse die Stirn.

Barney zog fragend eine Braue hoch, nickte aber. Auch ohne die ausdrückliche Spezifizierung des Geschlechts gab es nur wenige Einträge in den Gelben Seiten, aber er begriff Ruths Widerwillen und Misstrauen gegenüber Männern. Auch wenn sie ihr Vertrauen gerade in einen setzte.

Er betrachtete noch einmal die kleine Anzeige, der einzige Eintrag in der Rubrik Exorzisten.

GOTT

Verfolgt von Ghulen, Gespenstern, Poltergeistern, Manifestationen, bösen Geistern, Erscheinungen oder anderen unerklärlichen Phänomenen?

Rufen Sie unter 0816 666 666 666 Gott den Allmächtigen an und sehen Sie, wie böse Geister verschwinden.

GOTT –
MEHR EXORZISMUS BRAUCHT KEIN MENSCH

Tel./Fax: **0816 666 666 666**
Privat und alle Weltreligionen
✡ ✞ …

Barney schüttelte den Kopf.

»Er mag ja ein göttliches und allmächtiges Wesen sein, aber er ist trotzdem männlich«, murmelte er.

»Wer?«, fragte Ruth.

Igor, der verlegen und ohne jede Not die Scheren reinigte, blickte auf. *Wie viele göttliche allmächtige Wesen gibt es denn, Himmel noch mal*, wollte er bitter fragen, aber wie üblich drang nur ein *Arf* über seine Lippen. Igor war ein wenig verstimmt darüber, dass er zum Sündenbock für Ruths schreckliche Tortur gemacht wurde.

»Egal«, sagte Barney.

Ohne besonderen Grund starrte er Igor an, während er überlegte, unter welcher anderen Rubrik Exorzisten geführt werden könnten. *Ghostbusters*, dachte er, obwohl man mit diesem Namen Gefahr lief, verklagt zu werden. Aber die Firma musste ja nicht so heißen, sondern konnte lediglich unter dieser Rubrik aufgelistet sein, schlussfolgerte er, während er die Seiten weiter durchblätterte.

Aber er fand keinen entsprechenden Eintrag.

Danach studierte er die lange Liste sämtlicher Kirchen, um zu sehen, ob eine von ihnen in ihrem Eintrag Exorzismus erwähnte, aber nichts. Es gab ein paar verzweifelte Anbiederungsversuche an potenzielle Kirchenbankfüller, darunter eine Gemeinde, die erklärte, dass während des Gottesdienstes MTV laufen sowie Bier und Erdnüsse serviert würden, aber ein Angebot exorzistischer Dienstleistungen fehlte völlig. Er blickte zu Ruth auf, die ihn eindringlich beobachtete, die Lippen über dem Rand ihrer Tasse geschürzt.

»Wie kommen Sie voran?«, fragte sie.

»Ich habe Mühe, einen Spezialisten zu finden«, antwortete Barney.

Sie schlürfte geräuschvoll ihren Tee. Igor bedachte sie mit einem vernichtenden Blick, weil das Geräusch des Schlürfens sich durch sein ruiniertes Trommelfell in sein Innerstes bohrte.

Also, keine *Ghostbusters*. Vielleicht hatte man die Wörter *Ghost* und *Buster* in einen Thesaurus gegeben und war auf einen völlig anderen, aber gleichbedeutenden Begriff gestoßen.

Er fing an, sich Titel auszudenken, und blätterte durch das Telefonbuch. *Gespensterjäger, Spukbrecher, Geistzersetzer.* (Unter *Geistzersetzer* gab es tatsächlich einen Eintrag, der sich jedoch als Reklame für die Labour-Regierung entpuppte.) *Phantomvernichter. Phantasmenzerstörer.*

Er klappte das Telefonbuch zu und sah Ruth und Igor an, die ihn ihrerseits erwartungsvoll anstarrten. Sie ist von dir abhängig, Barney, dachte er, du musst eine Lösung präsentieren. Natürlich müsste die Frau nur zu einem der Geistlichen auf der Insel gehen, schließlich war Dreyfus nicht ihre einzige Wahl. Aber sie waren alle männlich.

»Arf!«, rief Igor plötzlich und riss die Augen auf.

Barney starrte ihn an und verstand aus irgendeinem Grund, den keiner von beiden erklären konnte, was Igor gerade gesagt hatte.

Geistererscheinungsentsorgung.

Barney schlug die Gelben Seiten an der entsprechenden Stelle auf, wo er wie durch göttliche Intervention eine kleine Anzeige fand, den einzigen Eintrag unter der Rubrik Geistererscheinungsentsorgung.

www.Geistererscheinungsentsorgung.com

Werden Sie noch heute alle lästigen Geister los!

Rufen Sie Reverend Merlot Tolstoy an!

Tel: 09981 881 8888

»Merlot?«, fragte Barney und blickte auf. »Das klingt wie ein Frauenname.«

»Arf«, bestätigte Igor.

»Ich glaube schon«, sagte Ruth Harrison und sah mit einem Mal ein wenig zuversichtlicher aus.

»Okay«, sagte Barney. »Einen Versuch ist es wert.«

Er nahm das Telefon und wählte. Igor drehte sich mit tropfenden Händen von der Spüle um, wo er diverse Werkzeuge gereinigt hatte. Ruth starrte Barney mit leicht offenem Mund an. Barney kam sich auf eine absurde Art vor wie der Moderator beim Grand Prix d'Eurovision, der Moldavien oder Serbien & Montenegro aufruft, um zu erfahren, wie die dortige Jury abgestimmt hat, während das Publikum den Atem anhält.

Es klingelte ein paar Mal.

»Sie sind verbunden mit *Geistererscheinungsentsorgung.com*. Mein Name ist Merlot Tolstoy.«

»Hallo«, sagte Barney. »Hier ist Barney Thomson.«

»Mr. Thomson«, sagte Merlot Tolstoy, »wie können wir Ihnen weiterhelfen?«

Die Worte klangen nach amerikanischer Servicementalität, der Akzent war westschottisch.

»Darf ich Ihrer Anzeige entnehmen«, fragte Barney, »dass Sie in der Gespenstervertreibungsbranche aktiv sind?«

»Unbedingt«, sagte Merlot Tolstoy. »Wir hatten uns ursprünglich *Ghostbusters* genannt, aber Columbia Tristar hat uns auf siebzehn Milliarden Dollar verklagt. Danach haben wir unter verschiedenen Namen firmiert, aber der aktuelle gefällt uns ganz gut. Sie sind allerdings der erste Anrufer seit fünf Monaten.«

»Wie viele Mitarbeiter haben Sie?«, fragte Barney.

»Nur mich«, erwiderte sie ohne einen Hauch von Verlegenheit. »Ich benutze den Plural nur gern, um ein gewisses Maß an Großkonzernhaftigkeit anzudeuten.«

»Da passt es aber gar nicht gut, wenn Sie mir erzählen, ich sei der erste Anrufer seit fünf Monaten und Sie würden allein arbeiten.«

»Wir versuchen immer noch, einen Kursus in Kundenservice für mich zu buchen.«

»Wo man Ihnen beibringt, wie man überzeugend lügt?«

»Genau«, erwiderte sie.

»Stellt das für einen Geistlichen nicht ein gewisses Problem dar?«

Merlot Tolstoy kicherte.

»Das finden meine Gemeindemitglieder in Shettleston auch, aber wir sagen immer, die Kirche lügt seit Jahrhunderten über alles Mögliche, was machen da ein paar kleine Flunkereien am Telefon aus?«

»Da haben Sie wohl Recht«, meinte Barney.

»Und wie können wir Ihnen weiterhelfen?«, fragte sie noch einmal.

»Der Mann einer Freundin ist vor zwei Tagen auf dem Weg zur Toilette gestorben. Offenbar muss er nun in alle Ewigkeit pinkeln und läuft jetzt dauernd zum Klo.«

Tolstoy kommentierte Barneys Bericht mit ständigem *hm-hm* und *Ach ja* sowie der Feststellung: *Ah, eine Urino-Poltergeistisation*.

»Dann hat diese Freundin gestern unabsichtlich mit einem anderen Freund von uns geschlafen, der sie besucht hat, um sie zu trösten«, fuhr Barney fort, während sowohl Ruth als auch Igor energisch die Brauen hochzogen.

»Verbreitet«, sagte Tolstoy. »Sehr verbreitet.«

»Deshalb muss der Geist des Ehemanns meiner Freundin jetzt nicht nur in alle Ewigkeit dringend pinkeln, sondern ist auch noch schwer angepisst und verfolgt sie jetzt ernsthaft, wenn Sie verstehen?«

»Ja, wir verstehen«, sagte Tolstoy. »Wir haben in der *Sport on Sunday* schon von ähnlichen Fällen gelesen.« Sie machte eine kurze Pause, die Barney nicht füllte, weil er wusste, dass sie noch nicht fertig war.

»Wir haben nur einige Fragen«, sagte Reverend Tolstoy.

»Schießen Sie los«, sagte Barney.

»Hat sie die Filmrechte schon verkauft?«

»Nicht, dass ich wüsste«, erwiderte er.

»Gut«, sagte Tolstoy. »Wir müssen in unseren Vertrag einen Passus aufnehmen, dass meine Person für den Fall, dass ein Film produziert wird, der erkennbar Bezug nimmt auf diese Geschichte eines von einem Dämon besessenen Hauses oder, was immer sich ergeben wird, entweder von Uma Thurman, Angelina Jolie oder Nicole Kidman gespielt wird. Jede andere Schauspielerin, die man möglicherweise für die Rolle ins Auge fasst, muss ausdrücklich von mir genehmigt werden, bevor man besagter Schauspielerin das Drehbuch zusendet.«

Darauf antwortete Barney nicht sofort.

»Haben wir die Einwilligung Ihrer Freundin?«, fragte Tolstoy scharf.

»Ich denke, davon können Sie ausgehen«, meinte Barney.

»Das muss ich schon ein wenig konkreter wissen«, sagte sie.

»Wir werden den Vertrag unterschreiben.«

»Gut. Und sind Sie der Freund?«, fragte sie.

Barney blickte erneut fragend auf den Hörer und teilte seine leichte Verwirrung mit den beiden anderen.

»Das sagte ich doch«, antwortete er.

»Ja, aber sind Sie auch der Freund, der mit Ihrer Freundin geschlafen hat?«

»Ah, ähm, nein, aber wir sitzen hier genau genommen zu dritt.«

»Hat das Haus eine Vorgeschichte dämonischer Übergriffe?«

»Soweit wir wissen, nicht.«

»Sind in dem Haus irgendwelche brutalen Untaten verübt worden?«

»Ich glaube nicht.«

»War der Verstorbene in irgendeiner Weise an okkulten oder sonst irgendwie übernatürlichen Phänomenen interessiert?«

»Soweit ich das sagen kann, war er ein ziemlich nüchterner Typ.«

»Wo sind Sie?«

»In Millport.«

Eine kurze Pause, in der Reverend Tolstoy auf die Uhr sah.

»Je nach Abfahrtszeit der Fähre können wir in etwa eineinhalb Stunden dort sein. Geben Sie mir Ihre Nummer, dann rufen wir an, wenn wir ankommen, und Sie können mich zum Einsatzort leiten.«

Barney las die auf dem Telefon eingetragene Nummer vor, wobei Reverend Tolstoy jede Ziffer mit einem *Hm* bestätigte.

»Wir brauchen die Witwe und vier weitere Anwesende«, sagte sie dann forsch.

»Warum«, gab Barney zurück, der sich sofort fragte, wen er dafür gewinnen konnte. Hatte Ruth Harrison irgendwelche echten Freunde?

»Wir benutzen ein aramäisches Exorzismusritual aus dem fünften Jahrhundert, das aus einem älteren babylonischen Ritus entwickelt wurde. Wir haben ihn selbstverständlich komplett an die moderne christliche Theologie angepasst, aber entscheidend ist, dass wir ein Kreis von sechs Personen sind. Können Sie das einrichten?«

»Kein Problem«, sagte Barney, weil er dachte, dass er im äußersten Notfall immer noch ein paar der alten Knacker aus dem Salon rekrutieren konnte, die mit ihren funkelnagelneuen *Coldplay-03*-Frisuren sabbernd und ohne eine Ahnung, was eigentlich los war, mit im Kreis stehen konnten.

»Cool«, sagte sie. »Dann sehen wir uns in etwa eineinhalb Stunden.«

»Cool«, erwiderte Barney, sich wie üblich auf die Wellenlänge des Gesprächs einstimmend.

Sie legte auf, genau wie Barney, bevor er sich zu den anderen umdrehte und die Schultern zuckte.

»Sie ist in ungefähr eineinhalb Stunden hier, je nachdem welche Fähre sie erwischt.«

Ruth zerfloss in Dankbarkeit und ergriff Barneys Hand.

»Danke«, hauchte sie.

»Arf«, sagte Igor.

»Gut«, sagte Barney, »dann müssen wir Ihnen nur noch eine Dusche und frische Kleidung besorgen.«

»Ich gehe nicht zurück ins Haus«, sagte sie hastig, richtete sich auf und wich ein paar Schritte zurück.

»Schon gut«, sagte Barney, hielt ihre Hand fest und beruhigte sie. »Wir gehen zu Igor, oder nicht, Igor?«

»Arf«, murmelte Igor und runzelte die Stirn.

»Sie können duschen, und wir besorgen Ihnen frische Kleidung.«

Er überlegte kurz, ob er Ruths Haus ohne sie aufsuchen und dem Geist ihres toten Mannes allein begegnen wollte oder ob er ihr einfach in dem Laden an der Kreuzung Shore und Newton Street eine neue Ausstattung kaufen sollte.

»Wir besorgen Ihnen frische Kleidung«, wiederholte er, die Entscheidung verschiebend. »Trinken Sie Ihren Tee, dann brechen wir auf. Igor, ist deine Wohnung so weit präsentabel, oder willst du lieber rasch vorauslaufen und noch ein bisschen sauber machen, bevor du eine Besucherin empfängst?«

»Arf!«, bellte Igor.

Barney hob beschwichtigend die Hand.

»Tut mir Leid, mein buckliger Freund«, sagte er.

»Arf.«

Mit einem Nicken entschuldigte Barney sich noch einmal dafür, Igors Reinlichkeit in den Schmutz gezogen zu haben, bevor er Ruth ansah und in den vorderen Teil des Salons ging, um darüber nachzudenken, wen sie um Mithilfe bei Jonah Harrisons Exorzismus bitten konnten.

Kapitel 31

Horizonte erweitern

Zwei Minuten nach seiner Rückkehr in den Salon hatte Barney auch schon zwei Kunden. Kein Geringerer als James Randolph, der gekommen war, um Fasson in sein Haar bringen zu lassen, weil er die seltsame Hoffnung hegte, dass ihm das helfen würde, klarer zu denken, sowie ein weiterer Greis in der endlosen Reihe alter Knacker, die irgendwann im Laufe der letzten dreißig Jahre nach Millport gekommen waren, um hier ihren Ruhestand zu verbringen.

Nach anfänglicher Verlegenheit zwischen Frisör und seinem

Kunden wegen ihrer Begegnung in Ruth Harrisons Haus am Tag zuvor hatte Randolph mittlerweile große Mühe, nicht einzuschlafen. Man kennt dieses Gefühl beim Haareschneiden. Im Salon ist es warm, der Rasierer summt leise, und das Ganze nach einer zu kurzen Nacht oder ein bis zwei Gläsern Wein zu viel. Er hatte keine Chance. Trotzdem war er noch immer mit Mord und Totschlag beschäftigt und fragte sich seit einer Weile, ob es eine Art gab, Tiere zu töten, die man innovativ auch auf Menschen anwenden konnte.

»Lämmer«, sagte er unvermittelt, an eine kurze Diskussion über das Schicksal von Kälbern anknüpfend und weiter redlich bemüht, die Augen offen zu halten. »Wie werden die getötet?«

»Lämmer werden getötet?«, fragte der Kunde auf der Bank mit besorgter Miene.

»Arf.«

Barney drehte sich kurz um und wandte sich dann wieder James Randolph zu.

»Ich hatte mal einen Kunden«, setzte er die Unterhaltung mit Randolph fort, obwohl ihm der Mann schwer suspekt war, »einen Bauern, der hat Folgendes gemacht.«

Ihre Blicke trafen sich im Spiegel, und Barney erkannte, dass Randolph jeden Moment einschlafen würde.

»Kennen Sie diese Dinger, die man in Baumärkten kaufen kann, um damit Fugen zu dichten? Ein langer Zylinder, der von oben heruntergedrückt wird. Die gibt es auch aus Metall mit einer Feder. Er hat das Teil gespannt, auf den Kopf des Lamms aufgesetzt, abgedrückt und peng. Ehe das Lamm sich versah, ist es neben Apfelmus wieder aufgewacht.«

Randolph nickte schläfrig, so gut es ging, weil man beim Haareschneiden ja nicht richtig nicken kann.

»Arf.«

»Das tun sie den Lämmern doch nicht an, oder?«, fragte eine Stimme hinter ihnen. »Lämmer werden doch nicht wirklich getötet, oder?«

Barney und Igor drehten sich zu dem alten Mann um und wechselten einen vielsagenden Blick.

»Was glauben Sie, wie das Lamm von der Wiese auf Ihren Teller kommt?«, fragte Barney. »Irgendwo unterwegs muss man es töten, so schrecklich Sie das auch finden mögen.«

»Aber, Lamm«, sagte er. »Ich meine, ich habe die beiden nie zusammengebracht.«

Barney und Igor wechselten einen weiteren Blick, bevor sich Barney wieder an den Alten wandte. »Was dachten Sie denn, was Lamm ist? Irgendein chemisch hergestellter Fleischextrakt, den man, um ihn irgendwie zu bezeichnen, einfach Lamm genannt hat?«

»Aber Lamm! Schwein heißt nicht Schwein, Kuh heißt nicht Kuh, und Wild heißt nicht Wild. Warum heißt Lamm dann Lamm? Ich dachte immer, es wäre, ich weiß auch nicht, etwas ganz anderes.«

»Ein weniger niedliches Tier?«, schlug Barney vor.

»Ja.«

Barney starrte Thomas Petersen an, zog an Igor gewandt die gute alte Braue hoch und widmete sich wieder James Randolphs Haar.

»Nun«, sagte er, »beantwortet das Ihre Frage…« Und dann verstummte er, weil er sah, dass Randolph die Augen geschlossen hatte und eingeschlafen war. Barney lächelte stumm. Wenn der Kunde schlief, konnte er seinem Handwerk ohne Unterbrechung nachgehen, für einen durchschnittlichen Frisör die Idealsituation. Er wollte sich noch einmal zu dem Alten auf der Wartebank umdrehen, wusste jedoch, dass der sich bloß ermutigt fühlen würde, weiterzuquatschen.

Stattdessen schnibbelte er behutsam um das linke Ohr seines Kunden herum und fragte sich, warum der Mann überhaupt mit dem Thema angefangen hatte.

Zehn Minuten später schreckte James Randolph aus seinem kurzen Schlaf hoch. Er brauchte ein paar Sekunden, bis er sich aufgerichtet, zur Orientierung in den Spiegel geblickt und erkannt hatte, dass er während eines Haarschnitts eingeschlafen war und dass der lebhafte Traum, aus dem er gerade aufgewacht war, tatsächlich nur ein Traum gewesen war. Ein Traum, in dem jemand ermordet worden war.

Barney starrte Randolph an, während er dessen Rücken mit einer Bürste bearbeitete. Randolph rieb sich das Gesicht und blickte aus dem Fenster und über die Mauer auf der anderen Straßenseite hinweg auf das dunkelgraue Meer. In Gedanken hastete er durch seinen Traum, um ihn in seinem Gedächtnis abzuspeichern, bevor er verblasste.

Er lächelte. In dem Traum war er nur ein Beobachter gewesen, der vor einem einsamen Haus an einem Hügel gestanden hatte. Es war Dämmerung, am Fuß des Hügels war das Meer, und der Wind pfiff um seine Ohren. Er hatte in das Wohnzimmerfenster des Hauses geblickt, das er nicht kannte, und einen Mörder mit seinem Opfer beobachtet, das einen absolut einzigartigen Tod gestorben war.

Sein Lächeln wurde breiter. War es eine neue Mordmethode, die er da gesehen hatte? Wahrscheinlich nicht, aber sie war interessant und ausgefallen. Auf jeden Fall hinreichend anders, um damit zum ersten Mal in seinem Leben Bartholomew Ephesian zu beeindrucken.

Er würde natürlich noch ein wenig recherchieren müssen, und welcher Ort wäre besser geeignet, damit zu beginnen, als ein Frisörsalon?

»Alles zu Ihrer Zufriedenheit, Sir?«, fragte Barney mit dem letzten Bürstenstrich.

»Was wissen Sie über Magensäure?«, fragte Randolph plötzlich und suchte Barneys Augen im Spiegel.

Barney blickte den Mann an und fragte sich, was in dessen Kopf vor sich ging. Er konnte förmlich sehen, wie die Rädchen rotierten. Dies war ein Mann, der etwas plante. Bisher hatte er kaum etwas von sich preisgegeben, aber Barney Thomson hatte im Laufe der Jahre eine Nase für mörderische Absichten entwickelt, und eben solche erkannte er nun bei James Randolph. Vielleicht war er nach Randolphs misslungenem großspurigem Auftritt vom Vortag auch ein wenig voreingenommen, aber Barney empfand ein Unbehagen gegen den Mann oder zumindest gegen seine möglichen Intentionen.

»Nichts«, sagte er. »Überhaupt nichts.«

»Man hat Säuren im Magen?«, quatschte der wartende Kunde von hinten besorgt dazwischen.

Für ein paar Sekunden hielt Randolph Barneys Blick stand, bevor er sich abwandte und sich im Spiegel betrachtete. Eine prächtige Frisur wie geschaffen für einen Mann, der es zum ersten Mal in seinem Leben todernst meinte. Ab nach Hause, eine Tasse Tee, vielleicht mit einem Schuss Alkohol, und dann online gegangen, um herauszufinden, was genau man brauchte, um das Verbrechen zu begehen, das er gerade im Traum gesehen hatte. Dann war er so weit, den Mord auszuführen, den Bartholomew Ephesian bestellt hatte.

Denn niemand hatte James Randolph darüber informiert, dass die Pläne geändert worden waren.

»Wow, das ist ein Haufen Geld«, sagte Romeo McGhee lächelnd und drehte sich zu Chardonnay Deluth um, die mit großen gierigen Augen zurücklächelte. Eine Million Pfund für ein Stück knochiges Fleisch. Leichter würden sie ihr Geld nie wieder verdienen. Aber McGhee stand im Begriff, noch viel gieriger zu werden. »Ihr müsst diese Hand von Jonah ja verdammt dringend brauchen.«

Er sah Jacobs mit hoch gezogenen Brauen an und lächelte noch breiter.

»Sind Sie so verzweifelt, wie Sie aussehen?«

Jacobs hatte plötzlich die Vision, sich über den Tisch zu stürzen und McGhees feiste Fresse mit seiner Faust zu bearbeiten. Er schloss die Augen und gönnte sich im Geiste drei Sekunden lang die Befriedigung, auf dieses dämliche Grinsen einzuprügeln, bis das Gesicht anschwoll. Doch stattdessen klappte er den kleinen Koffer zu und straffte die Schultern.

Ephesian war zu Hause und kämpfte mit seinen Dämonen. Jacobs hatte ihn nicht überreden müssen, diese spezielle Aufgabe allein zu erledigen. Ephesians Laune und Selbstbewusstsein waren so fragil, dass er sich beim ersten Anzeichen von Ärger zurückzog, um sich neu zu sammeln. Gerade für ihn war es wichtig, dass endlich mal wieder etwas klappte und eines seiner Probleme gelöst wurde. Aber je näher der Abend rückte, die Kulmination jahrzehntelanger Arbeit, desto mehr Probleme schienen sich aufzutürmen und desto wahrscheinlicher wurde es, dass sie das Ritual nicht durchführen konnten.

Trotz seiner Erregung über das vor ihnen liegende Ereignis hatte Ephesian begonnen, darüber nachzudenken, ob sie die Sache vielleicht verschieben mussten. Es musste nicht dieser Abend sein, vielleicht hatten sie nach Lawtons Entdeckung alles ein wenig überstürzt. Außerdem wäre es eine großartige

Möglichkeit, Ping Phat, das fette chinesische Schwein, zu ärgern, der sich zum ersten Mal seit Jahrzehnten extra in ein Flugzeug bequemt hatte.

Auch Jacobs fragte sich, ob es klug war, an den für den Abend geplanten Aktionen festzuhalten, bevorzugte jedoch die Alternative, die Sache durchzuziehen. Er glaubte nach wie vor nicht, dass eines ihrer Probleme unüberwindbar war, auch wenn im Moment der Gral fehlte. Er ging irrigerweise davon aus, dass der Angreifer Lawtons in McGhee'scher Manier aus dem Gebälk kriechen und irgendeine erpresserische Forderung stellen würde, die man nach einem kurzen Ausflug zur Bank erfüllen konnte.

»Sie haben das Geld gesehen«, sagte Jacobs gleichgültig. »Lassen Sie mich die Hand sehen.«

»Nicht so hastig, Freundchen«, sagte McGhee albern.

Jacobs Miene blieb ausdruckslos. Das kam nicht unerwartet. Selbst die niedrigste Lebensform denkt immer, sie könnte mehr kriegen, als ihr zusteht. Chardonnay Deluth hingegen warf ihm einen entsetzten Blick zu. Sie stand schließlich im Begriff, eine Million Pfund in die Finger zu kriegen. Ungeachtet der Umstände ging sie nicht davon aus, dass sie zu viel davon abgeben musste. Sie nahm an, dass McGhee sich CDs und Video-Spiele, hin und wieder eine neue Jeans und einen Urlaub in Spanien gönnen würde. Wenn er einen nennenswerten Betrag investieren würde, dann für eine Penisverlängerung in Form eines Sportwagens. Sie hingegen hatte große Träume von Schmuck, Designer-Klamotten und Urlaub am Indischen Ozean. Sie hatte die Million im Kopf praktisch schon ausgegeben und wollte nicht, dass irgendein unreifer Schwachkopf sich überschätzte und glaubte, er könnte von Typen, die bereit waren, so viel Geld rauszurücken, noch mehr abzocken.

»Rome!«, stieß sie hervor. »Was ist los mit dir?«

»Alles cool, Baby«, sagte er, ohne den Blick von Jacobs zu wenden. »Unsere Million Pfund kriegen wir trotzdem, nicht wahr, Bruder Jacobs?«

Er lachte über seinen eigenen Witz. Jacobs starrte tief in McGhees Innerstes und stellte sich vor, dass er ihm einen Fleisch fressenden Virus injizierte und dann zusah, wie sein Körper in den kommenden Wochen von innen verzehrt wurde.

»Was wollen Sie?«, fragte er, seine Stimme hart wie Marmor und matt wie Staub.

»Rome!«, wiederholte Deluth.

»Na ja«, meint Romeo McGhee. »Ich hab nachgedacht.«

»Romeo, sei kein beschissener Idiot«, sagte sie leise und beugte sich vor, als ob Jacobs so nicht mitbekommen würde, dass sie ihn einen beschissenen Idioten nannte.

»Was wollen Sie?«, fragte Jacobs noch einmal, ohne die Frau zu beachten. Zwei Männer, die zur Sache kommen und jeden vernünftigen Rat des weiblichen Publikums ignorieren. Vor ein oder zwei Jahrzehnten, oder in manchen Gesellschaftsschichten vielleicht auch noch heute, wäre sie ins Nebenzimmer geschickt worden, während die Männer bei Portwein und Zigarre ein Männergespräch geführt hätten.

»Na ja«, wiederholte McGhee und versuchte wie ein richtiger kleiner verschlagener Gangster auszusehen, »Sie wollen wie gesagt offenbar ziemlich verzweifelt in den Besitz der Hand kommen. Wie man in der Gegend so reden hört, habt ihr Cowboys da oben ja eine richtige kleine Bruderschaft oder so was laufen, mit geschmackvollen kleinen Geheimtreffen am Dienstagabend. Fettwanst Jonah war Mitglied in eurer kleinen Geheimtruppe, und die tiefgefrorene Hand hat wahrscheinlich auch damit zu tun.«

Er machte eine Pause und zog fragend die Brauen hoch. Heiß oder kalt? Jacobs' Miene blieb undurchdringlich. Das nahm McGhee ein wenig den Wind aus den Segeln, aber er bewahrte sein Selbstvertrauen oder zumindest den Anschein desselben.

»Ich denke mir also, ihr braucht jemanden, der Fettwanst Jonahs Platz einnimmt, hab ich Recht? Wenn in solchen Clubs jemand stirbt, muss er doch immer ersetzt werden.«

Jacobs sagte nichts.

»Verdammt noch mal, Romeo, sei kein Arschloch!«, sagte Deluth.

Er winkte beschwichtigend ab.

»Sie sind mit einer Million hier aufgekreuzt, genau wie ich es gefordert habe. Kein Versuch, mich runterzuhandeln, keine Bedrohung, ihr wollt bloß die Hand, damit ihr einfach weitermachen könnt, was immer ihr treibt. Deshalb denke ich mir, Chief, dass ihr wohl ziemlich bald irgendwas macht, und jetzt will ich mitspielen.«

»Tatsächlich?«, fragte Jacobs kalt, als er schließlich doch etwas sagte.

»Ja«, sagte McGhee, »tatsächlich.«

Sie starrten sich über den Couchtisch hinweg an. Deluth kochte an der Seitenlinie vor sich hin und dachte, dass sie ebenso gut mit den anderen Damen im Nähzimmer über Kinder, Schminktipps und das Lunchpaket ihrer Gatten plaudern könnte.

Jacobs atmete tief ein. Der Drang, über den Tisch zu springen und sein Gegenüber in Stücke zu reißen, war groß. Er blickte zu Deluth, die jedoch brav ihren Part in dem Showdown spielte, indem sie weiterhin McGhee anstarrte.

Wenn er McGhee jetzt mit bloßen Händen ermordete,

fragte Jacobs sich, würde das Deluth so sehr verängstigen, dass sie ihm sagen würde, wo die Hand versteckt war? Wahrscheinlich, dachte er. Aber was, wenn McGhee vernünftiger gewesen war, als er aussah, und ihr nicht erzählt hatte, wo sie war? Konnte er dieses Risiko eingehen?

Jacobs stand abrupt auf und drückte den Koffer an sich.

»Ich muss mit Mr. Ephesian sprechen«, sagte er und wandte sich zum Gehen.

Das bedeutete, dass er wieder mit leeren Händen vor seinen Boss treten musste, aber er spürte, wie seine Wut an die Oberfläche zu drängen drohte, und eine solche Explosion zeitigt nur selten im Leben positive Wirkungen. Wenn sie McGhee in ihre Runde aufnahmen, wäre zumindest garantiert, dass die Hand da sein würde, und es war schließlich nicht so, als ob andere Bewerber Schlange stünden. Außerdem suchten sie, nachdem Lawton mittlerweile im Krankenhaus lag und keinerlei Anstalten machte, wieder aufzuwachen, jetzt statt einem zwei neue Mitglieder für die Bruderschaft.

»Sie können das Geld hier lassen«, sagte McGhee ölig, ohne sich besonders anstrengen zu müssen.

Jacobs blieb stehen, drehte sich jedoch nicht um. Er zählte bis zehn und bemühte alle ihm bekannten Konzentrationsübungen, um seine Wut zu zügeln.

»Nein, das kann ich nicht«, erwiderte er schließlich, öffnete die Tür zum Flur und war verschwunden.

McGhee und Deluth hörten, wie die Wohnungstür ins Schloss fiel, und sahen sich an. McGhee lächelte, weil er auf der riesigen Wolke seiner eigenen Aufgeblasenheit schwebte.

»Cool, was?«, sagte er. »Wir machen sie fertig.«

»Du«, sagte Chardonnay Deluth, »bist ein beschissener Vollidiot.«

Und damit rauschte sie aus dem Zimmer, um sich im Bad zu verschanzen und dort weiter vor sich hinzukochen.

Kapitel 32

Das Barbershop-Quartett

»Ich weiß nicht genau. Was denken Sie?«

Barney betrachtete den Hinterkopf des Kunden, bevor sich ihre Blicke im Spiegel trafen. Der Mann, der nach Randolph an die Reihe kam, war Ende achtzig mit einem schwachen Kinn, fahler Haut und unschlüssigem Gesichtsausdruck. Aber er hatte eine dichte graue Mähne, die nichts weiter verlangte als einen geradlinigen Schnitt, im Nacken und an den Seiten kurz.

»Ich denke, im Nacken und an den Seiten kurz würde Ihnen gut stehen, Sir«, sagte Barney.

»Meinen Sie?«, fragte Thomas Petersen und betrachtete sein Haar im Spiegel, als würde er es zum ersten Mal sehen.

»Ja«, sagte Barney.

Igor blickte argwöhnisch von seinem Besen auf.

»Ich hatte eher an etwas in der *Keanu-Reeves*-Richtung gedacht. Glauben Sie, dass mir das stehen könnte?«

Die Tür ging auf, unerwartet früh, wenn man bedachte, dass Barney den Schnitt noch gar nicht begonnen hatte. Ein weiterer alter Mann mit Hängebacken bis zum Knie humpelte in den Laden und schüttelte sich, als ob es draußen minus fünfzig Grad wären. Er schloss die Tür und betrachtete die Anwesenden.

»Ja, ihr habt es schön gemütlich hier mit eurer Heizung und den schicken Doppelglasfenstern«, murmelte er.

»Arf«, sagte Igor und verdrehte die Augen.

»Nehmen Sie Platz, wenn Sie möchten, ich bin in zehn Minuten fertig«, sagte Barney.

»So schnell?«, fragte Thomas Petersen. »Sind Sie sicher?«

»Schon gut, schon gut«, sagte der Neuankömmling, »aber weiß der Himmel, was diese alte Holzbank mit meinen Hämorrhoiden macht, da sollte ich wohl besser stehen bleiben, aber dann kriege ich Probleme mit meinen Krampfadern und meinem künstlichen Hüftgelenk. Ich kann nicht sitzen, ich kann nicht stehen, und weiß der Himmel, was passieren würde, wenn ich knie. Weiß der Himmel.«

»Igor«, sagte Barney, »bring dem Herrn ein Kissen.«

Igor nickte unwillig und verschwand im Hinterzimmer. Der Alte schnalzte vernehmlich und sah aus dem Fenster.

»Angeblich soll es bis zum Herbst so kalt bleiben und danach sechs Monate schneien«, sagte er zu niemand Bestimmtem.

»Und für Sie dann an den Seiten und im Nacken kurz, Sir?«, fragte Barney, der beschlossen hatte, den Sonnenstrahl in der Ecke unerwähnt zu lassen.

Thomas Petersen betrachtete sich skeptisch im Spiegel.

»Also, wenn Sie sich sicher sind«, sagte er.

Barney nickte, nahm den Rasierer zu Hand, schaltete ihn ein und ließ ihn über den Nacken des Kunden gleiten. Igor kam zurück und gab dem Neuen sein Kissen.

»Theoretisch mag das ein Kissen sein«, murmelte er, während Igor sich wieder dem Fegen zuwandte, »aber wahrscheinlich hat es fatale Folgen für meine eingeklemmten Nerven im Kreuz.«

Und dann setzte er sich laut murmelnd und schnaufend, während Igor den Besen fester packte und sich vorstellte, den Alten wie ein Ninja-Krieger zu attackieren.

Nachdem alle an ihrem Platz waren, beruhigte sich die Atmosphäre im Salon. Der erste Kunde bekam seinen Haarschnitt, der zweite Kunde wartete auf der Bank, der Frisör stand mit summendem Rasierer an seinem Platz, und sein taubstummer buckliger Assistent fegte unsichtbare Teilchen vom Boden. Die natürliche Ordnung der Dinge.

Ruth hatte man zu einem Spaziergang ans Meer geschickt, damit sie ein bisschen frische Luft und einen klaren Kopf bekam. Sie saß auf einer grünen Bank neben dem seltsamen Golfplatz, die Hände im Schoß gefaltet, und schreckte jedes Mal zusammen, wenn sie Schritte auf dem Bürgersteig hinter sich hörte. Sie versuchte, sich in der ihr bekannten Welt von Möwen, Wellen, Felsen und Himmel zu verlieren, sich in einen Kokon von Vertrautheiten einzuspinnen. An den Ort ihrer Kindheit zurückzukehren, wo sich die Realität ausblenden ließ und sie stundenlang in ihrer eigenen Fantasiewelt spielen konnte. Aber so funktioniert das als Erwachsener nicht mehr. Die reale Welt ist immer da, und im Augenblick war Ruth Harrisons reale Welt trostloser und einsamer denn je.

Sie bekam mit, dass hin und wieder ein Wagen vorbeifuhr, einige glitten auch von ihr unbemerkt vorüber, und so verpasste sie, wie die Kavallerie von *Geisterscheinungsentsorgung.com* in einem vierundzwanzig Jahre alten Peugeot eintraf. Der Wagen hielt wie von Barney angewiesen vor dem Frisörsalon ganz in der Nähe.

Merlot Tolstoy stieg aus, setzte ihre Woolworth-Sonnenbrille für 1,99 Pfund auf, blickte – auf der Hut vor möglichen besessenen Geistern, Dämonen oder anderen Repräsentanten der Gesetzlosigkeit – erst die Shore Street hinunter, dann in die andere Richtung auf das ihrer Meinung nach gottlose grausame Meer hinaus und betrat den Laden.

Die vier Männer in dem Salon drehten sich zu ihr um. Angesichts ihrer kastanienbraunen Bluse mit dem weißen Priesterkragen wussten Barney und Igor sofort, wer sie beehrte. Aber Thomas Petersen und der alte griesgrämige Jack Monroe betrachteten die Frau mit einiger Sorge. In diesen Breiten gab es keine weiblichen Geistlichen.

»Wir sind hier«, erklärte Tolstoy mit Autorität.

»Danke für Ihr Kommen«, sagte Barney, ohne den Haarschnitt zu unterbrechen. Einen klassischen *An den Seiten und im Nacken kurz* konnte er zur Not auch mit geschlossenen Augen.

»Kein Problem. Wir sind so schnell wie möglich gekommen. Das Schiff hatte zehn Minuten Verspätung.«

»Zehn Minuten?«, ließ sich der alte Nörgler von der Bank vernehmen. »Sie haben Glück, dass es keine zehn Stunden waren. Und Schiff nennen Sie das? Das ist eine Badewanne mit Motor. Wenn überhaupt.«

Tolstoy sah den alten Knacker an, wusste nicht recht, was sie sagen sollte, und wandte sich wieder an Barney.

»Geben Sie mir noch ein paar Minuten für den Schnitt, danach muss ich mich um den Herrn kümmern, was nicht lange dauern wird …«

»Wollen Sie sagen, ich hätte nicht viele Haare?«

»… und dann gehen wir. Ruth wartet unten am Ufer.«

Tolstoy blickte aus dem Fenster, erkannte auf einer Bank die verlorene Gestalt einer verängstigten Frau, die aufs Meer schaute, und drehte sich wieder um.

»Wir haben sie schon auf dem Weg hierher gesehen. Haben Sie die komplette Sechs-Mann-Besatzung beisammen?«

»Nun ja«, sagte Barney, »da sind zunächst Sie und ich, Ruth, wegen deren Mann wir uns Sorgen machen. Dann Igor mit dem Besen.«

»Igor«, begrüßte Tolstoy ihn mit einem Nicken.

»Arf.«

»Und ich dachte, wir könnten diese beiden Herren fragen, ob sie uns vielleicht helfen«, sagte Barney und bedachte beide mit einem kurzen Blick.

»Was wollen Sie uns fragen?«, fragte Thomas Petersen hörbar besorgt.

»Typisch«, sagte der Alte auf der Bank, »darum dreht sich unsere ganze Gesellschaft. Immer nur fordern, nie etwas geben. Wahrscheinlich werde ich am Ende tun, worum Sie mich bitten, aber gerne tue ich es nicht, das sage ich Ihnen gleich. Kein bisschen.«

»Worum geht es?«, fragte Petersen. »Ich meine, Sie sagen ja nicht viel, aber es klingt schon jetzt nicht gut.«

»Exorzismus«, sagte Tolstoy. »Wir brauchen einen Kreis von sechs Personen.«

»Exorzismus!«, rief Petersen und riss den Kopf herum, genauer gesagt halb herum, weil ja schließlich nicht er besessen war. Zum Glück hatte Barney diesen Ausbruch an beunruhigter Sorge geahnt und seine Arbeit für fünf Sekunden eingestellt.

»Routine«, sagte Tolstoy. »Wir machen so was ständig.«

Dabei bedeutete sie Barney mit einem Blick, die Klappe zu halten, weil sie diese Leute brauchten. Barney blieb stumm wie ein Fisch.

»Wen meinen Sie eigentlich mit ›wir‹?«, fragte Jack Monroe auf der Bank.

»Aber Exorzismus«, sorgte sich Petersen, dessen Kopf zumindest wieder so weit zur Ruhe gekommen war, dass Barney seinen Schnitt fortsetzen konnte. »Wie meinen Sie das? Reden wir von dämonischer Besessenheit mit grüner Galle und unflätiger Sprache? Ich mag keine unflätige Sprache.«

»Wenn Sie zu mehreren sind«, fuhr Monroe fort, »warum brauchen Sie dann uns beide, um Ihre Sechserrunde zu vervollständigen? Klingt so, als ob das Ganze irgendein ökumenischer Versicherungsschwindel wäre. Ihr Kirchenleute interessiert euch doch immer nur fürs Geld. Wussten Sie, dass der katholischen Kirche einundfünfzig Prozent von *Exxon Mobil* gehören? Was ist los mit den Leuten? Früher ging es in der Kirche um Werte und Anständigkeit. Aber heute nicht mehr.«

»Brauchen wir Overalls?«, unterbrach Petersen ihn.

»Arf!«, bellte Igor hinter seinem Besen.

»Ja«, sagte Barney, »genug gequatscht. Ich frisiere hier noch eben fertig, dann brechen wir fünf auf, holen Ruth ab und gehen zu ihrem Haus, um nach dem Rechten zu sehen. So weit alles Roger?«

»Alles Roger«, sagte Tolstoy.

»Arf«, sagte Igor.

»Ich glaube schon«, sagte Petersen ohne jede Überzeugung.

»Ruth wird also von dem alten Jonah verfolgt, was?«, fragte Monroe. »Geschieht ihr recht bei all ihren Liebhabern. Ich habe immer gesagt, dass das kein gutes Ende nehmen würde. Habe ich immer gesagt.«

Und dazu schüttelte er missbilligend den Kopf.

»Arf.«

Kapitel 33

Hey, Luigi!

»Psst! Psst!«

Tony Angelotti blieb stehen und sah sich um. Er war die Cardiff Street hinunter- und weiter den Hügel hinaufgelaufen, anstatt sich in Richtung Sportplatz und Werft zu halten. Er hatte den Bauernhof hinter sich gelassen und näherte sich jetzt dem Ende der Stadt mit dem Friedhof und dem dahinter liegenden Golfplatz.

Ihm war, als hätte er etwas gehört, aber er entschied, dass da wohl doch nichts gewesen war, und ging weiter.

»Pst! Tony!« Ein wenig lauter diesmal. Tony drehte sich so auffällig um, wie Luigi es zu vermeiden versucht hatte.

»Luigi?«, fragte er und spähte ins Gehölz und die Straße hinunter.

»Nicht so laut, verdammt noch mal«, sagte Luigi. »Versuch, dich ganz unauffällig zu benehmen, du Idiot.«

»Wo bist du?«, fragte Tony noch lauter, weil er verwirrt und verärgert war.

»Hör auf, den Eindruck zu erwecken, du würdest mit jemandem reden, du blöder Schwachkopf, lehn dich an den Briefkasten direkt vor dir und tu so, als würdest du einfach die Aussicht genießen.«

»Welche Aussicht?«, fragte Tony und starrte auf den Briefkasten.

»Was weiß ich, lehn dich einfach an den beschissenen Briefkasten und versuche, unauffällig zu wirken.«

Tony musterte den Briefkasten und fragte sich plötzlich, ob

die Stimme aus ihm herausdrang, bevor er sich so unauffällig wie ein vom Vatikan finanzierter italienischer Schläger Mitte April dagegen lehnte.

»Bist du in dem beschissenen Kasten?«, fragte er und guckte durch den Schlitz.

»Ich sagte unauffällig, du Idiot. Glotz nicht auf den Scheißbriefkasten!«

Den Briefkasten weiter fest im Blick, richtete Tony sich auf und spulte sein komplettes italienisches Machogesten-Repertoire ab.

»Und bist du jetzt in dem Kasten«, fragte er.

»Natürlich bin ich nicht drin. Was ist los mit dir?«

Nachdem er den Briefkasten noch eine Weile argwöhnisch beäugt hatte, beruhigte sich Tony schließlich und hörte auf, das Panorama mit seinem Gehampel zu verschandeln. Er lehnte sich dagegen, versuchte, entspannt zu wirken, und blickte unglaublich beiläufig die Straße hinunter.

Wie es der Zufall wollte, wurden sie entgegen Luigis Vermutungen nicht beobachtet. Bartholomew Ephesian war mit anderen Dingen beschäftigt, sodass die Italiener, auch wenn sie offensichtlich noch da waren, durch sein Netz von Sorgen geschlüpft waren. Dass auch Jacobs das Problem aus den Augen verloren hatte, war ein Indiz dafür, dass er – ungeachtet seiner Bemühungen, für das angeknackste Selbstvertrauen seines Arbeitgebers den Fels in der Brandung zu spielen – wachsenden Druck verspürte.

»Und wo bist du dann?«, fragte Tony.

»Ich bin auf dem Hügel oberhalb des Golfplatzes«, sagte Luigi. »Guck nicht hier hoch!«, fügte er mit einem theatralischen Flüstern hinzu, während Tony sich umdrehte und zu dem Hügel blickte.

»Und schreist du oder was?«, fragte Tony und wandte sich wieder dem Wald zu. »Wieso kann ich dich hören?«

»Weil in dem scheiß Briefkasten ein beschissenes Mikro ist«, sagte Luigi verzweifelt.

Tony betrachtete den Briefkasten mit einem wohlgefälligen Nicken.

»Das ist ja ein toller Kasten«, meinte er. »Vielleicht ist dieses Land doch nicht so rückständig, wie es aussieht.«

»Ich habe es eingebaut, du Idiot, damit ich mit dir reden kann, ohne dass jemand weiß, wo ich bin. Mein Gott, womit habe ich nur einen derart bescheuerten Partner verdient?«

»Also, der Typ, den du mir gestern Abend vorbeigeschickt hast, war noch dümmer als ich, und was bist du dann?«

Luigi wollte in gewohnter Manier widersprechen, erkannte jedoch die Berechtigung des Einwands und entschied sich für einen abrupten Themenwechsel.

»Hast du in der Kathedrale irgendwas gefunden?«, fragte er.

Tony blickte kopfschüttelnd zu dem Hügel.

»Ich kann dich da oben nirgendwo sehen, weißt du, bist du sicher, dass du dort bist?«

»Ich verstecke mich hinter einem beschissenen Busch. Hör auf, hierher zu schauen, und sag mir, ob du in der Kathedrale irgendwas entdeckt hast?«

Tony zuckte die Schultern und sah einem vorbeifahrenden Wagen nach, wobei er versuchte, noch unauffälliger auszusehen als zuvor.

»Ich hab nichts gefunden, aber ich bin ja auch ein Idiot. Also …«

Er lächelte über seine feine Selbstironie.

»Bist du noch da?«, fragte er den Briefkasten, als Luigi nicht sofort antwortete.

»Ich denke nach«, sagte Luigi.

Und während er nachdachte, lag er auf dem kalten Gras auf circa siebenunddreißig einzelnen Kaninchenköteln und blickte durch die Büsche hinter sich zu dem großen Haus, in dem Bartholomew Ephesian in diesem Moment streng über den Golfplatz auf den Firth of Clyde sah.

»Großes Haus, große Probleme«, murmelte er leise.

Ephesians Haus war nach der Kathedrale der zweite Ort auf seiner Liste gewesen, aber das Fehlen jeglicher Sicherheitseinrichtungen hatte ihn zweifeln lassen, ob dies ein Gebäude war, um das man sich kümmern sollte. Doch von seinem von Büschen und Gräsern verborgenen Standort hatte er klare Sicht auf die Straße zum Haus sowie auf die beiden nach Westen blickenden Hauptfenster auf der Rückseite. Deshalb hatte er Ephesian und Jacobs schon mehrfach gesehen, jedoch darauf verzichtet, ihnen in die Stadt zu folgen. Tony würde seine Augen und Ohren sein müssen, egal, wie blind und taub ihn das machte.

»Maus?«, fragte Tony. »Hast du was von einer beschissenen Maus gesagt? Ich hasse Mäuse.«

»Denken Sie, wir sollten es verschieben?«, äußerte Ephesian seinen Gedanken schließlich doch laut.

Jacobs starrte auf den Rücken seines Arbeitgebers, wohl vertraut mit dessen bröckelndem Selbstbewusstsein angesichts von Rückschlägen.

»Ich denke, das wäre unklug, Sir«, sagte er. »Je länger wir die Angelegenheit sich selbst überlassen, vor allem jetzt, nachdem der Gral entfernt worden ist, desto größer ist die Gefahr, dass etwas schief läuft.«

»Dass etwas schief läuft?«, fragte Ephesian vehement. »Finden Sie nicht, dass schon genug schief gelaufen ist?«

»Wir haben es fast geschafft, Sir«, sagte Jacobs beschwichtigend, »wir müssen nur die Nerven behalten. Die Bruderschaft ist vorgewarnt und wird erscheinen. McGhees Dummheit spielt uns direkt in die Hände. Ich will ihn genauso wenig als Mitglied des *Prieure* haben wie Sie, aber wenn er kommt, kommt er mit der Hand, und das ist alles, was wir brauchen. Eines unserer beiden Hauptprobleme wäre gelöst. Das Geld ist belanglos, und wir haben einen Ersatzmann für Jonah Harrison, noch dazu einen, dessen Vater einer von uns war.«

»Und Lawton?«, fragte Ephesian. »Und der Gral? Und der verdammte Ping Phat, der jede Minute hier aufkreuzen wird?«

Jacobs überlegte kurz, wie er die Probleme sortieren und die Sorgen seines Chefs minimieren konnte.

»Wenn McGhee Harrison ersetzt, stehen wir wegen Lawtons Verletzung wieder da, wo wir vorher auch schon standen: Wir brauchen einen willigen Teilnehmer für die Zeremonie. Ihr Sohn Anthony ist nach wie vor der wahrscheinlichste Kandidat trotz seines kurzen Kontakts zu den Italienern.«

»Die gibt es ja auch noch! Mein Gott!«

»Aber wir haben das Päckchen aus Lawtons Gefrierschrank. Ihn zu ersetzen ist also nur eine Formalität, und von Anthony haben wir auf jeden Fall weniger Ärger und Eigenmächtigkeiten zu befürchten als von Lawton. Und Ping Phat? Er ist ein Grund mehr, die Zeremonie heute Nacht durchzuführen. Was ist, wenn er bei einer Verschiebung beschließt zu bleiben? Er könnte allen möglichen Ärger verursachen. Wenn wir ihm erlauben, an der Zeremonie teilzunehmen, können wir die Situation im Blick behalten; wenn wir alles absagen, könnten die paar ins Rutschen geratenen Steine zu einem Erdrutsch werden.«

Ephesian biss die Zähne zusammen. Sein Kopf zuckte, und

auch ohne sein Gesicht zu sehen, wusste Jacobs, dass er um Fassung rang.

»Wegen der Italiener können wir nichts machen, bis wir sehen, was sie vorhaben. Aber ich denke, wir können dabei wahrscheinlich auf Gainsborough zählen, trotz seines tollpatschigen eigenmächtigen Versuchs, das Problem zu regeln.«

Ephesian grunzte.

»Während wir geglaubt haben, wir hätten Sorgen, bleibt im Grunde nur ein wirkliches Problem übrig«, sagte Jacobs, machte eine Pause und beobachtete, wie Ephesian langsam nickte.

»Der Gral«, sagte Ephesian.

»Ja«, erwiderte Jacobs.

Er sah auf seine Armbanduhr und drehte sich dann zu der Standuhr um. Fast ein Uhr mittags.

»Wir haben noch etwas mehr als elf Stunden, um ihn zu finden«, sagte er, und Ephesian stieß ein bitteres Lachen aus.

»Wir sollten die Zeremonie verschieben«, murmelte er kopfschüttelnd.

»Ich habe ein paar Ideen, Sir«, sagte Jacobs.

Ephesian drehte sich um und starrte auf Jacobs' Weste, bevor er sich wieder abwandte und erneut auf die im Wind flatternden Fahnen des Golfplatzes zu seiner Rechten blickte.

Kapitel 34

Et in arcadia ego

»Gibt es sonst noch etwas, was wir wissen sollten, bevor wir hineingehen?«

Das seltsame Sechserkollektiv mit der Mission, Jonah Harrison aus seinem Haus hinaus und auf seinen Weg zu schicken, hatte sich im Vorgarten des Verstorbenen versammelt. Reverend Merlot Tolstoy führte das Einsatzkommando an. Sie war vor der Haustür stehen geblieben und hatte sich umgedreht, um zu ihren Truppen zu sprechen, wobei sie jedem der fünf forschend in die Augen sah. Sie hatte sich über die Umstände von Jonahs Tod und die Gründe dafür unterrichten lassen, warum er den Schrein ewiger Urination nicht sofort hatte betreten können. Sie hatte gehört, wie Igor die fragile Ruth egoistisch benutzt hatte. Von der abgetrennten Hand im Gefrierschrank wusste sie allerdings nichts, weil weder Barney noch Ruth es für relevant gehalten hatten.

Am längsten ruhte Tolstoys Blick auf Ruth, da sie offensichtlich diejenige war, die etwas zu beichten hatte.

»Ich hab Angst vor Spinnen«, platzte sie verlegen heraus.

»Das ist in Ordnung, Madam«, beruhigte Tolstoy sie. »Wir bezweifeln, dass die ins Spiel kommen werden. Sonst noch was?«, fragte sie noch einmal in die Runde, eigentlich als allseits zu ignorierende Schlussbemerkung, bevor sie den Tempel des Grauens betraten.

»Ich hab manchmal Angst im Dunkeln«, sagte Thomas Petersen nervös.

»Himmelarsch«, murmelte Monroe. »Es ist zwei Uhr nachmittags, Herrgott noch mal. So wie sich das Wetter zusammenbraut, ist es allerdings wahrscheinlich um halb drei dunkel. Haben Sie die Wolken gesehen?«

»Kein Problem«, sagte Tolstoy. »Dunkelheit ist nicht erforderlich.«

Ein letzter Blick in die Runde. Bereit zur Attacke.

»Ich habe manchmal Angst vor weiten offenen Räumen«, meldete Ruth Harrison sich im letzten Moment zu Wort.

»Wir halten uns drinnen auf«, erwiderte Tolstoy hastig.

»Ich kriege manchmal Platzangst, wenn ich mit zu vielen Leuten in einem kleinen Raum bin«, sagte Petersen. »Und manchmal macht mir auch das Licht zu schaffen. Wenn es zu hell ist, verstehen Sie?«

»Wir glauben, dass wir das Ritual auf dem Flur im ersten Stock abhalten werden, es wird also schön offen sein, mit genug Platz für uns alle, und bei der Bewölkung dürfte es auch nicht zu hell werden.«

»Ich hasse es, zu fliegen«, sagte Ruth.

»Ich auch!«, stieß Petersen eilig hervor.

»Eigentlich nicht das Fliegen an sich«, fügte Ruth hinzu, »nur den Start und die Landung, und wenn es anfängt zu wackeln.«

»Also wirklich, Leute«, sagte Tolstoy mit bewundernswerter Geduld. »Wir nehmen schließlich keinen Hubschrauber, sondern gehen nur die Treppe hoch.«

»Hubschrauber?«, fragte Petersen irritiert. »Ich würde nicht mal in die Nähe eines Hubschraubers gehen.«

»Ich glaube nicht, dass ich danach je wieder eine Treppe hinaufgehen kann«, sagte Ruth. »Ich werde immer unter dem Trauma leiden, was mich möglicherweise oben erwartet. Wie Agnes aus Nummer elf, auf der anderen Seite der Bucht. Sie konnte nicht mehr die Treppe hinaufgehen, nachdem sie ihren alten Herrn mit seinem besten Kumpel Brian im Bett erwischt hat. Es hat ihr Leben zerstört.«

»Ich finde, wir sollten uns auf die Sache konzentrieren«, sagte Barney und nickte Tolstoy zu.

»Unbedingt. Der Mann hat vollkommen Recht. Es ist Zeit.«

»Ich hasse Des O'Connor«, sagte Petersen.

»Arf.«

»Auf geht's«, sagte Tolstoy, drehte sich um, öffnete die Tür und betrat das Haus.

Sie blieb stehen und lauschte der Stille. Barney trat nach ihr ins Haus und spitzte ebenfalls die Ohren, während die anderen draußen warteten.

»Nichts«, sagte Tolstoy nach einer halben Minute.

»Vielleicht wartet er auf uns«, sagte Barney.

»Vielleicht.«

»Verdammt«, sagte Monroe, »wenn ich noch viel länger hier draußen rumstehe, zwickt mein Ischiasnerv, dann falle ich komplett aus.«

Tolstoy drehte sich um und wandte sich ein weiteres Mal an ihre Truppen.

»Wir gehen nach oben. Kommen Sie alle ins Haus und bleiben Sie dicht zusammen. Wenn irgendjemand zurückfällt, soll er um Hilfe rufen.«

»Ich dachte, wir gehen bloß in den ersten Stock?«, fragte Petersen besorgt.

Ruth Harrison ergriff plötzlich Igors Hand, ihre erste intime Geste nach ihrer großen Intimität gestern. Igor verzog ein wenig das Gesicht, drückte aber trotzdem ihre Hand, bevor das bizarre Kollektiv ins Haus tappte und sich schweren Schrittes die Treppe hinauf zu schleppen begann.

»Am Ende verpasse ich wieder das Billard, jede Wette«, murmelte Monroe. »Irgendwas ist doch immer.«

Die Glorreichen Sechs hielten sich an den Händen, obwohl das der Mehrheit der anwesenden Männer ein wenig peinlich war, weil eben nicht genug Frauen dabei waren. Zu ihrer Verlegenheit kam die allgemein unbehagliche Aura des Hauses, ein Gefühl des Bösen und eines unsichtbaren besessenen

Geistes. Obwohl es natürlich kein Gefühl des Bösen gibt, was einem Mann ähnliches Unbehagen bereitet wie die Notwendigkeit, die Hand eines anderen Mannes zu halten. Ruth hingegen zitterte vor Angst und Schrecken und war begeistert, Barneys und Igors Hand um ihre zu spüren.

»Wir müssen alle unser Vertrauen in Gott, den Herrn, setzen«, sagte Tolstoy, und Barney wusste nicht genau, ob sie die Gruppe oder nur sich selbst meinte.

»Himmelarsch«, murmelte Monroe.

»Sind Sie sicher?«, fragte Petersen.

Sie waren seit nunmehr zwanzig Minuten im Haus und bisher noch nicht Zeuge von Jonah Harrisons schlurfenden Schritten geworden. Barney und Igor fragten sich, was mit dem alten Burschen geschehen war. Petersen wurde immer nervöser, während Monroe sein hohes Maß an Skepsis bestätigt fand. Tolstoy fing an zu glauben, dass das Ganze ein Haufen Blödsinn war, sie jedoch ihre Nummer abziehen musste, um ihr Honorar zu rechtfertigen. Ruth fühlte sich ein bisschen so, als hätte sie einen Fernsehtechniker kommen lassen, und in dem Moment, wo er aufkreuzt, funktioniert die Glotze tadellos. Sie war sogar kurz davor zu rufen: »Komm schon, Jonah, du mieses Schwein!«

»Ich bin der Mann, der Leid erlebt hat, unter der Rute seines Zorns«, zitierte Reverend Tolstoy eine seltsame Stelle aus den *Klageliedern*, weil sie dachte, dass sie irgendwas sagen sollte. Ihre Ausführungen gegenüber Barney am Telefon, dass ihr Exorzismus auf einem aramäischen Ritual aus dem fünften Jahrhundert basierte, das aus einem früheren babylonischen Ritus entwickelt worden war, waren komplett ersponnen gewesen und lediglich Beweis dafür, dass sie durchaus in der Lage war, zu lügen. Das Ganze war die reine Improvisation. »Mich hat er weg- und fortgetrieben, wo Dunkel ist, nicht Licht. Er zehrte aus mein Fleisch und meine Haut, er knickte mein Gebein.«

»Wie sich das anfühlt, weiß ich«, murmelte Monroe, immer noch verärgert, dass er zwischen Petersen und Igor stand.

»Zum lauernden Bären ward er mir, zum Löwen im Versteck. Er spannte seinen Bogen und stellte mich als Ziel hin für seinen Pfeil. Zum Gelächter ward ich meinem ganzen Volk, zu ihrem Spottlied alle Tage.«

»Oh ja«, murmelte Monroe.

»Worauf wollen Sie eigentlich hinaus?«, fragte Petersen.

»Mit bitterer Kost hat er mich satt gemacht, mich satt getränkt mit Wermut. Er ließ Kiesel auf meinen Zähnen sich zermahlen.«

»Also, ich würde auf keinen Fall zu einem Zahnarzt aus der Gegend gehen«, murmelte Monroe.

»Oh Herr!«, rief Tolstoy, das Tempo forcierend, »erfülle uns mit deiner Gnade und Größe. Komm unter uns und werde eins mit unserem Kreis des Glaubens. Mein Herz ist fest, oh Herr; ich werde dein Loblied singen und dich preisen.«

Das sollte wirken, dachte Barney.

»Mein Gott! Doch Moab sei mir die Schüssel zum Waschen«, plapperte sie weiter, jeden Bibelvers zitierend, der ihr gerade einfiel, »auf Edom setze ich meinen Schuh.«

»Sind Sie sicher, dass Sie so was schon mal gemacht haben?«, fragte Petersen.

»Mein geliebter Herr Jesus, in diesem Haus herrscht eine Finsternis, die seinen Geist spaltet. Wir flehen dich an, komm in dieses dunkle Land und befreie die verfolgten und verdammten Seelen, auf dass sie ziehen können an jenen gottgegebenen gesalbten Ort. Nicht uns, sondern deinem Namen schenke Heil um deiner Gnade und Wahrheit willen.«

Sie machte eine Pause und blickte himmelwärts, genauer gesagt starrte sie an eine weiße Decke mit einer hässlichen violetten geblümten Borte, die dringend gestrichen werden musste. In der Runde regte sich begründeter Zweifel, und sie spürte es. Zeit für ein bisschen mehr Altes Testament, dachte sie.

»Oh himmlischer Vater, auch solches Fleisch, das mit etwas Unreinem in Berührung kam, darf nicht gegessen, sondern muss verbrannt werden. Was sonst das Opferfleisch betrifft, darf jeder, der rein ist, Fleisch essen. Wer aber mit etwas Unreinem in Berührung gekommen ist und dennoch vom Fleisch des Gemeinschaftsopfers genießt, der soll aus seinen Volksgenossen ausgetilgt werden!«

»Jetzt redet sie übers Mittagessen«, sagte Monroe.

»Herrgott!«, stieß sie hervor.

Das wollte ich auch gerade sagen, dachte Igor.

»Herrgott!«, wiederholte sie, wahllos alles deklamierend, was ihr in den Sinn kam. »Es herrschte ein Todesschrecken in der ganzen Stadt; überaus schwer lag die Hand Gottes auf ihr. Die Leute nämlich, die nicht starben, wurden mit Beulen geschlagen, und das Wehgeschrei der Stadt stieg zum Himmel empor.«

»Hämorrhoiden?«, fragte Monroe bitter.

»Pst!«, sagte Barney plötzlich scharf, und sofort waren die Nervenanspannung und der Adrenalinpegel der Runde, die in den zwanzig Minuten seit ihrer Zusammenkunft im Namen des Herrn deutlich abgesackt waren, wieder auf Anfangsniveau.

Die Hände wurden fester gedrückt, einige Teilnehmer sahen sich ängstlich um. Endlich vernahm man aus Jonahs Arbeitszimmer erste Geräusche.

Ein Stuhl wurde zurückgeschoben, man hörte eilige Schritte und ein leises Türquietschen, obwohl die Tür sich unter den starrenden Blicken der Versammlung keinen Zentimeter bewegte.

Danach war es still, als wäre Jonah Harrisons Geist in der Tür stehen geblieben, von wo er die absurde Sechsergruppe betrachtete und sich fragte, ob er direkt durch sie hindurch ins Bad gehen sollte.

Sie konnten ihn nicht sehen, aber sie spürten ihn, alle wussten, dass er da war. Selbst der unglückliche Monroe erkannte, dass eine weitere, noch unglücklichere Präsenz in ihrer Mitte war.

»Jonah!«, rief Ruth Harrison und starrte voller Angst und Ehrfurcht auf den Türrahmen. »Es tut mir Leid! Es tut mir wirklich Leid! Ich hätte dich ins Bad lassen sollen. Kannst du mir verzeihen?«

Sie drückten sich eng aneinander, jeder Einzelne auf der Hut vor der unsichtbaren Manifestation des Harndrangs eines Mannes.

»Und Igor«, fügte sie hinzu. »Es tut mir auch Leid wegen Igor.«

»Es ist doch nicht Ihre Schuld, dass er bucklig ist«, sagte Monroe, dessen Missmut offen gesagt an Überdruss grenzte.

»Arf.«

»Weise diesen Geist aus diesem Haus, gütiger Gott«, legte Reverend Tolstoy beinahe in einem Singsang los. »Erlaube ihm, den Schmerz seines innersten Fleisches zu lindern, die brennende Glorie seiner Blase zu erleichtern, seine göttliche Pisse aus dem Gefängnis seiner Harnröhre zu befreien, und lasse ihn ziehen auf dem Pfad vom Leben in den Tod, auf dass seine Seele den Frieden finden möge, der zu ihr passt.«

Barney warf ihr einen Blick zu, aber sie hatte die Augen geschlossen und das Gesicht flehend himmelwärts gewandt.

»Rufe die Freiheit, Herr Jesus Christus, und lasse die Hunde des Abwassers von der Leine.«

Barney lächelte wehmütig und sah sich zu der Tür um, weil seine Besorgnis nach und nach einer gewissen Neugier wich. Ruth Harrison klammerte sich hingegen ängstlich an seine Hand, ihr Herz raste, und ihre Nerven waren angespannter als je zuvor in den vergangenen zwei Tagen. Die Nägel ihrer anderen Hand gruben sich tief in Igors Handfläche.

Thomas Petersen hatte sogar noch mehr Angst, und auch Reverend Tolstoy hätte, wäre Zeit für einen Moment der Selbsterkenntnis geblieben, zugeben müssen, dass sie das Grauen gepackt hatte, weshalb sie einen Haufen dummes Zeug redete und ihre Stimme mit jedem inbrünstigen Ausruf erregter und panischer wurde.

»Zuhause angekommen nahm er sein Messer, ergriff seine Nebenfrau, zerteilte sie gliedweise in zwölf Stücke und sandte sie in das ganze Gebiet Israels!«

»Jetzt ist endgültig eine Schraube bei ihr locker«, murmelte Monroe.

»So, lieber Herr Jesus, teile auch den ewigen Urin von Jonah Harrison in zwölf Teile und schicke sie durch die Abflussrohre des ganzen Landes an alle Küsten Schottlands.«

Als sich gerade alle umdrehen, sie als komplette Idiotin beschimpfen und tüchtig auf sie einhacken wollten, hörten sie ein weiteres Geräusch von der Tür. Wieder erstarrte ihr Blut, Herzen setzten einen Schlag aus und Fingernägel wurden vehement in die feuchte Handfläche des Nachbarn gegraben.

Der Geist machte einen ersten zögernden Schritt, als ob

Jonah sich nicht recht trauen würde, entschlossen den Flur hinunter zum Bad zu gehen.

»Oh mein Gott!«, rief Reverend Tolstoy auf eine Art, die die Bedeutung nicht ganz klar werden ließ. War es Furcht oder Verehrung?

»Kommen Sie, Jonah«, sagte Barney, weil er dachte, dass zumindest einer von ihnen ungeachtet der bizarren Umstände den gesunden Menschenverstand bewahren sollte.

»Ja«, sagte Monroe. »Ich habe jetzt schon meinen Nachmittagstee verpasst, und du weißt ja, was dann mit meinen Nieren passiert.«

»Gott bewahre mich davor«, klagte die Geistliche, »so etwas zu tun! Soll ich das Blut dieser Männer mitsamt ihrem Leben trinken?«

»Also, mein beschissenes Blut trinken Sie nicht«, sagte Monroe.

Man hörte erst einen, dann rasch einen weiteren Schritt. Sie konnten ihn nicht sehen, aber sie wussten, dass er ihren Kreis fast erreicht hatte. Ruth Harrison hielt die Luft an, Thomas Petersen war völlig verängstigt und trug sich mit Fluchtgedanken.

»Bleiben Sie standhaft!«, bellte Barney ihn an, weil er dessen fahnenflüchtige Absichten ahnte.

»Komme mitten unter uns, Jonah!«, rief Tolstoy, »und spüre die Hand des Herrn auf dir!«

Ein weiterer Schritt, und plötzlich stand Jonah Harrison in ihrer Mitte. Wie ein Körper spürten die tapferen vier Männer und zwei Frauen seine Anwesenheit, und jeder von ihnen empfand unvermittelt den unwiderstehlichen Drang, zur Toilette zu gehen.

»Arf!«

Ruth stöhnte, Tolstoy stieß einen seltsamen Laut aus, Petersen wimmerte.

»Mein Gott«, sagte Barney.

»Gut, dass ich meine Inkontinenzwäsche trage«, sagte Monroe düster, obwohl er ausnahmsweise einmal den positiven Aspekt einer Situation erkannt hatte.

Und dann war der übermäßige Harndrang so schnell, wie er gekommen war, auch wieder verschwunden, und Jonah Harrisons Schritte tappten Richtung Bad. Erleichtert registrierten die Sechs das Nachlassen des Drucks, hatten nun jedoch auch großes Verständnis für Jonahs Fluch.

»Befreie ihn, Herr!«, heulte die Pfarrerin, »nachdem wir nun alle die Qual seiner urinalen Folter geteilt haben. Befreie ihn und seine Seele! Befreie seinen Urin aus seinem ewigen Gefängnis.«

Schließlich hielt Petersen es nicht mehr aus und entzog Tolstoy seine Hand. Aber auf der anderen Seite hielt Igor ihn eisern fest.

»Nicht den Kreis unterbrechen!«, rief Tolstoy und angelte mit ruderndem Arm nach Petersens Hand.

»Ich will aber!«, erwiderte er jammernd.

»Nehmen Sie ihre Hand!«, donnerte Barney ihn an. »Los!«

Petersen schluckte, riss nervös die Augen auf und ließ Tolstoy wieder seine kalten feuchten Finger fassen.

»Memme«, knurrte Monroe.

»Arf.«

Sie hörten, wie die Badezimmertür geöffnet und wieder geschlossen wurde, obwohl auch sie sich nicht bewegte.

»Komm schon, oh Herr!«, kreischte Tolstoy, als ob Jonah in der letzten Minute eines Weltmeisterschaft-Finales allein auf den Torwart zulief. »Freiheit!«

Sie machte eine Pause und fasste Barneys und Petersens Hand fester. In der nachfolgenden Stille standen sie angespannt wartend da, alle Augen und Ohren Richtung Bad gerichtet.

Und dann kam es: zunächst ein Tröpfeln, bald jedoch ein frei fließender, goldener Strom. Und auch wenn der brennende Harndrang die versammelte Gesellschaft zwar erfasst, aber auch wieder verlassen hatte, spürten sie alle Jonah Harrisons enorme Erleichterung, als er mit der gütigen Hilfe Gottes endlich substanziell pinkeln und sich von der Notdurft befreien konnte, die ihn in den vergangenen zwei Tagen verfolgt hatte.

»Gott sei Dank«, sagte Petersen.

»Das sollten wir tun!«, rief Tolstoy.

Ruth ließ die Schultern sinken und den Kopf hängen, und ihr Händedruck wurde schlaffer, als der Urinstrom nach etwa einer Minute langsam schwächer wurde.

»Aber das habe ich auch schon vorher gehört«, murmelte sie. »Das hat er schon hundertmal gemacht. Er ist immer noch hier.«

Barney fasste genau wie Igor ihre Hand fester.

»Arf.«

»Diesmal ist es anders«, sagte Tolstoy ruhig und ganz ohne die Fernsehprediger-Allüren der letzten zehn Minuten. »Spüren Sie es, Ruth. Nicht nur Jonah ist hier, sondern auch Gott ist mitten unter uns. Jonah wird frei sein, Ruth, glauben Sie mir.«

»Aber woher soll ich das wissen?«

Sie starrte Tolstoy mit weit aufgerissenen Augen an, voller Hoffnung, Furcht, Verzweiflung und einhundert anderen widersprüchlichen Emotionen.

Die Toilettenspülung rauschte, und man hörte das unverkennbare Geräusch eines Reißverschlusses, der hochgezogen wurde.

»Rauscht die Spülung sonst auch immer?«, fragte Tolstoy.

»Ja«, sagte Ruth leise. »Es gibt keinen Unterschied.«

Die Badezimmertür ging auf. Ruth drehte sich eilig um, und ihr Herz schlug mit einem Mal bis zum Hals. Das *war* anders.

Da stand er: Jonah Harrison oder doch zumindest dessen Gespenst. Sie konnten durch ihn hindurch ins Bad sehen, aber er war sichtbar, in all seiner früheren Masse.

»Oh Scheiße«, sagte Petersen.

»Lieber Gott«, sagte Tolstoy. »Lieber Gott«, wiederholte sie, bis ihre Stimme sich verlor.

»Arf.«

»Jonah?«, fragte Ruth. »Jonah?«

Aber er blickte sie nicht an. Ohne irgendwohin zu schauen, stand er für einen Moment in der Tür, wirkte jedoch getröstet und erfüllt. Schließlich rieb er sich die Hände und ging auf den kleinen Kreis zu.

Petersen wich zurück, die anderen blieben stehen.

Ein, zwei, drei Schritte, und er war beinahe zwischen ihnen. Alle erstarrten, aber Barney und Igor hielten Ruths Hände fest gepackt, als Jonah Harrison durch Barneys und seiner Witwe Hand in den Kreis drängte.

»Jonah!«, rief sie.

Aber er sah sie noch immer nicht an, ja, er schien die ganze kleine Exorzistentruppe gar nicht zu bemerken. In der Mitte des Kreises blieb der Geist stehen.

»Gütiger Gott, nimm seine Seele«, sagte Tolstoy, weil sie dachte, dass sie irgendwas sagen sollte.

»Jonah?«, fragte Ruth.

Endlich drehte er sich um. Den Blick der anderen meidend,

sah er direkt in die Augen seiner Witwe. Er lächelte sie mit einem Ausdruck an, der ihr alles verzieh. All die Fehler und Eigenheiten der letzten zwei Tage und alle Verfehlungen und Irrtümer der dreißig Jahre davor.

»Oh Jonah!«, sagte sie, löste ihre Hand aus Barneys und streckte sie zu ihm aus.

Er stand still und umarmte sie noch einmal mit seinem Lächeln, bevor seine vage Erscheinung langsam zu verblassen begann.

»Jonah!«, wiederholte Ruth lauter.

Ein allerletztes Lächeln, ein Blick zwischen Mann und Frau, dann war er verschwunden, und Ruth Harrison starrte ins Gesicht des alten Jack Monroe.

»Oh Gott«, sagte sie, entzog Igor ihre Hand und sank unvermittelt auf die Knie, wo sie in Tränen ausbrach, ein gewaltiger Strom, der aus der Tiefe ihres Herzens zu entspringen schien.

Barney wollte sie trösten, aber Reverend Tolstoy nickte ihm kurz zu, bevor sie sich neben die Witwe kauerte und einen Arm um ihre Schultern legte. Barney und Igor sahen sich schaudernd an, weil sie beide die gleichen Schritte auf ihrem Grab gespürt hatten.

Nachdem es nun vorbei war, löste sich Petersen aus der kleinen Gruppe und lehnte sich, die Augen vor Angst und Schrecken weit aufgerissen, an die Wand.

Monroe musterte die Szenerie und zuckte dann mit den Schultern.

»Vermutlich denken Sie, dass es gut gelaufen ist«, murmelte er.

Und während Ruth Harrison um ihren Mann weinte, wandten sich die männlichen Teilnehmer dieses eigenartigen kleinen Exorzismus ab und ließen sie mit Reverend Tolstoy allein, damit sie sich endlich ihrer Trauer hingeben konnte.

Auf dem Treppenabsatz drehte sich Barney noch einmal um und betrachtete die beiden knienden Frauen. Tolstoy fing seinen Blick auf und nickte ihm zu. Barney erwiderte ihr Nicken, bevor er mit Igor das kleine Haus verließ, in dem der Geist von Jonah Harrison jetzt nicht mehr spukte.

Kapitel 35

Und so gehen sie dahin im Namen des Satans – höchst unbequem.

Pater Andrew Roosevelt führte ein kurzes Gespräch mit einem Paar, das es gewagt hatte, ihn zu bitten, sie im nächsten Monat zu trauen. Eine halbe Minute bevor sie zu ihrem verabredeten Termin erschienen waren, waren auch Ephesian und Jacobs aufgekreuzt, um Roosevelt zu sprechen. Jacobs wollte einfach hineinplatzen, das junge Paar beiseite drängen und zur Sache kommen. Ephesian hatte ihn jedoch angewiesen zu warten, bis sie an der Reihe waren, weil man das eben so machte.

Und so saßen die beiden wichtigsten Männer der Insel vor einem kleinen Büro in dem Klostergebäude neben der Kathedrale, während Pater Roosevelt ein kurzes Gespräch mit Sauvignon Medoc und Buster de Pompadour führte.

Roosevelt blickte lächelnd von ihren Geburtsurkunden auf.

»Es scheint alles in Ordnung zu sein«, sagte er, während er in Gedanken mit dem nicht völlig unerwarteten Eintreffen des Dunklen Ritters und seines Spießgesellen beschäftigt war. Roosevelt war sehr, sehr nervös. Wenn ihm danach war, konnte er junge Leute, die seiner Meinung nach aus den falschen Gründen heirateten, überaus ätzend und verletzend behandeln. Aber Medoc und de Pompadour sollten es sehr leicht haben. In Andrew Roosevelts Gehirn herrschte ein einziges Chaos, und der kleine Teil, den er seinen alltäglichen seelsorgerlichen Pflichten eingeräumt hatte, lag unter Schichten von Angst begraben.

»Cool«, sagte de Pompadour.

»Und wann würden Sie gern heiraten?«, fragte er.

»Nächsten Samstag«, sagte Medoc schnell, lächelte de Pompadour an, und sie kicherten.

Roosevelt runzelte die Stirn, aber die Einwände, die er hätte geltend machen sollen, glänzten durch Abwesenheit.

»Das ist, ähm…«, stotterte er, »glaube nicht, dass ich da schon etwas vorhabe.«

»Cool.«

»Und warum haben Sie sich entschieden, in der Episkopalkirche zu heiraten?«, spulte Roosevelt automatisch sein übliches Programm ab. Die Antwort darauf pflegte er sonst mit tiefster Verachtung und ätzendem Spott zu bedenken. Er stellte diese Frage seit elf Jahren und hatte noch keinen Menschen unter dreißig getroffen, der ihm erklären konnte, was die Episkopalisten von der Church of Scotland unterschied.

»Dies ist eine Episkopalkirche?«, fragte Medoc, sichtlich überrascht.

»Also, ich weiß nicht mal, was das ist, Mann!«, sagte de Pompadour lachend.

»Einfach ausgedrückt«, sagte Roosevelt, »bedeutet es, dass die Kirche einem Bischof untersteht.«

»Abgefahren!«

»Yeah!«, sagte Medoc. »Heißt das, wir werden von einem Bischof getraut und alles?«

»Nein«, sagte Roosevelt, während er über all die Dinge nachdachte, die Ephesian ihm möglicherweise an den Kopf werfen könnte. Hauptsächlich die Tatsache, dass er es Lawton erlaubt hatte, den Heiligen Gral zu entfernen. Nun, was hätte er sonst tun sollen? »Ich bin kein Bischof.«

»Was auch immer«, sagte Medoc, »wir wollen, dass Sie es machen.«

Roosevelt blickte von einem zur anderen, mit den Gedanken tausend Meilen weit weg. Oder genauer gesagt, etwa sieben Meter, bei Ephesian und Jacobs, die vor seinem Büro warteten. Ephesians Anwesenheit bedeutete hoffentlich, dass es wahrscheinlich nicht zu Blutvergießen kommen würde.

Medoc und de Pompadour lächelten betreten, weil auch die beiden mitbekamen, dass bei dem Priester offenbar die eine oder andere Schraube lockerer war, als es zunächst scheinen wollte.

»Alles in Ordnung?«, fragte Medoc.

Die Worte verhallten im Raum, bevor Roosevelt begriff, dass sie an ihn gerichtet waren. Er schüttelte den Kopf, versuchte, wieder an die wirkliche Welt anzudocken, und sei es nur, bis er dieses Gespräch beendet und die beiden aus seinem Büro komplimentiert hatte, obwohl er sich gleichzeitig wünschte, dass sie mindestens bis Mitternacht sitzen blieben.

»Ja«, sagte er. »Verzeihung. Ja, alles in Ordnung.«

Dann lächelte er beide an und versuchte, die peinliche Situation zu überspielen.

»Und wann haben Sie sich kennen gelernt«, fragte er beinahe so, als ob es ihn interessierte.

»Gestern Abend«, sagte de Pompadour.

»Es war reine Magie«, sagte Medoc.

Es rauschte direkt über Roosevelt hinweg. Sie hätten ihm auch erklären können, dass sie sich bis zu diesem Augenblick nie gesehen hatten oder Bruder und Schwester waren.

»Gestern Abend?«, fragte er. »Das ist wunderbar. Wirklich wunderbar.«

»Sie sind bestimmt überrascht«, sagte Medoc, obwohl Roosevelt aussah, als hätte man ihm zwei Liter Prozac injiziert, »aber glauben Sie an Liebe auf den ersten Blick? Glauben Sie daran?«

Roosevelt hörte nur irgendwas von Liebe und nickte. Das glückliche Pärchen hielt Händchen und lächelte sich widerlich verliebt an.

»Wir glauben fest daran«, sagte Medoc. »Und ich weiß, was die Leute sagen werden. Wir sind erst siebzehn, es ist noch zu früh, um eine solche Entscheidung zu treffen, aber wir wissen es, tief drinnen. Das ist die wahre Liebe. Ich habe das Gefühl, ich kenne Simon schon mein ganzes Leben lang.«

»Buster«, sagte de Pompadour.

»Buster«, wiederholte sie und drückte seine Hand ein wenig fester. »Aber wissen Sie, manchmal weiß man es einfach, oder nicht? Man weiß einfach, wann jemand der Richtige ist.«

»Voll fett«, sagte de Pompadour, und Medoc kicherte.

»Fett?«, fragte sie lachend. »Niemand sagt mehr fett. Das war vielleicht vor fünf Jahren cool.«

»Willst du mich dissen, Bitch?«, fragte de Pompadour.

»So kannst du mich nicht nennen«, erwiderte Medoc.

»Wenn die Zwangsjacke sitzt«, sagte de Pompadour, was nicht so richtig passte, aber das hatte sein Vater immer zu ihm gesagt, und er brachte es bei jeder Gelegenheit an.

Sie zeigte ihm den Stinkefinger und wandte sich ab.

»Du hast Glück, dass ich dich liebe«, sagte sie, ohne ihn anzusehen, und bei der bloßen Erwähnung des Wortes schmolz de Pompadour dahin und schmiegte sich an ihre Schulter.

Roosevelt beobachtete dieses kleine Schauspiel von Liebe, Schmerz und Versöhnung und beschloss plötzlich, dass es Zeit wurde, sich den weiteren Aufgaben des Tages zu widmen. Er konnte die anderen schließlich nicht ewig hinhalten.

»Samstag, ein Uhr«, sagte er rasch an Medoc gewandt, weil sie offensichtlich das Gehirn des Unternehmens war.

»Sie machen es?«, fragte sie überrascht.

»Was auch immer«, antwortete er, was unter den Umständen wahrscheinlich nicht die angemessene Antwort war, aber seine Gedanken hatten sich mittlerweile noch weiter entfernt. »Kommen Sie am Freitagmorgen noch einmal vorbei, dann können wir die Einzelheiten besprechen.« *Wenn Sie bis dahin noch zusammen sind*, lag ihm auf der Zunge, was überraschend war, wenn man bedachte, wie wenig er sich auf die beiden Menschen vor seinem Schreibtisch konzentrierte, aber er schaffte es immerhin, sich diese Bemerkung zu verkneifen.

»Groovy«, sagte de Pompadour und stand auf.

Medoc kicherte.

»*Groovy* sagt seit zehn Jahren kein Mensch mehr, David.«

»Ich heiße Buster«, sagte er dumpf.

»Ja, versteh schon«, sagte sie. »Aber niemand sagt groovy. Es klingt voll nach letztem Jahrtausend und so.«

Und so zogen sie los, um zu streiten, sich zu versöhnen und wieder zu streiten, vorbei an den wartenden Ephesian und Jacobs hinaus in einen kalten grauen Aprilnachmittag am Clyde.

Sobald sie die Tür zu seinem Büro geöffnet hatten, konnte Roosevelt die beiden Männer sehen, die draußen warteten. Sie erhoben sich von ihren unbequemen Stühlen, betraten unaufgefordert sein Büro und schlossen die Tür hinter sich.

»Wir haben einige Fragen an Sie«, sagte Jacobs.

Roosevelt blickte nervös vom einen zum anderen. Jacobs' Augen lagen tief in ihren Höhlen versteckt. Ephesian starrte auf den weißen Kragen von Roosevelts weißem Hemd.

»Tee?«, fragte Roosevelt kläglich.

Kapitel 36

Künstlerische Fehlveranlagung

Sie waren zurück im Salon, weil Barney nicht recht wusste, was er sonst machen sollte. Er hatte Igor angeboten, den Rest des Tages freizunehmen, jedoch erkannt, dass Igor sich nach ihrer bizarren Begegnung mit Jonah Harrisons Geist wahrscheinlich ebenso wie er selbst nach ein wenig Normalität sehnte. Sie brauchten beide ein paar Stunden an einem Ort, an den sie gehörten.

Sie standen, wie es sich oft ergab, nebeneinander am Fenster und blickten über die Wellen der Millport Bay. Der Tag schien zum späten Nachmittag hin immer kühler zu werden, was das Bedürfnis nach der wohligen Wärme des Salons noch verstärkte. Sie hatten seit knapp einer Stunde wieder geöffnet, und noch war kein Kunde erschienen. Sie fragten sich, ob sich die Nachricht verbreitet hatte, dass sie mit seltsamen paranormalen Vorgängen zu tun gehabt hatten, und die Kunden deshalb fern blieben.

»Arf«, sagte Igor leise, weil er wusste, was Barney dachte.

»Ja«, sagte Barney.

O Westwind wild, Herbsthauch, dein blindes Sein lässt fliehn die Blätter, die gefällt der Tod, wie Geister fliehn vorm Zauberer in Reihn, gelblich und schwarz und fahl und hektisch rot; pestschwangre Brut, dachte Igor.

»Ja, aber eigentlich sollte Frühling sein«, sagte Barney.

»Arf«, bestätigte Igor nickend. *Die Jahreszeiten sind heutzutage sowieso total in der Grütze.*

»Das kann man wohl sagen.«

Die Tür ging auf. Sie drehten sich um. Ein Kunde, als sie gerade gedacht hatten, dass keiner mehr kommen würde. Aber so ist das Wesen der Dinge. Erwarte stets das Unerwartete…

»Arf.«

»Tag«, sagte Barney.

Der Kunde, ein mürrisch aussehender Kerl Anfang vierzig mit bereits kurzem Haar sagte nichts, nickte jedoch verlegen.

Barney wies auf den Stuhl, der Typ zog seinen Mantel aus, gab ihn Igor, weil der schon bereitstand, und nahm auf dem großen Stuhl Platz.

»Was darf es sein?«, fragte Barney, während Igor den Mantel aufhängte, seinen Besen zur Hand nahm und zu fegen begann.

»Haare schneiden«, sagte der Mann barsch ohne jeden Hauch von Humor und ohne weitere Erklärung.

»Nummer eins an den Seiten und das Deckhaar fingerlang?«, fragte Barney.

Der Typ sah Barney im Spiegel an und nickte, lächelte vielleicht sogar linkisch, aber das war schwer zu sagen. Barney nahm seine übliche Drei-Sekunden-Inspektion des zu frisierenden Kopfes vor, bevor er dem Kunden ein Cape umlegte, ein Handtuch über die Schultern breitete, den Rasierer zur Hand nahm und den Scherkopf Nummer eins aufsetzte.

»Es wird wieder kalt«, sagte er beiläufig, während er den Rasierer einschaltete und mit eleganten majestätischen Bewegungen ans Werk ging.

Igor blickte auf. *Da würde man eher mich zum Reden bringen*, dachte er.

»Igor meinte eben, es würde sich anfühlen wie Herbst, und er hat Recht«, probierte Barney eine neue Eröffnung.

Der Mann starrte auf sein Spiegelbild.

Barney wartete einen Moment, fuhr dann mit dem Rasierer über den Hinterkopf des Mannes und sagte: »Igor und ich waren heute Nachmittag bei einem Exorzismus. Ziemlich seltsame Veranstaltung, aber ich glaube, ich bin trotzdem froh, dass wir es gemacht haben. Was, Igor?«

»Arf.«

Barney fing den Blick seines Kunden im Spiegel auf, aber der Mann biss nicht an. Er kramte allerdings unter seinem Umhang in seinen Taschen. Barney schaltete den Rasierer zwar nicht ab, hielt ihn jedoch ein paar Zentimeter vom Kopf des Kunden entfernt, während er neugierig darauf wartete, was der Mann hervorzaubern würde.

Schließlich zückte jener unter Falten und Schichten von Stoff eine kleine Visitenkarte, die er Barney gab. Barney nahm sie und schaltete den Rasierer jetzt doch ab.

UNIVERSITY OF MICHIGAN

PSYCHOLOGISCHES INSTITUT

Dieser Mann ist Schriftsteller und leidet unter massiver künstlerischer Veranlagung. Deshalb ist er selbst in einfachsten gesellschaftlichen Situationen nicht in der Lage, sich angemessen zu verhalten. So auch jetzt. Bitte sprechen Sie nicht mit ihm.

Hans Elzinga

29. April 2003 Professor Dr. Hans Elzinga Ph. D.

Barney las die Karte mehrmals durch und dachte, dass es wundervoll wäre, so eine zu besitzen und dann auch noch den Mut zu haben, sie einzusetzen. Er hielt Igor die Karte hin, der sie jedoch nicht nahm, sondern nur wehmütig lächelte.

»Du kennst sie schon, was?«, fragte Barney.

Barney gab die Karte zurück, schaltete den Rasierer wieder ein, wartete, bis der Kunde die Karte in einer Tasche verstaut hatte, bevor er sich erneut der Rasur seines Hinterkopfes wid mete.

Aber dann dachte er, du kannst mich mal, ich rede trotzdem mit dir.

»Könnte ich manchmal auch gut gebrauchen«, sagte er. »Muss ziemlich praktisch sein. Ich meine, funktioniert das auch vor Gericht oder wenn die Polizei Sie wegen eines Verbrechens befragen will, das Sie möglicherweise beobachtet haben?«

Der Kunde starrte ihn mit steinerner Miene im Spiegel an.

»Haben Sie noch andere Karten in der Serie? Ich meine, gibt es auch positive Karten, die tatsächlich etwas sagen, damit Sie es nicht mehr fragen müssen?«

Er sah Igor an, der verstohlen zurücklächelte.

»Das würde einem in allen möglichen Situationen eine Menge Ärger ersparen, was, Igor? Wenn man zum Beispiel in einer Kneipe eine Frau kennen lernt. Man könnte ihr einfach eine Karte geben, auf der steht: *Ich bin seltsam, deshalb kann ich nicht mit Ihnen reden. Aber ich würde Sie gern auf einen Drink einladen und später Sex mit Ihnen haben. Nicken Sie, wenn Sie einverstanden sind.*«

Igor lachte. Der Kunde nicht.

»Trotzdem kommst du auch als buckliger Taubstummer ganz gut ohne zurecht, was?«, sagte Barney, und sein Blick traf im Spiegel auf Igors.

Igor lächelte erneut, diesmal ein wenig verlegen, während er entschied, dass er Barney wahrscheinlich niemals seine *Dieser Mann ist ein buckliger Taubstummer. Bitte haben Sie Mitleid mit ihm, lassen Sie sich von ihm auf einen Drink einladen und haben Sie Sex mit ihm*-Karte zeigen würde.

»Die Welt ist schon verrückt«, sagte Barney.

Der Kunde schwieg.

»Ich meine«, setzte Barney sein solistisches Geschwafel wild entschlossen fort, »neulich hatte ich einen Kunden, der sagte, er wäre schon in jedem Land dieser Erde gewesen. Und er konnte sie auch alle aufzählen. Geboren ist er wohl in Uganda. Und jedes Mal, wenn ein Land sich teilt oder auch nur einen neuen Namen annimmt, musst er noch einmal dorthin. Faszinierend. Wo war er noch als Letztes? Ja, Weißrussland. Hat einen Freund in Minsk besucht. Und was Minsk betrifft …«

Jacobs ließ seine Fingerknöchel knacken, eine ziemlich primitive Geste, aber er wusste, dass das Geräusch Roosevelt bis ins

Mark ging. Ephesian blickte zur Seite und hoffte, das Ganze würde möglichst schmerzlos über die Bühne gehen.

»Warum?«, fragte Jacobs kalt.

»Das habe ich Ihnen doch schon gesagt«, antwortete Roosevelt hastig. »Er hat mir erklärt, Mr. Ephesian hätte ihn geschickt. Dies war immer eine aufrichtige Bruderschaft. Ich hatte keinen Grund zu der Vermutung, dass der Bund zu diesem Zeitpunkt untergraben werden könnte.«

»Sie wussten, dass der Gral entdeckt worden war«, sagte Ephesian, bevor Jacobs kraftvoller dazwischenfahren konnte. »Sie wussten, dass der Tag der Tage beinahe gekommen ist. Die Bruderschaft besteht aus sterblichen Menschen, Pater, und verfügt damit auch über die Eigenschaften sterblicher Menschen. Eifersucht, Konkurrenzdenken und Hass. Man kann das Herz des Untiers nicht erkennen, wenn man nicht unter die Oberfläche schaut.«

»Es tut mir Leid«, sagte Roosevelt. »Ich bin ein Mann Gottes. Ich habe mein Vertrauen in den Herrn und sein Volk gesetzt, in meine Mitmenschen. Ich darf mein Leben nicht von Argwohn bestimmen lassen.«

Ephesian starrte auf Roosevelts Brust. Er mochte den Mann, sogar seine Argumentation war ihm sympathisch. Das Leben wäre einfacher, wenn man jedem vertrauen könnte. Das war auch sein persönlicher Grundinstinkt, den er jedoch für sein Fortkommen in der Geschäftswelt hatte unterdrücken müssen. Wenn man in irgendeinem Bereich weiterkommen wollte, war kein Platz für Ehrlichkeit und Vertrauen. In der Anfangszeit hatte er für diese Lektion oft teuer bezahlen müssen, und Gott sei Dank war Jacobs immer zur Stelle gewesen, um ihm aus der Bredouille zu helfen.

»Also gut«, sagte Ephesian, »was geschehen ist, ist geschehen. Wir müssen nach vorn schauen. Haben Sie eine Ahnung, wo sich der Gral jetzt befindet?«

»Ich habe keinen Schimmer!«, brach es aus Roosevelt heraus. »Warum fragen Sie nicht Lawton, schließlich hat er ihn genommen?«

Ephesian sah Jacobs an, der den Blick seines Bosses bemerkte, ohne die Augen von Roosevelt zu wenden.

Ephesian machte eine Pause, Jacobs starrte Roosevelt an, und der schrumpelte sichtlich zusammen. Er hatte das Gefühl, dass die beiden Männer ihn mit ihren Blicken bis auf die Seele entblößen wollten, um ihn dann an einem Spieß über dem offenen Feuer zu rösten.

»Was?«, fragte Roosevelt.

»Er liegt im Krankenhaus«, erwiderte Ephesian. »Er ist überfallen worden.«

»Mit Archie Gemmill«, fügte Jacobs brutal hinzu. »Er liegt im Koma und wacht vielleicht nie wieder auf.«

»Gütiger Gott!«, sagte Roosevelt und griff mit einer Hand nach dem kleinen Kreuz, das er um den Hals trug. »Gütiger Gott«, wiederholte er mit rasendem Herzen, die Augen weit aufgerissen.

Ephesian beugte sich vor und sah Roosevelt direkt an, trotzdem erreichte sein Blick nur dessen Nase.

Mit einer Hand immer noch das Kreuz umklammernd, lehnte Roosevelt sich zurück und starrte zur Decke. In seinen Augen standen Tränen. Jacobs musterte ihn voller Verachtung.

»Wenn Sie ihm den Gral nicht gegeben hätten, wäre das nicht passiert«, sagte er bitter.

»Simon!«, bellte Ephesian. »Das reicht.«

Roosevelt versuchte, seine Schuldgefühle und alle anderen

Emotionen hinunterzuschlucken, aber seine Tränen flossen nun auch hörbar.

»Pater«, sagte Ephesian sanft, »Sie müssen sich beherrschen. Sie haben in gutem Glauben gehandelt und brauchen sich keine Vorwürfe zu machen. Es ist ganz allein Lawtons eigene Schuld. Er hat den Gral vor der Zeit entnommen und musste den Preis dafür zahlen. Niemand würde Ihnen die Schuld für den Überfall geben.«

Die Worte wehten über ihn hinweg wie zuvor die Worte von Sauvignon Medoc zu ihrem getreuen Freund Buster.

»Jetzt brauchen wir Ihre Hilfe, Pater«, sagte Ephesian. »Nun ist die Zeit, wo wir Ihrer bedürfen und Sie Ihre Rolle im größten Weltereignis seit zweitausend Jahren übernehmen können.«

»Der Mann liegt im Koma!«, rief Roosevelt, ohne den Blick zu senken.

»Auf dass andere in Frieden leben können!«, erwiderte Ephesian vehement, eine ungleich passendere Bemerkung als sein ursprünglicher Gedanke *Es ist doch nur Lawton.* »Helfen Sie, dass Lawtons Leiden nicht umsonst ist, Pater. Der Gral ist nicht mehr in seinem Haus. Wer immer Lawton überfallen hat, hat ihn gestohlen. Sie müssen uns alles erzählen, was Sie wissen, alles, was passiert ist, als Lawton in die Kathedrale gekommen ist, um den Gral abzuholen. Wir brauchen Indizien, Pater, und im Moment sind Sie der Einzige, den wir haben. Sie müssen uns alles sagen.«

Schließlich senkte Roosevelt den Kopf und sah Ephesian in die Augen, auch wenn der nicht direkt zurückschaute. Er spürte Jacobs' brutalen Blick auf sich, schaffte es jedoch, sich nicht zu ihm umzudrehen.

»Ich habe Ihnen nichts zu sagen, Großmeister«, antwortete

er schließlich mit tränenüberströmtem Gesicht. »Es tut mir Leid. Ich habe nichts gesehen.«

Ephesian zuckte und spürte, wie Wut in ihm aufstieg. Er musste die Kontrolle behalten, und diese Episode führte ihn nur noch weiter weg von dem Ort, an dem er sein wollte.

»Scheiße«, platzte er heraus, die einzige Manifestation seines Zorns.

Jacobs sah seinen Chef an, ließ noch einmal seine Fingerknöchel knacken und wandte sich wieder an Roosevelt.

Kapitel 37

Ping Phat

Luigi Linguini stand am Fenster von Ephesians Arbeitszimmer und blickte den breiten Hang hinunter auf den Golfplatz zu seiner Rechten, den trostlosen Firth unter ihm und die ebenso trostlosen Hügel von Bute und Arran. Fast hätte er die karge Schönheit eines grauen Nachmittags in Schottland erkannt, aber sein angeborener Zynismus gegenüber dem Land behielt die Oberhand, und er wandte sich mit einem kalten Schauder eilig ab.

»Man sollte meinen, dass er bei dieser Temperatur die beschissene Heizung anmacht. In Italien hätten wir die Heizung voll aufgedreht. Aber in Italien würde die scheiß Sonne auf jeden Fall länger als zwei Minuten scheinen.«

Er blickte auf die Uhr, rechnete sich aus, wann Ephesian nach Hause zurückkehren würde, drehte sich um und musterte das Zimmer. In der Stunde, seit Ephesian und Jacobs das Haus verlassen hatten, hatte er jedes Zimmer durchsucht. Weil er keine Ahnung hatte, wie lange die beiden wegbleiben würden, war er die ganze Zeit darauf vorbereitet gewesen, überrascht zu werden, aber gesegnet mit einem elementaren Selbstvertrauen hatte er sich deswegen keine Sorgen gemacht. Darum konnte man sich kümmern, wenn es passierte. Und vielleicht würde er sich sogar bis zum Abend irgendwo im Haus einnisten.

Das Haus verfügte über neunzehn Zimmer, deren Mehrzahl offensichtlich kaum benutzt wurde. Das klassische große Haus eines Junggesellen, dachte Luigi. Neben Küche und Bad wurden im Grunde nur drei Räume richtig bewohnt. Das Schlafzimmer, das Arbeitszimmer mit Blick auf die Westküste der Insel und das Büro auf der Vorderseite des Hauses. Das musste nicht heißen, dass das, wonach er suchte – und er war sich nicht ganz sicher, was das eigentlich war –, nicht in einem der anderen Zimmer aufbewahrt wurde, aber er kannte Männer und die Schlichtheit ihrer Gewohnheiten. Wenn es in diesem Haus irgendetwas von Bedeutung gab, würde es sich in einem der beiden Zimmer im Erdgeschoss befinden.

Er hatte gerade zwanzig Minuten lang das Büro durchsucht, sämtliche Schubladen geöffnet, die Kunstwerke auf den Regalen und die Bilder an den Wänden inspiziert. Nun war es an der Zeit, sich das Arbeitszimmer genauer vorzunehmen, nachdem ein vorheriger flüchtiger Blick nicht gereicht hatte, um dem Raum irgendwelche Geheimnisse zu entlocken.

Er zog seine Jacke fester um sich und fing an, sich zu fragen, was sein hilfloser Idiot von einem Kollegen wohl gerade machte, bevor er den Gedanken wieder verwarf und zurück in den Flur ging.

»Und wer könnte sonst noch von dem Gral wissen?«, fragte sich Ephesian, während Jacobs den Wagen langsam die kurze

Straße von der Kathedrale zur George Street hinuntersteuerte.

Jacobs sah Ephesian an und blickte dann wieder auf die Straße. Die Unfähigkeit seines Arbeitgebers, um- oder abwegig zu denken, seine Neigung, alles für bare Münze zu nehmen, auch wenn ihm eine offensichtliche Lüge aufgetischt wurde, waren für ihn nichts Neues. Das hatte ihn während seiner Schulzeit zum ständigen Opfer von Streichen gemacht, noch etwas, das ihn gezwungen hatte, sich noch mehr in das dunkle Reich der Zaghaftigkeit zurückzuziehen.

»Es muss jemand aus der Bruderschaft sein«, fuhr Ephesian fort. »Mein Gott, ausgerechnet jetzt.« Er machte eine Pause, aber Jacobs schwieg weiter. Ephesian begann, im Kopf die Mitglieder der Kabale durchzugehen und sich zu fragen, wer von ihnen am ehesten geneigt war, ihr großartiges Unternehmen zu gefährden. Und dabei kam er keine Sekunde lang auf den Gedanken, dass es dafür auch andere Motive geben könnte als Geld.

»Lawton muss mit einem der anderen gesprochen haben«, sagte er, als Jacobs an der winzigen Kirche von St. Andrews vorbei und auf das Garnisonsgelände zufuhr. »Gier kann den Geist der Menschen aufs Grausamste korrumpieren.«

Zum ersten Mal seit Verlassen des Klosters sah er Jacobs an.

»Mit welchem von ihnen …« Er ließ den Satz unbeendet, weil der Gedanke ihn unendlich wütend machte. Er knirschte mit den Zähnen und rieb mit dem linken Daumen über seine rechte Handfläche. Er würde mit jedem Einzelnen sprechen müssen. Wäre er ein anderer gewesen, hätte er gedacht, dass er ihnen in die Augen blicken musste, aber da diese Alternative für Ephesian nicht in Frage kam, war sie ihm gar nicht erst in den Sinn gekommen. Er hatte natürlich andere Methoden, um einen Menschen einzuschätzen.

»Wir müssen mit allen reden«, sagte er, eigenartig verunsichert durch Jacobs' Schweigen. »Wer aus unseren Reihen stand Lawton am nächsten, wem hätte er sich am ehesten anvertraut, und wer würde am ehesten die Gelegenheit ergreifen, den Gral für sich selbst zu reklamieren?«

»Mr. Ephesian!«, fauchte Jacobs plötzlich.

Ephesian wandte sich erschrocken um, senkte den Blick und fixierte den Zigarettenanzünder im Armaturenbrett des BMW. Jacobs packte das Lenkrad fester und versuchte seine Ungeduld zu zügeln. Nach siebenundfünfzig Dienstjahren hatte er sich leidlich an das Denken seines Arbeitgebers gewöhnt, aber manchmal musste man den Mann scharf zur Raison rufen, damit er erkannte, dass es noch etwas anderes gab als Schwarz oder Weiß und man nicht alles für bare Münze nehmen durfte. Die Menschen logen.

Ephesian sagte nichts. Jacobs bog rechts in die Straße zur East Farm.

»Wir müssen nicht weiter suchen als bei Pater Roosevelt«, sagte er schließlich kalt.

»Wie meinen Sie das?«, fragte Ephesian hektisch.

»Er lugt.«

»Er ist Priester.«

Jacobs schnaubte.

»Er ist Priester«, wiederholte Ephesian energischer.

Fünfzig Meter vor der Farm jenseits des Waldes auf einem Stück mit offenen Weiden und Feldern, die Kathedrale nun auf einem kleinen Hügel zu ihrer Linken, hielt Jacobs am Straßenrand und sah Ephesian an. Ephesian starrte weiterhin geradeaus, den Blick stur auf die getrockneten Reste eines überfahrenen Tiers ein paar Meter vor ihnen gerichtet.

»Er lügt, Sir.«

»Warum? Wollen Sie behaupten, dass er Lawton überfallen hat?«

»Ja.«

»Warum? Wenn er den Gral hätte und Geld wollte, warum hat er es eben nicht erwähnt? Wir waren in seinem Büro, warum hat er uns gehen lassen, ohne eine Forderung zu stellen? Er weiß, dass wir den Gral heute Nacht brauchen.«

»Es geht ihm offensichtlich nicht um Geld.«

Ephesian drehte sich abrupt zu Jacobs um. Diesmal trafen sich ihre Blicke, ein kurzes Blitzen, Ephesians Kopf zuckte, bevor er sich rasch wieder abwandte.

»Wie meinen Sie das? Was soll das heißen, es geht nicht um Geld? Um was könnte es sonst gehen?«

Jacobs blickte Ephesian weiter an, als wollte er ihn herausfordern, ihn noch einmal anzusehen, aber sein Boss starrte stur geradeaus.

»Ich habe die Aktivitäten der Bruderschaft seit unserer Ankunft auf dieser Insel überwacht, Großmeister«, sagte Jacobs. »Das wissen Sie. Vor allem in den letzten Wochen, seit wir wissen, dass der große Tag bevorsteht, habe ich alle genau im Visier behalten.«

Er machte eine Pause, die Augen noch immer provozierend zusammengekniffen. Ephesians Kopf zuckte erneut zwei Mal kurz und heftig. Er kämpfte um Selbstbeherrschung, aber nicht, weil er einen heftigen Wutausbruch unterdrücken musste. Er wollte sich wieder zusammenrollen, bis alle Probleme verschwunden waren.

»Lawton hat keine Freunde«, sagte Jacobs langsam. »Er hat

keinerlei gesellschaftlichen Umgang gepflegt. Es ist absolut unvorstellbar, dass er sein Geheimnis mit irgendjemandem aus der Bruderschaft geteilt hat. Ich weiß, er hat es uns erzählt und war auch töricht genug, sich an Ping Phat zu wenden, aber damit hat er das Geheimnis nur in der Befehlskette nach oben weitergereicht, um zu sehen, was für ihn dabei herausspringen würde. Er hat ganz bestimmt keine Nebengeschäfte gemacht.«

»Warum hat er es überhaupt irgendjemandem verraten? Warum hat er sein Geheimnis nicht gleich benutzt, um uns zu erpressen?«

»Weil er impulsiv war. Und dumm. Er hat es Ihnen erzählt, und er hat es Ping Phat erzählt, weil er nicht an sich halten konnte. Aber bald wurde ihm klar, wie dumm er gewesen war. Deswegen hat er beschlossen, den Gral für sich zu sichern, und deswegen wusste auch sonst niemand davon.«

Ephesian atmete tief ein und starrte leeren Blickes auf die Straße. Er hatte das Gefühl, dass sein Kopf vor Überlastung explodieren müsste, weil er noch nicht erkannte, dass diese Information die Problemlage enorm entspannte. Wenn es so klar war, wie Jacobs es darstellte, und Roosevelt tatsächlich der Schuldige war, ließen sich ihre Probleme viel leichter lösen als erwartet.

»Und warum hat Roosevelt Lawton den Gral dann erst gegeben?«, fragte Ephesian.

Jacobs atmete schwer und warf Ephesian mit zusammengebissenen Zähnen einen stechenden Blick zu. Schau mich an, dachte er, schau mich einfach einmal in deinem beschissenen Leben an!

»Er hat ihn ihm nicht gegeben! Er wusste genauso wenig wie wir, wo in der Kathedrale der Gral zu finden war, bis Lawton das Geheimnis entdeckt hat. Er muss Lawton nach Hause gefolgt sein und den Gral mitgenommen haben.«

»Aber er hat gesagt, er wüsste nicht, wo er ist.«

»Er hat gelogen!«, brüllte Jacobs und hielt dann inne, um die Fassung wiederzugewinnen. Es war Jahre, vielleicht sogar Jahrzehnte her, seit er gegenüber Ephesian zum letzten Mal die Beherrschung verloren hatte. »Er hat gelogen«, wiederholte er mit unterdrückter Wut. »Er will nicht, dass der Gral gefunden wird, deshalb musste er ihn, sobald er aus der Kathedrale entfernt worden war, zurückholen und außer Reichweite bringen.«

»Aber warum?«

»Ich weiß es nicht«, erwiderte Jacobs scharf. »Vielleicht ist er nun, da der Tag gekommen ist, gegen die Ziele der Bruderschaft. Da wäre er nicht der Einzige. Dieses Ziel, auf das wir schon so lange hinarbeiten, das Geheimnis, das von Generation zu Generation weitergegeben wird, die Wahrheit, die uns miteinander verbindet, wird die Kirchen dieser Welt spalten, das wissen Sie. Deswegen sind die Italiener auf der Insel. Aber nicht nur Rom wird Anstoß nehmen oder skeptisch reagieren. Es gibt auf der Welt keine Kirche, die es nicht zerreißen wird. Wer weiß, für wen Roosevelt arbeitet. Vielleicht sind es die Episkopalisten, vielleicht ist es eine andere Kirche, die ihn benutzt, vielleicht handelt er aber auch auf eigene Faust.«

»Wir brauchen Beweise.«

»Wir haben Beweise«, sagte Jacobs. »Die Tatsachen liegen offen vor uns, Sir. Die einzigen Menschen, die von dem Gral wissen, sind wir, Ping Phat und Roosevelt.«

Er hielt inne und sah Ephesian an. Ephesian drehte sich um und starrte Jacobs an, sodass sich ihre Blicke frontal trafen. Obwohl es Ephesian immer schrecklich unbehaglich war, irgendjemandem in die Augen zu sehen, fühlte er sich seltsam angezogen. Schließlich riss er seinen Blick mit einem Kopfschütteln von Jacobs los und starrte wieder auf die Straße.

»Er kann unmöglich schon auf der Insel sein«, sagte Ephesian.

Jacobs blickte auf dasselbe Stück Straße wie Ephesian, während der plötzliche Moment der Erleuchtung seine Gewissheiten über Roosevelt zu Staub zerbröseln ließ.

»Ich weiß nicht«, sagte er.

Schweigen senkte sich über den Wagen. Ephesian spürte, wie sein Inneres zu brodeln und zu mahlen begann, spürte die Übelkeit in seiner Magengrube, die mit jeder Sekunde schlimmer wurde. Auch Jacobs verspürte auf einmal Nervosität, denn das letzte einzufügende Puzzle-Teil war mit einem Mal wieder viel unerreichbarer geworden.

Er biss die Zähne zusammen, legte den ersten Gang ein und startete mit quietschenden Reifen.

»Aber wir müssen es herausfinden«, sagte er und fuhr durch das Farmgelände weiter den Hügel hinauf.

Es klingelte. Luigi Linguini saß in dem großen Ledersessel und blickte aus dem Fenster auf das andere Ende des Golfplatzes. Er hatte die Leute am Tor ankommen sehen und sich in dem Stuhl versteckt, der mit der Rückenlehne zum Fenster zur Auffahrt stand.

Er wollte die Sache aussitzen, weil er davon ausging, dass der unbekannte Besuch sich bestimmt bald wieder verziehen würde und er seine Durchsuchung des Raumes fortsetzen konnte. Er war seit zehn Minuten in dem Zimmer zugange und hatte noch nichts entdeckt, wobei seine Aufgabe zweifelsohne von dem Umstand erschwert wurde, dass er nicht wusste, wonach er suchte. Die Du-wirst-es-schon-wissen-wenn-du-es-siehst-Suchaktionen waren immer die schwierigsten.

Es klingelte erneut. Luigi sprang unvermittelt auf und ging durch das Zimmer. Man braucht Mut, dachte er, Arsch in der Hose. Er konnte genauso gut irgendein Spiel spielen, auch wenn er in diesem frühen Stadium noch nicht wusste, welches.

Er ging durch den Flur in die Halle, strich sein Jackett glatt und öffnete mit großer Geste die Tür.

»Guten Tag«, sagte er lächelnd. »Wie kann ich Ihnen helfen?«

Vor der Tür standen fünf Personen hintereinander aufgereiht, wobei die Wichtigste von ihnen offensichtlich der Mann ganz hinten war, der sich gerade abgewandt hatte und über die Insel blickte.

»Sie müssen Mr. Jacobs sein«, sagte die Frau an der Spitze der Schlange.

»Ja«, sagte er. »Und wen darf ich melden?«, fügte er, ganz in seiner Rolle aufgehend, hinzu.

»Wir sind Ping Phat«, sagte die Frau.

Luigi nickte. Den Namen hatte er schließlich schon mal gehört, also blickte er die Reihe von Chinesinnen und Chinesen entlang, bis sein Blick an dem Gesicht am Ende hängenblieb, das ihn nun erwartungsvoll ansah. Ping Phat war tatsächlich fett. Gut, gegenüber Jonah Harrison lag er vielleicht ein paar Hamburger im Rückstand, aber er futterte zumindest in derselben Liga.

»Mr. Ephesian ist zu Hause nicht?«, fragte die Frau.

Luigi lächelte, sah sich kurz um, als ob Ephesian vielleicht hinter ihm aufgetaucht sein könnte, und drehte sich wieder um.

»Er ist zu Hause nicht«, sagte er. »Er musste kurz weg. Vielleicht möchten Sie auf ihn warten.«

Die Frau senkte den Kopf und sagte: »Das wäre überaus köstlich.«

Luigi trat einen Schritt zurück und bat die chinesische Delegation herein, bevor er die Haustür schloss und durch die Halle ging.

»Hier entlang, bitte«, sagte er und führte sie in Ephesians Büro auf der Rückseite des Hauses mit Blick auf den Firth.

Die Chinesen betraten nacheinander das Zimmer, gefolgt von einem heiteren Luigi, der sich fragte, wohin das alles führen sollte. Nachdem alle versammelt waren, sahen sie Luigi ziemlich erwartungsvoll an, Ping Phat persönlich zog fragend eine Braue hoch.

»Darf ich Ihnen …«, setzte Luigi an, ohne den Satz zu beenden, weil er sich fragte, was man diesen Menschen um diese Tageszeit angemessenerweise anbieten könnte.

»Es ist wundervoll, dich kennen zu lernen, mein Bruder«, sagte Ping Phat plötzlich.

Luigi ertappte sich dabei, wie er die Handflächen zusammenlegte und sich verbeugte. *Luigi*, dachte er, *reiß dich zusammen, verdammt noch mal!*

»Ganz meinerseits, Mr. Phat«, sagte Luigi.

Ping Phat stieß ein albernes Lachen aus.

»Ping! Ping!«, sagte er. »Wir wollen nach all der Zeit nicht so förmlich sein.«

»Ping«, sagte Luigi besorgt.

»Seltsam, dass dem Werk von Robert Louis Stevenson wir haben zu danken«, sagte Ping Phat. »Nach einer solch langen Suche.«

Luigi nickte. *Heilige Scheiße*, dachte er, *der Typ klingt wie Yoda.*

Robert Louis Stevenson. Der Name ließ ihn unvermittelt stutzen. Das wäre womöglich einen Versuch wert.

»Nahe am Ziel wir sind«, sagte Phat. »Köstlich ist es, hier zu sein, zu einer solch glückhaften Zeit. Köstlich, fürwahr.«

Robert Louis Stevenson ...

Luigi nickte und lächelte wieder. Zeit, aus der Stadt zu verschwinden, bevor den Besuchern dämmerte, dass er nicht Jacobs war. Das wäre bereits geschehen, wenn Ping Phat seine persönliche Assistentin nicht in Paris zurückgelassen hätte, um stattdessen mit zwei Leibwächtern, einem persönlichen Fitnesstrainer und seiner ersten Privatsekretärin zu reisen.

Tee, dachte Luigi, das tranken diese Leute.

»Darf ich Ihnen eine Tasse Tee anbieten?«, fragte er so förmlich wie möglich.

Ping Phat lächelte, weil er glaubte, das natürliche Bedürfnis eines Butlers zu erkennen, anderen dienstbar zu sein.

»Gütig das ist überaus«, sagte er. »Tee wir werden alle trinken.«

»Sehr gut, Sir«, sagte Luigi, trat eilig den Rückzug an, verließ das Zimmer und schloss die Tür.

Erleichtert, entkommen zu sein, atmete er tief durch, sammelte sich einen Moment und ging dann rasch ins Arbeitszimmer, nach wie vor nicht ganz sicher, was sich ihm enthüllen würde, aber nun doch zumindest mit einer Ahnung, wo er nachsehen musste.

Kapitel 38

Stolperstelzen & Marshmallows vom Mars

»Ich sitze also in einem Skilift, mitten in der Luft, kann nirgendwohin, und plötzlich taucht wie aus dem Nichts auf dem freien Sitz neben mir diese verdammte Schlange auf.«

»Was für eine Schlange?«

Der Typ schüttelte den Kopf.

»Weiß nicht. Ich weiß nichts über Schlangen, das ist nicht meine Branche. Ich mache in weiblichen Hygieneartikeln.«

»Cool.«

»Und was hat die Schlange gemacht?«, fragte der Kunde hinter ihnen.

Igor blickte von seinem Besen auf, um dem Kunden im Spiegel besser von den Lippen lesen zu können. Das war normalerweise nicht nötig, weil er alle Geschichten schon hundertmal gehört hatte, aber diese war neu. Bei den meisten der alten Knacker waren alle interessanten Dinge bereits vor mehreren Jahrzehnten passiert. Träume waren so ziemlich das einzige Update in ihrem Leben.

»Sie hat mich gebissen«, sagte der Kunde, der gerade unter Barneys Rasierapparat saß und einen fantastischen *Jude Law* verpasst bekam.

»Wie Schlangen das so zu tun pflegen«, meinte Barney.

»Genau«, sagte der Typ.

»War es eine Giftschlange?«, fragte Garrett Carmichael, die in den Salon gekommen war, um festzustellen, wie weit Barneys Überprüfung der Verträge gediehen war, und neben einem der zahlreichen Greise der Insel auf der Bank Platz genommen hatte.

»Hochgiftig«, sagte der Typ. »In dem Moment, in dem sie mich gebissen hat, spüre ich auch schon, wie ich langsam dahinsieche.«

»Was ist mit der Schlange passiert?«

»Keine Ahnung«, erwiderte er leichthin. »Sie ist verschwunden oder irgendwas. Der Sessellift kommt also oben an, und ich renne rum wie ein Verrückter, um ein Gegengift zu finden. Ich spüre, dass ich sterbe, und werde immer verzweifelter. Ich bitte wahllos entgegenkommende Menschen um Hilfe. Himmel, ich halte sogar Kinder auf der Straße an und frage sie, ob sie wissen, was ihre Mütter in ihrem Medizinschrank aufbewahren.«

»Auf der Straße?«, fragte Barney. »Ich dachte, Sie waren in einem Sessellift?«

»Es war ein Traum«, erwiderte er lässig. »Schauplätze wechseln.«

»Verstehe.«

»Bist du gestorben?«, fragte der alte Knacker auf der Bank.

»Nee«, sagte der Jude Law.

»Man sagt, wenn man im Traum stirbt, dann stirbt man auch tatsächlich in seinem Bett«, schaltete Garrett Carmichael sich von hinten ein.

»Und was ist passiert?«, fragte Barney.

Jude Law zuckte die Schultern.

»Ich bin aufgewacht, weil meine Frau mir einen Ellenbogen in die Rippen gerammt hat. Sie hat gesagt, ich hätte im Schlaf vor mich hingebrabbelt. Herrgott, wenn ich eine Million Pfund für jedes Mal bekommen hätte, wo ich sie hätte wecken können, weil sie gebrabbelt hat…« Er schüttelte den Kopf, hielt inne, dachte, dass er das irgendwie falsch ausgedrückt hatte, und hoffte, dass keiner es mitbekommen hatte.

»Träume von Schlangen sind ziemlich ernst«, sagte der Alte von hinten.

»Arf«, stimmte Igor ihm zu.

»Ach, bloß ein Aufguss der Tagesereignisse in symbolischer Form«, murmelte Jude.

»Mein Gott, was ist Ihnen denn gestern passiert?«

»Die Schlange symbolisiert Ängste und Sorgen, derer Sie sich vielleicht noch gar nicht bewusst sind«, vermutete Barney. »Das sagt man jedenfalls.«

»Das ist doch bestimmt phallisch, oder?«, wollte Carmichael wissen. »Die Schlange steht für gefährliche sexuelle Begierden. Wahrscheinlich für jemanden, mit dem Sie schlafen wollen, obwohl Sie das nicht tun sollten, was?«

Jude grunzte.

»Ja«, sagte der alte Knacker von hinten, »und dann auch noch jemand mit einem Phallus. Ich fand es schon immer seltsam, wie du deinen Schnurrbart gekämmt hast.«

»Ach, hör doch auf«, murmelte Jude.

»Andererseits«, fuhr Carmichael fort, die zufällig auf eines ihrer Lieblingsthemen gestoßen war, »symbolisiert die Schlange auch eine Person in Ihrem Leben, der Sie nicht vertrauen. Wer ist es denn?«

»Meine Anwältin«, gab er zurück und sah sie im Spiegel an. Sie lachte.

»Arf«, sagte Igor und blickte zu Barney.

Barney nickte.

»Igor glaubt, die Schlange bedeutet, dass Sie sich einen Erzfeind machen werden, und nur wenn Sie die Schlange in Ihrem Traum bezwingen, können Sie auch diesen Erzfeind bezwingen.«

»Himmel, ich bin einundneunzig, verdammt noch mal. Ich habe schon Mühe, morgens meine Weizenkleie zu bezwingen. Wo soll ich mir denn jetzt noch einen Feind machen?«

»Ich glaube, es ist eher das Wettrennen gegen die Zeit, das dir zu schaffen macht«, sagte der andere Alte.

»Da könnte er Recht haben«, befand Carmichael. »Es bedeutet, dass Sie unter Stress stehen und mit dem Druck und den Anforderungen des modernen Lebens nicht fertig werden.«

»Welches moderne Leben? Ich verbringe meine Tage als quasi komatöse Masse vor dem Fernseher. Der einzige Stress, den ich habe, ist die Sorge, ob ich genug Küchentücher im Haus habe, um mein Gesabber und die zahllosen Tassen Tee aufzuwischen, die ich verschütte. Das und all die anderen eigenartigen, ekligen, mehr oder weniger zähen Flüssigkeiten, die der Körper absondert, wenn man erst mal mein Alter erreicht hat.«

Barney zögerte mit der Schere über dem linken Ohr des Kunden. Es war schlicht und einfach besser, wenn man an bestimmte Dinge nicht erinnert wurde, egal, zu welcher Tageszeit.

»Es ist wieder kühl geworden«, sagte er profan.

»Ja«, stimmte irgendjemand ihm zu.

»Hatten Sie schon Gelegenheit, die Verträge durchzusehen, Mr. Thomson?«, fragte Carmichael.

Barney hielt erneut inne, blickte auf die Uhr, zu dem wartenden Kunden, zurück zu dem Jude Law und zuletzt auf die beinahe menschenleere Straße am Meer.

»Darf ich aus Ihrer eher ausweichenden Erwiderung schließen, dass Sie noch keine Gelegenheit hatten, die Mappe einer substanzielleren Begutachtung zu unterziehen?«

»Wenn ich aus Ihrer Frage schließen darf, dass Sie annehmen, ich hätte sie noch nicht gelesen, haben Sie Recht. Bis Spielschluss habe ich sie erledigt.«

»Und die anderen Anwälte?«, fragte sie. »Haben Sie sich mit ihnen in Verbindung gesetzt?«

Barney drehte sich nun doch ganz um, wobei er umsichtig daran dachte, vorher die Schere aus dem Haar des Jude Law zu nehmen, und sagte: »Ach, wissen Sie, ich habe früher immer *Petrocelli* geguckt, ich sollte also auch so zurechtkommen.«

Sie sah ihn an und dachte: Ein weiterer Mann, der glaubte, er wüsste es besser als ein Anwalt. Und auch wenn sie wusste, dass er in keiner Weise hintergangen wurde, weil sie den Vertrag selbst aufgesetzt hatte und alles so klar und gesetzmäßig war, wie Bartholomew Ephesian es bei seinen Verträgen mochte, würde es Barney Thomson trotzdem Recht geschehen, wenn er irgendwie gelinkt werden würde.

»Na, Sie müssen es wissen«, sagte sie barsch.

Barney lächelte über den strengen mütterlichen Ton und wandte sich wieder dem Jude Law zu.

»Bis nachher«, sagte er über die Schulter, um sie dezent hinauszukomplimentieren.

Sie erhob sich kopfschüttelnd von der Bank und lächelte Igor zu, was er mit einem gemurmelten Arf beantwortete, bevor er sich wieder über seinen Besen beugte. Dann verließ Garrett Carmichael den Laden, womit dessen Status quo als Bastion der Maskulinität wiederhergestellt war.

»In der Nacht davor«, sagte Jude Law, »habe ich geträumt, ich würde in eine neue Schule gehen? Was hat das zu bedeuten?«

»Unverarbeitete Kindheitsängste«, sagten Barney und der wartende Kunde gleichzeitig.

»Arf«, stimmte Igor ihnen zu.

Der Wagen bremste und bog in die Einfahrt. Jacobs und Ephesian sahen sich an, als sie den Renault Scenic bemerkten, der links neben dem Haus parkte.

»Erkennen Sie den Wagen?«, fragte Ephesian, als Jacobs hinter dem Renault hielt.

»Nein«, sagte er, »kenne ich nicht.« Dann stieg er eilig aus, um Ephesian die Wagentür zu öffnen.

Zögernd stieg Ephesian in den kühlen Nachmittag hinaus und schmeckte wie jedes Mal die Seeluft. Ein paar tiefe Atemzüge, während derer sich seine Finger verkrampften und wieder entspannten. Jacobs wartete geduldig, weil er wusste, dass sein Chef seine Rituale brauchte, obwohl er dachte, dass er dieses eine Mal doch besser darauf verzichtet hätte, vergessend, dass ein Mann wie Ephesian geregelte Abläufe gerade in Zeiten der Krise umso dringender brauchte.

»Ping Phat?«, fragte Ephesian schließlich.

»Durchaus möglich«, erwiderte Jacobs. »Schön, dass er sich so zu Hause fühlt, dass er sich gleich selbst hineingelassen hat.«

»Was wollen wir machen?«

Jacobs starrte erst seinen Boss und dann das große Haus an. Es war zwecklos, die Aktionen des Chinesen vorausahnen zu wollen, weil keiner von ihnen wusste, wie sein Verstand funktionierte. Sie kannten seine Gewohnheiten, sie kannten die Leute, die für ihn arbeiteten, und sie kannten zumindest einige seiner Ziele. Aber in ihrer langen Beziehung hatte Ping Phat sie immer wieder überrascht, beginnend damit, dass er sich überhaupt für die Bruderschaft engagiert hatte.

»Wir gehen rein, reden mit ihm, sehen, was er will und ob er irgendwelche Forderungen hat. Vor allem versuchen wir herauszufinden, ob er den Gral hat.«

Er starrte Ephesian an und wollte ihn provozieren, seinen Blick zu erwidern. Aber sein Boss ließ sich nicht darauf ein.

»Wir hatten zwar eben eine kleine Erleuchtung«, fuhr Jacobs sarkastisch fort, »doch das muss ja nicht heißen, dass wir Recht hatten. Andererseits ist meine anfängliche Vermutung vielleicht doch richtig. Roosevelt ist der Mann, und Ping Phat hat nie zuvor einen Fuß auf diese Insel gesetzt.«

Ephesian atmete schwer durch die Nase.

»Vielleicht arbeiten Roosevelt und Ping Phat auch zusammen«, sagte er leise und kalt.

»Vielleicht«, erwiderte Jacobs. »Vielleicht ist es gar nicht Ping Phat, der uns drinnen erwartet. Wir sollten aufhören, Vermutungen anzustellen, reingehen und so schnell wie möglich so viel wie möglich herauskriegen, bevor wir uns irgendwohin zurückziehen und unsere Strategie festlegen.«

»Ja«, sagte Ephesian nach einer kurzen Pause.

Jacobs ging voran, öffnete die Tür, ließ Ephesian eintreten und schloss dann die Tür hinter sich.

Kapitel 39

Man kann einen Ziegelstein zum Wasser tragen, aber sinken muss er schon selbst.

Sie betraten das Arbeitszimmer und blickten in die hoffnungsvollen Gesichter von fünf Chinesen, die auf ihren Tee warteten. Weder Jacobs noch Ephesian hatten Ping Phat je zuvor getroffen und sahen sich nun gleich einer chinesischen Invasion gegenüber; es gab keinen Zweifel daran, wessen Gesellschaft über sie hereingebrochen war, und auch nicht daran, wer von ihnen über die Präsenz, das Charisma und die Autorität verfügte.

Es war die untersetzte Gestalt in der Mitte, die sich bei ihrem Eintreten von der Tür abgewandt hatte und auf das kalte graue Meer hinabblickte, genau von derselben Stelle aus, an der Ephesian immer stand, wenn er versuchte, seinen Gedanken zumindest den Anschein von Ordnung zu geben.

Ping Phat drehte sich um und starrte die beiden Männer an. Da er annahm, er hätte Jacobs bereits getroffen, hatte er keine Ahnung, wer der Mann neben Ephesian sein könnte. Ephesian selbst hingegen war leicht zu erkennen. Ping Phat wusste mehr über ihn, als Ephesian ahnte, sodass er sich schon dadurch verriet, dass er auf Ping Phats Kinn starrte.

»Mr. Ephesian«, sagte er, »entzückt ich bin.«

Und er trat mit ausgestreckter Hand vor.

»Ping«, sagte Ephesian ohne das erforderliche Maß an Begeisterung und in einem Ton, der wie immer jedes negative Gefühl verriet, das er hegte. Ping Phat lachte.

»Das ist mein Mann Simon Jacobs«, sagte Ephesian und wies mit dem Kopf in dessen Richtung, in der Hoffnung, dass das Ping Phat dazu bringen würde, seinerseits eine Erklärung für die anderen vier Gestalten abzugeben, die er mitgebracht hatte, wie Elvis auf Tour samt Groupies und Gefolge. Außerdem verkniff er sich die seiner Ansicht nach durchaus nahe liegende Frage: *Und Sie haben sich selbst hereingelassen*?

Ping Phat betrachtete Jacobs neugierig und übersah dabei sogar eine Weile dessen ausgestreckte Hand. Schließlich ergriff er sie doch und lächelte dabei fragend.

»Ich glaubte, Mr. Jacobs getroffen ich hatte schon«, sagte er. »Ein Mensch sehr hilfsbereit.«

»Wir haben uns noch nie gesehen, Sir«, sagte Jacobs kopfschüttelnd in seine Jeeves-Routine verfallend, wobei diese nach mehreren Tagen ungefilterten Stresses einen starken Hannibal-Lecter-Einschlag hatte.

»Weiß das ich«, sagte Ping Phat, der bei seiner Yoda-Tour mit Yoda-Einschlag und einer Prise Yoda blieb.

Ephesian starrte Ping Phats Nase an und wusste nicht, was er sagen sollte. Er hatte dem Mann eine Reihe wichtiger Fragen zu stellen, um dessen Absichten zu ergründen, aber schon jetzt das Gefühl, weiter vom Ziel entfernt zu sein als noch vor einer halben Minute. Sein Kopf zuckte, als er den Druck spürte, der sich in seinem Schädel aufbaute. Er atmete tief durch, entschlossen, seine Pein nicht zu zeigen. Deswegen hatte er im Geschäft überlebt.

Die Frau zur Rechten Ping Phats trat vor und verbeugte sich respektvoll.

»Ich glaube, der Grund für Mr. Phats Verwirrung ist unsere Begegnung mit Ihrem Butler vor gut zehn Minuten. Er hat uns hereingelassen und bereitet gerade eine Kanne Tee zu unserem Verzehr. Er hat uns glauben gemacht, er wäre Mr. Jacobs.«

»Ich bin der Butler«, sagte Jacobs und sah Ephesian an, »ich bin Jacobs.«

Ohne die Frau zu beachten, blickte er von Ephesian zu Phat, murmelte »Scheiße«, eilte zur Tür und drehte sich auf der Schwelle noch einmal um.

»Wie sah er aus?«, fragte er, direkt an Ping Phat gerichtet.

Ping Phat quittierte den Ton mit einer hoch gezogenen Braue, weil er es nicht gewohnt war, dass irgendjemand so mit ihm redete. Und wie ein Elternteil, das in dieser Art von einem Kind angegangen wurde, hatte er nicht die Absicht zu antworten.

»Er hatte schwarze Haare und ziemlich dunkle Haut«, sagte die Frau. »Ein mediterraner Typ.«

Jacobs warf einen Blick zu Ephesian, den dieser beinahe erwidert hätte, wenn er nicht die Augen niedergeschlagen hätte. Er musste raus aus diesem Zimmer und weg von diesen Menschen, die ihn, so kam es ihm vor, alle anstarrten.

»Scheiße«, sagte Jacobs, der genau wusste, wer hier gewesen war, und rannte los, um den Mann zu suchen, demonstrativ die Tür knallend, als ob das alles Ping Phats Schuld wäre.

Ephesian drehte sich um und starrte auf die geschlossene Tür. Er musste hier raus. Er wollte sich hinlegen oder zu Boden sinken oder fallen, sich zusammenrollen, unter der Bettdecke oder am besten gleich unter dem Bett verstecken. Irgendwas.

»Abrupt Mr. Jacobs ist«, stellte Ping Phat mit einem tadelnden Unterton fest. Er hatte von Ephesian und seinem Personal mehr erwartet.

Ephesian antwortete nicht.

»Gibt es ein Problem, von dem Mr. Phat wissen sollte?«, fragte die Frau.

Ephesian zuckte erneut, diesmal, so schien es, am ganzen Körper.

Und dann stürmte er mit gesenktem Kopf aus dem Zimmer, auf den Lippen ein paar Worte der Entschuldigung, die er nicht mehr herausbrachte. Stattdessen stieß er einen seltsamen Laut aus, der vielleicht sogar ein *Arf* hätte sein können, riss die Tür auf, rannte in die Halle und zur Treppe, sodass die Phat-Delegation wieder allein zurückblieb und staunend auf den Punkt starrte, wo er eben noch gestanden hatte.

Ping Phat sah auf die Uhr und nacheinander seine komplette Mannschaft an, bevor sein Blick schließlich auf die Hausbar fiel.

»Nun«, sagte er, »scheiß drauf. Wenn sie uns keinen Tee bringen, bedienen wir uns von dem Single Malt, den er hier aufbewahrt. Sam«, sagte er zu einem der Bodyguards, »geh in die Küche und organisiere Eis.«

»Jawohl, Sir«, sagte der Leibwächter und zog los.

Jacobs war schon in der Küche gewesen, genau wie in jedem anderen Raum im Erdgeschoss, bevor er kurz nach Ephesian die Treppe hinaufgeeilt war. Für eine gründliche Durchsuchung blieb keine Zeit, nur ein kurzer Blick nach offensichtlichen Auffälligkeiten. Die gründlichere Inspektion würde folgen, wenn die oberflächliche Suche ergeben hatte, dass Luigi Linguini nirgends zu finden war. Aber auch als er schließlich methodischer vorgegangen und jeden versteckten Winkel abgesucht hatte, blieb der Italiener, der es gewagt hatte, sich als Mitglied der Bruderschaft auszugeben, verschwunden. Luigi Linguini hatte das Haus verlassen.

Kapitel 40

Eine Nadel zieht am Faden.

Der alte Herr unter Barneys Schere war komplett unkommunikativ, aber es war beinahe Feierabend, und Barney hatte Lust zu plaudern. Er war halb fertig mit einem kunstvollen *Red Hot Chilli Pepper*, der ihm flüssig von der Hand ging, denn Barney war im Flow. Igor fegte hinter ihm den Boden, keine weiteren Kunden warteten. Ein seltsamer Tag neigte sich dem Ende zu, wobei Barney keine Ahnung hatte, was er noch an Dramatik und Aufregung in petto hatte.

»Und noch ein Beispiel«, fuhr er in dem begonnenen Monolog über schlechte Songtexte fort. »*Ray, a drop of golden sun.* Ein Tropfen goldener Sonne?« Damit war Barney zugegebenermaßen weit im vergangenen Jahrhundert gelandet, aber es war sein Laden, und er konnte reden, worüber er wollte. »Ein Sonnenstrahl lässt sich wohl kaum als Tropfen beschreiben. Ein Tropfen? Mal im Ernst, ein Tropfen ist winzig. Ein Regentropfen, zum Beispiel. Ein Strahl ist kein Tropfen. Warum heißt es nicht Bündel, Streifen, Welle, was weiß ich? *Ray, a beam of golden sun*! Was spricht dagegen? Man hätte jedes dieser Worte verwenden können. Was haben die Texter sich dabei gedacht?«

Barney sah den Kunden im Spiegel an und setzte die entsprechend empörte Miene auf. Der Kunde, ein alter Bursche mit grauem Haar und einem scharfsinnigen Blick, starrte Barney eine Weile an, griff dann langsam unter seinen Umhang und zückte eine Karte, die er Barney hinhielt. Barney nahm sie lächelnd entgegen und fragte sich, mit welchem Beruf sich dieser Typ für seine mangelnde Gesprächsbereitschaft entschuldigen würde, aber die Karte führte keine Profession, sondern eine Philosophie an.

Wer weiß, spricht nicht.
Wer spricht, weiß nicht.

Lao Tse 604-531 v. Chr.

Barney starrte eine Weile auf die Karte, nickte wohlgefällig und gab sie Igor, der sie ebenfalls las, wohlgefällig nickte und dann einsteckte.

»Vielleicht fang ich an, diese Dinge selber zu benutzen«, sagte er, was enttäuschenderweise nur als ein *Arf* herauskam.

»Das solltest du machen«, sagte Barney.

Er sah wieder den Kunden an, der seinen Blick ein oder zwei Sekunden erwiderte, bevor er in der Annahme, die Angelegenheit damit geklärt zu haben, auf das Regal vor sich starrte.

»Ich dachte immer, dass Stipe in *Everybody Hurts* gesungen hat: *Don't blow your head off*«, sagte Barney, womit er die Konversation zumindest mehr auf die Höhe der Zeit brachte, auch wenn er damit die jahrhundertealte chinesische Philosophie ignorierte.

Unweit des Frisörsalons saß James Randolph auf einer Bank am Meer, die Beine übereinander geschlagen, die Jacke zugeknöpft, und ließ sich den belebenden Seegeruch um die Nase wehen. Ungeachtet der Tatsache, dass er heute Abend einen Mord begehen musste, war er so entspannt wie lange nicht, was vor allem daran lag, dass er seine Mordmethode gefunden hatte. Er würde seinen Arbeitgeber ausnahmsweise einmal angenehm überraschen.

Er hatte den Salon am Morgen mit einer Idee verlassen, die er anschließend in einer dreistündigen Internet-Recherche perfektioniert hatte. Sie schien so einfach, doch er war sicher, dass sie von glorreicher Originalität war. Die besten Dinge waren natürlich immer ganz einfach, das hätte er von Anfang an wissen müssen. Nachdem er drei Tage lang zunehmend komplizierter werdende Mordmethoden erdacht hatte, hätte ihm aufgehen müssen, dass die Lösung, die er schließlich fand, von betörender Kargheit war.

Nach der Internet-Recherche war er kurz nach Glasgow gefahren und, ausgestattet mit allen notwendigen Zutaten, das Verbrechen zu begehen und seinen Arbeitgeber zu verblüffen, nach Millport zurückgekehrt.

Seine Beziehung zu Ephesian war eigenartig und in keiner

Weise in einem formalen Vertrag festgelegt. Offiziell war er ein Teilzeit- und Gelegenheitsangestellter, der andererseits praktisch jeden Tag in der Stadt etwas für Ephesian zu erledigen hatte. Aber nur selten gelang es ihm, seinen Boss zu beeindrucken. Er führte seine Aufträge unzeremoniell und ziemlich fantasielos aus, wusste jedoch, dass er sich auf Ephesians Loyalität verlassen konnte, solange er dabei einigermaßen erfolgreich war. Aber heute Abend würde er seinen Chef zum ersten Mal wirklich zum Staunen bringen.

Er hatte natürlich keine Ahnung, dass Ephesian mittlerweile in einen tiefen Sumpf und ein Meer von Sorgen geraten war, wie er es sich nie hätte vorstellen könnte, und Randolph seiner Aufgabe längst entbunden hatte. Inzwischen war Jacobs damit beauftragt worden, den Mord zu begehen, um an das für die Zeremonie benötigte, jungfräuliche Blut zu kommen. Gleichzeitig sollte er Randolph aus dem Weg räumen, damit es eine Person weniger gab, die über Ephesians Geschäftsimperium reden konnte. Oder wie man es nennen wollte.

Aber Ephesian hatte nie an einem zweiwöchigen Personalführungskursus auf einer Insel in einem walisischen See teilgenommen, bei dem man sich von Würmern, Käfern und Fruit Loops ernähren, mit nackten Füßen über glühende Kohlen laufen und sich in einer Masse fremdsprachige Gesänge deklamierender, kannibalischer Halbmutanten zur Ekstase masturbieren musste. Ihm fehlte jede Erfahrung mit der hilfreichen Geschäftspraxis, Informationen die Befehlskette hinabzureichen. Deshalb war Randolph nicht auf dem neuesten Stand des Entscheidungsfindungsprozesses und hatte folglich keine Ahnung, wie sich Ephesian den weiteren Verlauf der Ereignisse vorstellte.

James Randolph drehte sich also in seliger Unwissenheit hin

und wieder um und blickte zu der kurzen Ladenzeile entlang der Shore Street, in der sowohl der Frisörsalon als auch die kleine Anwaltskanzlei von Garrett Carmichael untergebracht waren, um sich zu vergewissern, dass sein Opfer am späten Nachmittag noch arbeitete. Wenn sie ihren Arbeitsplatz verließ, würde er ihr folgen, ihr noch eine kurze Zeit der Freiheit gönnen und dann den ersten Schritt zur Ausführung des Mordes tun, der Bartholomew Ephesian beeindrucken würde.

Randolph blickte erneut zu den Läden und wandte sich wieder dem Meer zu. Er nahm die Plastiktüte neben sich auf der Bank und legte sie in seinen Schoß. Sie war schlicht und gelb, stabil und ohne Supermarkt-Aufdruck, etwas, woran Randolph immer einen seltsamen Gefallen fand. Heute Abend jedoch war es ihr Inhalt, der ungleich wichtiger war.

Jenseits des Wassers über den Hügeln von Arran brach zum ersten Mal an diesem Tag die Sonne durch die Wolken, sodass durchscheinende Tropfen goldener Sonne von den Wolken ins Meer regneten.

»Tropfen?«, sagte Randolph leise zu sich. »Das kann man wohl kaum als Tropfen bezeichnen.«

Jacobs betrat das Schlafzimmer. Die Spätnachmittagssonne, die das Meer vor den Augen von James Randolph in neues Licht tauchte, schien auch hell in das einzige bewohnte Zimmer im ersten Stock des großen Hauses. In der Mitte des Raumes blieb er stehen, starrte Ephesian an und wartete, dass der Mann sich umdrehte. Er wusste instinktiv, dass er das nicht tun würde, dachte jedoch, dass er ihm zumindest die Gelegenheit geben sollte. Fünf Minuten, bevor Jacobs vielleicht schlicht nichts anderes übrig blieb, als seinen Boss zum ersten Mal in seinem langen Dienst unter Einsatz körperlicher Gewalt aus seiner Introversion zu reißen. Fünf Minuten? Nicht einmal so viel Zeit konnte er ihm lassen. Er gab ihm zwei Minuten, und die waren bereits zu einem Viertel verstrichen.

Ephesian spürte, dass jemand ins Zimmer gekommen war, und wusste, dass es Jacobs sein würde, brachte es jedoch nicht über sich, sich umzudrehen. Die Welt löste sich vor seinen Augen auf. Jedes Mal, wenn er versuchte, eine gewisse Ordnung in die Dinge zu bringen, jedes Mal, wenn Jacobs es geschafft hatte, ihn davon zu überzeugen, dass sich doch noch alles fügte, jedes Mal, wenn sie scheinbar im Begriff standen, alles zusammenzubringen und endlich wieder aufs Gleis zu kommen, erlitten sie unverzüglich einen weiteren Rückschlag, der stets größer und beunruhigender war als der vorherige.

Er saß auf seinem Stuhl am Fenster, ein weiterer Aussichtspunkt, von dem er häufig auf den Firth blickte, obwohl er den Kopf zurzeit in den Händen vergraben hatte und den Oberkörper sanft hin und her wiegte. Er versuchte, ein gewisses Maß an Kontrolle zu wahren, was sich allerdings nur dergestalt ausdrückte, dass sie ihm komplett entglitten war und er sich in eine nur von ihm bewohnte Welt zurückgezogen hatte.

Eineinhalb Minuten.

»Sir«, sagte Jacobs leise, obwohl selbst dieses kurze Wort reichte, um die Dringlichkeit und seinen Ärger zu vermitteln.

Ephesian zuckte, drehte sich jedoch nicht um, noch nicht. Er musste noch mindestens ein paar Stunden mit gesenktem Kopf da sitzen. Er wollte, dass Jacobs wegging und sich um alles kümmerte, um dann später am Abend zurückzukehren und ihm zu berichten, dass alle Probleme geregelt waren und sie nun zu der Zeremonie schreiten konnten. Und er wollte auch, dass Jacobs ihm erzählte, dass der verdammte Ping Phat auf dem Rückweg nach China war.

Ping Phat! Plötzlich beschlich ihn der unbehagliche Gedanke, dass Ping Phat mit Jacobs nach oben gekommen sein könnte und in diesem Moment still über ihn lachend in der Tür stand. Es war also eine eigenartige Furcht vor der Peinlichkeit, die ihn plötzlich aus seinem mentalen Gefängnis ausbrechen ließ. Mit unvermittelt heftig pochendem Herzen stand er eilig auf und starrte Jacobs an.

Ping Phat war nicht da, aber trotz dieser Erkenntnis verschwand das Gefühl der Dringlichkeit nicht. Ephesian atmete stoßweise, und er spürte, wie sich sein Körper augenblicklich mit kaltem Schweiß überzog.

»Der Italiener ist verschwunden«, sagte Jacobs. »Auf den können wir keinen Gedanken mehr verschwenden. Er hat nichts gestohlen und bestimmt auch nichts entdeckt.«

»Sind Sie sicher?«, fragte Ephesian und starrte auf den Teppich vor Jacobs' Füßen.

»Ja«, sagte Jacobs, obwohl er natürlich nicht so zuversichtlich war, wie er zu klingen versuchte. Eine Bestätigung, dass wirklich nichts gestohlen worden war, würde eine gründlichere Suche erfordern. »Nachdem Ping Phat nun hier ist, müssen wir das zu unserem Vorteil nutzen. Wir müssen herausfinden, was er will und ob er den Gral hat. Da er sich endlich gezeigt hat, können wir zum Grund der Dinge vordringen.«

Ephesians Kopf zuckte, eine Bewegung, die scheinbar von seinem ganzen Körper begleitet wurde.

»Er ist ein direkter und offener Mensch«, fuhr Jacobs fort, obwohl er kaum genug über Phat wusste, um das behaupten zu können. »Wenn er den Gral hat, wird er es nicht vor uns verbergen, sondern seine Forderungen stellen. So funktioniert das. Wir gehen jetzt runter, finden heraus, was er will und ob er den Gral hat, und wenn wir sicher sind, dass dem nicht so ist, können wir höchstwahrscheinlich zu unserer ursprünglichen Vermutung über seinen Verbleib zurückkehren. Dann knöpfen wir uns Pater Roosevelt vor und sollten noch vor dem späten Abend im Besitz des Grals sein.«

Ephesian bebte erneut, leichter diesmal, und er hob den Blick endlich bis zu Jacobs' Gesicht, auch wenn er es wahrscheinlich nie wieder ganz bis zu dessen Augen schaffen würde.

»Auf geht's, Sir«, sagte Jacobs. »Wenn wir den Gral haben, kann ich den erforderlichen Mord begehen, Sie sprechen mit Anthony über die Initiation in der Bruderschaft, und danach können wir uns bis zu Beginn des Rituals noch ein paar Stunden entspannen. Wir sind fast am Ziel.«

Diesmal gelang es Ephesian, ihm zuzuhören und die Worte ohne Zuckungen anzunehmen. Jacobs hatte es wieder geschafft, er hatte die schlimmsten Wogen geglättet, die Tatsachen so positiv wie irgend möglich gedreht, und mit einem Mal schien alles gar nicht mehr so düster wie noch vor fünf Minuten.

Ephesian spürte, wie sein Körper von einem Schauder erfasst wurde, und atmete tief durch. Zeit, Ping Phat zu treffen, solange sein brüchiges Selbstbewusstsein vorübergehend wiederhergestellt war.

»Gut, kommen Sie«, sagte er, als verspürte er das elementare Bedürfnis, zumindest so zu tun, als würde er den Lauf der Dinge bestimmen.

»Sehr gut, Sir«, sagte Jacobs, elegant wieder in seine alte Butler-Rolle zurückfallend.

Kapitel 41

Glückskeks-Philosophie

Ein weiterer Tag erledigt und vorbei, der Dritte in dem Salon. Alles fühlte sich bereits vertraut, beinahe alltäglich an. Mit der Erfahrung eines Exorzismus und dem seltsamen Gefühl, dass eine fremde Seele durch seinen Körper gewandert war, hatte der heutige Tag ein wenig Abwechslung geboten, aber der Nachmittag hatte schließlich doch noch den erwarteten Verlauf genommen: Die gewohnte Folge alter Männer, die unpassende Frisuren verlangten, wobei zumindest die Tatsache, dass einige jedes Gespräch verweigert hatten, durchaus erfrischend gewesen war.

Barney und Igor standen ein wenig verloren vor dem Schaufenster und blickten aufs Meer. Sie mussten noch das *Geschlossen*-Schild in die Tür hängen, doch da es bereits früher Abend war, waren sie sich sicher, dass kein Kunde mehr kommen würde. Die kurze Aufregung des Tages war verflogen, Barney war wieder in die Melancholie seiner Midlife-Crisis verfallen, das Gewicht der Welt lastete unnötig auf seinen Schultern.

Vielleicht konnte er Afrika erwandern, alle dreiundvierzig Länder des Kontinents zu Fuß, zumindest alle, die keine Inselstaaten waren; das wäre ein angemessen großartiges Stück britischer Verrücktheit, um die vollkommene Bedeutungslosigkeit seines bisherigen Lebens auszuzeichnen. Wie standen die Chancen, durch den Kongo, die Demokratische Republik Kongo, den Sudan, Uganda, Ruanda, Burundi, Liberia, Sierra Leone, Nigeria und die Elfenbeinküste zu wandern, ohne ermordet, vergewaltigt, ausgeweidet oder gefressen zu werden?

Würden sie sich für einen fünfzigjährigen Weißen überhaupt die Mühe machen? Die Löwen und Gorillas bestimmt, wenn es noch welche gab. Und auch Spinnen, Schlangen und Krokodile würden, ohne Vorbehalte gegen seine Hautfarbe, gerne einen Happen nehmen.

Verfügte er über die Überlebensinstinkte, um im Dschungel, in der Wüste, der Savanne, den Townships, in blutegelverpesteten Flüssen, auf Märkten mit Maskenständen für Touristen, mit marodierenden, Marihuana rauchenden, Maschinengewehr tragenden Teenagern im nördlichen Kongo oder Landminen in der Westsahara zurechtzukommen? Wusste er genug über Afrika, um in einem der dreiundvierzig Länder auch nur zehn Minuten zu überleben? Natürlich nicht.

Also Afrika. Das wären ein paar großartige Jahre seines Lebens. Er konnte zurückkommen – sofern er nicht an Hunger, AIDS, Malaria oder irgendeiner anderen exotischen Krankheit starb, für die er das Medikament vergessen hatte – und bei Richard & Judy im Frühstücksfernsehen der BBC auftreten. Er könnte ein Buch schreiben und bei Prominentenshows mitmachen, obwohl man ihn von den Dschungel-Camps wohl ausschließen würde, weil er zu gut darin wäre.

»Arf«, ermahnte Igor ihn, auf dem Teppich zu bleiben.

»Ja«, murmelte Barney, »wahrscheinlich kann ich schon von Glück reden, wenn ich es durch Greenock schaffe, ohne durch die Mangel gedreht zu werden.«

Die Tür ging auf, und ein Greis steckte den Kopf herein. Barney begann sich zu fragen, ob irgendjemand in Millport je starb oder ob dies der Ort war, zu dem die Menschen geschickt wurden, um in alle Ewigkeit zu existieren. Und war es dann der Himmel, die Hölle oder das Fegefeuer?

»Haben Sie noch geöffnet?«, fragte der Alte.

Barney sah Igor an und blickte sich in dem offensichtlich noch geöffneten Laden um, bevor er sich wieder dem Alten zuwandte.

»Ja«, sagte er. »Haben wir.«

Der Alte schnaubte.

»Das glaube ich nicht«, sagte er, schloss die Tür und lief ohne Überzeugung weiter die Straße hinauf.

Barney und Igor starrten aus dem Fenster.

»Kneipenwette«, sagte Barney.

»Arf.«

Eine Bewegung auf der anderen Straßenseite erregte seine Aufmerksamkeit. James Randolph hatte sich endlich von seinem Beobachtungsposten auf der Promenade erhoben. Barney hatte über sein irgendwie seltsames Gebaren am Morgen im Salon nachgedacht und fragte sich, was der Mann vorhatte. Wie werden Lämmer getötet?

»Schließt du bitte ab, Igor?«, fragte er und fasste Igors Arm.

»Arf.«

Barney schnappte seine Jacke, nickte seinem taubstummen, buckligen Assistenten zu, öffnete die Tür, drehte im Hinausgehen das *Geschlossen*-Schild um und trat leise in die Kälte des Abends. Igor sah ihm nach und begann dann eilig, alles aufzuräumen, wobei er beunruhigt feststellte, dass er ein paar Haare auf dem Boden übersehen hatte.

Barney zog die Tür zu, blieb stehen und beobachtete, was Randolph machte, bevor er sich für eine Richtung entschied. Es waren noch ein paar Menschen auf der Straße unterwegs, aber nicht annähernd genug, um in der Menge unterzutauchen. Zu Barneys Glück war Randolph jedoch völlig mit der Verfolgung seines Opfers beschäftigt und hatte gar nicht bemerkt, dass Barney seinen Salon verlassen hatte.

Und keine hundert Meter die Straße hinunter sah Barney nun auch das Objekt seiner Absichten. Garrett Carmichael hatte ihre Kanzlei gerade verlassen und ging eilig über die Shore Street in Richtung ihres Hauses, um ihre Mutter nach einem langen Tag im Büro von ihrer Aufsichtspflicht für die Kinder zu erlösen.

Barney nahm die Verfolgung auf, als Randolph die Straße überquerte und beiläufig zu Carmichael aufschloss. Sie arbeiteten beide für Ephesian und kannten sich gut, weshalb darin nichts Ungewohntes oder gar Bedrohliches lag. Hätte James Randolph Garrett Carmichael an einem anderen Tag getroffen, hätte er sie auch angesprochen. Es war also wie immer. Bis auf die Tatsache, dass er eine wunderschöne Plastiktüte ohne Aufdruck bei sich trug, die das gefährlichste Käsesandwich der Welt enthielt.

Barney war nahe genug, um zu hören, wie sich die beiden begrüßten. Er hatte keine Ahnung, warum er mit einem Mal so besorgt war, aber er ertappte sich dabei, seine Schritte zu beschleunigen, um zu den beiden aufzuschließen, bevor sie Carmichaels Haus erreichten.

Im Salon erkannte Igor, weil alle seine sechsten Sinne extrem gut entwickelt waren, die Gefahr, die Garrett Carmichael drohte, und war deshalb sogar noch besorgter als Barney.

»Wenn in Lage jetzt nun Sie wären, Tee zu kochen, dankbar ich wäre überaus.«

Jacobs nickte Ping Phat zu, ohne sich seine Verachtung anmerken zu lassen, als er das leere Whiskyglas sah, und blickte in die Runde, um sich nach den Wünschen der anderen zu erkundigen. Sein Blick traf auf Ping Phats Assistentin.

»Mr. Phat ist sehr wählerisch, was seinen Tee betrifft, wovon ich den vorherigen Mr. Jacobs nicht unterrichtet habe, weil ich gespürt habe, dass er kein Experte war.«

Jacobs nahm das Kompliment lächelnd entgegen.

»Wählerisch?«, fragte er. Ephesian stand ein wenig abseits, starrte auf seinen Schreibtisch und wünschte sich, dass sie die Formalitäten auslassen könnten.

»Er nimmt dreiundzwanzig Stücke Zucker«, sagte sie.

»Ah«, sagte Jacobs.

»Um das zu ermöglichen«, fuhr sie fort, »ist es erforderlich, das kochende Wasser direkt in seine Tasse zu gießen, ohne es vorher in einer Teekanne zwischenzulagern. Der Zucker sollte dann in das heiße Wasser gegeben werden, das bis auf weiteres von keinerlei Tee verunreinigt werden darf.«

Oh Jesusmaria, dachte Ephesian, *komm zu Potte! Wir müssen reden, wir müssen alles klären und einen Plan für den Abend entwickeln.*

»Sonst noch irgendwelche Wünsche?«, fragte Jacobs, als sie ihre Ausführungen für einen Moment unterbrach.

»Anschließend sollte der Teebeutel eines milden grünen Tees für zwei Minuten in das gesüßte Wasser gegeben werden, einmal mit einem Teelöffel umgerührt und dann, nachdem er gründlich ausgedrückt wurde, entnommen werden. So weit alles klar?«

Jacobs starrte sie lange an wie in einem klassischen Western-Showdown, bevor er gemessen und beherrscht erwiderte:

»Mr. Ephesian hat keinerlei Teebeutel irgendeiner Sorte vorrätig. Wir haben *Sir Thomas Lipton Chinese Green Tea Nr. 14*, wenn das genehm wäre, wobei ich allerdings weitere Anweisung bezüglich der Zubereitung bräuchte.«

Die Assistentin sah Ping Phat an, der langsam nickte, ohne ihren Blick zu erwidern.

»Das ist akzeptabel für Mr. Phat«, erklärte sie Jacobs. »Haben Sie ein kleines Tee-Säckchen, das man in die Tasse geben und wieder herausnehmen kann?«

»Sie meinen einen Metallbeutel?«, fragte Jacobs.

Sie überlegte kurz und nickte dann.

»Ja, ich denke, man könnte es einen Metallbeutel nennen.«

»Dann habe ich folgende Antwort für Sie«, sagte Jacobs, der, wie es seine Art war, massiv ins Pompöse abglitt. »Wir haben keine Teebeutel im Haus, weder aus Metall noch aus sonst einem Material.«

»Dann vielleicht irgendein Behältnis, in das man den Tee geben kann, um ihn darin in die Tasse zu tunken und nach ein paar Minuten wieder herauszunehmen?«

»Nein«, sagte Jacobs grob. »Wir haben Teeblätter, wir haben eine Kanne, wie haben ein Sieb und einen Ständer für das Sieb, nachdem der Tee abgegossen wurde.«

»Sehr gut«, sagte sie, »in diesem Fall wünscht Mr. Phat, dass die eben beschriebene Prozedur befolgt wird und die Teeblätter dann lose in das Gebräu gegeben werden. Er mag zwar keine losen Blätter in seiner Tasse, aber zur Not wird es gehen.«

»Sehr wohl«, sagte Jacobs.

»In der Tat. Möchten Sie«, fuhr sie fort, »dass ich Ihnen die speziellen Wünsche Mr. Phats für die Zubereitung …«

»Oh, Herrgott, noch mal«, platzte Ephesian los, der seine Frustration und seinen Ärger nicht mehr unterdrücken konnte. »Haben Sie den Gral?«

Jacobs drehte sich um und starrte ihn an, selbst kurz davor, mit irgendetwas herauszuplatzen, was er lieber nicht sagen sollte. Der Plan war gewesen, ganz ruhig herauszufinden, ob Ping Phat den Gral hatte, ohne ihn wissen zu lassen, dass er sich nicht mehr in ihrem Besitz befand. Es hätte eines heiklen Gespräches bedurft, aber Jacobs war zuversichtlich, dass er das hingekriegt hätte. Jetzt hatte Ephesian mit vier schlichten Worten alle Karten auf den Tisch gelegt.

Ping Phat starrte ihn an und erlaubte sich einen kurzen Schauder, als versuchte er, eine spontane emotionale Reaktion auf Ephesians Frage zu unterdrücken. Er blickte Jacobs an und nickte dann seiner Assistentin zu, ohne sie anzusehen. Sein Gefolge erhob sich und verließ gehorsam das Zimmer, um wer weiß wo weitere Anweisungen abzuwarten.

Die Tür wurde geschlossen, und sie waren nur noch zu dritt. Jacobs und Ping Phat starrten sich an, ein brutales Blickduell, bei dem beide wortlos so viel wie möglich zu klären und die Gedanken des jeweils anderen zu lesen versuchten.

»Lassen Sie uns bitte allein, Jacobs«, sagte Ephesian plötzlich.

Jacobs drehte sich eilig um und sah seinen Boss wütend an. »Was?«, fragte er scharf.

»Lassen Sie uns allein«, wiederholte Ephesian. »Mr. Phat und ich müssen reden. Sie sollten sich um unsere anderen Gäste kümmern.«

Auf dessen Unterstützung hoffend, sah Jacobs Phat an, aber den interessierte die Angelegenheit überhaupt nicht. Für ihn war nur Ephesian von Belang. Außerdem erkannte er sofort, dass Jacobs der gefährlichere Part dieses Duos war, und auch wenn er überzeugt war, dass er leicht mit dem Mann fertig werden würde, konnte es trotzdem nicht schaden, ihn aus dem Weg zu wissen.

»Ich denke, es wäre ratsam, wenn ich bliebe, Sir«, sagte Jacobs wieder an Ephesian gewandt.

Ephesian starrte rechts an Ping Phats Kopf vorbei aus dem

Fenster, das Kinn wütend vorgeschoben, wobei sich diese Wut nur nach innen richtete.

»Sie sollten sich um die anderen Gäste kümmern«, wiederholte er ausdruckslos. »Sofort.«

Ping Phat hatte seinen Blick die ganze Zeit nicht von Jacobs abgewendet und verzog jetzt die Lippen zu der Andeutung eines verächtlichen Lächelns. Jacobs sah es und fragte sich, ob es seinem Rauswurf oder dem offensichtlichen Zerwürfnis im Lager des Feindes galt.

»Sehr wohl, Sir«, sagte er rasch, drehte sich um und eilte unter Ping Phats Blicken hinaus.

Ephesian wartete, bis die Tür geschlossen war, ging dann an Phat vorbei zu dem großen Panoramafenster und blickte auf den dunkler werdenden Firth. Phat trat neben ihn, und eine Weile standen sie da und beobachteten zwei kleine Yachten in der Mitte des Kanals.

»Sie haben den Gral nicht?«, fragte Ping Phat schließlich, im Moment der Krise auf allen Yoda-Quatsch verzichtend.

Ephesian atmete tief ein und versuchte, die stärker werdenden Zuckungen zu kontrollieren, die seinen Kopf jedes Mal packten, wenn er sich auch nur mit dem kleinsten Schicksalsschlag konfrontiert sah. Er formulierte verschiedene Erwiderungen, brachte jedoch kein Wort heraus.

»Sie glauben, ich hätte ihn?«, fragte Phat ohne jeden vorwurfsvollen Unterton.

»Sie waren einer von zwei Menschen, die von Lawtons Entdeckung wussten«, antwortete Ephesian hastig.

»Und was ist aus Lawton geworden?«

Ephesian atmete ein weiteres Mal tief durch, um seinen inneren Seegang zu beruhigen. Er wollte Ping Phat in die Augen sehen, aber dieses Bedürfnis drückte sich nicht etwa in eigener Entschlossenheit aus, sondern lediglich in dem Wunsch, dass Jacobs hier wäre, um es für ihn zu tun.

»Er hat den Gral aus der Kathedrale entfernt, bevor Jacobs und ich ihn in Sicherheit bringen konnten. Als wir zu ihm gefahren sind, um das Problem zu klären, haben wir ihn nach einem Überfall bewusstlos vorgefunden, der Gral war verschwunden.«

»Sie haben den Gral gesehen?«

Ephesian drehte sich zu Phat um, aber sein Blick erreichte nur dessen Hemdknöpfe.

»Ja«, antwortete er abrupt.

»Und Sie haben alles gründlich durchsucht? Nur weil man etwas nicht sehen kann, bedeutet das nicht, dass es nicht da ist.«

Verdammte jahrhundertealte chinesische Weisheit, dachte Ephesian. Sie reduzierte alle Kategorien auf Glückskeks-Kompatibilität.

»Wer auch immer Lawton überfallen und ihn im Koma zurückgelassen hat, hat den Gral bestimmt nicht am Teebecherregal hängen lassen. Trotzdem hat Jacobs das Haus gründlich durchsucht. Der Gral wurde gestohlen.«

Ephesian hatte kraftvoll und gewinnend gesprochen, aber Ping Phat war keineswegs überzeugt. Nichts auf der Welt ist offensichtlich, nichts selbstverständlich. Es war zwar am wahrscheinlichsten, dass Lawtons Angreifer den Gral nicht zurückgelassen hatte, und so war es vielleicht auch, aber das bedeutete nicht, dass das Gegenteil nicht genauso wahr sein konnte.

»Und gibt es irgendwelche Anzeichen dafür, dass Mr. Lawton aus seinem Koma aufwachen könnte?«, fragte Phat.

»Keine«, antwortete Ephesian.

Ping Phat nickte auf eine weise östliche Art, die Ephesian sehr irritierend fand, obwohl er den Mann gar nicht ansah.

»Ich habe den Gral nicht«, sagte Ping Phat schließlich. »Ich bin erst vor einer Stunde auf der Insel angekommen, als Mr. Lawtons trauriger Unfall vermutlich bereits geschehen war.«

Ephesian antwortete nicht. Nachdem sie sich nun persönlich gegenüberstanden, fand er Ping Phat noch unsympathischer, als er je gedacht hätte. Jahrelange Täuschungsmanöver, die Bewahrung des Glaubens und der Geheimnisse der Bruderschaft vor der Welt hatten viel Geld gekostet. Als er in den 1980ern Großmeister geworden war, hatten sie finanzielle Probleme gehabt, und er hatte befürchtet, dass die Organisation mit ihren Außenposten auf der ganzen Welt zusammenbrechen könnte. Sie hatten Kapital gebraucht, und es war von Ping Phat gekommen. Ephesian hatte immer gehofft, dass sein eigenes Wirtschaftsimperium irgendwann stark genug sein würde, die *Prieure de Millport* allein zu unterstützen, sodass er Ping Phat loswerden konnte, aber dazu war es nie gekommen.

»Sie sagten, dass es nur zwei Menschen gibt, die über Lawton Bescheid wussten. Darf ich annehmen, dass Sie sich dabei auf Mr. Jacobs beziehen?«

Ephesian hüstelte, seine Hals- und Gesichtsmuskeln spannten sich an, während er um Fassung rang.

»Jacobs und ich sind eine Person«, sagte er kalt. »Ich meinte Pater Roosevelt, den Hüter der Kathedrale.«

Ping Phat zog eine Braue hoch, was Ephesian eher spürte als sah.

»Dann umfasst Ihre Verdächtigenliste nur eine Person?«, fragte er.

»Allem Anschein nach, ja«, erwiderte Ephesian. Er mochte Ping Phat nicht, glaubte ihm jedoch in diesem Punkt, auch wenn er für einen Beweis von Phats Mittäterschaft durchaus offen blieb.

»Die Bruderschaft wusste es nicht?«

»Roosevelt war der Einzige«, sagte Ephesian.

»Dann scheint es, als hätten Sie eine ganz einfache Lösung für Ihr Problem«, kam Ping Phat ihm mit einer weiteren fernöstlichen Binsenweisheit.

Ephesian antwortete nicht. Die Jachten auf dem Firth kämpften gegen den Wind, und links von ihnen tauchte hinter der Insel Lesser Cumbrae ein kleines Frachtschiff auf.

Wenn sich nur alles auf diese Glückskeks-Philosophie reduzieren ließe, dachte Ephesian. Wenn die Leute nur erkennen würden, dass sich alle Probleme der Welt auf diese Glückskeks-Philosophie reduzieren lassen, dachte Ping Phat.

Kapitel 42

Große Sause mit einem kleinen Käsesandwich

James Randolph hatte die Sache nicht gründlich durchdacht, was nicht völlig untypisch für ihn war. Er hatte gewartet, bis Garrett Carmichael ihr Büro verlassen hatte, damit ihre Mutter und vielleicht sogar ihre Kinder zugegen waren, wenn er sie ermordete. Wenn er sie in ihrer Kanzlei aufgesucht hätte, hätte er sie allein erwischt, was wahrscheinlich viel leichter gewesen wäre. Aber irgendeine seltsame Logik hatte ihm diktiert, dass er sie nicht bei der Arbeit stören konnte.

Er dachte, dass Garrett Carmichael eine kleine Schwäche für ihn hatte, was insofern zutreffend war, als sie eine kleine Schwäche für jeden Mann auf der Insel hatte.

»Garrett«, begrüßte er sie.

»James«, erwiderte sie nickend. »Hast du drüben auf der Bank die ganze Zeit auf mich gewartet?«

Randolph wirkte verlegen, so als wäre ihm der Gedanke, dass Carmichael ihn auf der anderen Straßenseite gesehen haben könnte, noch gar nicht gekommen. Deshalb sagte er nichts.

»Du hättest einfach reinkommen sollen«, sagte sie lächelnd, und in diesem Moment ging auch ihm auf, dass es auf diese Art viel einfacher gewesen wäre, seinen Mord zu begehen.

Die Unvollständigkeit seines Planes war bezeichnend für den Mann. Er hatte nicht weiter als bis zu der Todesursache gedacht. Er glaubte, wenn sie in der vorhergesehenen Weise starb, musste er nur noch ein bisschen Blut für die Zeremonie heute Abend abzapfen. Wie er das anstellen wollte, wenn ihre beiden Kinder und womöglich auch noch ihre Mutter aufgeregt hin und her rannten, wusste er nicht so genau. Er hätte auf seinem Ausflug nach Glasgow darüber nachdenken können oder während er auf der anderen Straßenseite gesessen und aufs Meer geguckt hatte. Es war ungefähr so, als ob man beim Tennis bewundernd der eigenen vollkommenen Rückhand nachsah, sodass man, wenn der Gegner den Ball doch noch erwischte und irgendwie übers Netz löffelte, wie ein großer Pudding an der völlig falschen Stelle stand.

»Was kann ich für dich tun, nachdem du nun schon so lange gewartet hast? Ist dir nicht kalt?«

»Ich, ähm …«, begann er, bevor ihm klar wurde, dass das, was er sagen wollte, total absurd klingen würde. Bis hierher hatte der Ansatz ganz vernünftig gewirkt, aber als es nun ernst wurde, entlarvte er ihn als eine der bescheuertsten Anmachmethoden in der Geschichte der zivilisierten Menschheit.

»Ja?«, fragte sie lächelnd, amüsiert von seiner Nervosität. Sie nahm an, dass er sie attraktiv fand und sich mit ihr verabreden wollte, weil das die meisten Männer auf Cumbrae wollten.

»Ich habe ein völlig neues Sandwich erfunden«, erklärte er hastig.

Wäre es tatsächlich als ernste Anmache geplant gewesen, wäre er jetzt in den Boden versunken, weil sie laut loslachte. Auch so wäre er am liebsten im Boden versunken, denn obwohl er vorhatte, sie umzubringen, spürte er, dass sein Vorschlag Verabredungscharakter bekommen hatte.

Ihr Lachen erstarb, und sie lächelte über seine bleichen Wangen und die allgemeine Dämlichkeit des Mannes.

»Und das hast du in deiner Plastiktüte?«, fragte sie und wies mit dem Kopf auf den unbedruckten gelben Beutel, den er fest gepackt hielt.

»Ja«, antwortete er.

»Nun, nett, dass du mir eines mitgebracht hast. Möchtest du auf eine Tasse Tee mitkommen?«

Nach diesem Durchbruch entspannte er sich augenblicklich, rasch gefolgt von neuer Nervosität bei der Aussicht, seinen Plan nun wirklich in die Tat umsetzen zu müssen.

»Dann können die Kinder es auch probieren«, fügte sie hinzu.

»Nein!«

Irritiert von seinem merkwürdigen Tonfall, drehte sie sich zu ihm um und sah ihn fragend an.

»Ich meine, ich habe nur zwei«, haspelte er weiter. »Ich meine eins, ich meine zwei ...«

»Wir können ein Stück abbrechen«, sagte sie. »Meine Mutter hat sie sowieso schon gefüttert, sie werden also keinen großen Hunger mehr haben.«

Randolph schluckte und schloss kurz die Augen. Eine weitere Eventualität, die er in seinem Plan nicht berücksichtigt hatte. Er begann zu fürchten, dass seine großartige Strategie in sich zusammenbrechen und er diesen Auftrag genauso vermasseln würde wie alles andere, was er für Ephesian erledigte.

Als sie die Haustür erreichten und Garrett den Schlüssel aus ihrer Handtasche nahm, hörten sie eilig nahende Schritte. Die Kavallerie.

»Garrett«, sagte eine Stimme.

Sie drehten sich um, und Randolphs Mut sank weiter. Sein Plan war in weniger als einer Minute von der Superstrategie zum Megaflop mutiert.

»Mr. Thomson«, sagte Carmichael. »Kommen Sie, um mir die Verträge zu bringen? Ich habe schon Feierabend, vielleicht können wir das morgen früh besprechen.«

Er erkannte den Korb, den er gerade gekriegt hatte, zögerte und sah Randolph an.

»Ich wollte nur noch ein paar Einzelheiten durchgehen, wenn das in Ordnung ist. Ich dachte, jetzt würde es vielleicht passen.«

Sie starrte ihn kurz an, erwog ihre Alternativen und zuckte die Schultern.

»Wie Sie wollen«, sagte sie und öffnete die Tür. »Kommen Sie rein, wenn Sie wollen. James hat uns ein revolutionäres Sandwich mitgebracht. Käse. Ich bin sicher, er hat nichts dagegen, wenn Sie es probieren möchten.«

Die beiden Männer sahen sich an, Randolph schuldbewusst, weil er annahm, dass Barney ihn sofort durchschauen würde. Schließlich hatte er in seinem Salon Magensäuren erwähnt, und jetzt tauchte er hier mit einem Käsesandwich auf. War das nicht offensichtlich?

»Klar«, sagte Barney. »Sehr gerne.«

Die Ankunft der Kinder schickte Randolphs Selbstvertrauen noch tiefer in den Keller. Nachdem Hoagy Barney gesehen hatte, beachtete er seine Mutter nicht mehr, sondern stand stramm und salutierte.

»Lieutenant Carmichael meldet sich zum Dienst, Sir!«, sagte er, wobei er das *Sir* förmlich bellte und *Lieutenant* amerikanisch aussprach. Ella sorgte immerhin dafür, dass ihre Mutter sich nicht ganz zurückgewiesen fühlte, indem sie ihre Beine umschlang und sie wie bei einem Rugby-Tackle zu Fall zu bringen versuchte. Barney stellte sich vor Hoagy, musterte ihn, zeigte auf einen Punkt auf seiner Brust und schnippte gegen die Nase des Jungen, als dieser nach unten blickte.

»Stehen Sie bequem, Lieutenant«, sagte er mit der korrekten britischen Aussprache.

»Luu-tenant!«, sagte Hoagy. »Ich will ein Amerikaner sein!«

Und damit stürmte er davon auf der Suche nach Völkern der Dritten Welt, die er gegeneinander ausspielen konnte.

Miranda Donaldson tauchte mit bereits bis oben zugeknöpftem Mantel in der Küchentür auf, ihr Stahlkorsett unter einem schweren karierten Rock verborgen.

»Nun, wie ich sehe, sind Sie hierher zum Abendessen gekommen«, sagte sie mit einem Ton wie raues Leder auf einer offenen Wunde.

»Nein, ist er nicht«, ging Carmichael dazwischen.

»Und das ist gut, weil es bei mir heute Abend nichts zu essen gibt. Ich war den ganzen Nachmittag hier.« Neben ihrer Tochter blieb sie noch einmal stehen und musterte sie mit maximaler mütterlicher Verachtung. »Sie haben gegessen, aber nicht gebadet. Es ist mir egal, wie spät es ist. Wenn du irgendeine Beziehung zu ihnen haben willst, musst du auch einen Anteil an ihrer Erziehung übernehmen.«

»Mum!«, sagte Carmichael sofort verzweifelt.

Aber Miranda Donaldson hatte ihr Sprüchlein gesagt und war schon auf dem Weg. Als sie den Flur hinunterrauschte, bedachte sie Randolph mit einem bösartigen Seitenblick, der ihn zu einem Haufen fauligen Brei reduzierte, und trat, die Haustür hinter sich zuknallend, in den Abend hinaus.

»Hat Gran auch ihre Tage, Mum?«, fragte Hoagy, der wieder am oberen Treppenabsatz aufgetaucht war.

»Ständig«, sagte Carmichael, drehte sich um und ging, ihre nach wie vor an ihr Bein geklammerte Tochter hinter sich herschleifend, in die Küche. »Ella, kannst du mich bitte loslassen?«

Sie konnte nicht. Direkt hinter der Küchentür blieb Carmichael stehen und seufzte tief, weil das Wohlgefühl eines einigermaßen erfolgreichen Tages in ihrer Kanzlei von ihrer Mutter sofort wieder pulverisiert worden war. Sie zerrte Ella zum Kühlschrank, nahm einen Karton Weißwein heraus – ein *Anstruther Sauvignon* 2005, fischig mit einem Hauch von Golf – und goss sich ein Glas ein.

»Meine Herren«, sagte sie. »Bedienen Sie sich. James, du hast fünf Minuten Zeit für dein Käsesandwich, dann gehe ich baden. Ihr beiden könnt meinetwegen weiter in meiner Küche rumlungern, das ist mir egal.«

»Trink den Wein nicht!«, rief Randolph plötzlich aus keinem ersichtlichen Grund, den irgendjemand im Zimmer begreifen konnte.

»Warum?«, fragte sie und musterte das Glas, weil sie annahm, dass irgendetwas darin schwamm.

»Also weißt du«, sagte er, panisch nach einer Erklärung suchend, »es könnte das Käsesandwich verunreinigen.«

Sie sah erst ihn und dann die schlichte gelbe Plastiktüte fragend an. Barney wurde sofort noch argwöhnischer, da er nach seinen vorherigen Begegnungen mit Randolph weder Vertrauen noch Sympathie für den Mann empfand.

»Geben Sie mal her«, sagte er plötzlich, ging an Randolph vorbei in die Küche und nahm ihm den Beutel einfach aus der Hand.

Randolph, mittlerweile ganz unschuldige, in der Wüste verschollene, auf dem Meer treibende, völlig hilflose Marionette, ließ es geschehen. Er starrte Barney hilflos an, als jener in die Tüte griff und das Mordwerkzeug herausnahm.

Barney, der – vom Leben geschult, allenthalben Mordversuche zu vermuten – annahm, dass es sich um Gift handelte, packte das Sandwich aus und hielt es in der Hand. Zwei Scheiben einfaches Weißbrot, diagonal geteilt. Er klappte sie auf und überprüfte die Zutaten, allem Anschein nach handelsüblicher Cheddarkäse. Er sah Randolph scharf an.

»Was ist mit dem Sandwich?«, fragte er.

»Nichts. Einfach bloß ein Käsesandwich. Gar nichts.«

»Ich dachte, es wäre ein bahnbrechend neues Sandwich«, sagte Carmichael, blickte ihm in die Augen und trank einen großen Schluck Wein, weil sie nicht mehr in der Stimmung war, irgendwelche Spielchen zu spielen.

»Nein«, sagte Randolph hilflos, während der Wein durch ihre Kehle rann.

Barney schnupperte an dem Sandwich und roch lediglich das Aroma von mildem schottischem Cheddar.

»Ist es vergiftet?«, fragte er.

»Nein!«, erwiderte Randolph und trat einen Schritt zurück. »Nein.«

»Vergiftet?«, fragte Carmichael und starrte Barney ungläubig an. »Was für Bücher haben Sie denn gelesen? Warum sollte er mich umbringen wollen?«

»Genau«, sagte Randolph.

»Er arbeitet doch für Ephesian, oder?«, fragte Barney.

»Ich auch«, gab sie zurück.

Barney starrte erst sie und dann Randolph an.

»Man kann es also bedenkenlos essen?«, fragte er.

»Ja«, murmelte Randolph.

»Schön«, sagte Barney und hielt ihm das Sandwich hin. »Dann wollen wir mal sehen, wie Sie kräftig zubeißen.«

»Das ist doch irre«, sagte Carmichael. »Erklär uns einfach, was an diesem Sandwich so besonders sein soll, James.«

»Kann ich Stück Sandwich haben, Mum?«, fragte eine kleine Stimme vom Fußboden.

»Psst.«

Randolph nahm Barney das Sandwich ab und starrte es an. Es war nicht vergiftet, es war viel schlimmer. Aber er fühlte sich in die Ecke gedrängt und war schlicht zu dumm, sich aus der Sache herauszuwinden.

Er führte das Sandwich zum Mund.

Kapitel 43

Ein dummer Mord

Jacobs klopfte gar nicht erst an. Er hatte einen geschäftlichen Auftrag, und damit waren alle Förmlichkeiten vergessen, darunter auch die Formalität, bei seinem Arbeitgeber nachzufragen, ob er mit dem, was er vorhatte, überhaupt einverstanden war.

Er hatte Ping Phats Unschuldsbeteuerungen bezüglich des Verbleibs des Grals gar nicht erst abgewartet. Er hatte den Mann gesehen, einen Blick auf sein kleines Gefolge aus Schlägern, Spitzeln und Speichelleckern geworfen, sein plötzliches Auftauchen in dem Haus dazugerechnet und spontan entschieden, dass dies Phats erster Auftritt auf der Insel war. Damit blieb seiner Ansicht nach nur noch eine Möglichkeit.

»Pater?«, rief er in den Flur des großen, an das Gelände der Kathedrale angrenzenden Hauses. Er hatte schon oft gedacht, dass es ziemlich vertrauensselig von Roosevelt war, seine Tür immer offen zu lassen. Denn Vertrauen hat so eine Tendenz, sich gegen einen zu wenden. In diesem Fall wäre ihm vermutlich auch Einlass gewährt worden, wenn er geklopft hätte, doch er wollte die Angelegenheit so schnell wie möglich geklärt wissen.

»Pater?«, wiederholte er. Er gab ihm fünf Sekunden, bevor er in der Kathedrale nachsehen würde. Vielleicht unternahm der Mann einen letzten verzweifelten Versuch, zu seinem Gott zu beten.

Der Flur war lediglich von einer kleinen Lampe beleuchtet, ansonsten brannte trotz des düsteren Spätnachmittags im ganzen Haus kein Licht. Offiziell war es noch ein, zwei Stunden hell, aber die tief stehende graue Wolke machte kurzen Prozess mit dem Nachmittag. An den Wänden hingen ein paar langweilige Aquarelle kalter schottischer Küsten sowie eine schlecht gerahmte Radierung der Kathedrale.

Jacobs wollte gerade kehrtmachen, als er leise Schritte hörte. Eine Tür wurde geöffnet, und Roosevelt stand am anderen Ende des Flures im Dunkeln. Sie starrten sich eine Weile an, wobei Jacobs' Gesicht im fahlen Licht der kleinen Lampe noch finsterer aussah als sonst. Roosevelt blieb im Schatten, wo er seine Nervosität und sein Unbehagen zu verbergen suchte.

»Wo ist er?«, fragte Jacobs so grob, dass die Frage an sich schon eine Feststellung war. Es würde kein langes Theater geben. Er war sich sicher, dass Roosevelt den Gral genommen hatte, und wollte keine dumme langwierige Diskussion, die am Ende doch nur dazu führen würde, dass er dem Mann noch mehr Gewalt antun musste, als er es ohnehin vorhatte.

»Ich genieße den Schutz des Herrn«, sagte Roosevelt mit zittriger Stimme.

»Sie haben den Gral«, sagte Jacobs kalt.

Schweigen. Jacobs hörte trotz geschlossener Tür das Ticken der großen Standuhr im Wohnzimmer des Hauses. Eine Diele knarrte unter Roosevelts nervösem Schritt.

»Wo ist er?«, wiederholte Jacobs und ging ein Stück den Flur hinunter. Der erste bedrohliche Schritt, und er musste sich zurückhalten, sich nicht sofort auf den Mann zu stürzen, weil er wusste, dass eine wohl dosierte Einschüchterung wahrscheinlich Erfolg versprechender war.

»Ich habe ihn nicht«, sagte Roosevelt, was durchaus der Wahrheit entsprach. Das Zittern in seiner Stimme rührte daher, dass er genau wusste, wo der Gral war, weil er ihn selbst dorthin gebracht hatte.

»Wer hat ihn dann?«, fragte Jacobs scharf, auch wenn er Roosevelt keine Sekunde lang glaubte.

Roosevelt war auf seine Art genauso untalentiert für dieses Spiel wie Randolph. Sie waren keine Verbrecher, denen Mord, Überfall und Diebstahl locker von der Hand gingen. Sie waren normale Menschen, die durch außergewöhnliche Umstände aus ihrem gewöhnlichen Leben gerissen worden waren. Und dementsprechend schlecht beherrschten sie dieses Spiel.

Roosevelt ließ die Frage unbeantwortet, und sein Schweigen sprach Bände über seine Schuld.

Diesmal machte Jacobs gleich mehrere kurze Schritte den Flur hinunter und blieb zwei Meter vor dem Priester stehen, sodass das Licht der Lampe auf seinen Hinterkopf fiel und sein Gesicht im Schatten lag, während er Roosevelts gequälte Miene nun klar erkennen konnte.

»Wir leben in einer finsteren Zeit, Pater«, sagte Jacobs schroff, »und diese Zeit wird knapp. Wir brauchen den Gral, und wir werden uns nicht von ihrer Zaghaftigkeit aufhalten lassen.«

»Was Sie vorhaben, ist falsch!«, stieß Roosevelt hervor, nachdem er seine Stimme unvermutet wiedergefunden hatte.

»Wie können ausgerechnet Sie glauben, dass es falsch ist?«, fauchte Jacobs ihn an. »Wir haben zweitausend Jahre darauf gewartet.«

»Es ist falsch!«, protestierte Roosevelt noch einmal lauter, während Jacobs einen weiteren Schritt näher kam.

»Für wen arbeiten Sie?«

»Für niemanden!«

»Für wen arbeiten Sie?«, wiederholte er und verzog das Gesicht zu einer knurrenden Fratze.

»Ich arbeite für niemanden«, erwiderte Roosevelt, der versteckte Reserven in sich zu mobilisieren begann. »Ich kann den Frevel dieser Tat aus eigener Kraft erkennen. Ich arbeite für mich und gleichzeitig für den Herrn und die Christen auf der ganzen Welt.«

Jacobs verlor die Geduld. Er trat einen Schritt nach vorn, packte den Priester an seinem weißen Kragen und rammte seine Stirn heftig gegen dessen Nasenbein. Mit einem unterdrückten Stöhnen sank Roosevelt auf die Knie und tastete sofort mit beiden Händen sein Gesicht ab.

»Ich arbeite für den Großmeister und für die Bruderschaft«, sagte Jacobs. »Und das sollten Sie auch. Sie haben einen Eid geschworen. Sagen Sie mir, wo der Gral ist, sonst werden Sie merken, dass meine gottgegebene Brutalität noch längst nicht an ihre Grenzen gestoßen ist.«

»Er ist nicht hier«, sagte er. »Ich habe nicht gelogen.«

Jacobs wollte ihm einen weiteren brutalen Schlag verpassen, konnte sich jedoch gerade noch zügeln.

»Sie haben Lawton überfallen«, sagte er stattdessen, wieder eher eine Feststellung als eine Frage.

Roosevelt schloss die Augen und erinnerte sich an den Archie Gemmill in seiner Hand, mit dem er Lawton den Kopf eingeschlagen hatte, an das Knacken seines Schädels und das Blut, das er im Namen des Herrn vergossen hatte.

»Ja«, murmelte er.

»Und wo ist der Gral jetzt?« Jacobs schrie beinahe.

»Er ist nicht hier«, murmelte Roosevelt und ließ den Kopf sinken.

Wieder konnte Jacobs seinen Zorn nicht zügeln. Er holte aus und trat Pater Roosevelt heftig ins Gesicht, sodass dessen Kopf nach hinten schnellte und gegen den Rahmen der Küchentür schlug. Jacobs stellte sich über den Priester, bückte sich und packte ihn am Kragen.

Roosevelts Gesicht war blutüberströmt, sein Kopf hing schlaff zur Seite. Er war bewusstlos. Jacobs hatte die Kontrolle zu schnell verloren. Er war vielleicht von Natur aus brutal, auf seine Weise jedoch ebenso ungeeignet für so etwas, wie es Randolph und Roosevelt in der kriminellen Disziplin ihrer Wahl waren. Seine kühle und wohl dosierte Einschüchterung hatte kaum ein paar Sekunden gedauert, bevor rohe Gewalt die Herrschaft übernommen hatte.

Er zog Roosevelts Kopf kurz zu sich heran, ließ ihn wieder fallen, richtete sich auf und betrachtete den zusammengesunken am Boden liegenden, blutigen Geistlichen.

»Scheiße«, murmelte er.

Er trat ein paar Schritte zurück, drehte sich um und musterte ihn aus der Distanz.

Sollte er versuchen, ihn wiederzubeleben, um ihm weitere Informationen zu entlocken, oder sollte er überlegen, wo er den Gral versteckt haben könnte, und ihn ohne weitere Gewaltanwendung selbst finden?

Er sah auf die Uhr. Schließlich musste er auch noch die Ermordung von Garrett Carmichael und das Einsammeln ihres Blutes erledigen, weil das, wie er zutreffend annahm, kein Job für James Randolph war. Und es war genauso wichtig wie die Wiederbeschaffung des Grals. Deshalb würde er sich selbst darum kümmern, während er darüber nachdachte, wie er den heiligen Kelch auftreiben konnte.

Er warf einen letzten Blick auf den Priester, bevor er eilig in die Küche ging, um den Gefrierschrank des Mannes zu durchsuchen.

James Randolph war mit den Nerven am Ende. Binnen weniger Minuten war er zu dem nutzlosen Haufen zusammengesunken, den Ephesian und Jacobs in ihm schon immer vermutet hatten, sollte er je unversehens mit schwierigen Umständen konfrontiert werden. In Verlegenheit gebracht von Carmichael, verunsichert von ihren Kindern, bloßgestellt durch seine eigene Tölpelhaftigkeit und seinen nur mangelhaft durchdachten Plan, demoralisiert von der Anwesenheit Barney Thomsons und durch einen einzigen strengen Blick von Miranda Donaldson zu einem fünfjährigen Jungen reduziert, hätte er sich kaum kindischer fühlen können. Und obwohl er nicht an vergleichbar komplexen Symptomen litt wie sein zwanghafter Boss, hätte er sich trotzdem am liebsten ganz klein zusammengerollt, so wie es Ephesian seinerseits aus Verzweiflung zu tun begonnen hatte.

»Essen Sie das Sandwich«, sagte Barney schroff, sofern man die Worte *Essen Sie das Sandwich* überhaupt schroff äußern kann. Natürlich konnte Garrett Carmichael genau wie die meisten anderen Eltern auf diesem Planeten auch die Worte *Iss deine Cornflakes* schroff aussprechen, insofern ließ sich auch die Aufforderung, ein Sandwich zu verzehren, zu Gehör bringen, als wäre sie von derben Flüchen begleitet, vor allem wenn man den Angesprochenen eines Mordversuches verdächtigt.

Randolph schluckte und sah aus, als kämpfte er mit den Tränen. Alle seine Hirnfunktionen brachen zusammen, und seine Fähigkeit, klar zu denken, ließ ihn komplett im Stich. Sein Mut war gebrochen, und er glaubte ernsthaft, er müsse sterben, wenn er das Sandwich aß.

»Ich kann nicht«, schluchzte er und ließ das Brot fallen. »Ich kann nicht.«

»James?«, fragte Carmichael besorgt, obwohl sie der Gedanke beschlich, dass Barney vielleicht nicht so weit daneben lag, wie sie vermutet hatte.

»Ich muss mal, Mummy«, sagte Ella am Boden, um die Lage weiter unnötig zu dramatisieren.

»Dann geh auf die Toilette«, sagte Carmichael automatisch.

»Warum können Sie das alberne Sandwich nicht essen?«, fragte Barney. »Sagen Sie uns, warum Sie das alberne Sandwich nicht essen können«, wiederholte er auf Randolphs Gewimmer hin.

Er machte einen Schritt nach vorn, die Eröffnungsgeste der

Einschüchterung. Im Gegensatz zu Jacobs würde es jedoch bei ihm bestimmt nicht mit Gewalt enden.

»Weil ich sonst platze!«, stieß Randolph hervor. »Ich kann nicht!«

Es entstand eine kurze Pause, in der alle anderen anwesenden Erwachsenen ihn mit einem seltsamen Blick bedachten.

»Ich muss mal!«

»Dann geh!«

»Wovon reden Sie?«, fragte Barney spöttisch. »Haben Sie schon zu Abend gegessen?«

»Nein!«

»Sind Sie zu satt und fürchten bulimische Anwandlungen, wenn Sie auch nur einen Bissen mehr nehmen?«

»Nein!«

»Was dann?«

»Ich muss mal, ich muss mal!«

»Dann geh!«

»Du sollst mitkommen!«

»Ich unterhalte mich!«

»Essen Sie das Sandwich!«

»Nein!«

»Muss mal, muss mal!«

»Herrgott noch mal!« Garrett Carmichael platzte der Kragen. Sie packte Ellas Hand und zerrte sie mit den Worten »Himmel, das kannst du seit einem verdammten halben Jahr allein« hinter sich her aus dem Zimmer und die Treppe hinauf ins Bad, wo sie elegant Hoagy auswich, der wissen wollte: »Hat sie sich in die Hose gemacht, Mum?«

Die beiden Männer waren allein. Barney wartete, bis sich der allgemeine Mutter-Tochter-Kampf beruhigt hatte, zog sich einen Stuhl heran und setzte sich an den Küchentisch. Er erkannte, in was für einem Zustand Randolph sich befand, und wusste, dass es leicht sein würde, ihm Informationen zu entlocken. Die Ellenbogen auf die Knie gestützt, beugte er sich vor und mimte den guten Bullen.

»Erzählen Sie mir alles, während sie oben ist«, sagte er.

Randolph nickte, ohne Barney in die Augen sehen zu können.

»Die Bruderschaft … Mr. Ephesian …«, begann er stotternd und unsicher, ob er verraten durfte, was zu enthüllen er sich anschickte. Aber irgendetwas an Barney lud dazu ein, sich ihm anzuvertrauen. Der Mann war schließlich Frisör. »Sie müssen Mrs. Carmichael umbringen.«

Barney starrte ihn an, ohne zu reagieren, auch wenn er das vielleicht hätte tun sollen. Sein Leben war derart von Mord und Totschlag geprägt, dass er es weder überraschend noch bemerkenswert fand, in einer weiteren kleinen Stadt auf ein weiteres schmutziges kleines Verbrechen gestoßen zu sein.

»Warum?«, fragte er lediglich.

»Ich weiß es nicht«, antwortete Randolph und starrte mit gesenktem Kopf zu Boden. »Heute Abend passiert irgendetwas, eine Zeremonie. Ich kenne die Details nicht, aber sie brauchen Blut.«

»Blut?«

»Ja, Blut. Ich weiß nicht, warum es Mrs. Carmichaels sein muss, aber so lauten meine Anweisungen.«

Barney machte eine Pause und lauschte dem erneuten Krawall im ersten Stock, der jedoch nicht Carmichaels sofortige Rückkehr zur Folge hatte. Er hörte das Ächzen und Rumpeln alter Rohre und erkannte, dass sie ein Bad einlaufen ließ. Offenbar hatte sie den vernünftigen Entschluss gefasst, sich aus der absurden Diskussion zu verabschieden.

»Und Sie wollten sie mit einem Käsesandwich töten?«, erkundigte sich Barney. »Und es war nicht vergiftet?«

»Nein«, sagte er traurig. »Kein Gift.«

»Na, das ist doch schon mal was«, erwiderte Barney düster. »Gift ist ein bisschen mädchenhaft.«

»Und unoriginell.«

»Ja. Sie hatten vielmehr ein explosives Käsesandwich zubereitet.«

Randolph nickte und begann langsam zu sprechen.

»Heute Morgen in Ihrem Salon…«, sagte er, ohne den Satz zu beenden, während sein Blick auf das Sandwich am Boden gerichtet war. »Als ich in Ihrem Salon eingeschlafen bin, hatte ich einen Traum. Von einer neuen Methode, einen Mord zu begehen.«

»Indem Sie jemandem ein tödliches, explosives Käsesandwich verabreichen? War der Käse im Sonderangebot, oder was?«

»Der Käse hat nichts damit zu tun«, erwiderte Randolph nüchtern, ohne Barneys Ironie zu bemerken. »Entscheidend ist, was ich in den Aufstrich getan habe.«

Es entstand eine weitere Pause, die Barney ungefüllt verstreichen ließ, weil er wusste, dass er die Antwort irgendwann hören würde.

»Eine tödliche Mischung aus Enzymen, Säuren und Metallsplittern, die zusammen mit der Salzsäure im Magen explosiv reagieren würde.«

Barney starrte ihn mit leicht geöffnetem Mund neugierig an.

»Verzeihung?«, sagte er.

»Ich habe eine Mixtur geschaffen, die explosiv mit den Magensäuren reagieren würde.«

»Sind Sie Chemiker?«, fragte Barney, während er dachte,

dass er zwar nie einen Chemiker gekannt hatte, aber jeder Chemiker auf der Welt intelligenter sein musste als dieser Typ.

»Nein«, sagte der und sah Barney zum ersten Mal seit einer ganzen Weile in die Augen. »Ich habe es geträumt.«

»Sie haben alle Zutaten einer Mischung geträumt, die den Bauch eines Menschen explodieren lässt?«

»Ja.«

»Und haben Sie sie an irgendetwas getestet? Einer Maus, zum Beispiel?«

»Dafür hatte ich keine Zeit«, erwiderte er.

Barney sah Randolph eine Zeit lang an, und seine Blicke durchbohrten ihn, so wie die Blicke der weniger Zaghaften es meistens taten.

»Was?«, fragte Randolph gereizt.

»Haben Sie so was schon mal gemacht?«, fragte Barney. »Versucht, jemanden umzubringen, meine ich.«

Randolph schüttelte den Kopf.

Barney sah ihn noch einen Moment länger ausdruckslos an, bevor er sich unvermittelt bückte und das Käsesandwich aufhob.

»Nein!«, rief Randolph wieder, als Barney es zum Mund führte und ein großes Stück abbiss.

»Sie ... was ...?«, stotterte Randolph.

Barney schluckte.

»Wann genau soll ich explodieren?«, fragte er.

Randolph antwortete nicht, trat jedoch hastig den Rückzug aus der Küche an.

»Jetzt«, sagte er. »Es sollte eine spontane Reaktion sein.«

Sie sahen sich eine Weile an. Barney explodierte nicht.

»Sie sind ein Vollidiot«, sagte er schließlich, nahm Carmichaels Weinglas vom Tisch, trank einen großen Schluck und ging dann forsch an Randolph vorbei aus der Küche.

»Mieses Käsesandwich übrigens«, sagte er am Fuß der Treppe und stürmte nach oben.

Er steckte den Kopf ins Badezimmer, wo Hoagy und Ella in einem Meer von Schaum versunken waren, während Garrett Carmichael gelangweilt auf dem Toilettensitz saß.

»Wir müssen reden«, sagte Barney.

Sie warf ihm einen bedeutungsvollen Blick zu.

»Ich kann Ihnen sagen, warum sie mich umbringen wollen«, sagte sie.

Barney lehnte sich nickend an den Türrahmen.

»Wer will dich umbringen, Mum?«, fragte Hoagy.

»Niemand«, antwortete sie. »Wir können reden, wenn die Kinder im Bett sind.«

»Die Bösen oder die Guten?«, fragte Ella.

»Die Guten würden sie wohl kaum umbringen wollen, oder?«, fragte Hoagy spöttisch. »Du bist ein Dummkopf.«

»Bin ich nicht!«

»Dummkopf, Dummkopf!«

»Halt den Mund!«

Kapitel 44

Pulvis et umbra sumus

»Mein Mann war Mitglied der Bruderschaft, die seit fast einhundertfünfzig Jahren auf der Insel existiert. Die *Prieure de Millport*, wie sie sich nennen. Das Priorat von Millport«, fügte sie verächtlich hinzu.

Barney nippte an seinem Wein. Randolph sah aus der Ecke zu, die Augen so groß wie Gollum.

»Ich weiß nicht, vermutlich ist es eine Geheimgesellschaft wie jede andere, das habe ich zumindest immer gedacht. Sie hat stets nur jeweils zwölf Mitglieder, und wenn ein Mitglied stirbt, nehmen sie sich unendlich viel Zeit, um Ersatz auszuwählen.«

Sie atmete tief ein und trank noch einen Schluck Wein. Barney saß schweigend dabei und ließ ihr Zeit zum Reden. Im Schlafzimmer im ersten Stock tobten die Kinder, die statt einer Gutenachtgeschichte zu lauschen noch spielen durften.

»Die Mitglieder müssen bei ihrem Leben und dem ihrer Familien schwören, dass sie niemandem das Geheimnis der Bruderschaft verraten. Ich habe Ian deswegen ständig aufgezogen. Ich meine, ich wusste nicht genau, was er machte, wenn er dienstagabends wegging, aber ich wusste, dass sich in dem großen Haus auf dem Hügel irgendein Mumpitz abspielte. Nun, er hat sein Wort gehalten und mir nie irgendwas erzählt. In der Stadt gab es hin und wieder Klatsch darüber, welche Männer am Dienstagabend ausgingen, aber nicht viel. Die meisten haben sie einfach immer machen lassen.«

Sie machte wieder eine Pause, trank noch einen Schluck Wein und verzog leicht das Gesicht, als man aus dem Schlafzimmer Poltern hörte. Sie blickte nach oben und lächelte Barney wehmütig an.

»Meine Mutter hat Recht, nicht wahr? Ich muss wirklich nicht jeden Tag in die Kanzlei gehen.«

»Sie müssen sich nicht rechtfertigen«, sagte Barney leise.

Sie lächelte erneut, wandte ihren Blick ab, nahm das Weinglas und stellte es wieder ab, ohne getrunken zu haben.

»Dann hat Ian erfahren, dass er Krebs hatte. Es hat nicht

lange gedauert. Ich weiß nicht, alles zusammen vier oder fünf Monate. Eigentlich ein Glück, nehme ich an. Jedenfalls besser, als wenn es sich jahrelang hinzieht wie bei manchen Menschen. Ich versuche zumindest, zu denken, dass wir Glück hatten.«

»Wann war das?«

»Angefangen hat es, als ich im sechsten Monat schwanger war«, sagte sie und hielt erneut inne. Barney sagte nichts. Auf Momente wie diesen bereitete einen auch der endlose Wortschwall in einem Frisörsalon nicht vor. Und Schweigen war ohnehin genau das Richtige. »Er hat Ella also noch ein paar Wochen lang erlebt.«

»Es tut mir Leid«, hörte Barney sich sagen.

»In den letzten paar Wochen hat er wegen der Schmerzmittel nicht mehr so viel mitgekriegt, aber er hatte auch klare Momente. Jedenfalls hat er, warum, weiß ich auch nicht, entgegen den strikten Regeln der Bruderschaft beschlossen, mir alles zu erzählen. Ein paar Tage vor seinem Tod. Er hatte ungefähr eine halbe Stunde Zeit, unmittelbar nach Einnahme seiner Medikamente, wenn er sich ein bisschen besser fühlte, bevor die Nebenwirkungen spürbar wurden.«

Sie atmete schwer und kämpfte mit den Tränen. Barney streckte seine Hand aus, sie ergriff sie, während sie sich unwillkürlich in das kleine Zimmer im Victoria-Krankenhaus in Glasgow zurückversetzt fühlte. Randolph blickte kurz auf, schlug die Augen jedoch sofort wieder nieder, starrte zu Boden und versuchte weiterhin, die Einzelteile seines Egos zusammenzusammeln.

»Es geht um den Heiligen Gral«, sagte sie mit einem schrägen Lächeln. »Darum dreht sich alles. Der blöde Heilige Gral, können Sie sich das vorstellen?«

»Der Kelch?«, fragte Barney.

Sie schüttelte den Kopf.

»Nein, das heißt, ja, auch. Der Kelch, mit dem das Blut Christi aufgefangen wurde. Angeblich ist er in der Kathedrale versteckt.«

»In Millport?«

»Was weiß ich«, sagte sie schulterzuckend. »Irgendwo muss er ja sein.«

Barney stieß einen leisen Pfiff aus und meinte dann: »Also, ich bin ehrlich gesagt schwer skeptisch.«

»Ich weiß«, sagte sie. »Das war ich auch immer.«

Barney wandte sich an Randolph.

»Wissen Sie irgendwas darüber?«, fragte er. »Sind Sie einer der Brüder?«

Randolph schüttelte den Kopf. Barney wandte sich wieder an Carmichael.

»Wer gehört noch dazu?«, fragte er.

»Ich weiß es nicht genau. Das hat Ian mir nicht gesagt. Es gibt Gerüchte in der Stadt. Ich bin mir ziemlich sicher, dass Jonah einer von ihnen war.«

»Tatsächlich?«, sagte Barney und dachte, dass das alles in allem nicht überraschend war, wenn man Ephesians Interesse an der Witwe und ihrem Gefrierschrank bedachte.

»Glaube ich. Jedenfalls ist der Kelch nur ein Teil. Da ist noch etwas. Von dem Kelch hat er mir zuerst erzählt, und als er zu dem Rest kam, wurde alles schon ziemlich verworren. Ich weiß nicht, was davon wahr ist, zumindest nach den Standards der Bruderschaft, und was Halluzination. Und ich hatte bestimmt nicht vor, Ephesian oder seinen gespenstischen Diener aufzusuchen, um mit ihnen die Details zu erörtern.«

Barney blickte zu Randolph und fragte sich, wie viel davon

er bereits wusste und ob er ihn vorher hätte hinauswerfen sollen. Aber es schien ihm vernünftig, ihn noch hier zu behalten, zumindest bis er selbst eine Ahnung hatte, was eigentlich los war.

»In den letzten ein, zwei Jahren sind einige Bücher darüber erschienen. Seit Ians Tod habe ich sie alle gelesen. Millport wird allerdings nirgendwo erwähnt. Es geht um die Geschichte von Jesu Leben und Tod.«

Sie zögerte erneut, weil sie nicht glauben konnte, was sie hier erzählte. Barney ließ ihr Zeit, trank einen Schluck Wein und wartete, was kommen würde. Als Hintergrundsound herrschte im ersten Stock nach wie vor allgemeiner Tumult. Zwei Kinder ohne elterliche Aufsicht. So fangen Kriege an.

»Es ist eine lange Geschichte, aber ich versuche, mich kurz zu fassen.«

»Cool.«

»Maria Magdalena war keine Prostituierte, sondern die Frau von Christus, mit der er auch Kinder hatte. Als Josef von Arimatäa mit dem Gral nach Frankreich geflohen ist, wie es die Legende erzählt, hat er auch Jesu Frau und Kinder mitgenommen.«

»Familienfahrschein«, blödelte Barney.

»Genau. Es gab also damals direkte Nachfahren Christi, und es gibt, um zweitausend Jahre Geschichte radikal abzukürzen, auch heute noch welche.«

»Eine direkte Nachkommenschaft Christi?«

»Ja.«

»Fan-tas-tisch«, sagte Barney. »Das glaubt garantiert jeder, wenn der Betreffende zum ersten Mal bei Parkinson oder Letterman auftritt.«

»Nun, mag sein, aber Sie erkennen das Problem und verstehen, warum es ein Geheimnis bleiben musste. Jesus ist angeblich der Sohn Gottes und alles. Wenn sich nun herausstellt, dass er ein ganz normaler Typ mit Frau, Kindern, Hypothek und freitagabends einer Runde Dart in der Kneipe war, erschüttert das alle möglichen Glaubensgrundsätze, oder nicht? In gewisser Weise bestätigt es meine Theorie des Garrett, aber vermutlich wollen Sie nicht, dass ich wieder davon anfange.«

»Wir sollten uns an die Fakten halten«, meinte Barney.

»Ja, also, das ist so ziemlich alles, jedenfalls unter Auslassung eines Haufens unwichtiger Einzelheiten.«

»Und wer ist es nun? Der Nachfahre Christi? Ist er in Millport? Ist es Ephesian? Ephesian ist der Ur-Ur-Ur-mal-vierhundert-Enkel Gottes. Das würde zumindest sein Gehabe erklären.«

»Ich glaube nicht, dass er es ist, aber darum geht es ja gerade. Jesus war nicht der Sohn Gottes, er war bloß irgendein Typ. Möglicherweise Thronerbe Israels, aber nichtsdestoweniger sterblich. Das passt nicht so richtig zum christlichen Glauben.«

»Wohl wahr«, sagte Barney.

Er drehte sich wieder um und sah Randolph an, der seinerseits Carmichael anstarrte und das Gehörte verarbeitete. Einiges hatte er bereits gewusst, anderes nicht. Ephesian hatte ihn immer nur bruchstückhaft informiert.

»Und was passiert nun heute Nacht?«, fragte Barney, wieder an Carmichael gewandt.

»Ich weiß nicht«, sagte sie.

»Warum wollen sie Sie töten?«

»Ich weiß nicht«, sagte sie noch einmal.

»Warum wollen die Ihr Blut?«

»Keine Ahnung.«

Er betrachtete sie einen Moment, drehte sich zu Randolph um, um zu sehen, ob er sich in irgendeiner Weise für die Ereignisse verantwortlich fühlte, stellte fest, dass der Mann so dämlich dreinschaute, wie Barney es erwartet hatte, und wandte sich wieder an Carmichael.

»Wie sind Sie dann darauf gekommen, dass sie Sie umbringen wollten?«

Sie zuckte die Schultern.

»Ich habe nie geglaubt, dass sie erfahren haben, was Ian mir erzählt hat, aber wer weiß? Sicher ist, dass er in seinen letzten Tagen Besuch hatte, auf jeden Fall von Jacobs und vielleicht auch von Ephesian.« Sie hielt inne, als ihr das Bild ihres sterbenden Mannes vor Augen trat. Sie erinnerte sich, wie sie ihr neues Baby ins Krankenhaus gebracht hatte, damit es seinen Vater sah, der in einer fremden Welt lag, die nur er allein bewohnte. Ein sterbender Mann und ein neugeborenes Baby, beide unergründlich und geheimnisvoll, beide erkannten und verstanden Dinge, die sonst keiner sah und begriff.

»Ich weiß es also nicht«, sagte sie schließlich. »Aber wenn die wissen, dass ich es weiß, wollen sie mich vielleicht aus dem Weg räumen.«

Barney sah sie eine Weile an und fragte sich, ob sie ihm alles erzählt hatte, was sie wusste. Er entschied, dass er ihr glaubte, und wandte sich wieder an Randolph.

»Haben Sie noch irgendetwas beizutragen?«, fragte er.

Randolph blickte nicht einmal auf, sondern schüttelte nur den Kopf.

»Sie wissen nichts von all dem?«, fragte Barney.

»Warum sollte er?«, fragte Carmichael. »Er ist ein Niemand für sie. Wenn Ephesian ein Stöckchen wirft, läuft James hinterher. Es gibt keinen Grund, warum er etwas von all dem wissen sollte.«

Randolph starrte weiterhin zu Boden. Sein Selbstvertrauen war komplett zerstört. Er wusste nie etwas, was sich zu wissen lohnte. Und wenn Ephesian ein Stöckchen warf, rannte er hinterher.

»Mummy!«, erhob sich von oben ein Schrei, gefolgt von unkontrolliertem Geheule. »Mummy! Hoagy hat gesagt, ich bin ein Zombie!«

»Hab ich nicht! Sie lügt!«

»Ich bin kein Zombie!«

»Das habe ich auch gar nicht gesagt!«

»Hat er wohl!«

Weitere Tränen aus einem unerschöpflichen Brunnen.

Garrett Carmichael legte ihre Hände auf den Tisch und sah beide Männer an.

»Ich mache jetzt oben das Licht aus. Wenn in der Zwischenzeit irgendjemand an die Tür klopft und mich umbringen will, sagen Sie ihm, dass ich unpässlich bin.«

Sie lächelte seltsam und stand auf.

Barney sah ihr nach, als sie die Küche verließ, in den Flur trat und, jeweils zwei Stufen auf einmal nehmend, in den ersten Stock hinauf lief. Als sie außer Sichtweite war, trank er noch einen Schluck Wein und lauschte, wie sie sich einen Weg durch das Kinderchaos bahnte. Er wandte sich wieder Randolph zu, der jedoch vollauf mit seinem eigenen Scheitern und Versagen beschäftigt war.

Das Leben ist wie ein schwacher Magen nach einem großen Essen, dachte er. Nie kommt das wieder hoch, was man erwartet.

Es klingelte.

Barney lachte und sah Randolph an.

»Der nächste Killer«, sagte er und stand vom Tisch auf.

Randolph wartete, bis Barney die Küche verlassen hatte, bevor er aufblickte. Nachdem er seine Fassung wiedergefunden hatte, fragte er sich, ob er das hätte sagen sollen, was er gesagt hatte. Wenn Ephesian es herausfinden sollte, wäre er stinkwütend, obwohl er sich wahrscheinlich gegenüber Jacobs rechtfertigen musste. Konnte man ihn des versuchten Mordes anklagen, obwohl er nur versucht hatte, jemanden mit einem Käsebrot umzubringen? Wahrscheinlich gab es nicht genug Beweise, um ihm einen Vorsatz nachzuweisen. Und so eierte sein matter Verstand weiter vor sich hin.

Barney öffnete die Haustür.

»Arf.«

Barney lächelte, öffnete die Tür weiter, um Igor hereinzulassen, steckte auf der Suche nach ruchlosen Gestalten den Kopf hinaus in die Kälte und machte die Tür wieder zu. Igor stand in der Küchentür und beäugte Randolph misstrauisch. Barney trat neben ihn und legte eine Hand auf Igors Schulter.

»Dachte mir schon, dass du vielleicht noch auftauchst«, sagte er.

Igor nickte. Er mochte für Ruth Harrison, Gently Ferguson und ihresgleichen zur Verfügung stehen, aber seine Liebe galt allein Garrett Carmichael, und irgendwann in den letzten drei Tagen hatte das auch Barney erkannt.

»Hier zunächst die Nachrichtenübersicht«, sagte Barney. »Auf Anweisung von Ephesian wollte der gute Mr. Randolph Garrett mit einem Käsesandwich umbringen, was jedoch fehlgeschlagen ist. Außerdem gibt es eine Geheimgesellschaft auf dieser Insel, die die Nachkommen Christi beschützt und heute Abend irgendein seltsames Ritual zelebriert, bei dem auch Blut zum Einsatz kommen soll. Genauer gesagt dachten die Herren an Garretts Blut, aber das werden wir nicht zulassen.«

Igor wirkte geschockt. Er drehte sich keuchend um und knurrte Randolph an, bevor er sich wieder Barney zuwandte, der erneut eine Hand auf seine Schulter legte.

»Alles in Ordnung, Igor, sie ist in Sicherheit. Wir sind hier und passen auf sie auf, bis die Herren mit dem fertig sind, was immer sie heute Nacht auch vorhaben. Und um diesen Spinner da müssen wir uns, glaube ich, keine Sorgen machen. Ein Problem wäre es nur, wenn dieser Psychopath Jacobs hier auftaucht, aber darum können wir uns kümmern, wenn wir …«

Es klingelte. Einmal. Und es klang irgendwie ominös, als hätte der Mechanismus der Klingel erkannt, dass draußen Jacobs wartete, um das Blut des unwilligen Opfers einzusammeln.

»Himmelherrgott noch mal«, ertönte eine Stimme aus dem ersten Stock, »habt ihr zu einer Party eingeladen oder was? Ich versuche, die Kinder ins Bett zu bringen.«

Barney und Igor wechselten einen Blick. Barney wirkte unbesorgt, aber der bucklige Stumme konnte, was Frauen anbetraf, manchmal ein wenig dünnhäutig sein, und nahm es deshalb persönlich.

Barney stapfte den Flur hinunter und öffnete die Tür. Draußen stand tatsächlich Jacobs, blass, aber leibhaftig und ganz brütende Bösartigkeit. Während Ephesian sich im Laufe des Tages immer weiter in seine dunkle undurchdringliche Schale zurückgezogen hatte, war Jacobs tiefer und tiefer in finsterer Bosheit versunken.

»Warum überrascht mich das nicht?«, murmelte er düster.

»Das könnte ich genauso sagen, Cowboy«, erwiderte Barney.

Jacobs starrte brutal in Barneys Augen, bevor er über dessen Schulter blickte. Von seinem Standpunkt aus konnte er nur die Umrisse von Igors Buckel ausmachen, nachdem Igor inzwischen in der Küche Platz genommen hatte.

»Die edlen Retter der Witwen und Waisen erneut im Einsatz«, stellte er ätzend fest. »Gibt es keine anderen Frauen, die ihr noch beschützen müsst?«

»Ich weiß nicht«, erwiderte Barney. »Gibt es denn noch andere Frauen, deren Blut Sie heute Abend für Ihre seltsame Zeremonie benötigen?«

In Jacobs' Gesicht flackerte Wut auf. Er starrte über Barneys Schulter hinweg und fragte sich hektisch, woher der Frisör schon so viele Einzelheiten kennen konnte.

Igor? Konnte Igor so viel wissen? Und wenn, dann hätte er es ihm ohnehin nicht erzählen können, dachte er und unterlag damit dem gleichen Irrtum wie so viele Leute in der Stadt, die glaubten, taubstumm zu sein, würde auch bedeuten, dass man nicht schreiben oder sich sonstwie mitteilen konnte. Am Telefon war Igor nicht unbedingt ein As, aber alle anderen Kommunikationsmittel beherrschte er durchaus. Andererseits hatte Jacobs in diesem Fall natürlich trotzdem Recht.

»Randolph!«, brüllte er plötzlich los, schob Barney beiseite und stürmte ins Haus. Barney ließ ihn gewähren, weil man einen identifizierbaren Feind drinnen besser im Auge behalten konnte.

Jacobs rannte in die Küche, wo Igor und Randolph besorgt aufblickten.

»Randolph!«, brüllte Jacobs noch einmal.

Randolph kauerte in seiner Ecke. Barney tauchte in der Küchentür auf. Jacobs sah sich verbittert um. Igor stand auf und starrte den Eindringling an.

Spannung und Testosteron hingen schwer in der Luft, eimerweise und explosionsbereit. Nur Randolph suhlte sich in einer Überdosis Östrogen und hoffte, die Unterhaltung würde sich beiläufig Themen wie Blumen oder Stricken zuwenden.

»Wo ist sie?«, bellte Jacobs.

»Arf«, murmelte Igor drohend. *Rühr sie nicht an mit deinen stinkenden Händen*, wollte er sagen, was er auch einigermaßen verständlich machen konnte, selbst einem Mann wie Jacobs.

Jacobs sah Igor und Barney finster an und drehte sich zu Randolph um.

»Wo ist sie?«, wiederholte er.

»Oben«, sagte Randolph, den Blick zu Boden gerichtet. »Sie bringt die Kinder ins Bett.«

Barney stellte sich in die Küchentür und versperrte den Weg. Jacobs starrte ihn wütend an und zog sich dann einen Stuhl heran.

»Ich warte«, sagte er.

Weitere wütende Blicke schwirrten durch den Raum, bevor sich die Spannung allmählich legte und die Kombattanten sich von der bizarren Situation vorübergehend einlullen ließen. Jacobs war gekommen, um Garrett Carmichael zu ermorden, und er wartete jetzt in ihrer Küche auf sie, zusammen mit zwei Männern, die wussten, was er vorhatte, und ihn daran hindern wollten. Es war absurd, so als wäre er gekommen, um fünfzig Pfund von ihr zu erpressen, und nicht, um sie zu töten, und Barney war sogar in der Stimmung, ein Gespräch darüber zu beginnen. Stattdessen blieb er an der Tür stehen und wartete Jacobs' nächste Schritte ab, wobei er davon ausging, dass der Mann auf dieser verschlafenen kleinen Insel wohl kaum eine Kalaschnikow ziehen würde.

Als er hinter sich Schritte hörte, trat er zur Seite, um

Carmichael hereinzulassen, zuversichtlich, dass es noch eine Menge zu sagen gab, bevor irgendjemand versuchte, irgendetwas Dummes zu tun.

Carmichael sah sich in der Küche um und blickte die Männer nacheinander an.

»Ist es nicht reizend?«, fragte sie sarkastisch.

»Wir müssen reden, Mrs. Carmichael«, sagte Jacobs.

»Meinetwegen«, erwiderte sie. »Aber fassen Sie sich kurz. Ich bin genervt. Die Kinder nerven mich, meine Mutter hat mich genervt. Mein Tag bei der Arbeit war ganz okay, aber ich war noch keine fünf Minuten wieder zu Hause, da lag mein Selbstbewusstsein auch schon in Trümmern. Ich komme mir vor wie eine beschissene Mutter, ein beschissener Mensch und eine beschissene Anwältin und würde am liebsten irgendjemanden umbringen. Und wenn ich mich in diesem Raum umsehe, stehen offenbar gleich vier dumme Männer als Kandidaten zur Auswahl, also machen Sie es kurz, und dann verpissen Sie sich.«

Nichts ist beängstigender als eine Frau am Rande des Nervenzusammenbruchs.

Schweigen schlug ihr entgegen.

Kapitel 45

Es gibt kein unglücklicheres Wesen unter der Sonne als einen Fetischisten, der sich nach einem Frauenschuh sehnt und mit einem ganzen Weib vorlieb nehmen muss.

Ephesian zupfte sanft an der Ausgabe von *Virginibus Puerisque* und beobachtete, wie die große versteckte Tür in der Bücherwand zur Seite glitt. Er machte Ping Phat ein Zeichen, voranzugehen, das jener erwiderte, weil er Ephesian durchaus zutraute, ihn für den Rest des Tages im Keller einzusperren. Ephesian akzeptierte, das zwischen ihnen gleichsam natürliches Misstrauen herrschen würde, schaltete die Lampe über der Kellertreppe an und trat vor Phat in den Geheimgang. Er schloss die Tür hinter ihnen, und die beiden Männer begannen schweigend, die Treppe hinabzusteigen.

Ephesian fühlte sich in die Ecke gedrängt und hatte auch noch seine angeborene Gabe verloren, klar und rational zu denken. Allenthalben taten sich Probleme auf, die alles zu verschlingen drohten, doch bei diesem speziellen Ärgernis hatte er sich schnell in sein Schicksal gefügt. Ping Phat drängte darauf, so umfassend wie möglich an allem beteiligt zu werden; Ephesian hatte nach wie vor nicht mit seinem Sohn darüber gesprochen, dass er Lawton in der Bruderschaft ersetzen sollte, und scheute weiterhin davor zurück. Also würde Ping Phat in die Bruderschaft initiiert werden, ganz ohne die üblichen Prüfungen und auch ohne Rücksprache mit seinem Oberstleutnant, der sich zurzeit bei einem Showdown in Garrett Carmichaels Haus amüsierte.

Sie erreichten den unteren Treppenabsatz, wo sich der Keller zu einem großen Raum hin öffnete, in dem der lange Tisch mit den dreizehn Plätzen stand. Ping Phat ging jetzt vor Ephesian, sichtlich beeindruckt und mit einem unwillkürlichen Lächeln auf den Lippen. Immer noch lächelnd wandte er sich zu Ephesian um, doch der starrte auf den Stuhl am Kopf des Tisches und fragte sich, ob sie ihn je würden besetzen können.

Als Ping Phat merkte, dass er nicht beachtet wurde, drehte er sich wieder um, zog einen der Stühle hervor und setzte sich. Er strich über das alte Holz und tastete über die Rillen und Kerben, die sich im Laufe der Jahre angesammelt hatten.

»Dies ist also der Tisch, an dem Christus das Letzte Abendmahl eingenommen hat«, sagte er.

Ephesian blickte auf seinen Hinterkopf. Wenn man nur alle Gespräche so führen könnte, hätte er keine Probleme.

»Das ist ein Missverständnis«, sagte er.

Phat drehte sich abrupt um, und Ephesian schlug rasch den Blick nieder.

»Joseph ist mit Christi Familie aus Israel geflohen. Er hat den Kelch mitgenommen, aus dem Jesus beim Abendmahl Wein getrunken hatte, aber er war nicht in der Lage, noch irgendwelche Möbel mitzunehmen.«

Phat nickte in Würdigung von Josephs Schicksal.

»Verstehe. Und Sie haben den Gral verloren?«

Ephesian antwortete nicht. Sie hatten bereits eine halbe Stunde über den Verlust des Grals gesprochen, sodass Ping Phats Bemerkung völlig überflüssig war.

»Und woher stammt dieser Tisch?«, fragte Phat und akzeptierte die Tatsache, dass Ephesian seine billige Stichelei über den Gral ignorierte.

»Er wurde Mitte des neunzehnten Jahrhunderts gebaut und

stand zunächst in der Kathedrale. Nach Fertigstellung dieser unterirdischen Kammer einige Jahre später wurde der Tisch auseinander genommen, hierher gebracht und wieder zusammengesetzt.«

»Ah«, sagte Ping Phat. »Nicht der Tisch Christi, aber nichtsdestoweniger historisch und verheißungsvoll.«

Ephesian antwortete nicht. Er wollte nicht hier unten mit Ping Phat sein, er wollte keinen Smalltalk mit ihm machen und hatte sich immer noch nicht an den Gedanken gewöhnt, dass er unweigerlich mit dem Chinesen hier festsaß, bis die Zeremonie am späten Abend beginnen würde. Er wollte wissen, ob Jacobs die besprochenen Aufträge auch wirklich ausführte und ob er von Roosevelt den Gral bekommen hatte. Stattdessen musste er hier mit seinem Besucher Händchen halten wie ein Fremdenführer für fünf Pfund die Stunde.

»Und dann wäre da noch die Angelegenheit meiner Initiation in die Bruderschaft, nicht wahr?«, sagte Phat.

Ephesian starrte nickend zu Boden und ging zu einem kleinen Schrank am anderen Ende des Raumes. Er öffnete eine Schublade und nahm ein langes, schmales, braunes Tuch, drei Kerzen, eine Schale mit Rosenblättern und den großen zeremoniellen Dolch heraus.

»So, Sie zuerst«, sagte Carmichael und zeigte auf Jacobs. »Stimmt es, dass Sie mich umbringen wollen? Und erzählen Sie mir keinen Quatsch, denn davon hatte ich in der letzten halben Stunde schon genug.«

Jacobs starrte sie ein paar Sekunden an, blickte zu Barney und versuchte, dessen Gedanken zu erraten. Die Situation war verrückt, und er erwies sich nun, da es wirklich ums Ganze ging, als ebenso kleinstädtisch inkompetent wie alle anderen auch.

»Die Gesellschaft hat heute Abend eine Sitzung von höchster Wichtigkeit«, erwiderte er wie ein Politiker, der auf eine Frage antwortete, die niemand gestellt hatte. »Es gibt, wie soll ich sagen, gewisse Dinge, die wir einsammeln müssen, bevor die Zeremonie stattfinden kann.«

Carmichael stemmte eine Hand in die Hüfte und bedachte ihn mit einem Blick, der sonst ihren Kindern vorbehalten blieb, wenn sie ausgesprochen unartig gewesen waren.

»Wie mein Blut, zum Beispiel«, sagte sie.

Jacobs antwortete nicht. Igor starrte ihn wütend an, bevor er mit einem Ausdruck hündischer Zuneigung Carmichael ansah. Aber obwohl auch sie heimlich in Igor verliebt war, war sie nicht in der Stimmung für Blicke hündischer Zuneigung, nicht einmal von einem Taubstummen mit einem verwegenen Buckel.

»Wie viel Blut brauchen Sie denn?«, fragte sie und warf Jacobs einen vernichtenden Blick zu.

Die Frage traf ihn ziemlich unvorbereitet.

»Was?«, fragte er.

»Brauchen Sie die kompletten drei Liter oder bloß ein, zwei Tässchen? Wollt ihr Spinner da oben darin baden oder wollt ihr bloß einen kleinen Schluck trinken?«

Jacobs, der komplett auf dem falschen Fuß erwischt worden war, kam sich ein bisschen vor wie ein Verbrecher, den die Polizei gerade gefragt hat, welches Fluchtfahrzeug man ihm stellen soll. Hatte er irgendwas verpasst?

»Was?«, wiederholte er.

»Warum Garrett?«, fragte Barney.

»Jetzt rede ich, Freundchen«, sagte Carmichael, nicht mehr zu bremsen, und genoss die Macht, die eine ernsthaft genervte Frau über Männer hat. Barney hielt entschuldigend die Hände hoch. »Also, ja«, sagte sie wieder an Jacobs gewandt, »warum ich?«

Er atmete aus. Nur eine Minute, und er hatte sich voll in das Schlamassel hineinziehen lassen. Ohne dass er ein Wort gesagt hatte, war bereits festgestellt worden, dass er mit dem Vorsatz gekommen war, Mrs. Carmichael zu töten. Und obwohl er ein Messer in seiner Tasche hatte, war er nicht sicher, wie er das, umringt von drei Männern, von denen zumindest zwei versuchen würden, ihn aufzuhalten, anstellen sollte. Zwar war er durchaus zuversichtlich, zur Not alle drei erledigen zu können, jedoch nicht in der Stimmung für ein ausgewachsenes Blutbad. Ein Schnitt durch ihre Kehle, das Blut aufgefangen und ab durch die Mitte, so hatte er sich das vorgestellt.

Er atmete schwer und beschloss, dass er die Sache auch ebenso gut durchziehen konnte. Auf die Unterstützung irgendwelcher Behörden der Insel, die nicht auf der Seite der Bruderschaft standen, konnten die anderen kaum hoffen.

»Das Blut muss von einer Frau stammen, als Symbol für die heilige Weiblichkeit. Sie muss eine Mutter sein und sich mit den Glaubensgrundsätzen der Gesellschaft auskennen.«

»Sie wissen, dass Ian mir alles erzählt hat«, stellte sie nüchtern fest.

Jacobs blickte in die traurigen Augen einer Witwe, deren Herz jedes Mal aufs Neue brach, wenn sie an ihren Mann im Krankenhaus dachte.

»Wir haben es ihm befohlen«, sagte er kalt.

Die Traurigkeit verschwand, sie schüttelte den Kopf und lächelte wehmütig.

»Sie wussten, dass er im Sterben lag. Sie haben ihn ausgenutzt und gedacht, es wäre egal, wenn seine Frau auch irgendwann stirbt.«

»Genau.«

»Haben Sie ihm gesagt, warum Sie wollten, dass ich Bescheid weiß?«, fragte sie, und der Gedanke beunruhigte sie, sobald sie die Frage gestellt hatte. Hatte ihr Mann sie wissentlich in die Falle gelockt?

Jacobs zögerte und sagte dann: »Nein. Wir haben ihm erzählt, dass wir beschlossen haben, in Zukunft auch weibliche Mitglieder aufzunehmen, und dass Sie seinen Platz einnehmen sollten. Er dachte, er würde Ihnen einen Gefallen tun.«

Sie lachte bitter, zog sich einen Stuhl heran und setzte sich. Sie starrte einen Moment auf den Tisch, bevor sie Jacobs wieder ansah und eine wegwerfende Handbewegung machte.

»Und wen kümmert es schon, wenn die Kinder dann Waisen werden?«, sagte sie und spürte, wie sie von einem Überschwang verschiedener Gefühle mitgerissen zu werden drohte. Igor wollte ihre Hand ergreifen, ließ jedoch lediglich den Blick zwischen Jacobs und dem Fußboden hin und her schweifen. Jacobs blieb unnachgiebig.

»Ja«, sagte er, »wenn Sie es so brutal ausdrücken wollen. Es geht um ein höheres Ziel.«

»Und das wäre?«, fragte sie scharf und sah ihn an.

Jacobs begann mit den Fingern auf die Tischplatte zu trommeln. Er brauchte einen Plan, er musste aus dieser Situation heraus, er musste Barney und Igor loswerden, also probierte er es zunächst auf die simple Tour, bevor er auf unappetitlichere Maßnahmen zurückgreifen musste.

»Kommen Sie mit, und wir reden mit Mr. Ephesian«, sagte er.

»Nein!«, sagte Barney.

»Arf!«

»Und wer passt dann auf die Kinder auf?«, erwiderte sie.

»Heute Abend und in den nächsten fünfzehn Jahren, nachdem Sie mir die Kehle durchgeschnitten haben?«

»Wir können reden«, plapperte Jacobs weiter. »Vielleicht können wir irgendeine Vereinbarung treffen.«

»Eine Vereinbarung? Dass Sie mich vielleicht nur ein bisschen umbringen oder vielleicht nur eine Gliedmaße abtrennen? Hätten Sie dann genug Blut, ja?«

»Mr. Ephesian kann sehr entgegenkommend sein«, sagte Jacobs.

»Jappadappadu«, sagte sie.

»Raus«, sagte Barney leise.

Jacobs fuhr zu ihm herum.

»Ich bespreche etwas mit Mrs. Carmichael«, sagte er.

»Sie besprechen, wie Sie sie umbringen wollen. Das ist doch Wahnsinn. Verschwinden Sie aus ihrem Haus, verdammt noch mal.«

»Arf!«

»Schon gut, Barney«, sagte Carmichael und hob die Hand. Und dann drehte sie sich zu Igor um, warf ihm einen Blick zu, der sein Herz schmelzen ließ, und formte lautlos die Worte: *Alles in Ordnung*.

»Also«, sagte sie wieder an Jacobs gewandt, da sie nun – nach wilden Stimmungsschwankungen angesichts der Unwirklichkeit des Ganzen – bei einer Art Resignation gelandet war. Sie konnte es einfach nicht ernst nehmen, dass sie in ihrer Küche saßen und ganz sachlich über ihre Ermordung diskutierten. »Warum müssen Sie mich noch mal umbringen?«

Jacobs trommelte weiter mit den Fingern auf den Tisch, ein Rhythmus ohne jeden Takt, weil er ein taktloser Mensch war.

»Menschen spenden doch Blut, oder?«, fragte sie. »Man

stirbt ja nicht gleich, wenn man für eine Bluttransfusion einen halben Liter gibt. Jedenfalls habe ich das letzte Mal überlebt.«

Jacobs trommelte weiter und dachte gar nicht darüber nach, was sie sagte, weil er noch überlegte, wie er die Sache deichseln sollte, ohne alle am Tisch umzubringen.

»Sie sind doch gewiss eine christliche Gesellschaft«, fuhr sie fort. »Und es klingt nicht besonders christlich, jemanden zu opfern. Steht eigentlich irgendwo von Gottes Hand geschrieben, dass Sie die Person töten müssen? Wenn Sie einfach höflich fragen, können Sie etwas von meinem Blut für Ihre blöde Zeremonie haben. Es ist mir egal. Nehmen Sie es.«

Barney sah sie an, als ob sie verrückt geworden wäre, genau wie Igor, der nun tatsächlich ihre Hand ergriff.

»Es ist cool«, sagte sie zu den beiden.

Endlich kamen ihre Worte auch bei Jacobs an. Er starrte sie an, während er versuchte, die neue Information zu verarbeiten und zu entscheiden, ob es bloß eine weitere Ausweichtaktik war und ob er sich überhaupt erlauben sollte, über die Idee nachzudenken.

Ephesian und Jacobs waren die ganze Zeit davon ausgegangen, dass sie sterben musste. Der Gedanke, sie einfach nach ihrem Blut zu fragen, war ihnen nie gekommen. Aber stand tatsächlich irgendwo in den von den Tempelrittern vor neunhundert Jahren erstmals schriftlich festgehaltenen, alten Lehren geschrieben, dass es ein Opfer geben musste?

»Garrett«, protestierte Barney, »sollten wir diesen Spaßvogel nicht einfach rauswerfen? Warum hören Sie den Typen an? Rufen Sie die Polizei.«

»Arf.«

»Und was soll ich denen sagen?«, fragte sie. »Hier ist eine Geheimgesellschaft, die mein Blut will? Soll das ein Witz sein?

Und die Polizei bedeutet hier auf der Insel Constable Gainsborough, der vermutlich selbst einer der beschissenen Brüder ist. Hab ich nicht Recht?«, fragte sie, wieder an Jacobs gewandt.

Jacobs schwieg.

»Dann rufen Sie die Polizei auf dem Festland an«, drängte Barney.

»Gleiche Frage«, gab sie zurück. »Was soll ich denen sagen?«

»Ich kenne jemanden bei der Polizei in Glasgow«, sagte er. »Ich könnte sie bewegen, herzukommen.«

Doch noch während er das sagte, war er sich nicht mehr so sicher.

»Und könnten Sie ihr auch problemlos von der Bruderschaft und den Nachkommen Christi erzählen?«, fragte Carmichael.

Barney antwortete nicht. Problemlos könnte er Ashley wegen gar nichts anrufen. Und wahrscheinlich würde sie es absurd und künstlich finden, wenn er in seinem ersten Anruf seit zwei Tagen gleich von einem Mordversuch mittels eines Käsesandwiches und einer geheimen Kabale berichtete, bei der den Opfern das Blut abgezapft wurde.

»Also, wie viel Blut brauchen Sie?«, fragte Carmichael noch einmal. Igor drückte ihre Hand.

»Vielleicht eine halbe Tasse«, sagte Jacobs leicht perplex.

»Cool«, erwiderte sie. »Ich hole eine Flasche und ein Messer. Hat irgendeiner von Ihnen medizinische Kenntnisse für den Fall, dass ich ohnmächtig werde?«

Die anderen sahen sie leeren Blickes und in Barneys Fall mit großer Besorgnis an.

»Ich mache nur Spaß«, sagte sie. »Ich werde nicht ohnmächtig. Ich ritze mir in die Hand, und dann sehen wir mal, wie wir zurechtkommen, okay?«

»Das ist albern«, sagte Barney. »Sie schulden denen gar nichts.«

Sie sah ihn an, zögerte und dachte darüber nach, wem sie etwas schuldete und wem ihr Leben gehörte.

»Ich schulde es Ian, er würde wollen, dass ich es tue. Und wenn ich sie alle hier dadurch schneller loswerde, umso besser. Und wenn Sie weg sind, gehe ich nach oben und sehe den Kindern beim Schlafen zu, weil ich, wenn sie so friedlich schlafen, nie wütend auf sie bin. Und morgen und übermorgen und überübermorgen versuche ich, dieses Gefühl, nicht wütend zu sein, zu bewahren.«

Sie wechselten einen Blick, Barney wusste, was sie meinte, obwohl er die wunderbare Hölle, die es bedeutet, Kinder zu haben, nie ganz erfassen würde.

»Und was ist mit Ihnen«, fragte sie Jacobs, »haben wir einen Deal? Ich nehme an, ungeachtet Ihrer ganzen testosterongeladenen, finsteren, Heathcliffe-mäßigen Bösartigkeit wollen auch Sie im Grunde niemanden umbringen. Das halte ich Ihnen zugute, selbst wenn Sie es nicht verdienen. Ich gebe Ihnen das Blut, Sie können sich zurück zu Ihrem Herrn und Meister auf den Hügel verpissen, und mit ihm und, wen Sie sonst noch gekapert haben, Ihre kleine Zeremonie abhalten, was immer dabei herauskommen mag. Abgemacht?«

Jacobs fragte sich, ob er in eine Position gedrängt worden war, in der er nicht sein wollte, aber während sie geredet hatte, hatte er rasch erwogen, was Ephesian dazu sagen würde und welchen Effekt es auf die Zeremonie haben könnte. Es war nie die Rede davon gewesen, dass ein Opfer wesentlicher Bestandteil des Rituals war. Der Tod war lediglich ein Mittel gewesen, um an Carmichaels Blut zu kommen, weil niemand die Idee gehabt hatte, sie einfach darum zu bitten.

»Also gut«, willigte er vorsichtig ein.

»Allerliebst«, sagte sie mit poetischem Sarkasmus und stand auf. »Gut, Sie kriegen das Blut und gehen. James, du kannst einfach so gehen. Barney, vielen Dank für Ihre Hilfe. Ich bin sicher, dass Sie bleiben wollen, bis Mr. Jacobs sein Pfund Fleisch bekommen hat, aber danach verziehen Sie sich auch.«

Barney nickte verhalten.

»Igor«, sagte sie, drehte sich zu ihm um und zögerte. »Ich werde auf jeden Fall nach oben gehen und den Kindern zusehen, aber wenn du willst, kannst du bleiben. Ich fände es schön, wenn du bleibst. Du kannst mein Beschützer sein für den Fall, dass der alte Blutsauger zurückkommt.«

»Arf«, sagte Igor. Dies war ein Posten, den er bestimmt nicht nach dem halben Abend wieder verlassen würde.

»Allerliebst«, sagte sie noch einmal und ging zum Schrank, um einen Becher zu holen, in den sie ein wenig Blut abfüllen konnte.

Das Leben ist schon komisch.

Kapitel 46

Was aus ihnen wurde.

Die Tür fiel hinter ihnen zu, und Barney Thomson und Simon Jacobs entfernten sich eilig von Garrett Carmichaels Haus. Jacobs hatte seine Tasse Blut; Randolph war bereits fristlos entlassen worden; Carmichael verbrachte viel Zeit mit ihren Kindern, nachdem jene endlich schliefen; Igor war zurückgelassen worden, Tee und Gebäck zu bewachen; und Barney Thomson wusste nicht so recht, was er mit dem Rest des Abends anfangen sollte, verspürte jedoch leichten Hunger. Er war allerdings nicht sicher, ob er Jacobs sich selbst überlassen konnte, und genau das Gleiche empfand Jacobs komischerweise umgekehrt auch, was erklärte, warum er ihm einen auf den ersten Blick sehr seltsamen Vorschlag machte.

»Möchten Sie Mitglied unserer Bruderschaft werden, Mr. Thomson?«, fragte er aus heiterem Himmel, als Barney gerade aufs Meer blickte und die kühle Brise genoss.

Barney zog eine Braue hoch und musterte Jacobs auf Anzeichen von Sarkasmus oder abseitigem Humor.

»Warum fragen Sie das ausgerechnet mich?«, wollte er wissen.

»Ich bin ein logisch denkender Mensch, Mr. Thomson. Bis jetzt waren Sie mein Gegner, aber Sie sind offensichtlich ein Mann von einigen Qualitäten. Ein Platz ist kurzfristig frei geworden, und ich habe das Gefühl, dass Sie der geeignete Mann sein könnten, ihn zu besetzen. Ab morgen wird auch die bisherige Verschwiegenheit nicht mehr notwendig sein.«

»Jonah Harrison?«, fragte Barney.

»Oh nein, diese Position ist bereits besetzt worden. Es handelt sich um eine neuere Entwicklung, und das auch nicht wegen eines Todesfalls.«

»Und weiter?«

Jacobs begleitete Barney die Hill Street hinauf, weil er Lawtons Haus einen letzten Besuch abstatten wollte, um nach dem Gral zu suchen. Er war zuversichtlich, dass Barney hinreichend neugierig war, um sich rekrutieren zu lassen. Und er ging nicht davon aus, dass Barney sich von der vermeintlichen Kriminalität des Ganzes abschrecken lassen würde, weil Jacobs spürte, dass der Frisör ein Mann war, der schon das eine oder andere Bier in der Gesellschaft von Schurken getrunken hatte.

»Ich hatte heute Abend eine kleine Meinungsverschiedenheit mit Pater Roosevelt, dem Geistlichen der Kathedrale. Ich bezweifle, dass er teilnehmen kann.«

»Sie haben sich ihn vorgeknöpft?«

Jacobs warf Barney einen Blick zu und antwortete nicht sofort.

»Möglicherweise benötigt er einen kurzen Klinikaufenthalt«, sagte er nach ein paar Schritten, »aber nichts, was nicht wieder verheilen wird.«

Barney lächelte. So waren Schläger nun mal, egal, für wen sie arbeiteten, welcher Schicht sie entstammten oder ob sie sich auf der richtigen oder falschen Seite des Zaunes wähnten.

»Und was ist das große Ereignis?«, fragte Barney.

Jacobs ging weiter und erwog ernsthaft, Barney alles zu erzählen, obwohl es mit Ausnahme von Ephesian und ihm selbst niemand aus der Bruderschaft wusste. Aber er blieb vorsichtig und schüttelte nur den Kopf.

»Sie sind entweder dabei oder draußen, Mr. Thomson«, sagte er. »Schließen Sie sich uns an und schreiben Sie Geschichte, oder wachen Sie morgen früh auf und lesen das Ganze in der Zeitung.«

Die Frühausgabe dürften Sie wohl verpassen, dachte Barney, verkniff sich jedoch alle unqualifizierten Bemerkungen.

»Wohin gehen wir jetzt?«, fragte er stattdessen.

»Etwas suchen, was ich Ihnen genau erklären werde, sobald Sie sich unserer Sache angeschlossen haben.«

»Überaus faszinierend«, sagte Barney. »Also gut, ich bin dabei.«

»Gut«, sagte Jacobs. Wieder zwei Probleme auf einen Schlag

gelöst. Roosevelt war ersetzt und Barney Thomson von seiner Liste gestrichen. Er war jetzt bloß ein weiterer Typ, der mit aufgekrempelten Hosenbeinen um einen Tisch herumstehen und darüber staunen würde, was sich vor seinen Augen ereignete. »Wir gehen zum Haus von Augustus Lawton und suchen den Heiligen Gral.«

»Ah«, sagte Barney. »Cool. Das heißt, Sie haben den Gral gar nicht?«

»Noch nicht«, erwiderte Jacobs.

Barney sah auf die Uhr und dann noch einmal, um sich zu vergewissern, dass er sich nicht geirrt hatte. Fast halb elf. Kein Wunder, dass er Hunger hatte. Der Abend war wie im Flug vergangen, was sich zum Teil durch die Schwierigkeiten erklären ließ, die Carmichael dabei gehabt hatte, ihr eigenes Blut abzuzapfen.

»Wann soll Ihre seltsame Zeremonie denn steigen?«

Jacobs wollte zunächst Anstoß an Barneys Wortwahl nehmen, ließ es dann aber.

»Um Mitternacht«, sagte er stattdessen.

Barney stieß einen leisen Pfiff aus.

»Ziemlich knappes Timing, großer Meister, finden Sie nicht?«

Jacobs sah auf die Uhr, obwohl er wusste, wie spät es war.

»Ich sollte Mr. Ephesian anrufen«, sagte er. »Wenn Sie mich entschuldigen.«

Er zückte sein Handy, wählte und fragte sich, ob Ephesian überhaupt antworten würde. Barney drehte sich um, blickte wieder auf das Meer zwischen den Häusern am Ende der Straße, atmete die frische Seeluft ein und sinnierte, ob er den Rest des Abends mit einem Haufen alter Männer verbringen würde, denen er in den vergangenen drei Tagen die Haare geschnitten hatte und die, aufgereiht um einen Konferenztisch oder was immer sie benutzten, Geschichten von hässlichen amourösen Eroberungen aus der Zeit der Invasion von Tripolis erzählten.

Viele andere Mitstreiter der Geschichte waren für die Nacht in stiller kleinstädtischer Vergessenheit versunken, wie es nun mal der Lauf der Welt ist.

Ruth Harrison war wieder da, wo sie hingehörte: Sie stand vor dem Badezimmerspiegel, drückte Pickel aus, trug Make-up auf und malte sich aus, dass Reverend Dreyfus es sich vielleicht doch anders überlegen und am nächsten Morgen mit einem großen Blumenstrauß und einer Schachtel Pralinen vor ihrer Tür stehen würde.

Tony Angelotti stand neben dem Briefkasten oberhalb der Stadt, starrte in die Sterne und fragte sich, wann Luigi Linguini sich wieder melden würde, damit er ihm berichten konnte, dass er in der Kathedrale absolut nichts Bemerkenswertes gefunden hatte. Aber Luigi Linguini war noch untergetaucht und würde erst in ein oder zwei Stunden wieder in Erscheinung treten. Tony verschwendete seine Zeit, was auch ihm allmählich dämmerte. Er sah ständig auf die Uhr und hatte sich schon mehr als einmal noch maximal fünf Minuten gegeben, bevor er auf ein Gläschen Soave, und was immer die Küche um diese Zeit noch an Essbarem hergab, ins Hotel zurückkehrte. Im Moment saß er seine definitiv und absolut letzten fünf Minuten ab.

Luigi befand sich derweil zusammengekauert in einer höchst beengten Lage, hatte schrecklichen Hunger und musste ganz dringend auf die Toilette.

Pater Roosevelt hatte sich von dem Kopfstoß des zunehmend psychopathischen Jacobs ein wenig erholt, saß in der Küche, einen Beutel nicht mehr tiefgefrorener Erbsen im Gesicht, ein Glas medizinischen Whisky in der Hand, irgendein gepanschter No-Name-Fusel, aber wenn einem die Fresse poliert wurde, ist man nicht wählerisch. Er hatte überlegt, sich zu Augustus Lawtons Haus zu begeben, um den Gral in Sicherheit zu bringen, brachte es jedoch nicht über sich, das Pfarrhaus zu verlassen. Er stellte sich vor, dass Jacobs auf ihn wartete, wohin er auch ging, um ihm weiteren Schmerz zuzufügen. Er war trotzdem zuversichtlich, dass man den Gral nicht finden würde – was eigentlich reichlich dumm war, weil er dieses Spiel genauso wenig beherrschte wie alle anderen in der Stadt –, und entschlossen, seinen Platz für die Nacht nicht zu verlassen.

Augustus Lawton lag in seinem Krankenhausbett, neben sich eine kleine Maschine, die seinen Herzschlag registrierte. Keine Besucher, keine Genesungskarten, keine Blumen. Eine Ewigkeit in einem wahrhaften Fegefeuer: die Strafe für den Raub des Grals.

2Tone sah sich ausgerüstet mit ein paar Dosen Budweiser zum achtzehnten Mal *Die oberen Zehntausend* auf DVD an. *Die oberen Zehntausend* war das neue *Bube, Dame, König, Gras*, Bing Crosby der neue Vinnie Jones.

Marion und Nella stritten darüber, ob sie sich eine Wiederholung von *Wo dein Herz schlägt* oder *Big Brother – Uncut* anschauen sollten.

Viele andere Akteure in diesem Stück wappneten sich für das große Ereignis des Abends, das ultimative Treffen des *Prieure de Millport*. Doch nur einige wussten um die Bedeutung dessen, was geschehen sollte. Sie wussten lediglich, dass sie zu einem außerordentlichen Treffen gerufen worden waren, zu dem jeder den heiligen Gegenstand mitbringen sollte, den er seit Aufnahme in die Gesellschaft in seinem Gefrierschrank aufbewahrt hatte. Mit Ausnahme von Ephesian und Jacobs hatte jedoch keiner von ihnen eine Ahnung, was für einem gewaltigen, die Welt erschütternden Ereignis sie beiwohnen sollten.

Es ging um nichts Geringeres als um die Wiedergeburt des direkten Nachfahren Jesu Christi persönlich.

Das alles an einem ganz gewöhnlichen Arbeitstag für Barney Thomson. Sofern er Jacobs helfen konnte, den Heiligen Gral zu finden, versteht sich, denn ohne diesen würde der Abend die Maßstäbe für einen Megaflop für das neue Jahrtausend neu definieren.

Kapitel 47

Der Schmerz des stummen Telefons…

Barney lächelte, als er Jacobs mit dem großen Schlüsselbund hantieren sah, bis er den passenden für Lawtons Haustür gefunden hatte.

»Können Sie das bei jedem Haus auf der Insel?«, fragte er.

Jacobs antwortete nicht. Er war nicht ganz glücklich darüber, Barney so viel Einblick in seine Arbeitsmethoden zu geben, wusste jedoch, dass die Dämmerung des morgigen Tages anders sein würde als jede andere der vergangenen zweitausend Jahre, das Werk des *Prieure* würde vollbracht sein, seine Geheimnisse und Methoden für niemanden mehr von Interesse.

Jacobs öffnete die Tür, betrat das Haus und machte das Licht im Flur an. Barney folgte ihm und schloss die Tür.

Das Haus war groß, viktorianisch und erkennbar von einem

alleinstehenden Mann bewohnt. Überall Gerümpel und Staub, von der Eingangstür bis in jedes Zimmer, das sie vom Flur aus sehen konnten. Auf der Treppe hinter der Eingangstür stapelten sich auf jeder Stufe Bücher, Kleidungsstücke und diverser Nippes. Die Tapete stammte offensichtlich aus der Mitte der sechziger Jahre und hatte schon reichlich Zeit gehabt, sich an den Rändern aufzurollen.

Barney ließ all das auf sich wirken, während Jacobs nichts davon wahrnahm, sondern im Kopf nur die Stellen durchging, an denen Roosevelt den Gral versteckt haben könnte.

»Wie sieht er aus?«, fragte Barney.

»Der Gral?«, fragte Jacobs. »Keine Ahnung. Ich habe ihn noch nie gesehen. Offenbar ein Holzbecher oder so.«

»Woher wissen Sie, wie er aussieht, wenn Sie ihn noch nie gesehen haben?«, fragte Barney.

Jacobs begann genau wie Barney im Zimmer umherzulaufen, Gegenstände anzuheben und in Schränke zu schauen, eine alles in allem sehr oberflächliche Suche.

»Mr. Ephesian hat ihn gesehen.«

»Man sollte meinen, er wäre aus Gold«, sagte Barney. »Mit Edelsteinen oder auch etwas Schlichterem besetzt. Ist das nicht Teil der ganzen Legende, dass er der König Israels war?«

»Mag sein«, erwiderte Jacobs desinteressiert. »Andererseits hat er als Tischler gearbeitet. Wer weiß?«

»Stimmt. Das ganze Yin-Yang-Ding«, meinte Barney. »Auf der einen Seite ein König, auf der anderen Seite jemand, der den Leuten hilft, ihre Ikea-Möbel aufzustellen.«

»Genau.«

Jacobs streckte sich, tastete auf einer Reihe von Schränken herum und zog die Hände, mit Staub und Spinnweben bedeckt, wieder zurück.

»Sie wissen einfach, dass er hier irgendwo ist«, stellte Barney fest.

»Nein, wissen wir nicht«, sagte Jacobs. »Wir vermuten.«

Barney ließ den Kleiderstapel, unter dem er nachgesehen hatte, umkippen, richtete sich auf und starrte auf Jacobs' Rücken.

»Wollen Sie mir das erklären?«, fragte er.

Jacobs atmete schwer und drehte sich um. Er benahm sich, als wäre er Barneys Fragen überdrüssig, obwohl er wusste, dass Barney Recht hatte. Er klammerte sich an Strohhalme.

»Der Gral war in der Kathedrale versteckt. Lawton hat seinen Aufbewahrungsort entdeckt und den Gral, anstatt zu warten, dass die Gesellschaft ihn abholt, für sich reklamiert und hierher gebracht. Pater Roosevelt wusste, dass er ihn genommen hat, und hat aus eigenen Motiven beschlossen, dass er die Zeremonie verhindern wollte. Er ist hierher gekommen und hat Lawton ins Koma versetzt. Jetzt müssen wir den Gral finden.«

»Sie glauben, er hat ihn hier gelassen?«, fragte Barney ungläubig. »Er hätte ihn doch bestimmt mitgenommen?«

Jacobs atmete noch einmal tief durch, als hätte er es mit einem Idioten zu tun, obwohl alles Weitere reine Mutmaßung war.

»Sie müssen den Geist der Menschen begreifen, Mr. Thomson«, sagte er und klang unvermittelt wie ein kriminelles Masterhirn. Barney hockte sich auf eine Stuhlkante.

»Klären Sie mich auf«, sagte er.

»Pater Roosevelt ist ein sehr beschränkter Mann. Er hatte gerade Lawtons Kopf eingeschlagen, etwas, was ihn vermutlich selbst am meisten schockiert hat. Man kann sich vorstellen, dass es eine Diskussion gegeben hat, die sich zu einem Streit auswuchs, mit dessen Ausgang der Pater nicht glücklich war. Plötzlich sieht er sich über einem bewusstlosen Mann stehen, überall ist Blut. Er gerät in Panik. Was soll er mit dem Gral machen? Mit dem Heiligen Gral. Er ist ein Mann Gottes, deshalb kann er ihn nicht zerstören, aber er weiß auch, dass er ihn nicht in die Kathedrale zurückbringen kann, weil wir ihn dort finden würden. Er weiß außerdem, dass er ihn nicht mit nach Hause nehmen kann, denn wenn wir darauf kommen, dass er Lawton überfallen hat, würden wir bei ihm nachsehen. Vielleicht denkt er, Lawton ist tot und dies ist der letzte Ort, wo irgendjemand nach dem Gral suchen würde. Deshalb versteckt er ihn hier.«

»Für jedermann sichtbar?«

»Durchaus möglich.«

Barney nickte und schürzte die Lippen.

»Das ist aber ein ziemlich verworrener Gedankengang.«

»Im Gegenteil«, sagte Jacobs. »Er ist ganz einfach, passend für einen einfachen Mann wie Pater Roosevelt.« Er sah auf die Uhr und spürte die wachsende Nervosität, die er gut zu verbergen wusste. »Und wir haben noch etwas mehr als eine Stunde, um ihn zu finden. Wir sollten uns beeilen.«

Kurz nach elf Uhr abends begannen die Mitglieder des *Prieure de Millport* einzeln oder paarweise einzutreffen, jeweils mit einem großen oder kleinen Paket in der Hand, je nachdem, was man ihnen zur Aufbewahrung anvertraut hatte. Sie waren allesamt überrascht, von einem Mitglied von Ping Phats Gefolge und nicht wie erwartet von Jacobs empfangen zu werden. Sie wurden ins Esszimmer geführt, wo sie bis zur verabredeten Uhrzeit warten und den legendären Ping Phat persönlich kennen lernen sollten, der die Gelegenheit nutzte, wieder zum

Yodaismus zu konvertieren und die Mitglieder der Gesellschaft mit Anekdoten über seine orientalischen Geschäftstricks zu unterhalten.

Als Erster kam Romeo McGhee mit der gefrorenen Hand im Plastikbeutel, dem es gelungen war, die hautnahe Aufmerksamkeit von Chardonnay Deluth abzuschütteln. Letzteres hatte sich als genauso schwierig erwiesen wie erwartet, und er hatte sogar ein Dokument unterschreiben müssen, das sie hastig auf irgendeiner juristischen Software für 12,99 Pfund entworfen hatte, in dem er erklärte, dass ihr die Hälfte sämtlicher Einnahmen zustanden, die er aus seiner Verbindung mit dem *Prieure* möglicherweise ziehen würde. Er hingegen hatte aufgrund seines neuen Status ein wenig abgehoben und dachte schon darüber nach, Deluth abzuservieren, wobei er sich sicher war, dass jeder Anwalt, der was taugte, den Vertrag in der Luft zerfetzen würde.

Als Ping Phat begann, ihm eine Geschichte vom Aktienhandel in Schanghai zu erzählen, war er spontan überfordert, lavierte sich jedoch irgendwie durch, in dem er oft genug nickte, lächelte und *cool* sagte.

Als Nächster kam Luciens, der Notarzt, der ein sehr viel größeres Paket unter dem Arm hatte als McGhee und ebenfalls sofort in ein Gespräch über die Börse in Shanghai verwickelt wurde, von der er fast ebenso wenig Ahnung hatte. Bis zwanzig nach elf waren auch die beiden alten Zausel Matthew »Rusty« Brown und Simon »Ginger« Rogers erschienen, die Versammlung war in vollem Gange.

Abseits von all dem stand eine Etage höher Bartholomew Ephesian, der die Ereignisse komplett außer Kontrolle wähnte, in der Dunkelheit seines Schlafzimmers, blickte über den dunklen Hügel auf die dunkle See hinab und fragte sich, ob dies das

Ende all seiner Träume war und er am nächsten Morgen mit dem Wissen aufwachen würde, dass alles gescheitert war.

Er blickte zum achtunddreißigsten Mal in zwanzig Minuten auf die Uhr und drehte sich zum Nachttisch um. Nichts ist schmerzhafter als ein Telefon, das nicht klingelt. Er sah erneut auf die Uhr, wieder ohne die Uhrzeit zu registrieren.

Denn Zeit war das, was sie nicht hatten. Ohne den Gral würde es keine Zeremonie geben, weder heute Nacht noch sonst irgendwann. Vielleicht könnten sie die Sache verschieben, den Gral auftreiben und es zu einem späteren Zeitpunkt nachholen, aber würde er nach diesem Chaos noch der Großmeister der Bruderschaft sein? Bei all seinem Lächeln und seiner orientalischen Höflichkeit war Ping Phat ein bedrohlicher Charakter, der nicht dulden würde, dass etwas schief lief.

Er sah wieder auf die Uhr und drehte sich zu dem Telefon um. Sein Magen krampfte sich zusammen. Die Nerven. Bartholomew Ephesians Welt fiel in Trümmer.

Kapitel 48

Eine Stecknadel im Heuhaufen

»Es ist schon irgendwie anders als die große Gralssuche, wie sie immer in Büchern beschrieben wird, oder?«, fragte Barney.

Jacobs blickte mit gerötetem und schweißnassem Gesicht kurz von einem Küchenschrank auf. Während die Uhr langsam Mitternacht entgegengetickt war, war Barney zusehends hungriger und lustloser geworden, überzeugt, dass sie sich auf ein fruchtloses Unterfangen eingelassen hatten. Sie suchten die sprichwörtliche Nadel in einem Heuhaufen, in dem es wahrscheinlich weder Nadeln noch sonst was gab. Jacobs hingegen war im Gegensatz dazu immer angespannter geworden, seine Suche immer fieberhafter. Auch er fürchtete Konsequenzen seitens Ping Phats, falls die Zeremonie nicht heute Abend stattfinden konnte. Sein Magen brodelte, und seine Nerven nagten dramatisch an seiner Selbstsicherheit.

»Kein Kampf, keine Drachen und keine schönen Frauen. Stattdessen müssen wir in einem verdreckten alten Haus unter drei Jahre alten Zeitungen und dreckigen Geschirrtüchern rumwühlen.«

Jacobs hielt inne, atmete tief ein und versuchte, sein Temperament zu zügeln. Er war nicht speziell auf Barney wütend, aber durchaus bereit, seine gesamte Frustration an ihm auszulassen, wenn sich das als notwendig erweisen sollte.

»Noch ist nichts verloren, Mr. Thomson«, brummte er. »Sitzen Sie nicht rum und geben neunmalkluge Kommentare ab, sondern suchen Sie das verdammte Ding!«

Der Ton gefiel Barney gar nicht, und er hatte die Nase voll. Er war neugierig genug, noch ein Weilchen abzuwarten, anstatt nach Hause zu gehen und in Miranda Donaldsons Kühlschrank die alte Jäger-und-Sammler-Nummer zu probieren; aber auch nicht neugierig genug, um deswegen auf allen vieren nach dem Becher Christi zu suchen.

»Ich glaube, ich mache mir einen Tee«, sagte er. »Wollen Sie auch einen?«

Jacobs knurrte buchstäblich wie ein Hund, drehte sich wieder um und begann, Gegenstände aus den Küchenschränken zu räumen. Barney lächelte, nahm den elektrischen Kessel, füllte ihn mit Wasser, stöpselte ihn wieder ein und schaltete ihn an. Dann suchte er Milch im Kühlschrank, roch daran und stellte sie auf den Tresen.

»Becher«, murmelte er vor sich hin und sah sich um. Die Küche bot wegen Jacobs' fortgesetzten Ansturms zusehends ein Bild der Verwüstung, aber hinter einem achtlos zur Seite geworfenen Brotkorb sah er zwei Becher auf einem Regal.

»Glasgow Rangers oder Wallace & Gromit?«, fragte er, bevor sich seine Stimme verlor, weil er etwas entdeckt hatte.

»Verdammte Scheiße«, murmelte Jacobs, richtete sich auf und sah Barney an, als ob er ihn erwürgen wollte.

»Warten Sie mal«, sagte Barney.

»Was?«

Barney stellte den Rangers-Becher auf die Arbeitsfläche und hielt den Wallace-&-Gromit-Becher in beiden Händen.

»Er ist aus Holz«, sagte er, ohne den Blick davon zu wenden.

»Was?«, fragte Jacobs, sichtlich verärgert und jeden Humor verlierend.

»Der Becher ist aus Holz.«

»Es ist ein blöder Becher, Himmel noch mal«, sagte Jacobs und wollte ihn packen und gegen eine Wand schleudern. Aber Barney hielt ihn außer Reichweite.

»Schauen Sie doch!«, sagte er und sah sein Gegenüber jetzt direkt an. Jacobs wütende Übellaunigkeit war sofort verflogen.

»Was?«, wiederholte er, neugierig diesmal, weil er Barneys überraschten Gesichtsausdruck bemerkt hatte.

»Schauen Sie genau hin«, sagte Barney. »Er ist angemalt worden, damit er aussieht wie ein normaler Becher, dazu der Wallace-&-Gromit-Aufkleber, wo immer er den gefunden hat, aber wer produziert heutzutage noch Becher aus Holz?«

Jacobs nahm Barney den Becher behutsam aus der Hand und war sofort überrascht, dass er viel leichter war als erwartet. Er betrachtete ihn eine Weile und sah Barney an. Für einen Moment trafen sich ihre Blicke, dann fuhr Jacobs eilig herum, drehte den Wasserhahn auf und hielt den Becher unter das laufende Wasser. Nach ein paar Sekunden begann sich die Farbe langsam zu lösen und entblößte das nackte, zweitausend Jahre alte Holz darunter.

Jacobs war so erleichtert, dass er nicht von sofortiger Ehrfurcht darüber ergriffen wurde, dass er den Becher Christi in Händen hielt. Er drehte sich zu Barney um und sah im Hinausgehen auf die Uhr. Viertel vor zwölf. Ephesian würde mit den Nerven am Ende sein.

»Waschen Sie den richtig ab«, befahl er. »Ich rufe Ephesian an.«

Barney salutierte und sagte: »Ja, Boss.«

Diesmal nahm Jacobs keinen Anstoß an seinem flapsigen Ton. Sie hatten es fast geschafft. Er trocknete sich die Hände ab, zückte sein Handy und wählte die Nummer.

In der Zwischenzeit hatte sich daheim auf der Ranch das gesamte Kollektiv versammelt. Im Laufe der Zeit war der Quell an Geschichten, der rundliche, Yoda-artige Ping Phat, versiegt, während er zunehmend besorgter wurde, weil offenbar nichts passierte. Er hatte keine Ahnung, wohin Jacobs gegangen war, aber der Mann war seit fast fünf Stunden verschwunden. Und nach seiner Initiation in die Bruderschaft durch Ephesian und dem anschließenden langsamen Aufstieg zurück in die Bibliothek hatte er auch den Hausherrn nicht mehr gesehen.

Ping Phat stand am Fenster, konnte jedoch im Gegensatz zu Ephesian, der ein Stockwerk höher direkt über ihm stand, nicht in die Dunkelheit hinausblicken, weil hinter ihm Licht brannte.

Und wie die Plaudereien ihres unvermuteten Gastgebers

war auch das Gespräch des Kollektivs langsam erstorben, während alle sich immer neugieriger fragten, was eigentlich los war, wieso offenbar Ping Phat das Kommando übernommen hatte und was genau mit Ephesian und Jacobs passiert war.

Da nun Mitternacht nahte, waren alle im Raum vollends verstummt. Ping Phat plus acht weitere Mitglieder der Bruderschaft sowie Phats fröhliche kleine Truppe von vier Anhängern saßen friedlich da, versunken in die Gedanken, die sie sich in dieser Runde erlaubten.

In dem Schweigen hörte man nur das Ticken der kleinen Uhr auf dem Kaminsims, das leise Rumpeln der dreißig Jahre alten Zentralheizung und wie von ferne das Plätschern von Wasser in Rohren.

Deshalb drehten sich alle Köpfe in eine Richtung, als ein neues Geräusch zu vernehmen war.

»Ah!«, sagte Ping Phat, wie ein Exhibitionist bemüht, die Aufmerksamkeit auf sich zu ziehen. »Endlich Neuigkeiten!«

Ein paar aus der Gruppe blickten kurz in seine Richtung, was gerade reichte, um sein Grundbedürfnis zu stillen, aber die meisten wandten sich zur Tür und fragten sich, ob es Jacobs oder Ephesian sein würde und ob die Mysterien des Abends nun eine Erklärung finden würden.

Die Schritte erreichten den Fuß der Treppe und hasteten den Flur entlang, bevor mit großer Geste die Tür aufgerissen wurde. Denn bei allen komplizierten Eigenheiten seines Charakters war auch Ephesian einem bisschen Show-Gehabe nicht völlig abgeneigt.

Nicht, dass er allen in die Augen sah, als er das Zimmer betrat. Stattdessen richtete er sich an den marokkanischen Teppich.

»Meine Herren, es tut mir Leid, dass ich Sie habe warten lassen. Ich glaube, nun ist alles für den Beginn der Zeremonie bereitet. Wenn Sie mir bitte nach unten folgen wollen.«

Unter großem Scharren, Rascheln und dem leisen Summen allgemeiner Erleichterung erhob sich das Kollektiv. Ping Phat sprang eilig auf und bedeutete seinem Gefolge nickend, an Ort und Stelle zu verharren. Er schlug geräuschvoll die Hände zusammen und trat auf Ephesian zu.

»Zeit es ist, mein Freund, Geschichte zu machen!«

»Fürwahr«, sagte Ephesian und zuckte ein wenig zusammen, als Phat eine Hand auf seine Schulter legte, aber nach dem Anruf von Jacobs, den er gerade entgegengenommen hatte, hatten sich alle Knoten in seinem Bauch gelöst, und er war von schierer Hochstimmung erfüllt, dass ihr großer Tag nun endlich gekommen war.

Er zuckte und lächelte beinahe, bevor er sich umdrehte und eilig aus dem Zimmer durch den Flur in die Bibliothek ging, im Schlepptau seine Truppe fröhlicher Halunken.

Jacobs und Barney marschierten eilig die Straße hinauf, die an der Farm vorbei zu dem großen Haus auf dem Hügel führte. Jacobs hielt den Gral umklammert, Barney trug den kleinen Beutel, den Jacobs seit seinem Besuch bei Pater Roosevelt bei sich hatte.

»Sie müssen in die Bruderschaft initiiert werden, bevor Sie an der Zeremonie teilnehmen können«, erklärte Jacobs geschäftsmäßig. »Normalerweise ist das selbst schon ein großes Ritual, aber wir haben es mit außergewöhnlichen Umständen zu tun.«

»Cool.«

»Ich werde Ihnen ein paar Tatsachen erklären, die Sie einfach glauben müssen, egal, wie sehr sie Ihren momentanen

Glaubensvorstellungen widersprechen. Wenn Sie in Ruhe über alles nachdenken wollen, können Sie das morgen machen.«

»Ich notiere es mir«, sagte Barney.

»Es dreht sich alles um Jesus und seine Erben. Er mag am Kreuz gestorben sein, aber er hat Frau und Kinder hinterlassen.«

»Ich weiß.«

Jacobs sah ihn scharf an. »Was soll das heißen?«

»Garrett hat es mir erzählt.«

Jacobs grunzte, obwohl er kaum behaupten konnte, dass er unschuldig daran war, dass sie überhaupt davon erfahren hatte.

»Aber über Azarael Corinthian wird sie doch zumindest nichts wissen?«

Barney schüttelte den Kopf. Jacobs marschierte weiter und redete wie ein Schnellfeuergewehr.

»Die Geschichte der Nachfahren Christi ist lang und reichhaltig und wird schon bald erzählt werden. Die Arbeit des *Prieure de Millport*, der Gesellschaft, dessen Mitglied Sie gleich werden, hat dazu beitragen, diese noble Erbschaftslinie zu schützen und sie von den Zeiten Christi bis in die Gegenwart zu dokumentieren. Darunter waren im Laufe der Jahrhunderte viele große Dynastien und bekannte Namen, Männer und Frauen, deren wahre Identität nie enthüllt wurde.«

»Bis jetzt glaube ich noch jedes Wort«, sagte Barney, eine billige Bemerkung, die Jacobs zu ignorieren beschloss.

»Der Impuls auch so moderner politischer Bewegungen wie die Schaffung einer Europäischen Union ist von der Gesellschaft oder ihren Partnern ausgegangen. Alles war für den Silvesterabend 1999 bereitet, die Morgenröte des neuen Jahrtausends, wenn die Nachfahren Christi offenbart würden und der

Erbe des Throns Israels seinen Platz als König nicht nur dieses Landes, sondern eines vereinten Europas sowie für die Christen und Juden auf der ganzen Welt einnehmen sollte.«

Barney zog die gute alte Braue hoch.

»Klingt wie blühender Imperialismus, aber fahren Sie fort.«

»Das Problem war, dass es Mitte 1970 nur noch einen Überlebenden der Linie gab.«

»Azarael Corinthian«, sagte Barney.

»Ja. Nun, ich will nicht in Einzelheiten gehen, aber gewisse Aspekte seines Lebenswandels waren ziemlich fragwürdig. Wie dem auch sei, er ist im Alter von sechsunddreißig Jahren an einem Herzinfarkt gestorben.«

»So ein Pech.«

»Allerdings.«

Sie kamen an dem Bauernhof vorbei, und der Geruch von Acker und Weiden hüllte sie ebenso ein wie das Geräusch der Kühe.

»Und warum haben Sie trotzdem weitergemacht?«, fragte Barney. »Hatte der Typ einen illegitimen Spross?«

Jacobs tat die Bemerkung mit einem Schnauben ab, obwohl man damals umfangreiche Ermittlungen angestellt hatte, um festzustellen, ob das der Fall sein könnte.

»Die Gesellschaft ist schon lange im Besitz des Kelches. Wir glauben, dass er über magische Kräfte verfügt, darunter auch die größte Macht überhaupt, die Macht über Leben und Tod. Aus diesem Kelch zu trinken, bedeutet, wiedergeboren zu werden.«

Barney ging neben ihm und dachte, dass dies, hätte er in seinem Leben nicht schon so viel anderen Quatsch und absoluten Unfug gehört, wohl der albernste Blödsinn wäre, der ihm je untergekommen war. Er schaffte es auf jeden Fall locker in die Top Twenty.

»Faszinierend«, sagte er stattdessen.

»In den vergangenen dreißig Jahren hat die Gesellschaft dafür gearbeitet, das Erbe und Leben von Azarael Corinthian zu bewahren.«

»Ich dachte, er wäre gestorben?«

»Wir haben seinen Körper aufbewahrt.«

Barney sagte nichts.

»Damit kein Mitglied der Bruderschaft diese Verantwortung allein tragen musste, wurde Azaraels Leiche in zwölf Teile geschnitten. Jeder von uns erhielt den Auftrag, ein Körperteil an sich zu nehmen, es sicher und tiefgefroren aufzubewahren, bis zu einem Zeitpunkt, an dem wir in der Lage sein würden, den letzten Nachfahren Christi auferstehen zu lassen.«

Barney betrachtete den Beutel, den er seit zehn Minuten trug. Seine Miene blieb unverändert, und er ließ ihn auch nicht fallen oder irgendwas, schließlich war es nicht das erste Mal, dass er tiefgefrorene Leichenteile transportierte, aber er war neugierig, worum genau es sich handelte.

Schließlich gibt es Körperteile eines anderen Mannes, die man nicht unbedingt anfassen möchte.

»Der linke Fuß«, sagte Jacobs, Barneys Gedanken lesend.

»Ah«, sagte Barney und entspannte sich wieder. »Damit kann ich umgehen.«

»Heute Abend«, sagte Jacobs, der jetzt ein wenig langsamer, gewichtiger und ernster sprach, als würde er in den Zehn-Uhr-Nachrichten ein bedeutendes Ereignis verkünden, »wird Azarael Corinthian wiedergeboren!«

Barney sah ihn aus den Augenwinkeln an.

»Indem aus dem Heiligen Gral das Blut von Garrett Carmichael getrunken wird?«

»So ist es«, sagte Jacobs, »und morgen wird die Gesellschaft mithilfe ihrer weit reichenden Kontakte um den ganzen Globus die Rückkehr des Erben Christi verkünden und die politische Landkarte der Welt für immer verändern.«

Barney nickte und fragte sich mittlerweile, ob er aus Versehen auf den Set eines James-Bond-Films geraten war. Jacobs hatte den Part des psychopathischen Lakaien des Oberbösewichts jedenfalls perfekt drauf.

»Warum haben Sie den Gral nicht einfach benutzt, als er gestorben ist?«, fragte Barney. »Das wäre doch würdevoller gewesen, als den armen Mann im Gefrierschrank aufzubewahren?«

»Azarael hat das Geheimnis des Grals leider mit ins Grab genommen.«

»Beziehungsweise in den Gefrierschrank.«

»Wir haben verzweifelt danach gesucht. Wir wussten, dass der Gral in der Kathedrale war, und haben sogar darüber gestritten, ob wir die Kirche im Rahmen unserer Suche demolieren sollten. Aber einige Mitglieder der Gesellschaft sind standhaft geblieben, und wir haben viele Jahre vergeblich gesucht. Doch vor zwei Wochen ist einem unserer Mitglieder der Durchbruch gelungen. Aber während wir auf den Lohn unserer Arbeit warten konnten, war das Mr. Lawton leider nicht möglich, wofür er jetzt die Konsequenzen zu tragen hat.«

Sie gingen schweigend ein Stück weiter, Jacobs träumte von kommendem Ruhm, während Barney dachte, dass das Ganze immer abstruser wurde.

»Und was genau machen Sie nun heute Abend?«, fragte er. »Azarael Corinthians tiefgefrorene Körperteile wie ein Puzzle zusammensetzen, ihm Garretts Blut einflößen, woraufhin sich die Teile wundersam zusammenfügen, auf dass der Typ aufersteht und ab morgen König der Welt ist?«

Jacobs lächelte entschlossen.

»Genau«, sagte er.

»Haben Sie heute Abend schon irgendetwas getrunken?«

»Und nun, Mr. Thomson«, sagte Jacobs und zog ein kleines Messer aus der Tasche. Da wären wir, dachte Barney. Er nimmt sich die Zeit, mir seinen ganzen wahnsinnigen Plan zur Übernahme der Weltherrschaft zu erklären, und ersticht mich dann. Typisch. »Geben Sie mir Ihre linke Hand.«

Ah, dachte Barney. So ein Blutsbrüder-Blödsinn. Der perfekte Abschluss.

Er streckte seine linke Hand aus, Jacobs nahm sie und ritzte mit dem scharfen Messer kurz in die Handfläche. Barney verzog das Gesicht, spürte jedoch sofort, dass der Schnitt nicht tief war. Anschließend ritzte Jacobs sich selbst in die Hand und bot sie Barney zum Schütteln dar. Der zögerte kurz, entschied dann jedoch, dass dieser Blutaustausch wahrscheinlich ungefährlicher war, als es scheinen mochte, zumal Jacobs keine neunzehnjährige sudanesische Prostituierte war. Also ergriff Barney Thomson die Hand von Simon Jacobs und wurde auf Lebenszeit Mitglied des *Prieure de Millport*.

Damit waren die Brüder wieder zu zwölft; der Gral war gefunden. Alles war vorbereitet für die Auferstehung von Azarael Corinthian.

Kapitel 49

Der zeremonielle Urknall 1

Die zehn Brüder des *Prieure de Millport* saßen an ihren Plätzen und warteten, dass die beiden leeren Stühle besetzt würden und zuletzt dann der größere Stuhl am Kopf des Tisches, der von dem wiedergeborenen Azarael Corinthian eingenommen werden sollte.

Corinthian selbst, oder zumindest seine gesammelten Körperteile, lag auf dem Tisch. Nur der linke Fuß, den zur Zeit noch Barney bei sich trug, und der Kopf, Jacobs' Zuständigkeit, fehlten noch. Die Brüder wussten mittlerweile alle, warum sie hier waren, wobei sich die Zahl derer, die es sich vorher zusammengereimt hatten, und derer, die zu dumm gewesen waren, zu kapieren, warum sie um Mitternacht mit tiefgefrorenen Körperteilen in das große Haus zitiert worden waren, in etwa die Waage hielt.

Der Raum war von dreiundzwanzig weißen Kerzen erleuchtet, und zum ersten Mal seit hundertfünfzig Jahren war im Kamin ein Feuer angezündet worden, sodass auch das lange Abzugsrohr bis an die Erdoberfläche endlich benutzt wurde.

Links von dem leeren Platz am Kopf der Tafel saß Ephesian, vor sich eine aufgeschlagene Bibel. Er las noch einmal die Verse, obwohl sie ihm längst ins Herz graviert waren. Ihm gegenüber saß Ping Phat, der sich nassforsch auf den Platz gesetzt hatte, der seit Jahren für Jacobs reserviert war. Phat war auch zu diesem späten Zeitpunkt jederzeit nur allzu gerne bereit, ein kindisches Scharmützel über Statusfragen anzuzetteln.

Sie hörten Schritte auf dem oberen Treppenabsatz, und alle Mitglieder des Kollektivs drehten sich um, um zu sehen, wer die Stufen herabstieg. Die meisten Anwesenden hatten keinen Schimmer von dem Drama um Pater Roosevelt und erwarteten daher ihn in Begleitung von Jacobs.

Die Schritte wurden lauter und kamen näher, bis Simon Jacobs und Barney Thomson schließlich in das gelbe Licht des kleinen Raumes traten. Beim Anblick der notdürftig zusammengesetzten Leiche auf dem Tisch verzog Barney das Gesicht, weil es ihn an seine eigene fragwürdige Vergangenheit erinnerte.

Es gab ein paar überraschte Gesichter, wie schon wegen der Teilnahme von Romeo McGhee und Ping Phat.

Ephesian nickte Jacobs zu, der die Anweisung sofort verstand.

»Meine Herren«, begann er, »wir begrüßen heute Abend einen letzten neuen Bruder, da Pater Roosevelt beschlossen hat, nicht mehr zu uns gehören zu wollen. Das ist Barney Thomson, ein hiesiger Geschäftsmann.«

Die Gruppe blickte in seine Richtung und deklamierte gemäß vorgeschriebener Liturgie: »Du bist unser Bruder.« Alle bis auf einen, der zwar auch diese Worte sagen wollte, jedoch nur ein *Arf* herausbrachte.

Barney sah Igor überrascht an, der seinen Blick mit einem *Froh, dich an Bord zu haben*-Nicken erwiderte.

Um den Tisch versammelt saßen Bartholomew Ephesian; Philip Luciens, der Notarzt; Simon »Ginger« Rogers, alter Knacker; Romeo McGhee, junger Knacker; Igor, taubstummer Buckliger; Thomas Petersen, leicht besorgter älterer Herr; Rusty Brown, alter Knacker; Reverend Judas Dreyfus, Judas mit Namen, Judas von Charakter; Thaddæus Gainsborough, Police Constable; und Ping Phat, übergewichtiger und übermäßig ehrgeiziger chinesischer Golfer.

Bei der allgemeinen Aufregung und Unruhe dauerte es eine Minute, bis Jacobs bemerkte, dass Ping Phat seinen Platz neben dem bald wiedergeborenen König eingenommen hatte. Und nachdem er sich zu den anderen Brüdern gesellt hatte, um Barney in ihrer Mitte zu begrüßen, stellte er fest, dass die beiden einzigen freien Stühle am Ende der Tafel zwischen Igor und Petersen standen.

Er atmete tief ein und knirschte mit den Zähnen. Der krönende Augenblick all ihrer Leben stand unmittelbar bevor, nicht der Zeitpunkt für kleingeistige Machtspiele. Aber in zehn Minuten würde der neue Herrscher der halben bekannten Welt am Kopf dieses Tisches sitzen und Jacobs eine Meile entfernt am anderen Ende, weil sein Platz geraubt worden war. Und das nicht nur von Ping Phat, sondern auch von allen anderen Mitgliedern der Bruderschaft, die die Gelegenheit genutzt hatten, auf der Leiter eine Sprosse höher zu Größe und Macht aufzurücken.

Ping Phat sah Jacobs an und ließ seinen Blick auf ihm ruhen, weidete sich an den Leiden in dessen Herzen und der neuen Ordnung der Dinge. Jacobs war nicht mehr die Nummer zwei in der Organisation, genauso wenig wie Ephesian noch die Nummer eins war.

Ping Phat wandte sich mit ausdrucksloser Miene ab. Jacobs ballte die Fäuste und sah noch eine Weile länger hin, bis er sich Ephesian zuwandte. Ephesian hatte das Willensduell wohl bemerkt, war jedoch ungleich besorgter wegen der umwälzenden Geschehnisse, die sich ereignen sollten, und starrte stur auf seine Bibel.

Die anderen Mitglieder blickten auf den Tisch und die bizarre Collage, die Azarael Corinthian darstellte, und warteten nervös auf Jacobs' Reaktion.

Jacobs sah jeden von ihnen an und überlegte, ob er sich einen aussuchen und gewaltsam von seinem Platz vertreiben sollte, nachdem er bereits entschieden hatte, dass er das mit Ping Phat nicht machen konnte.

Schließlich blieb sein Blick an Igor hängen, einem Mann, von dem er ohnehin nur mäßig beeindruckt war. Er war ganz und gar nicht glücklich darüber, dass Igor sich für Ruth Harrison und Garrett Carmichael stark gemacht hatte. Aber Igor saß am zweitletzten Platz am Ende der Tafel, was die Mühe kaum lohnte.

Barney beobachtete Jacobs eine Weile und lächelte über die Gedanken, die er dem degradierten Butler unterstellte, bevor er auf dem Stuhl neben Igor Platz nahm. Die beiden Männer nickten sich zu, bevor Barney den Plastikbeutel öffnete, den er bei sich trug, und den gefrorenen linken Fuß unterhalb des linken Beines auf dem Tisch platzierte, wobei er sich Mühe gab, das fragliche Objekt möglichst nicht zu berühren.

Barneys Bewegung hatte den Bann gebrochen, und Jacobs entschloss sich nun auch, eine gewisse Autorität über das Prozedere zu reklamieren. Er legte die drei mitgebrachten Beutel auf den Tisch und blickte sich im Raum um. Aus dem ersten Beutel nahm er den kleinen Becher, den Barney in Lawtons Küche gefunden hatte, und hielt ihn für alle sichtbar hoch, wobei sein Gesicht vor Stolz strahlte, dass er von allen Mitgliedern der Bruderschaft den Gral gefunden hatte und jetzt in Händen hielt.

»Sehet«, sagte er salbungsvoll, »den Kelch Christi! Brüder, ich bringe euch den Gral!«

Es war eine Proklamation, die eine Fanfare verdient hätte, ein John-Williams-artiges, melodisches Breitwandthema, oder doch zumindest Applaus und ein wenig Jubel. Da jedoch keiner aus der versammelten Gesellschaft je in der Situation gewesen war, den Gral wirklich mit eigenen Augen zu sehen, herrschte eine gewisse Unsicherheit bezüglich der Etikette, und alle schwiegen ehrfürchtig.

Jacobs wartete auf eine Reaktion, entschied dann, dass er die angemessene Mischung aus Staunen und Furcht geweckt hatte, und packte zeremoniell ein kleines Fläschchen mit einer roten Flüssigkeit aus.

»Das Blut«, erklärte er, »mit dem der König wiedergeboren wird.«

Das wurde mit etwas weniger Ehrfurcht entgegengenommen, aber sein Publikum hing nach wie vor an seinen Lippen. Nervös warteten die Versammelten darauf, dass Jacobs das letzte Paket öffnete, das er auf dem Weg in den Keller aus dem Gefrierschrank geholt hatte.

Er blickte das Auditorium an, und jeder aus der Runde erwiderte seinen Blick, nervös und aufgeregt. Bis auf Ephesian. Und Ping Phat, der sich dafür zu fein war. Und Barney, den das Ganze leicht amüsierte. Und Igor, der immer noch wütend auf Jacobs und auch auf sich selbst war, weil sie Mitglieder einer Organisation waren, die Garrett Carmichael um ein Haar etwas angetan hätte.

Behutsam, aber geräuschvoll packte Jacobs das schwere Paket aus, sodass kleine Eissplitter auf den Tisch regneten, zog mit einer letzten theatralischen Geste den gefrorenen Kopf von Azarael Corinthian hervor und hielt ihn dramatisch über seinem eigenen Kopf in die Höhe.

»Ich bringe euch den König!«, deklamierte er, während Corinthians blasse und frostig bläuliche Gesichtszüge grotesk auf die Gesellschaft hinabblickten.

Barney spürte einen Schauer wegen der bizarren Umstände und der Erinnerungen, die der tiefgefrorene Kopf bei ihm weckte.

Jacobs atmete schwer, euphorisiert von seinem Moment im Rampenlicht.

»Der König!«, wiederholte er mit Inbrunst, bevor er den Kopf wieder sinken ließ und, jedem der Männer in die Augen blickend, langsam um den Tisch ging. Und als er den Kopf der Tafel erreichte, sah er Ping Phat mit einem wütenden Blick des Triumphes an, den jener ignorierte, woraufhin dieser Blick in einen der blanken Verachtung umschlug. Schließlich beugte Jacobs sich über den Tisch und legte Corinthians Kopf wie ein siegreicher Feldherr über den Leib.

»Sehet den König!«, variierte er seine Proklamation.

»Es wird Zeit«, sagte Ping Phat plötzlich, erneut alles Yoda-Getue vergessend. »Mr. Ephesian, beginnen Sie mit der Zeremonie«, fuhr er fort, ohne Jacobs auch nur ansatzweise zu beachten, womit er ihn wieder zu einem jener Fürze degradierte, wie sie am Ende des langen Tisches saßen.

»Ja«, sagte Ephesian, ohne den Blick von Corinthians gefrorenem Gesicht zu wenden.

Jacobs knirschte mit den Zähnen, richtete sich langsam auf, stapfte widerwillig zurück und nahm Barney gegenüber Platz, den er wütend anstarrte, bevor er sich aufrichtete und über den langen Tisch hinweg zu Ephesian blickte.

Ephesian atmete tief ein und sammelte sich. Endlich war der Moment gekommen, und er war längst nicht so nervös, wie etwa wenn er telefonisch oder mit nur einem oder zwei Menschen reden musste.

»Siehe!«, begann er. »Er kommt mit den Wolken, und schauen wird ihn jedes Auge, auch die, die ihn durchbohrt haben, und wehklagen werden über ihn alle Geschlechter der Erde. Amen. Ich bin das Alpha und das Omega, spricht der Herr Gott!«

Ohne weitere Anweisungen fassten sich die Männer rund um den Tisch an den Händen, wobei die neuen Mitglieder es ihren erfahreneren Brüdern nachtaten, sodass Ping Phat die Hand zu Ephesian und Barney die Hand zu Jacobs ausstreckte.

»Sei getreu bis in den Tod, und ich werde dir das Leben als Siegeskranz geben!«, rief Ephesian.

Und dann passierte es. Plötzlich und ohne jede Vorwarnung platzten mit einem dramatischen Knalleffekt die Türen des kleinen Schranks am Ende des Raumes auf, gut einen Meter entfernt von der Stelle, wo Ping Phat gerade seine neueste fantastische Vermarktungsidee betrachtete, und heraus sprang Luigi Linguini, erfüllt von der ganzen Hybris und Hingabe der katholischen Kirche, entschlossen, die unheiligste und unchristlichste aller Zeremonien zu vereiteln, die gerade beginnen sollte.

»Nicht so schnell, ihr stinkender heidnischer Abschaum!«, brüllte er.

Kapitel 50

Der zeremonielle Urknall 2

Die katholische Kirche ist eine ziemlich große Organisation. Ein Papst, 158 Kardinäle, 417 Erzbischöfe, mehr als 37 Milliarden Dollar auf der Bank, mehr als 73000 Kapellen, Kathedralen und andere Gotteshäuser, Grundbesitz von 1200 Quadratkilometern und fast zwei Milliarden praktizierende Mitglieder. Trotzdem war sie, als ihre gesamte Zukunft auf dem Spiel stand, vollkommen angewiesen auf einen kleinen Kerl, der seit elfeinhalb Stunden zusammengekauert in einem winzigen Schrank gehockt hatte. Er war müde, hungrig und verzweifelt, all seine Glieder schmerzten, und er musste dringend pinkeln. Außerdem fühlten seine Beine sich an, als wären sie seit Ewigkeiten eingeschlafen, weshalb ihm sein plötzlicher Sprung aus dem Schrank und der anschließende Sprint, um die Zeremonie wie auch immer zu vereiteln, überhaupt nicht bekam.

Kaum war er auf dem Boden gelandet und hatte seine *Heid-*

nischer-Abschaum-Bemerkung ausgestoßen, da gaben seine Beine auch schon nach. Er spürte weder links noch rechts etwas und taumelte plötzlich mit rudernden Armen nach vorn.

Dabei schlug er mit dem Kopf auf die Kante des hundertfünfzig Jahre alten Holztisches, obwohl er sich abzustützen versuchte, dabei jedoch feststellen musste, dass er auch in den Armen kein Gefühl hatte. Seine Stirn schlug mit einem lauten Knacken auf das Holz, und er sank zu Boden, während aus der Platzwunde sofort Blut quoll.

Irgendjemand sagte: »Was zum …«, ohne die Frage zu vollenden.

»Wieder vermasselt. Typisch die verdammten Katholiken«, brummte Jacobs, der immer noch schmollte.

Ping Phat bückte sich und schob Luigis Kopf von seinen Füßen weg. Er fühlte nach dem Puls und hielt ihm zur Prüfung des Atems einen Finger unter die Nase.

»Er ist bewusstlos, lebt aber noch. Wir können fortfahren.«

Ephesian nickte, gab Ping Phat die Hand, und wieder stand der Rückkehr des Königs nichts mehr im Weg. Damit war die katholische Kirche erledigt. Wenn sie sich nur zum Einsatz ihrer thermo-nuklearen Waffe gegen die Insel entschlossen hätte, wie es einige Kardinäle gefordert hatten.

»Gütiger Gott«, deklamierte Ephesian, obwohl er nicht über die Fernsehprediger-Stimme verfügte, die Jacobs so gut drauf hatte, »wir haben uns heute hier versammelt, nicht um dir deinen Sohn zurückzubringen, aber um die Ahnenreihe Jesu wieder zu begründen, der König war und als dein Prophet und Lehrer gedient hat. Siehe, wir stehen vor der Tür und klopfen an! Mit dem Blut der heiligen Weiblichkeit beleben wir die verlorene Linie neu. Ein Toter bin ich gewesen, doch siehe, ich bin lebendig in alle Ewigkeit und halte die Schlüssel des Todes und der Unterwelt!«

Er blickte quer über den Tisch und schaffte es wundersamerweise, Jacobs zum zweiten Mal in zwei Tagen direkt in die Augen zu sehen. Sie wechselten einen wissenden Blick des Verständnisses, dass ihr Bund ungebrochen war und von der Anwesenheit des Eindringlings Ping Phat unberührt blieb.

»Das Blut«, sagte Ephesian leise.

Jacobs nickte und hob das Fläschchen mit Garrett Carmichaels Blut in die Höhe. Er schraubte den Deckel ab, zog den Gral heran und goss den gesamten Inhalt langsam in den Kelch. Das Publikum war gebannt. Nur Igor fand das Ganze ein wenig geschmacklos. Einige der anderen nahmen an, dass irgendjemand für dieses Blut mit dem Leben bezahlt haben musste, was sie, wer immer es auch gewesen sein mochte, jedoch für einen angemessenen Preis hielten, um den Mann wiederzubeleben, der in Einzelteilen vor ihnen lag.

»Ein geschlossener Kreis«, sagte Ephesian. »Wir müssen alle von dem Blut trinken.«

Das ist nicht euer Ernst, dachte Barney.

Einen Schluck von meiner Flamme, dachte Igor.

Ganz sicher, fragte sich Petersen.

Das ist schließlich nichts, was keiner von uns nicht schon mal getan hätte, dachte Luciens.

Genau wie 45 in den Ardennen, dachte Rusty Brown.

Das mussten wir nicht mal 45 in den Ardennen, dachte Ginger Rogers.

Drei Milliarden Dollar bis Ende der Woche, dachte Ping Phat.

Eine leckere Tasse Tee wäre mir lieber, dachte Constable Gainsborough.

Ich wusste, dass ich Chardonnay hätte schicken sollen, dachte McGhee.

Nicht schon wieder, dachte Reverend Dreyfus.

Aber die Brüder behielten ihre Gedanken für sich. Jacobs, der Einzige von ihnen, der außer Ephesian gewusst hatte, was kommen würde, nahm den ersten winzigen Schluck und leckte sich mit der Zunge die Tropfen von den Lippen, bevor er den Kelch nach links an Thomas Petersen weitergab. Und während der Becher weiter herumgereicht wurde, zitierte Ephesian langsam aus der Apokalypse und legte nur eine Pause ein, als Ping Phat ihm den Kelch reichte.

»Sein Haupt aber und seine Haare waren weiß wie schneeweiße Wolle und seine Augen wie eine Feuerflamme, und seine Füße glichen dem Glanzerz, als wäre es in der Esse zum Glühen gebracht, und seine Stimme klang wie das Rauschen vieler Wasser. Und in seiner rechten Hand hielt er sieben Sterne, und aus seinem Mund ging ein scharfes, zweischneidiges Schwert hervor, und sein Antlitz war, wie wenn die Sonne scheint in ihrer Kraft. Und als ich ihn sah, stürzte ich zu seinen Füßen hin wie tot.«

Barney schmeckte zum ersten Mal das Blut eines anderen Menschen, bevor er den nach wie vor halb vollen Kelch abstellte. Er schluckte hastig und tat sein Bestes, den Mund mit Spucke auszuspülen, während er versuchte zu vergessen, worauf er sich eingelassen hatte. Die Absurdität des Ganzen machte ihn plötzlich genauso nervös wie der bizarr zerhackte Körper vor ihm und die Vorstellung, wie er zusammengesetzt aussehen könnte.

»Reichen Sie den Kelch an den Kopf des Tisches«, sagte Jacobs leise zu Barney, der sich fragte, wie lange er sich in seinen düsteren Gedanken verloren hatte.

Er reichte den Becher an Igor weiter, und so gelangte der Kelch durch dessen Hände über Romeo McGhee, Ginger Rogers und Luciens schließlich zu Ephesian.

»Indem wir das Blut auf die Lippen des Königs träufeln und ihm unsere Hände auflegen, wird die Linie Christi wiedergeboren!«, rief Ephesian, der langsam seinen Jimmy-Swaggart-Ton gefunden hatte. »Wir wollen aufstehen!«

Wie ein Mann erhob sich die Bruderschaft. Der Reiz des Augenblicks ließ alle Herzen schneller schlagen, auch die der neuen Mitglieder, die eher aus Neugier denn aus tiefem Glauben gekommen waren. Ping Phat sah Investment, Marketing und Geld; Romeo McGhee sah Zeitungen, Marketing und Geld; Barney sah nichts dergleichen, trotzdem raste sein Herz angesichts dieses bizarren, grotesken, zeremoniellen Schöpfungsaktes.

»Und ich sah den Himmel geöffnet und siehe da: ein weißes Ross, und der darauf reitet, heißt Treu und Wahr. Und auf seinem Mantel, und zwar auf seinem Schenkel, trägt er seinen Namen geschrieben: KÖNIG DER KÖNIGE UND HERR DER HERREN!«

Ephesian hob den Heiligen Gral, den uralten Holzkelch Christi, und goss das übrige Blut langsam in den gefrorenen Mund von Azarael Corinthian. Der erste Schluck ging noch in den Mund, aber bald war der gefrorene Raum gefüllt, und das Blut begann an den Seiten herauszusickern, über seine Wangen zu fließen und sich in zwei Lachen auf beiden Seiten des Tisches zu sammeln.

Als Ephesian alles Blut ausgegossen hatte, stellte er den Gral auf den Tisch und legte beide Hände auf Corinthians Kopf.

»Tut es mir nach, Brüder!«, rief er mit vor Anstrengung brechender Stimme.

Sie hatten es fast geschafft, ihr König würde sekündlich wiedergeboren werden. Er schloss die Augen und gönnte sich einen kurzen Tagtraum der nächsten Minuten und des kommenden Tages, wenn der Ruhm des Reiches Gottes in einer bedürftigen und verzweifelten Welt wiederhergestellt war.

Ping Phat legte seine Hände auf Corinthians Kopf, woraufhin auch alle anderen Brüder des *Prieure de Millport* ihre Hände auf das gefrorene Fleisch des nackten Thronerben Israels und Europas pressten. Barney Thomson berührte sanft den linken Fuß und registrierte, dass niemand kühn genug war, seine Hand auf die königlichen Genitalien zu legen.

Von einem Luftzug durch das lange Abzugsrohr angefacht, flackerte das Feuer auf, und es gab niemanden unter ihnen, der nicht vor Nervosität und quälender Ungewissheit zitterte, jeden Muskel und jede Sehne angespannt.

»Und er zeigte mir einen Strom von Lebenswasser, glänzend wie Kristall, das geht vom Throne Gottes und des Lammes aus!«, deklamierte Ephesian.

»Kehre zu uns zurück, oh Herr!«, rief Jacobs.

»Kehre zu uns zurück!«, rief Ephesian.

Dann wurde der Ruf von weiteren sechs Mitgliedern aufgenommen, bis zuletzt alle zwölf Brüder des *Prieure de Millport* unisono skandierten: »Kehre zu uns zurück! Kehre zu uns zurück! Kehre zu uns zurück!«

»Arf!«

»Werde wiedergeboren, mein König!«, stieß Ephesian aus dem Chor ausbrechend hervor. »*De profundis clamavi ad te, Domine; Domine, exaudi vocem meam!*«

Sie spürten es alle: die Macht und Herrlichkeit des Herrn, die durch ihre Adern pulste. Sie drückten die Hände fester auf den kalten Leib, schlossen die Augen, wandten den Kopf himmelwärts und erwarteten, von Gott berührt zu werden und zu spüren, wie die Wärme in Azarael Corinthians gefrorenen Körper zurückkehrte.

Ephesian lief ein Schauer über den Rücken, seine Finger zuckten und zuckten, aber das Zucken in seinem Kopf war für immer verschwunden. Sein Augenblick war gekommen, nicht nur der König der Könige sollte wiedergeboren werden.

»Erhebe dich!«, rief er.

»Erhebe dich«, stimmten einige andere mit ein.

»Arf!«

»Tauet ihr Himmel, aus der Höhe, und ihr Wolken, lasst regnen den Sieg; die Erde tue sich auf, und es reife das Heil!«, stieg Jacobs ein.

Und die große Liebe, Stärke und Macht des Herren regnete vom Himmel wie Regentropfen auf ein winziges Blatt, und sie fühlten sich alle gebadet im wundersamen Glanz des Lichtes Gottes. Dies war der Moment der Auferstehung, ihr König war wiedergeboren!

Ephesian wagte es als Erster, ein Auge zu öffnen und einen Blick auf das Puzzle von Azarael Corinthian zu werfen.

Alles war unverändert.

Auch ein paar andere riskierten einen Blick, weil sie erwartet hatten, dass die Wärme von Gottes Segen durch den geschlagenen und zerhackten Körper ihres Königs strömen würde.

Nichts.

Nacheinander schlugen auch alle anderen in der Runde die Augen auf, den Geschmack von Blut noch auf der Zunge, und betrachteten ihren König. Doch er blieb kühl, kein Gefühl.

»Was ist passiert?«, fragte Rusty Brown.

Ephesian sagte nichts. Die Krämpfe, die seinen Magen in den vergangenen zwei Tagen geplagt hatten, waren zurückgekehrt.

»Was ist schief gelaufen?«, fragte Jacobs und sah Ephesian an.

Ephesian hatte die Fähigkeit, Jacobs in die Augen zu blicken, wieder eingebüßt, und stand kurz vor dem Punkt, sich ganz in die Schale zurückzuziehen, die er sein Leben lang bewohnt hatte. Es hätte mittlerweile geschehen müssen, die Auferstehung hätte mit dem Ausgießen des Blutes und dem Auflegen der Hände erfolgen sollen. Ephesian war ängstlich und nervös und fragte sich, ob er irgendetwas falsch gemacht und sich nicht korrekt an die alten Pergamente des *Prieure de Sion* gehalten hatte. Hatte er gerade Generationen von Rittern, Mönchen und Großmeistern enttäuscht? Mit offenem Mund und stockendem Atem stand er da und starrte mit aufgerissenen Augen auf Corinthians blau gefrorenes Gesicht.

Im Raum herrschte verblüfftes und melancholisches Schweigen. Unter den ständigen Mitgliedern der Gesellschaft gab es keinen, der nicht geglaubt hatte, dass der Gral ihnen ihren verehrten Führer zurückbringen würde. Stattdessen standen sie mit leeren Händen und zurückgewiesen da, allein mit zwölf einzelnen, grob in der richtigen Reihenfolge zusammengesetzten und nach wie vor tiefgefrorenen Körperteilen.

»Vielleicht sollten wir ihn in die Mikrowelle stecken«, schlug Rusty Brown vor.

Jacobs rührte sich als Erster. Er ging um den Tisch und nahm den Gral. Ping Phats Affront, die Hybris des Mannes, die Organisation für seine eigenen Zwecke zu benutzen, war vergessen. Was zählte, war nur, dass der Gral nicht bewirkt hatte, was sie sich erhofft hatten.

»Gütiger Gott, wie konntest du uns so enttäuschen? Wie konntest du uns die göttlichen Kräfte des Grals, des Kelches Christi verweigern?«

Er hielt den Gral in die Höhe, und einige von ihnen blickten auf, als würden sie ihre Augen zum Antlitz Gottes erheben, während ein oder zwei andere, auch das muss gesagt werden, auf ihre Uhr schauten und dachten, dass sie morgen früh rausmussten.

»Ich glaube, ich sehe da ein Problem«, sagte Barney vom Ende des Tisches.

Jacobs starrte ihn wütend an, als ob die Tatsache, dass Barney ein Problem erkannte, bedeutete, dass er auch dafür verantwortlich war.

»Problem, ja, es gibt«, sagte Phat, der einer Vielzahl von Marketingmöglichkeiten nachtrauerte. So hatte er zum Beispiel seine *Kelch-Christi*-Geschirrserie, die in diesem Moment von sechsjährigen Kindern in Malaysia produziert wurde, völlig umsonst in Auftrag gegeben.

Ephesian hörte Barney gar nicht. Er saß zusammengesunken auf seinem Stuhl, den Blick starr auf das gefrorene Gesicht gerichtet, ohne irgendetwas zu sehen.

»Sie sagen, der Gral hätte göttliche Kraft«, nahm Barney seinen Gedanken wieder auf.

»Ja«, fauchte Jacobs wütend.

»Und die Gesellschaft behauptet, dass Jesus ein sterblicher Mensch und nicht göttlicher Abstammung war. Aber wenn er nicht göttlich ist, wieso soll dann der blöde Becher, aus dem er seinen letzten Absacker getrunken hat, göttlich sein?«

Einige der Anwesenden nickten.

»Sie haben doch nicht ernsthaft geglaubt, dass das hier je wieder zum Leben erwachen würde?«, fragte er und wies auf die bizarre Collage aus Fleischpaketen auf dem Tisch. »Oder dass Sie, wenn es doch passiert, nicht zu Tode erschreckt sein würden?«

Er ließ seine Worte wirken. Um den Tisch erhob sich leises Gemurmel. Jacobs sah wütend aus, obwohl man unmöglich sagen konnte, über wen oder was.

»Mag sein«, murmelte irgendjemand.

»Ich habe in meinem Leben schon seltsamere Dinge gesehen«, sagte Barney, »aber normalerweise sind es auch seltsame Menschen, die sie tun. Ihr seid für so was zu normal. Geht nach Hause, geht schlafen.«

Er blickte noch einmal in die Runde und wandte sich dann an Igor.

»Komm, Kumpel«, sagte er. »Wir gehen.«

»Arf.«

Jacobs sah sie erbost an, aber ihm fehlten die Worte, sie aufzuhalten. Der Rest des Kollektivs sah ihnen nach, dachte darüber nach, was Barney gesagt hatte, und fragte sich, wie seltsam sie sich eigentlich gebärdeten und ob das zu ihrem Charakter passte.

Am Fuß der Treppe warf Barney einen letzten Blick auf die traurige Truppe, bevor er mit Igor die Stufen hinaufstieg.

»Gehst du zurück zu Garrett?«, fragte Barney.

»Arf.«

»Cool. Sag ihr, dass ich nach ihr gefragt habe.«

Dann waren sie fort, und es waren nur noch zehn.

Um den Tisch schwoll das leise Gemurmel, das Scharren und Rascheln an, allenthalben wurden Blicke auf die Uhr geworfen sowie auch einige zu Jacobs und Ephesian, während sich niemand mehr um Ping Phat kümmerte. Noch vor zehn Minuten hatten sie ihm, dem wohlhabenden Geschäftsmann aus dem Osten, noch einen gewissen Respekt gezollt. Aber jetzt war er nur noch ein fetter Ausländer, der dumm genug gewesen war, sich mit einem Haufen hoffnungsloser Spinner in Schottland auf ein äußerst bizarres Geschäft einzulassen.

»Ich sollte wohl auch besser schlafen gehen«, sagte Ginger Rogers. »Ich will morgen früh nach Glasgow. Die Sieben-Uhr-fünfzig-Fähre ab Largs.«

»Ja«, sagte Rusty Brown. »Ich ruh mich morgen früh ein bisschen aus, aber ich würde gerne schon jetzt damit anfangen.«

Stühle wurde zurückgeschoben, müde Körper erhoben sich auf müde Beine, das allerletzte Treffen des *Prieure de Millport* löste sich auf.

»Irgendjemand sollte sich darum kümmern«, sagte Luciens und wies auf die gefrorenen Leichenteile.

»Ich komme morgen früh wieder«, sagte Gainsborough. »Ich brauche jetzt eine Tasse Tee und ein warmes Bett.«

»Er wird schon nicht weglaufen«, fügte Luciens hinzu, und Gainsborough lachte.

Als er um den Tisch ging, stolperte Luciens über die am Boden liegende Gestalt von Luigi Linguini, und als Notarzt beugte er sich instinktiv über ihn und versuchte, den Mann wiederzubeleben, weil das seiner Ansicht nach unbedingt besser war, als den Mann die Treppe hinaufzuschleppen.

Und so machten sich die Mitglieder des Kollektivs in rascher Folge allein oder zu zweit aus dem Staub, darunter auch Ping Phat, der schon wieder bei seinen Geschäften war und im Kopf bereits kalkulierte, welche Ware bis zu diesem Zeitpunkt bereits produziert war und wie sie sich weltweit am besten vermarkten ließ.

Nachdem es Luciens schließlich gelungen war, den benommenen Luigi wieder auf die Beine zu bringen und ihm zu erklären, er solle aufhören, ihn mit Eure Heiligkeit anzureden, blieben nur noch Simon Jacobs und Bartholomew Ephesian zurück.

Jacobs ließ sich auf den Stuhl neben Ephesian fallen und starrte ebenfalls auf Azarael Corinthians blutüberströmtes Gesicht. Jahre der Planung und zahllose Träume völlig umsonst. Die Linie Christi war tot. Sie konnten die Ahnenreihe natürlich weiterhin belegen, aber welchen Zweck sollte es haben, die Botschaft in die Welt hinauszuposaunen, wenn der letzte Nachfahre tot und die Linie ausgestorben war?

»Jesses«, murmelte Jacobs leise.

Bartholomew Ephesian sagte nichts, sondern starrte trübsinnig auf den Kopf des letzten Königs Israels, während er eine lange Nachtschicht bis zum frühen Morgen des ersten Tages seines Abstiegs in den Wahnsinn antrat.

Epilog

Eine neue Dämmerung

Ein frischer Tag war heraufgezogen, der blaue Morgenhimmel von vereinzelten weißen Wolkenfetzen gesprenkelt. Der Wind wehte vom Meer her, eine köstliche kühle Brise, die nach Salz, Abenteuer und fernen Orten roch. Ein Frühlingstag, an dem man noch einen Mantel und eine warme Hose tragen musste. Aber ein Frühlingstag, wie es sie gab, bevor die globale Erwärmung das Weltklima auf absehbare Zeit vermurkst hat. Mitte April, ein bisschen Sonne, eine leichte Kühle in der Luft, der Winter vorbei, ein Hauch von Sommer, der wunderbare Duft von Gras und Erde nach einem kurzen Regen in der Nacht.

Barney ließ die Ladentür offen stehen, damit er das Aroma des Morgens voll und ganz genießen konnte. Er hatte auf dem Weg bei Greg, dem Bäcker in der Nachbarschaft, vier frische Brötchen gekauft, zwei für Igor und zwei für sich. Er wollte erst abwarten, ob gleich am Anfang irgendwelche Kunden kamen, bevor er Igor bat, im Hinterzimmer Bacon zu grillen. Eine Tasse Tee, ein wunderbarer Morgen, ein Brötchen mit gegrilltem Frühstücksspeck.

Heute konnte er seine Midlife-Crisis vorbeiziehen lassen. Sie würde vermutlich auf ihrem blassen Ross zurückkehren und seine geistige Gesundheit nach Belieben verwüsten, aber heute schien die Welt ganz in Ordnung. Er konnte die Verträge unterzeichnen, sich um den Laden und Igor kümmern und sich vielleicht schon einmal nach einem Haus am Meer umsehen. Vielleicht gab es ja etwas auf der Westseite der Insel in der Nähe der Werft.

Er stand in der Tür und lehnte sich an den Rahmen. Igor stand im Salon, lehnte sich auf seinen Besen und folgte Barneys Blick über die Straße und die weiße Ufermauer übers Meer. Die See war relativ ruhig, nur hier und da krönte Gischt die Wellen, ein paar kleine Boote schaukelten durch die Bucht.

Barney fragte sich vage, ob die Geheimgesellschaft ihre Arbeit fortsetzen würde, selbst ohne Gallionsfigur, bis die Wissenschaft eine Methode entwickelt hatte, sie erfolgreich auferstehen zu lassen. Er war schließlich auch einmal nur noch ein Gehirn in einem Glas gewesen.

Es ist schon eine bizarre kleine Welt.

Barney wusste nicht und würde auch nie erfahren, zumal es ihn ohnehin nicht interessierte, dass Ping Phat und sein Gefolge am Morgen aufgebrochen waren, nachdem sie die restliche Nacht die geheimen Dokumente und Leichenteile des *Prieure de Millport* geplündert hatten. Sie hatten alles mitgenommen, was Ephesian und Jacobs tatenlos hatten geschehen lassen, so tief war ihre Enttäuschung. Nicht dass Ping Phat irgendwelche grandiosen Pläne bezüglich der Ahnenreihe oder der Widerlegung von zweitausend Jahren paulinischem Dogma gehabt hätte. Er hatte keine Ahnung, was er mit dem Material anfangen würde, aber er wusste, dass es ihm nichts nutzen würde, wenn er es zurückließ. Da packte er es lieber ein und entschied später, wie man daraus Geld machen konnte. Auf einer ganz elementaren Ebene wäre vielleicht sogar die katholische Kirche bereit, dafür zu zahlen.

Ping Phat war weg, der *Prieure de Millport* gesprengt, Ephesian und Jacobs waren gebrochene Männer, die sich nie wieder erholen würden. Barney Thomson war bloß ein Typ, der im Begriff stand, einen Frisörsalon zu kaufen und sich am Meer niederzulassen und der ansonsten für die Intrigen und Verschwörungen geheimer Gesellschaften und fette asiatische Geschäftsleute nichts übrig hatte.

»Bist du gestern Nacht noch zu Garrett zurückgegangen?«, fragte Barney, als er den Kopf in den Laden steckte.

Igor nickte und konnte ein Lächeln um die Mundwinkel nicht verbergen. Er strahlte auf jeden Fall eine entspannte Heiterkeit aus, die, wie Barney vermutete, dem Erkennen der wahren Liebe entspringt.

Die innere Schönheit.

»Cool«, sagte Barney. »Du weißt, was ein Garrett ist, im Sinne der dritten philosophischen Kategorie?«

»Arf«, sagte Igor.

»Du musst es mir irgendwann mal erklären«, sagte Barney.

»Arf.«

»Danke, Kumpel.«

»Verzeihung!«, sagte eine muntere Stimme.

Barney drehte sich um und sah einen Kunden auf der Schwelle stehen, dazu noch einen der Zwölf: Luciens, den Notarzt.

»Oh, hallo«, sagte Barney und trat einen Schritt zurück. »Kommen Sie rein.«

»Danke«, sagte Luciens.

Igor nickte ihm zu, der Zauber des frühen Morgens war gebrochen, er zog sich in den hinteren Teil des Ladens zurück, sein Buckel ein wenig ausgeprägter als zuvor, und begann pflichtschuldig, mögliche Reste vom Vortag aufzufegen. Luciens zog seinen Mantel aus und nahm auf dem Stuhl vor dem Spiegel Platz.

Barney warf kurz einen letzten Blick auf das Meer, bevor die Arbeit des Tages begann. Er ging zu dem Stuhl und legte seinem Kunden Umhang und Handtuch um.

»Frei heute Morgen?«, fragte Barney.

Luciens nickte.

»Bereitschaft, ehrlich gesagt«, antwortete er, »aber es ist schließlich nicht so, als ob hier ständig was passieren würde, wissen Sie.«

Barney lächelte.

»Und selbst wenn«, fügte er hinzu, »geht es ja meistens doch schief, was?«

»Ja«, sagte Barney. »Ist wohl so ein Ort.«

»Ja, das ist ja so gut daran.«

»Arf.«

Luciens hielt inne, und ein schüchternes Lächeln breitete sich über sein Gesicht, als hätte er über etwas nachgedacht.

»Komisch, wie der Italiener aus dem Schrank gesprungen ist und dann gleich mit dem Kopf auf den Tisch aufschlug«, sagte er lachend. »Ich hätte am liebsten laut losgekichert, aber ich dachte mir, das lass ich lieber.«

Barney stimmte in Luciens' Lachen ein, weil seine wunderbare Leichtigkeit einfach ansteckend war.

»Aber, hey«, fuhr Luciens fort, »neulich hatte ich eine super Idee für den Haufen, als ich mit den Kindern geredet habe.«

Während Luciens weitersprach, begann Barney, ihm die Haare zu schneiden, weil er, ohne zu fragen, wusste, dass dies ein Mann war, der einen *Hugh Jackman – Van Helsing* haben wollte.

»Für welchen Haufen?«, fragte er, um sein Interesse zu bekunden, obwohl er die Antwort schon wusste.

»Rom«, sagte Luciens. »Der Vatikan. Ich habe versucht, den Kids den Unterschied zwischen Cola Light und Pepsi

Light zu erklären, was übrigens nicht leicht war, und dabei habe ich mich versprochen und gesagt: Papst Light.«

Er sah Barney im Spiegel an und zog eine Braue hoch.

»Papismus Light, was meinen Sie? Klingt das nicht fantastisch? Katholizismus mit fünfzig Prozent weniger Schuld. Überlegen Sie mal, wie viele Menschen man für dieses ganze Religionsding interessieren könnte, wenn es eine Fast-Food-Version gäbe, wenn Sie verstehen, was ich meine. Ein Zehn-Minuten-Gottesdienst mit Speed-Beten und Instant-Segen. Kürzere Lieder, Slogans statt Predigten, vielleicht ein Angebot für zwei Sünden zum Preis von einer. Die Leute würden Schlange stehen. Fan-tas-tisch!«

Barney betrachtete Luciens' Hinterkopf und schnitt vorsichtig an einer Partie herum, an die 2Tone offensichtlich irgendwann einmal Hand angelegt hatte.

Eine weitere seltsame Episode seines Lebens war vorüber, und es erschien ihm nach wie vor merkwürdig, dass sie zu Ende gegangen war, ohne dass jemand gestorben war. Bis auf den singulären Zwischenfall von Jonah Harrisons Treppensturz, natürlich.

Vielleicht würde er doch eine Weile hier bleiben, um sich an einen anderen Alltag als das Umherziehen und die Einsamkeit zu gewöhnen.

»Man könnte zu jedem Abendmahl eine bewegliche Plastikfigur von Jesus dazugeben«, schlug Barney vor.

Luciens nickte.

»Cool!«, sagte er. »Wissen Sie, ich glaube, damit könnte man wirklich was verändern. Vielleicht sollten wir heute Abend bei einem Bier eine grobe Skizze entwerfen. Sind Sie dabei?«

Barney dachte darüber nach, aber nicht allzu lange. Was gab es da zu überlegen?

»Klar«, sagte er. »Wir können ein Portfolio zusammenstellen und es dem Erzbischof in Glasgow präsentieren.«

»Spitze«, sagte Luciens. »Bist du auch dabei, Igor?«

»Arf«, sagte er.

»Cool«, sagte Luciens. »Je mehr, desto besser.«

Barney sah Igor an und nickte.

»Dann also um acht im Kendall«, sagte Barney deutlich, damit Igor es mitbekam. »Aber Igor hat vielleicht etwas anderes vor.«

Igor nickte und begann wieder zu fegen. Barney betrachtete ihn eine Weile, warf einen weiteren Blick auf die gelassene See, ließ sich die Zeit, ihren heranwehenden Duft zu genießen, und wandte sich wieder seinem Kunden zu.

»Aber Hamburger werden keine verkauft!«, sagte Luciens, aus einem weiteren Gedankengang auftauchend. »Und auch keine Softdrinks oder so. Nein, Sir, das wäre blasphemisch, und das darf nicht sein.«

»Nicht in diesem Leben«, sagte Barney.

»Auf keinen Fall«, sagte Luciens.

»Arf!«